KB013033

레테 ²

레테 2

초판 1쇄 찍은 날 | 2016년 9월 21일
초판 1쇄 펴낸 날 | 2016년 9월 28일

지은이 | 심이령
펴낸이 | 예경원

편집 | 유경화 · 안유진

펴낸곳 | 예원북스
등록번호 | 제396-2012-000132호
등록일자 | 2012. 7. 25
YRN | 제1-0162호

주소 | 경기도 고양시 일산동구 호수로 646-24 위너스21 Ⅱ 206A호 (우) 10401
전화 | 031-819-9431 팩스 | 031-817-9432
http://cafe.naver.com/yewonromance
E-mail | yewonbooks@naver.com

ISBN 979-11-5845-202-5 04810
ISBN 979-11-5845-200-1 (세트)

레테²

심이령 장편소설

LETHE • YEWONBOOKS ROMANCE STORY

CONTENTS

제 2 부

나 죽거든, 그대여

5. 금지된 장난

스산한 바람이 낙엽을 만들어냈다. 깊은 밤, 제 회장의 자택 정원에서는 낙엽 구르는 소리만이 속삭이듯 들려왔다.

사혜는 잠옷 바람으로 제 방을 나와 실내화도 신지 않은 발로 살금살금 홀을 지나 2층의 계단을 올랐다. 2층에서 그녀가 곧장 향한 곳은 사온의 방이었다. 이미 약속이나 한 듯 노크도 없이 문을 열고 들어간 그녀는 들어와서는 뒤로 문을 찰칵 잠갔다. 그 순간에 사온이 기다리고 있던 사람 모양으로 다가가 그녀를 대번에 잡아당겨서 제 품에 꼭 끌어안고는 입을 맞췄다.

창은 커튼에 완전히 가려 있고, 불빛은 다소 낮은 조명으로 은은했다. 깊은 입맞춤으로 사혜를 맞은 사온은 그 상태에서 그녀의 원피스 잠옷을 잡아당겼다. 잠옷은 사혜의 발아래 툭 떨어졌다.

팬티 한 장 입고 있는 그녀의 몸을 사온은 구석구석 진하게 애무했다. 입술이 입술에서 떨어진 뒤로, 애무는 그 입술로 다시 시작돼 그녀의 목과 젖가슴으로 이어졌다. 그사이 손은 사혜의 엉덩이 쪽에서 팬티를 내려 엉덩이 골 밑으로 깊이 파고들어 가 한바탕 진하게 놀고 있었다. 사혜는 제 몸을 온전히 내맡긴 채였다.

사온의 무릎은 점점 아래를 향했다. 그러다 종국에는 바닥에 닿아, 그 상태에서 사혜의 엉덩이를 움켜잡고 배꼽을 핥았다. 이어 그녀의 팬티를 발목까지 내리니 그녀는 또 알아서 발을 하나씩 빼, 팬티를 제 몸에서 완전히 분리시켰다. 사온은 제 눈앞에 있는 사혜의 검은 숲을 지그시 바라보다 가만히 입을 맞췄다. 마치 숭배하듯. 그런 후 그 숭배가 무색하게도 무척 갑작스럽게 그녀의 두 다리를 품에 안아 어깨에 걸친 채로 벌떡 일어섰다.

"꺅……."

놀란 사혜가 작게 소리를 지르고는 또 재빨리 손으로 입을 막았다. 사온은 그녀를 어깨에 떠멘 채로 제자리에서 빙글빙글, 서너 바퀴 돌고서야 그녀를 내려 곧장 침대에 뉘었다. 몸에 걸친 것이라고는 녹색 에메랄드뿐인 그녀를.

"무서워……."

곁에 걸터앉아 옷을 벗는 사온을 보며 사혜는 상체를 살짝 일으켜 앉았다.

"들킬까 봐…… 겁나……."

사온은 그러나 대꾸도 없다.

"그러니까 자주 부르지 마. 응?"

사온은 역시나 사혜의 젖꼭지를 덥석 무는 것에 제 입을 사용할 뿐이었다.

"내 말 듣고 있어? 오빠."

사혜는 그의 머리를 탁탁 쳤지만 소용없었다. 사온은 그녀의 젖꼭지를 빠는 것이 더 급한 사람이었다. 사혜의, 그 걱정의 말이 그녀의 입버릇이라는 것을 잘 아는 까닭이고, 실제로 그녀는 부모님이 알까 봐 극도로 두려워하고 있었다. 때문에 사온에게 절대 말하면 안 된다고 다짐도 받아, 그 문제를 그는 전적으로 그녀에게 맡겨두고 있었다. 즉 '네가 알리고 싶을 때 알려라' 였다. 그러니 그는 사혜의 걱정에 딱히 대답할 말이 없는 것이다. 들킬 걱정 따위 하지 않으니까. 그 걱정은 오롯이 사혜의 몫이었다.

"느껴봐."

사온은 그녀의 귓가에 속삭이며 그녀의 몸을 애무했다.

"으음……."

사혜는 어느새 머리를 옆으로 기울이며 신음을 삼켰다. 그녀의 아래, 깊은 곳에서 사온의 손끝은 흠뻑 젖어 있었다.

"부르지 말라고?"

사온은 사혜의 귀에 입을 대고 다시 속삭였다. 동시에 그녀의 아래, 가장 예민한 부위를 간질이듯 문질렀다.

"아…… 그…… 그게……."

"싫어?"

사온이 이번에는 사혜의 눈을 응시했다. 미간을 좁힌 사혜는 입술 중앙에 힘을 주었다.

"대답해 봐. 싫어?"

"조, 좋아······."

사혜는 마지못하듯 대답하면서도 저 알아서 다리를 벌렸다. 그렇게 벌어진 다리 사이로 사온은 얼굴을 들이밀었다. 사혜 옆에 앉아 있던 상태에서 허리를 숙이고 그녀의 허벅지를 잡아 동시에 모로 누우면서였으니, 당연히 그녀의 눈앞에는 그의 아래가 보였다. 이른바 69자세다.

사온은 사혜의 엉덩이를 움켜잡고 격정적으로 오럴섹스를 시작했다. 사혜 역시 그의 남성을 손에 쥐기는 했으나 어설피 혀를 갖다 댈 뿐 적극성을 띠지는 못하고 있었다. 그런 중에 그녀는 이내 제 몸의 전율을 이기지 못한다.

"으······. 으······."

소리를 마음껏 낼 수 없는 것을 의식하며 사혜는 이를 악물었다. 그러자 소리를 대신하듯 허리 아래에서 경련이 일었지만 그것도 참으려 했다. 그것을 참는다고 죄의식과 불안이 사라지는 것도 아닌데 제 몸이 전하는 전율로부터 버틸 수 있을 때까지 버티려 했다. 해서는 안 되는 짓을 하니까, 죄를 짓는 것이니까, 하며 그것이 그나마 그녀가 할 수 있는 유일한 속죄의 방법이었다.

그러나 죄의식은 쾌락을 밀어내는 것이 아니라 이상하게도 그 반대였다. 죄책감이 강할수록, 사온을 향한 원망이 높을수록 쾌락은 더욱 선명해졌다. 또 그것이 선명할수록 사혜는 또 하나의 죄를 짓는 것 같아 괴로웠다.

사온은 사혜의 가랑이에서 천천히 고개를 들었다. 그리고 곧장 그녀의 허벅지를 하나 잡아서 들었다. 그런 후 그녀의 다른 허벅지를 제 가랑이 사이에 끼고 몸을 아래로 내려, 그 상태에서 그녀의 깊고 은밀한 동굴 안으로 자신을 밀어 넣었다. 먼저 손에 잡았던 그녀의 다리를 가슴에 안으면서였다. 흡사 티(T)를 거꾸로 한 것 같은, 그 모양새에서 아랫부분이 바로 사온 자신인 기묘한 체위였다.

사혜는 사온의 행위에 흔들리며 가능한 입술을 꼭 붙이고 있었다. 혀도 깨물었다.

"으으음……."

신음이 사혜의 입술을 뚫었다. 그녀는 손에 닿은 이불을 지그시 그러쥐고 동시에 고개를 그쪽으로 돌려 손에 쥔 이불을 콱, 물었다. 입에서 터져 나오는 소리를 억누르자니 몸부림은 절로 동반되었다. 엉덩이에 힘이 들어가고 허리는 뒤틀렸다. 그사이 사온은 사혜의 엉덩이를 부술 듯 맹렬히 달려들어 그 끝에서 그녀의 골반을 콱, 움켜잡는다.

"허억……."

사혜는 입에 문 이불과 함께 격한 숨을 토해냈다. 큰 고비는 그렇게 넘겼다. 그런데 남은 고비도 만만찮았다. 그녀의 허리 아래에서 인 경련은 종아리까지 내려가 떨게 만들었다. 그것을 식혀주듯 사온은 그녀의 종아리를 제법 힘을 줘 깨물고, 그 깨문 위를 또 핥았다. 그러는 동안 사혜는 가슴을 들썩이며 거친 숨을 진정시키고 있었다. 이윽고 사온이 몸을 일으켜 사혜의 아래를 타월로 닦아주는 동안에도 그녀는 꼼짝하지 않았다. 사온은 곧 사혜 곁에 누워 그녀를 보듬었다.

"이대로 자자."

이불을 끌어 덮으며 사온은 말했다.

"말도 안 돼. 조금 누웠다 가야지……."

두 사람은 집에서 몰래 사랑을 할 수는 있지만 잠만은 각자의 방에서 자야 했다. 그렇게 얼마의 시간이 흐른 후, 사온의 왼쪽에서 그가 해준 팔베개에 누워 있던 사혜는 불현듯 정신이 깨고서야 나른한 기분 속에서 깜박 졸았다는 것을 알고, 내심 자면 안 되지, 하고는 어깨를 추슬렀다.

그런 그녀의 눈에 문득 사온의 왼쪽 가슴에 있는 삼태성이 들어온다. 그것은 평택에서의 사흘째 밤에, '사혜가 사온의 것'이 되었다는 증거였다. 어쩌면 사혜에게는 낙인일지도 모를 그것이 정작 그의 몸에 찍힌 것이기도 했다.

"이거 안 지워진다며……?"

손끝으로 사온의 삼태성을 문지르며 사혜는 말했다. 그 말에, 내내 내려와 있던 사온의 무거운 눈꺼풀이 살짝 꿈틀했다.

"레이저로는 지워지겠지? 외국 남자 셀렙들 보면 사랑에 빠져서 몸에다 여자 이름 이니셜 문신했다가 헤어지고 또 지운다고 삽질하고 막 그러잖아. 오빠도 나랑 헤어지면 레이저로 지울 거야?"

"뭐?"

사온은 나른한 기분이 확 깨는 얼굴을 했다.

"오빠가 나 버릴 수도 있는 거잖아?"

사온은 대꾸할 가치도 없다는 듯 그저 사혜의 얼굴을 빤히 보고만 있었다.

"괜찮아. 걱정 마, 오빠. 버려도 용서해 줄게."

사혜는 자못 그럴 듯한 얼굴로 고개까지 끄덕여 보였다. 그때 사온이 손가락으로 그녀의 코를 꾹, 눌렀다.

"아이 또……."

질색한 사혜가 두 손으로 제 코를 가리는 사이 사온은 그녀의 허리를 팔로 감아 확, 엎어놓았다.

"어……."

사혜는 깜짝 놀랐다.

"서, 설마……. 미, 미쳤어……? 웃……."

사혜는 제 아래가 갑자기 묵직해지는 것을 느끼며 얼굴을 찡그렸다.

"하, 하지 마……."

사혜는 온몸으로 요동을 쳐보지만 그녀의 뒤로부터 들어와 꽉 누르고 있는 사온 아래에서 그것은, 바위 밑에 깔린 어린 물고기의 덧없는 저항일 뿐이었다. 사온의 허리 아래는 시작서부터 격렬히 움직였다. 사혜는 시트를 두 손에 꼭 그러쥐었다.

정원에서는 여전히 마른 낙엽이 바람에 실려, 한 어린 여인의 숨죽인 신음처럼 허망한 제 운명을 다하고 있었다.

사혜는 사온의 방에 들어갔을 때와 같은 방법으로 다시 제 방으로 돌아왔다. 들어오자마자 그녀는 안도의 한숨부터 길게 토했다. 그 한숨은 마치 '들키지 않고 오늘도 무사히'라고 말하는 것 같았다.

사혜는 책상 옆에 있는 서가로 가 어떤 책을 들춰 조그만 열쇠를 꺼내 그것을 어느 서랍의 열쇠꽂이에 꽂아 열었다. 서가의 맨 가장자리에 있는 삼단 서랍 중에서 제일 아래의 서랍이었다. 그 서랍에서 그녀는 약상자를 꺼냈다. 경구용 피임약이다.

사혜는 알약 하나를 들고 화장대 앞으로 가, 그 위에 놓여 있는 조그만 생수병의 물로 약을 삼켰다. 하루에 한 번 먹는 약으로 항상 자기 전에 먹고 있었다. 사온은 피임을 하지 않았다. 아니, 할 생각조차 없는 사람이었다. 사혜가 임신을 하면 그 핑계로 둘의 관계를 터뜨리려 노리는 사람처럼 보였으니까. 때문에 사혜 혼자, 그것도 사온에게 알리지 않고 피임을 하고 있었다. 지난 봄 5월에, 평택에 있는 콘도미니엄에서 임신을 하지 않은 것이 얼마나 다행인지, 사혜는 나중에야 놀란 가슴을 쓸어내렸다.

"차라리 날 버렸으면……."

사혜는 맥없는 얼굴로 중얼거렸다. 그녀는 현재 대학교에서 국문과 2학기 중이었다. 부유하다는 것만 빼고는 평범한 대학생이고, 말 못할 고민만 뺀다면 부족함이 없는 그녀였다. 그녀의 고민인 사온은, 그런데 늘 부족한 모양이었다.

"지금…… 생리 중이야……."

자정이 넘은 어느 날 밤, 사혜는 비 내리는 창밖을 바라보며 핸드폰을 귀에 대고 있었다.

[그래도 와.]

"생리 중이라니까……. 못 한다구."

[못 해도 와.]

"알았어⋯⋯."

사혜는 시무룩해서 핸드폰을 내렸다.

"자기두 바쁘면서⋯⋯."

사온이 업무로 무척 바쁘다는 것을 사혜는 잘 알고 있었다. 늘 늦게 퇴근했고, 출장도 잦았다. 그럼에도 피곤하지 않은지 사혜를 자주 부르는 편이었다. 그렇다고 밖에서 만나는 것이 용이한 것도 아니었다. 사혜는 학교에 다니고, 그는 회사를 다니니 시간을 맞추기도 쉽지 않았고, 사혜는 귀가 시간을 지켜야 해, 밤 11시가 넘으면 특별한 경우 외에 집 밖에 있을 수도 없기 때문이었다.

온통 설경인 스키장은 리프트가 움직이고, 각 슬로프마다에는 활강하는 사람들의 모습이 보였다.

사혜는 사빈과 나란히 리프트에 앉아 아래를 내려다보았다. 둘 다 멋진 스키복에 슬로프를 즐길 완전한 장비를 갖춘 모습이었다.

"오빠는 이 코스 너무 쉽지?"

사혜가 물었다. 리프트가 향하고 있는 슬로프는 중급 정도의 수준이어서 묻는 것이었다. 사혜에게는 딱 맞는 수준이지만 사빈은 더 잘 탔으니까.

"그렇지도 않아. 군대에 있는 동안 못 탔잖아."

사빈은 제대한 지 한 달 되었다.

"친구 놈들이랑 또 와야 하는데 그때 상급 코스 타도 되고. 더구나 너 혼자 어떻게 보내?"

"온이 오빠 잘만 절루 갔잖아."

사혜는 짐짓 입을 삐죽대며 먼 방향으로 턱짓을 했다.

"온이 형한텐 진짜 이 코스 하품 나지."

사빈은 웃음을 터뜨렸다. 사온 혼자 최상급 슬로프로 갔기 때문이다. 두 형제와 사혜는 주말을 이용해 2박 3일로 일정으로 대규모 스키 리조트에 와 있었다. 사혜는 방학 중이고 사빈은 제대 후 봄 학기 복학을 앞두고 있어 주말과 상관없었지만 사온의 시간에 맞추어 온 것이었다.

리프트가 슬로프 정상에 도착하자 사혜와 사빈은 본격적으로 스키를 즐겼다. 사빈이 사혜 옆에서, 결코 그녀를 너무 앞서는 일 없이 잘 리드하는 식으로, 둘은 언제나 나란히 활강했고, 활강을 멈추고 말을 주고받을 때는 즐거운 웃음과 함께였다. 그런 두 사람 사이에 흐르는 기류는 둘의 관계가 오누이인지 연인인지, 전혀 낯선 눈길로 의문을 던진다 해도 그 경계가 다소 애매하게 느껴졌다. 오누이라고 하기에는 너무 다정하고 연인이라 하기에는 성적 긴장감이 부족했다.

사혜와 사빈은 프라자 앞에서 사온과 합류했다.

"와, 배고파."

사혜는 먼저 와서 기다리고 있던 사온 앞으로 가 고글을 위로 올렸다.

"잘 탔어?"

사온이 물었다.

"응. 완전 신나게. 빈이 오빠가 나 엄청 늘었대."

"늘었지. 여섯 살 때보다 잘 타니까."

사빈이 옆에서 놀리듯 말을 보탰다. 사혜가 처음 스키를 배운 때가 여섯 살이었다.

"왜 말이 틀려? 아깐 선수 해도 되겠다며?"

사혜는 눈을 흘겼다.

"당연히 선수 해도 되지. 메달 욕심만 없다면."

"아이, 정말……."

사혜가 스틱으로 위협하는 시늉을 하자 사빈은 스윽 피해 도망 갔다. '나 잡아봐라' 하며. 사혜는 스틱을 집어 던지고 눈을 손에 뭉쳐 사빈에게 던져 보지만 그에게 닿기에는 턱도 없었다. 도리어 사빈이 눈을 뭉쳐 사혜를 맞히자 그녀는 더욱 약이 오른 듯 아예 스키 부츠를 집어 던지고 본격적으로 눈싸움을 시작했다. 그것도 저 혼자만의 선전포고라 그녀가 던진 눈덩이를 사빈은 요리조리 잘 피해 다녔다. 그런 두 사람 사이에서는 장난스러운 악다구니와 함께 웃음소리가 끊이지 않아 슬로프에서 활강할 때와 마찬가지로 어찌 보면 다정한 오누이 같고, 또 어찌 보면 풋풋한 연인 같았다. 사온은 둘이 제법 긴 시간 동안 장난치며 노는 것을, 아무 재촉도 하지 않고 기다려 주었다.

세 사람은 라커룸에서 옷을 갈아입은 후 레저용 지프로 움직여 리조트 내 이탈리안 레스토랑으로 향했다. 사혜가 파스타를 먹겠다, 해서였다. 사온과 사빈은 각자 다른 것을 주문했다.

"점심 먹고 나서는 썰매 탈까?"

식사 중에 사혜가 물었다. 제 옆의 사빈을 보면서였는데 둘이 나란히 앉고 사온은 맞은편에 앉아 있었다.

"좋지. 근데 썰매는 애인이랑 타야 제맛인데."

사혜의 말을 받은 사빈이 눈을 들어 레스토랑 안을 슬쩍 훑었다. 점심식사로는 다소 늦은 시간대라서 테이블은 반도 차 있지 않았는데 그 대부분이 젊은 부부나 연인으로 보이는 남녀였다.

"가족은 우리밖에 없나 봐."

"억울하면 오빠도 애인 만들어."

사혜는 대꾸하면서 사온을 힐끔 쳐다보았지만 그는 먹는 데에 열중해 있었다.

"참, 내가 좋은 소식 하나 알려줄까?"

사혜는 이내 사빈에게 눈길을 돌렸다.

"응? 뭔데?"

사빈이 자못 솔깃해하자 사혜는 모 그룹 모 회사 이사장 딸의 이름을 대며 '그 언니가 오빠한테 마음이 있다더라' 고 전했다.

"걘 영 내 취향 아닌데."

"오빠 취향은 뭔데?"

"이쁘고, 똑똑하고, 착하고, 건강하고, 말 잘 듣고, 지조 있고, 날씬하면서 글래머에 이왕이면 유머도 있는 여자."

"아이, 재수 없어. 그러니까 연애를 못하지."

"그러는 넌? 대학 들어가면 막 연애한다더니 영…… 작업 거는 놈들 없어?"

"응……?"

사혜는 앞에 있는 사온을 다시 슬쩍 보았다.

"전혀 없는 건 아니고……."

"없는 건 아닌데 맘에 드는 놈도 없다? 혹시 너도 잘생기고, 스마트하고, 나만 바라보고, 삼선 추리닝과 슈트를 다 소화할 줄 아는 몸매에, 초콜릿 복근과 차 후진 시 멋진 턱선은 필수, 뇌섹남스러운 뿔테안경은 옵션에, 이왕이면 날 웃길 줄도 아는, 요런 취향?"

"와, 딱이다, 딱."

사혜는 박수를 쳤다.

"다행이다. 오래오래 노처녀로 있어라."

"웃겨. 가을에 예대에 소문난 남자한테 작업 들어왔었는데……."

사혜는 말하다 또다시 사온의 눈치를 슬쩍 보고는 입을 다물었다.

"예대의 소문남? 누군데? 왜 말하다 말어? 어떤 놈이야?"

사빈은 짐짓 아버지 같은 얼굴로 다그쳤다.

"말해봐. 예대면 연예인?"

"응."

"학교 다니고 있으면 스케줄 없는 거고, 잘 안 나가는 놈이네."

"비시즌인 거지. 근데 왜 자꾸 놈, 놈 그래?"

"어쭈? 그놈 편드는 거세요, 지금? 안 돼. 일단 연예인은 절대 안 된다. 그 바닥이 어떤 바닥인데."

"그럼 누가 되는데? 사업가? 판사? 의사?"

"남잔 다 안 돼. 다 늑대거든."

"당연히 남자가 늑대여야지, 사슴이나 토끼면…… 에, 그게 뭐야?"

"어라, 점점……. 우리 사혜가 언제 이렇게 까졌지?"

사빈의 계속된 '근엄한 장난'에 결국 사혜는 푹 하니 웃음을 터뜨렸다.

"형, 긴장해. 잘못하면 우리 사혜, 애먼 놈한테 뺏기겠어."

사빈이 맞은편의 사온에게 눈을 옮겼다. 사온은 옆에 놔둔 핸드폰으로 기사를 검색하며 묵묵히 먹기만 하고 있었다.

"가만있을 수 없잖아, 우리?"

"당연히."

사온은 쳐다보지도 않고 툭, 내뱉었다.

"죽여 버려야지."

"와, 센데?"

사빈은 만족한 듯 사혜를 향해 '봤지? 들었지?' 했다. 아랫입술을 삐죽 내민 사혜의 얼굴은 일순 사나워졌다.

"어쩌지? 작업남이 하나가 아닌데? 아주 여럿인데?"

말은 사빈에게 하면서도 사혜의 눈길은 사온을 훑었다. 도전적인 어조와 눈빛이었다. 그러나 사온은 그녀를 쳐다보지도 않았다.

식사 후 세 남매는 썰매를 타고, 저녁식사 후에는 멀티 몰에서 당구와 게임 등으로 시간을 보낸 후 숙소로 돌아왔다. 리조트 내에 있는 호텔로 두 개의 객실을 나란히 잡아 사용하고 있었다. 그중 하나가 당연히 사혜의 방으로, 그녀는 편한 옷으로 갈아입은 후 오빠들의 객실로 건너가 특히 사빈과 수다를 떨며 놀다가 밤이 꽤 깊어서야 제 방으로 돌아왔다.

욕실에서 샤워하고 나온 사혜는 얼굴에 팩을 하고 인터넷을 하는 등의 일로 시간을 보내다 침대에 몸을 뉘였다. 그때 핸드폰 벨이 울렸다. 늦은 시간이라 의아해하며 핸드폰을 든 사혜는 '온이 오빠'라 뜬 것을 보며 깜짝 놀랐다.

[문 열어.]

사온은 다짜고짜 말했다. 사혜는 소스라쳤다. 이어 발을 동동 굴렀지만 문을 열지 않을 수는 없었다.

"미쳤어? 오빠."

열어준 문을 밀고 들어오는 사온에게 사혜는 나직하면서도 다급한 목소리로 나무랐다.

"빈이 오빠?"

"자."

"그래도 그렇지……."

바로 옆방인데다 사온이 사빈과 따로 묵는 것도 아니고 같은 객실에 있으면서 깊은 밤에 혼자 나오면 어쩌자는 것인가 싶어 사혜는 어이가 없었다.

"잠깐 있다가 그냥 가. 빨리 가. 응?"

다급히 말하며 사혜는 저를 잡는 사온의 손을 뿌리쳤지만 그는 바로 그 손으로 그녀의 머리채를 잡아챘다. 그리고 그녀의 입에서 비명이 나올 새도 없이 입술을 덮쳤다. 사혜는 '읍읍' 소리를 내며 주먹으로 그를 마구 때렸다.

"돼, 됐지? 이제 가."

간신히 입술을 뗀 사혜는 그를 밀었다. 사온의 대답은 그녀의 파자마 상의를 확, 잡아 벗긴 것이었다.

"아이 참……."

사혜는 다시 주먹을 휘둘러보지만 사온에게 허리를 잡혀 바지까지 벗겨졌다.

"안 된다니까……."

그 말과 함께 사혜의 몸에서 팬티도 뜯겨져 나갔다.

"오빠……."

사혜가 아무리 사정해도 소용없었다. 사온은 그녀를 번쩍 안아 팔걸이가 있는 의자에 앉히고는 그녀의 다리를 각각 그 팔걸이에 걸어버렸다. 사혜는 얼른 두 손으로 제 가랑이 중앙을 가렸다.

"빨리 가라며?"

사온은 제 상의를 먼저 훌렁 벗고 나서 말했다.

"그럼 빨리 해야지."

"정말…… 미워 죽겠네……."

사혜의 얼굴은 벌게져 있었다.

"손 치워."

사온은 사혜 맞은편에, 그녀의 적나라한 중앙과 눈높이를 맞추고 앉아 단번에 그곳을 입에 물었다. 시작부터 거침이 없었다.

"으음……."

사혜의 입에서 달뜬 신음이 새어 나오기까지 얼마 걸리지 않았다. 그런데도 그녀는 사온의 머리칼을 움켜잡고 그만하라며 밀었지만 그럴수록 그는 보란 듯 더욱 맹렬히 그녀의 그 내밀하고 연약한 속살을 물어뜯었다.

"으흑……."

쾌락에 약간의 고통이 가해지니 사혜의 허리는 심하게 비틀렸다. 그녀는 제 손을 입에 가져가 손가락 마디를 깨물었다. 소리를 내지 않기 위해서였다. 옆방에 있는 사빈을 의식하지 않을 수 없었으니까. 집에서도 사온에게 불려갈 때마다 그녀의 의식을 지배한 것은 늘 가족이었다. 가족은 이제 사혜에게 죄의식과 불안의 또 다른 이름이기도 했다.

털썩, 사혜는 엎어진 모습으로 침대로 떨어졌다. 사온이 곧장 달려들어 그녀의 엉덩이를 깨물었다.

"웃……."

사혜는 격한 신음을 시트에 얼굴을 처박는 것으로 참으려 했다. 너무 아파서 눈물이 핑 돌았다.

"네가 바랐던 거 아니야?"

사온은 사혜의 귓가에 대고 속삭였다. 제 온몸으로 그녀의 뒤를 덮친 채였다.

"내가 질투하기를 바랐던 거라면 성공했어. 화가 나기를 바랐던 거라면 더욱더."

"미워……."

사혜는 울먹였다.

"네 몸은 그게 아닐걸?"

사온은 그녀의 엉덩이 아래로 손을 넣어 곧장 격렬히 움직였다.

사혜는 시트에 얼굴을 다시 처박았다. 그러나 얼마 지나지 않아 그녀의 허리 아래가 뒤틀리는 것으로 제 주인의 흥분을 대신했다. '흥분'은 시트를 흠뻑 적실 정도였다. 사온의 입꼬리는 한껏 위로 올랐다. 그는 몸을 일으켜 엎어진 사혜의 골반을 잡아 아랫도리만 위로 들어올렸다. 고양이 자세의 사혜는 두 손으로 시트를 꽉 움켜잡는다. 제 뒤로부터 격렬히 부딪쳐 오는 사온의 행위에 덜 흔들리기 위해서였다. 이런 체위가 처음도 아니기에 몸뿐 아니라 머릿속까지 흔들려 신음이 절로 터져 나온다는 것도 알았다. 그래서 그녀는 이를 더욱 악물었다.

같은 시간, 바로 옆방에서 사빈은 자는 중에 잠깐 눈을 떴다. 트윈 베드인 객실에서 창가 쪽의 침대에서 자고 있던 그는 문가에 더 가까운 사온의 침대가 비어 있는 것을 보았다.

"어디 간 거야……?"

사빈은 잠깐 의아해하면서도 몸을 돌려 다시 잠 속에 빠져들었다.

스키장에서 돌아오는 길에 차 안에는 사온과 사혜뿐이었다. 서울 시내 어디쯤에서 사빈은 친구와 만난다며 먼저 내려 둘만 남은 것이었다. 시간은 밤 9시가 넘어 있었다.

"호텔로 간다."

사빈이 내리고 얼마 안 있어 사온은 운전대를 좌회전 방향으로 돌리는 중에 말했다.

"뭐?"

사혜는 깜짝 놀랐다.

"스키장에서 출발 전에 엄마랑 통화했단 말이야. 늦으면 이상하잖아."

"한 시간만 있다 가면 돼."

"그래도 서울에 있는 호텔이면 아는 사람 만날 수도 있는데, 회사 사람도 그렇고……."

"그럼 집에서 해?"

"안 하면 되잖아."

"해서 안 될 것도 없잖아."

"내 몸만 좋은 거지?"

"네 몸은 너 아냐?"

"그래도……."

"집도 불안하다, 호텔도 불안하다, 그럼 차에서?"

사온은 농담인지 아닌지도 구분할 수 없게 태연히 되받고 있었다. 사혜는 '싫다'는 말을 간신히 삼켰다.

"짐승."

대신 그렇게 내뱉었다. 스키장에서 불과 2박 3일 있는 동안 이미 한 번의 관계를 갖고도 또 금세 원하는 그를, 그녀는 이해할 수 없었다.

"오빠……."

사혜는 우물쭈물하다 다시 입을 열었다.

"우리 그냥 데이트하자, 응? 호텔 들어가지 말고 그냥 커피 전문점 들어가서. 아님 공원 같은 데."

사온이 운전하는 레저용 지프는 정말 공원으로 들어섰다. 시내의 근린공원인데 한밤중이라선지 사람의 모습은 거의 보이지 않고 가로등이 군데군데 켜 있음에도 황량하고 음산했다. 사온은 더구나 그중에서도 특별히 어두운 자리에 차를 세웠다.

"왜 하필 여기에……."

사혜는 창밖에 눈을 두고 어리둥절해했다. 사온은 대꾸도 없이 제 안전띠와 사혜의 것을 차례로 풀었다.

"설마……."

사혜는 가슴이 철렁한 얼굴이더니 천천히 눈만 움직여, 그가 태연히 제 바지 앞을 푸는 것을 보았다. 이어 사혜의 주먹이 사온의 얼굴로 냅다 꽂혔다. 퍽, 퍽, 퍽, 사혜는 계속 사온을 향해 마구 주먹질을 해댔다.

"차라리 호텔로 가!"

주먹질 끝에 사혜는 부르짖었다.

호텔의 객실로, 사온은 사혜의 손목을 잡고 끌고 들어오다시피했다. 사혜가 저항을 한 것은 아니지만 느릿한 걸음으로 몸을 자꾸 뒤로 빼니 그런 모양새가 된 것이다.

객실에서 사온은 급히 사혜의 옷을 벗겼다. 금세 발가벗겨진 사혜는 침대 위로 던져졌다. 사온은 얼마나 급했는지 저는 채 다 벗지도 않고 그녀를 덮쳤다.

"으읍……."

사온의 거친 입맞춤에 사혜는 미간을 찌푸리며 손으로 탁탁, 그를 때렸다.

사온은 사혜의 두 다리를 제 허리에 휘감게 한 채로 앉은 자세에서 그녀를 품고 애무했다. 그녀의 살과 뼈를 다 녹여 버릴 듯 진하게, 바로 엊그제 관계를 한 것이라고는 믿어지지 않을 만큼 도리어 아주 오랜 시간을 헤어져 있다 만나 그간에 쌓인 욕망을 한번에 다 풀어버리려는 것처럼 질기고 집요한 애무였다.

"으읏……."

사혜는 몸을 떨었다. 사온이 그녀의 어깨를 깨문 것이다. 시작은 대부분 그랬다. 사혜가 기억하는 그는 늘 제 격정을 어찌 풀어야 하는지 모르는 사람 모양 난폭했다. 그렇게 해야만 사혜가 온전히 그의 것이 되는 줄 아는 양 그러했다. 거기에는 사혜가 몹시 싫어하는, 너무도 수치스럽게 느끼는 모양새로 그녀를 만들어 버리는 것도 포함되었다.

"시…… 싫어……."

사혜는 그것이 둘 사이에 금지 언어인 줄 알면서도, 그럴수록 그가 한술 더 뜬다는 것을 알면서도 토해냈다. 역시나 소용이 없었다. 그는 그녀가 느끼는 수치심까지 모두 제 것으로 하고 싶은 사람 같았다. 그 수치심만으로도 다른 남자는 그녀의 마음에 들어올 여지조차 없도록 말이다.

"어헉……."

사혜가 거친 숨을 연이어 토해낸 후에야 사온은 그녀를 그 수치스럽고 이상한 모양에서 풀어주었다. 사혜는 눈은 붉게 물들였다. 그런 그녀의 눈을 그는 또 핥았다. 감미로운 애무의 시작이다.

"으음……."

사혜의 고개는 한쪽에서 다른 쪽으로 천천히 돌았다. 사온의 혀는 그녀의 몸에서 가장 민감한 부분을 휘감았다. 그 민감하고 작은, 진주 같은 것은 이미 제 몸을 잔뜩 불린 채였다. 그것을 사온은 또 이로 지그시 깨물었다. 사혜의 고개는 반대편으로 돌았다. 이번에는 신음을 참았지만 허벅지 안쪽의 떨림은 숨길 수 없어, 그대로 사온에게도 전해졌다.

그는 다시 혀를 내어 그것을 더욱 몰아붙였다. 그러자 그 아래, 깊은 동굴이 먼저 반응했다. 풍요로울 만큼의 이슬을 일시에 쏟아 낸 것이다. 거의 동시에 사혜의 입도 터졌다. 소리를 참을 필요가 없는 곳이라선지, 그녀는 마음껏 질러댔다. 뿐만 아니라 그의 머리를 움켜잡고 제 그곳에 더욱 밀착시켰다.

사온은 그녀의 격정이 다소 가라앉기를 기다렸다가 그녀의 안으로 들어왔다.

"예쁘다."

사혜를 꼭 끌어안고 그는 말했다.

"한 번 더 들려줘, 사혜야. 그 소리……."

행위의 시작과 함께 그는 주문했다.

"예쁜 소리."

6. 죄와 벌

계절이 바뀌고, 해가 바뀌었다.

사온과 사혜는 한집에서 한 가족으로, 남매로 살면서 또한 연인이기도 한 불안하고 위태로운 관계를 이어갔다. 그런데 그 불안하고 위태로움을 느끼는 것도 다만 사혜의 몫일 뿐이었다. 사온은 제양사에서 부서 하나를 책임지는 팀장으로 업무 수행이 매우 탁월해 아버지인 제 회장의 썩 두터운 신임을 받고 있는 한편으로 누이를 성적으로 유린하는, 어떻게 보면 파렴치한 이중생활을 하고 있음에도 그마저 훌륭히 해나가고 있었다. 적어도 사혜의 눈에는 그렇게 비쳤다.

시시때때로 불안증과 죄책감에 시달리는 그녀와 달리 사온은 양심의 가책은커녕 세상에서 가장 당연한 일을 하는 양, 시간이

지남에 오히려 점점 더 심하게 그녀의 몸을 탐했다. 집은, 가족은 더 이상 사혜에게 행복과 안정의 보금자리가 아니었다. 언제 깨질지 모르는 살얼음판이었다. 그리고 살얼음은 결국은 깨지게 돼 있었다.

어느 대학교의 캠퍼스는 서서히 단풍이 지는, 활동하기에 가장 좋은 날씨를 맞아 활기에 충만해 있었다.

사혜는 강의를 끝내고 친구들과 함께 캠퍼스로 나와 얼마 안 있어 그들과 헤어졌다. 7교시의 마지막 강의라 4시쯤이었다. 친구들과 헤어져 캠퍼스의 한편으로 접어든 그녀의 발걸음이 어딘지 불안정했다.

얼마 되지 않아 차 한 대가 사혜 앞으로 다가와 섰다. 차에서 급히 내린 사람은 사빈이다.

"사혜야……."

그는 사혜 쪽으로 다가서며 놀란 얼굴을 해 보였다.

"왜 그래? 얼굴이 그게 뭐야? 어디 아파?"

사혜의 얼굴은 핏기 하나 없이 창백한 것에 더해 일그러져 있었다.

"으응……. 오빠, 나 빨리……."

차에 빨리 타야겠다는 의미였다. 사빈은 얼른 조수석의 문을 열어 사혜를 태웠다. 차는 곧 출발해 대학교의 정문을 통과했다.

"그렇잖아도 너 요즘 안색 안 좋다고 엄마도 걱정하시더라. 보약 지어야겠다고 하시던데. 암튼 내일부터 며칠 내가 너 학교 데리고 다닐게."

"아, 아냐……. 그럴 필요까진 없어."

사혜는 최근 자가용 차를 집에 두고 택시를 이용해 학교를 다니고 있었다. 저도 원인을 알 수 없게 컨디션이 저하돼, 운전을 하다 사고를 낼 것 같아서였다. 그래서 오늘도 차 없이 학교에 왔다가 몸이 갑작스레 더욱 안 좋아져, 사빈에게 연락해 데리러 와달라 했던 것이었다. 사빈은 현재 대학원에 재학 중으로 사혜와는 다른 학교였다.

"배 아파?"

운전 중에 사빈이 사혜를 힐끔 보며 물었다. 사혜가 배를 움켜쥐고 있었기 때문이다.

"많이 아파?"

사혜의 대답이 없자 사빈은 재차 물었다. 사혜는 여전히 대답을 안 했다. 그런 그녀의 몸이 안전띠를 하고 있음에도 점점 아래로 기울었다.

"사혜야……."

사빈은 걱정스러운 듯 누이의 이름을 불렀다. 사혜가 이번에는 소리를 냈다. 그러나 대답이 아닌 신음이었다. 끼익, 사빈은 급히 갓길에 차를 세웠다.

"사혜야, 혜야. 괜찮니?"

사빈은 그녀의 안전띠를 풀고 어깨를 잡아 세웠다. 사혜의 얼굴은 백짓장처럼 창백했다. 더구나 고통으로 일그러진 얼굴은 그사이 식은땀에 온통 젖어 있었다. 사빈은 당황했다. 그것이 경악으로 이어지기까지도 금세였다. 아랫배를 움켜쥔 사혜의 손으로 눈길을 내리던 중에 피가 보였던 때문이다. 그 피는 원피스 아래, 그녀의 다리를 따라 흘러내리고 있었다.

어느 병원 앞으로 승용차 한 대가 서고 기사가 급히 내렸으나 그가 뒷좌석의 문을 열기도 전에 사혜의 어머니가 제 손으로 문을 열고 나왔다. 병원은 일반 종합병원이었다. 어머니는 핸드폰을 손에 쥔 모습으로, 급한 걸음을 병원의 입구로 옮겼다.

"엄마……."

병원의 1층에서 사빈이 다가왔다. 기다리고 있던 모습이었다.

"사혜는 어딨어?"

어머니는 숨도 안 쉬고 물었다.

"바로 좀 전에 입원실로 옮겼어요."

"가자. 어디가 아픈 거야? 어떻게 된 거야? 의사는 뭐래?"

"나도 아직……."

사빈은 사혜가 잠들어 안정을 취하고 있으니 의사를 먼저 만나 보라며 안내해, 잠시 후 두 사람은 진료실에서 응급을 담당했던 의사를 만날 수 있었다. 여자 의사였다.

"응급은 잘됐구요, 며칠 조리만 잘하면 됩니다. 산부인과를 소개할 테니 옮기시겠어요? 여긴 담당 전문의가 없어서요."

"네……?"

어머니와 사빈은 놀라기보다는 어리둥절한 얼굴들이 되었다.

"아……."

의사는 다소 난처한 얼굴을 해 보였다.

"유산입니다. 환자 본인도 임신을 몰랐던 것 같아요."

두 사람이 진료실을 나올 때는, 사빈이 어머니를 부축하고서였다. 어머니는 입을 굳게 다물고, 아직 혼란을 정리 못한, 그러나 침착하려 애쓴 흔적이 역력한 모습이었다. 어머니는 제 아들의 팔을 움켜잡았다.

"빈아……."

어머니는 목소리에 힘을 주었다.

"이거 일단…… 너하고 나만 알자."

"응. 걱정 마요."

"사혜한테 가자."

어머니는 이내 마음을 다진 얼굴로 말했다. 사빈은 한 입원실로 어머니를 안내해, 어머니만 안으로 들이고 자신은 밖에 남았다. 그렇게 혼자가 돼서야 그는 다리에 힘이 풀린 듯 털썩, 벤치에 주저앉았다. 사혜가 임신을 하고 유산을 했다니, 도저히 믿기지 않았다. 누이 곁에 남자의 흔적을 눈치챈 적도 물론 없었다. 여자든 남자든 연애를 하면 대개의 경우 귀가부터 늦어지기 마련, 임신까지 할 정도의 깊은 관계라면 더욱이 그러할 텐데 사혜가 그 문제로 부모님의 꾸중을 들었다는 기억은커녕 너무 집에만 있는 누이를 오히려 나무라며 데리고 놀러 다닌 사빈이었다.

그뿐이 아니었다. 사혜에게 남자친구가 생긴다면 그것을 틀림없이 막내 오빠인 저에게 말할 것이라, 그는 믿어왔다. 서로 그런 약속도 한 적이 있었다. '애인이 생기면 숨기지 말고 털어놓기'라고. 동시에 '아무나 사귀면 안 된다'며 사빈은 짐짓 오빠로서의 걱정도 내비쳤었다. 그런 만큼, 누이와는 비밀이 없다고 믿었던 사빈의 충격은 컸다.

"죽여 버릴 테다……."

누구에게 하는 말인지, 그는 중얼거리며 주먹을 지그시 그러쥐었다.

사혜의 어머니가 딸을 보기 위해 들어간 입원실은 아주 작은 규모의 일인실이었다. 어머니는 사혜가 누워 있는 침대 머리맡에 의자를 바짝 붙여 앉은 모습으로 딸의 얼굴과 머리를 쓰다듬고 있었다. 사혜는 어머니와 눈을 제대로 못 마주치면서도, 어쩌다 어머니를 향해 눈길을 옮길 때면 한껏 죄스러운 낯빛을 띠었다.

"그런 눈으로 볼 거 없다."

어머니는 드러나지 않은 깊은 한숨을 섞어 말했다.

"엄마 놀란 거 맞아. 그건 맞는데…… 그보다 더 중요한 것은 너야. 네가 무사한 거야."

엄마의 말에 사혜는 눈시울을 붉혔다. 꿈에도 임신일 줄을 모르고 있다가 의사로부터 유산이라는 말을 듣고 가장 충격을 받은 것은 물론 사혜 자신이었다. 벌써 일 년 반 정도 피임약을 복용하다 보니 때로 소홀하기도 해, 며칠 거른 일도 종종 있고, 그러다 보면 생리는 자연히 터져 그것이 끝난 후에는 다시 복용해야 했지만 또 그냥 거른 적도 있었다.

그렇다 해도 금세 다시 챙겨 먹었다고 기억하는데 임신이 되다니, 좀 더 주의할걸, 사혜는 뒤늦은 후회도 해보지만 사실 지구상의 어떤 피임약도 백 퍼센트 피임을 보장하지는 못한다. 심지어 정관수술도 백 퍼센트는 아니라 하니 그저 운이 나빴다고밖에 볼 수 없을 것이다.

사혜는 저가 당한 충격과 창피함에도 불구하고 무엇보다 어머니로부터 '크게 실망했다'는 비난을 들을 것을 몹시 두려워했는데 어머니는 화를 내기는커녕 도리어 딸을 위로하고 다짜고짜 '남자가 누구냐' 캐묻지도 않았다.

"사랑한 사람이었니? 그 사람도…… 알아?"

딸의 눈 아래로 떨어진 눈물을 손으로 닦아주며 어머니는 물었다. '사랑한 그 남자'도 그녀의 임신 사실을 알고 있느냐, 하는 의미였다. 사혜는 고개를 흔들었다.

"왜……?"

"헤어…… 졌어……."

사혜는 그렇게밖에 말할 수 없었다. 어머니는 다시 '왜?'라고 물었다.

"그냥……."

"참 책임감 없는 놈이네. 그런 놈이라면 잘 헤어졌다. 이렇게 귀하고 매력적인 우리 딸을 몰라보고……."

어머니는 다시 딸의 머리를 쓰다듬었다.

"그런데 사혜야. 너 아직 어려. 너무 성급히…… 그러진 마라. 알았니?"

사혜는 고개를 끄덕였다.

"미안해. 엄마……."

입원실 밖, 벤치에 계속 앉아 있던 사빈은 문소리를 듣고 일어섰다.

"좀 어때요?"

어머니가 뒤로 문을 닫는 것을 확인한 후 사빈은 물었다.

"괜찮아. 그냥 여기서 몸조리하게 하고 내일 퇴원하면 될 것 같아. 병원에서 더 조리하게 하고 싶지만 하루 이상은 아버지한테 둘러댈 수가 없구나. 집에서 조리를 잘해야지."

"누구래요?"

사빈은 툭 하니 물었다. 저도 모르게 사나운 말투가 나와 정작 묻고 나서는 어머니의 눈을 피했다.

"몰라. 이미 헤어졌대."

"그래도 누군진 알아야죠."

"알아서 뭐 하게? 때려주게?"

사빈은 아랫입술을 지그시 깨물었다.

"범죄였다면 모를까…… 사혜, 저도 좋아서 사귄 것을 어쩌겠어? 들어가진 마. 아직 창피할 거야."

어머니는 사빈을 스쳐 어디론가 걸음을 옮겼다. 처음에는 보통의 걸음을, 곧이어는 그것이 빨라져 그 끝에서는 뛰어야 했다. 어머니는 비상구로 뛰어들었다.

비상구 안에서 어머니는 두 손으로 얼굴을 가렸다. 아무 소리도 내지 않았다. 소리를 모두 삼켜내었다. 그럼에도 꼭 붙인 손가락 사이를 적시며 손등을 타고 흘러내리는 눈물만큼은 숨기지 못했다.

사혜는 이튿날 오후에 퇴원해서 집으로 돌아왔다. 간밤에 어머니가 병원에 함께 있었고, 사빈은 집에 들어와 아버지에게 자초지종을 설명했다. 이미 어머니와의 통화로 대강의 사정은 알고 있는 아버지기에 사빈은 그 나머지만을 설명하면 되었지만 동시에 어머니로부터 부여받은 '임무'도 완수해야 했다. 그 임무란, 딸의 일이라면 밥 먹다가도 뛰쳐나가는 아버지를 절대 병원에 오지 못하게 하는 것이었다.

아니나 다를까 제 회장은 '얼마나 아프기에 집에도 못 오느냐'며 당장 가자, 했지만 사빈은 온갖 핑계를 대서 결국 아버지를 주저앉혔다. 병원 이름을 끝내 말하지 않고 버틴 것이 특히 주효했다. 사온은 마침 울산항에 출장 중이어서 집에 아예 없었다.

"엄마 말이 일주일 가까이 조리해야 한다던데."

사빈이 말했다. 그는 사혜의 침실에 있었다. 이불에 덮여 비스듬히 누워 있는 사혜를 바라보며, 침대 옆에 가져다 놓은 의자에 앉은 모습이었다.

"으응……."

"주말이 껴 있어 다행이다. 주초였으면 강의 더 많이 빼먹어야 했을 텐데."

사혜는 고개만 끄덕여 보였다. 사빈이 방에 들어와 있는 내내 그와 눈도 제대로 못 마주치고 있는 그녀였다. 그런 누이의 모습이 사빈은 낯설었다. 그리고 그 사실이 갑자기 화가 났다.

"날 보고 얘기해. 네가 뭐 죄졌어?"

사빈이 버럭, 하는 소리에 사혜는 그제야 눈을 들어 그를 보았다.

"오빠…… 실망한 거 알아……."

"실망 안 했어. 안 해, 안 할 거야."

사빈은 강한 어조로 말했다.

"그러니까 의기소침해지지 마. 알았어?"

사혜는 다시 고개를 끄덕였다. 부은 얼굴에 눈가만 때꾼하니 그늘이 진 그녀의 안색이 사빈은 너무 가슴 아팠다.

"좀 이따 저녁밥은 내가 가져다줄게. 쉬어."

사빈이 나가고 난 후 사혜는 베개 밑에 놓아둔 핸드폰을 꺼내 들었다. 어제 아침 일찍 출장을 간 사온에게서는 그동안 세 번의 문자와 두 번의 전화 연락이 있었지만 그중 전화는, 어제의 이런 저런 일로 모두 받지를 못하고 문자에만 응답을 보냈었다. 그 문자들도 피차 안부에 관한 내용이라 특별한 것도 아니었다.

"오늘 오나……?"

국내 항구로 출장을 가면 보통 1박에서 2박을 하니 오늘이나 내일 오기는 할 것이다. 사혜는 전화를 걸어볼까 하다 말고는 이불 안으로 몸을 깊이 파묻었다. 통화를 하다 보면 왠지 눈물이 날 것 같았다. 아주 잠시 저의 배 안에서 살다 간 생명, 그 가엾은 생명에 대해 정작 사온에게서는 위로를 받을 수 없으니 말이다.

사온과의 아슬아슬한 관계도 벌써 2년이 넘었다. 그러다 보니 어느 때부터인가, 그 위태로움에조차 일상이 스며들어 발밑의 살얼음을 단단한 땅으로 착각하기도 한 순간이 더러 있었을 것이다. 그 착각에서 벗어나라, 이런 일이 생겨 버린 것일까. 아니, 꼭 착각만은 아니었다고, 사혜는 스르르 잠이 오는 중에도 고개를 저었다.

사온은 사혜가 퇴원한 이튿날 오후 5시경에 귀가했다. 마침 보약 사발을 든 어머니가 막 주방을 나설 때였다.

"이거 사혜 먹을 거야."

사온의 인사를 받은 어머니는 그의 눈길이 보약 사발에 이른 것을 의식하고 말했다.

"아버지한테 말씀 못 들었어? 사혜가 좀 아파서 다음 주 중까진 학교에 못 가거든."

"어디가 아픈데요?"

학교를 못 갈 정도로 아프다 하니 사온은 약간 놀란 얼굴이었다.

"뭐랄까 체력 문제지, 뭐. 병이 있거나 그런 건 아니니까 걱정할 건 없고. 잠깐 보고 올라가든가."

사온은 사혜의 방으로 향하는 어머니의 뒤를 따랐다.

"아버지는 딸 아프다고 어제 일찍 퇴근하셔서 몇 시간 동안 사혜 방에서 나오지 않아 내가 끌고 나왔다니까. 아버지가 방에 그렇게 오래 있으면 딸이 얼마나 불편하겠어? 하여간 눈치가 없어."

어머니는 짐짓 밝은 목소리로 수다를 떨었다.

사혜는 컴퓨터 앞에 앉아 있다 문이 열리는 소리에 돌아보았다.

"또 컴퓨터다. 누워 있으라니까."

어머니는 들어오자마자 나무랐다.

"그냥 앉아만 있는 건데……."

사혜는 사온에게 눈길을 잠깐 주고는 어머니에게 변명했다.

"그럼 숄이라도 걸치든가. 몸을 따뜻하게 해야 빨리 낫지. 자, 먹어. 적당히 식혀 왔으니까 안 뜨거워. 오빠한테 인사도 하고."

"으응……. 오빠, 잘 다녀왔어?"

보약 사발을 두 손에 들고 사혜는 어설픈 웃음을 머금었다. 어머니는 사온에게 '식사 준비할 테니 씻고 다시 내려오라'는 말을 남기고 먼저 딸의 방을 나갔다.

"많이 아파?"

사혜가 보약 사발을 비우기를 기다렸다가 사온은 물었다.

"그냥 조금……."

사온은 사혜의 얼굴에 손을 가져가, 마치 열이 있는지를 알아보듯 잠시 대고 있었다. 그의 눈에도 사혜의 얼굴이 건강해 보이지 않았다.

"오빠가 너무 괴롭혀서 그래."

사혜는 의미 있는 눈짓을 보내며 핀잔주듯 했다.

"별로 괴롭힌 기억이 없는데?"

사온은 정색했다.

"그거야…… 요새 자기가 계속 바빴으니까. 그래도 괴롭힐 기회만 생기면 괴롭힐 거잖아?"

"그래서 미리 아파? 괴롭힐까 봐?"

"응."

대답하고 나서 생각하니 웃긴 듯 사혜는 킥, 웃었다. 사온은 그런 그녀의 코를 손끝으로 꾹 누르며 '아프지 마' 했다. 그러자 여지없이 팡팡, 소리가 뒤를 이었다.

그날 밤, 사혜의 어머니는 잠을 이루지 못하고 뒤척였다. 상념이 깊어 불면을 불러온 결과였다. 또 오늘만 그런 것도 아니었다. 딸의 일을 알고 난 후의 이틀 밤을 그렇게 보내고 있었다. 꼭 체한 듯 가슴이 답답했던 어머니는 결국 일어나 곁에서 자는 남편이 깨지 않게 조심하면서 침대에서 내려왔다.

어머니는 티 테이블에 놓인 자리끼를 한 잔 마시고서야 속이 좀 터지는 긴 한숨을 토해낼 수 있었다. 사혜의 자연유산 건으로 어머니가 당한 충격은 이만저만이 아니었다. 그럼에도 자신이 약한 모습을 보이면 딸이 더욱 죄책감을 가질 것 같아, 속으로는 억장이 무너지면서도 그것을 참아내려니 속만 까맣게 타들어간 것이었다.

사혜를 어떻게 키웠는데, 쥐면 터질세라, 불면 날아갈세라, 제 생명보다 더 아끼며 키웠는데, 마음 같아서는 사혜를 그렇게 만든 놈을 찾아내 찢어 죽여도 시원치 않았지만, 그런 나쁜 마음이 들 때마다 또 그러면 안 되지, 어미가 마음을 곱게 써야 자식이 잘되지 싶어 어머니는 참고 또 참아왔다.

어머니는 문득 시계를 보고 두 시가 넘어가는 것을 확인하며 자리에서 일어섰다. 어머니가 마음을 굳게 먹고 평온을 유지해야 하는데 못난 저가 속을 이리 끓이니 사혜인들 편할까 싶어 자책이 되었다. 때문에 딸이 잘 자고 있는지 걱정도 되고, 잘 자고 있으면 마음이라도 편해질까 싶어 사혜의 방을 향했다. 그런데 홀에서 어머니는 걸음을 갑자기 멈추고 제자리에 우뚝 서버렸다. 사혜의 침실 문이 사선 방향으로 보이는 위치였다.

어머니가 걸음을 멈춘 것은 사혜의 침실 문이 닫히는 소리를 들은 것과 거의 동시였다. 소리뿐 아니라 얼핏 본 것도 있어 눈에 잔상도 남았다. 분명 누군가가 사혜의 방으로 들어갔다. 다만 그 누군가가 들어가며 문이 닫힌 것과 어머니가 본 것이 너무도 절묘하게 맞물린 찰나여서, 그것이 사실인지 잘못 본 것인지를 잠시 생각하게 했을 뿐이었다. 사혜가 나왔다 들어간 것일 수도 있지만 사혜의 방에는 화장실이 딸려 있어 이 밤중에 나올 일이 없고, 무엇보다 어머니의 눈에 맺힌 잔상에 그 검은 그림자는 남자의 형상이었다.

어머니는 급히, 소리는 나지 않게 사혜의 침실 문 앞으로 다가섰다. 그리고 그렇게 급히 다가선 것이 무색하게도 매우 조심스럽고 신중하게 문고리를 잡아 아주 천천히 돌렸다. 그것은 조금 돌아가는가 싶더니 즉시 멈췄다. 즉 안에서 잠겼다는 뜻이다. 어머니는 흠칫 뒤로 물러나 제 입을 손으로 틀어막았다. 휘청, 넘어지려는 것도 간신히 중심을 잡아 버티었다. 가슴이 미친 듯 팔딱팔딱 뛰는 것이 다소나마 안정이 되기까지는 시간이 걸렸다. 그것이 안정되자 어머니는 2층의 계단을 밟았다. 그녀의 발길은 먼저 사빈의 방을 향했다. 방문이 가까워 올수록 가슴은 다시 팔딱대었지만 마음을 독하게 먹고 문고리를 잡았다. 그리고 돌리니 돌아간다.

사빈은 침대에서 자고 있었다. 그 모습을 확인하고 나온 어머니는 제 호흡이 절로 거칠어지는 것을 어쩌지 못했다. 눈은 사온의 방을 향해 있었다. 사빈의 침실 문은 비교적 쉽게 열었던 어머니가 사온의 침실 문 앞에서는 그렇지를 못했다. 사혜가 사빈과 함께 자라 지금도 오빠들 중 가장 친하게 지내 당연히 사빈부터 의심을 했더니, 그렇다고 그것이 사실로 드러날 경우 충격이 덜할 것도 없을진대, 어쩐 일인지 사온에 대해서는 현실감이 들지 않았다.

결국 어머니는 몸을 돌려 다른 방의 문을 먼저 열었다. 사혁이 결혼으로 집을 떠나 비운 방으로, 지금은 공동 서재 겸 응접실로 꾸며 사용되고 있는 방이었다. 욕실도 열어보고, 심지어는 창고 용도의 방도 열어보았다. 아무도 없었다. 아니, 사온이 없었다. 이제야말로 만일 사온의 방이 비어 있다면 조금 전 사혜의 방으로 들어간 남자의 형상이 누군지 고민할 필요도 없는 것이었다. 어머니는 벌벌 떨리는 손을 사온의 침실 문 앞으로 뻗었다.

사온은 사혜의 침대에 걸터앉아 그녀를 내려다보고 있었다. 사혜는 침대에 누운 모습으로 그의 얼굴을 마주한 모습이다. 그가 들어오기 전에 선잠에 들었다가 기척을 듣고 깬 것이었다.

"자."

사온은 말했다.

"자기가 깨워놓구……."

"자는 모습만 보고 가려고 했다."

"사실은 계속 잠만 잤더니 정작 밤에 잠이 잘 안 와. 얼른 학교 가고 싶어."

"그래?"

사온은 이불을 젖히며 들어왔다.

"왜 이래? 서, 설마 하려는 거 아니지?"

"가만있어."

그는 사혜의 허리를 잡아 끌었다.

"아…… 안 돼……. 나 아파, 아픈 몸이야……. 아프다구……."

사혜는 제 몸을 더듬는 그의 손길을 온몸으로 거부하다 왈칵, 눈물을 쏟았다. 그 와중에도 소리를 죽이느라 어깨만 심하게 들썩였다. 당연히 사온도 눈치챌 수밖에 없었다. 때문에 멈칫하는 찰나, 사혜의 주먹이 날아왔다. 팍, 팍, 팍, 소리는 이어졌지만 그녀의 주먹에는 별달리 힘도 실려 있지 않았다.

"나…… 나 죽어도……."

사혜는 소리 죽여 오열했다.

"이럴 거지……?"

사혜는 정말 서럽게 울었다. 소리를 마음대로 내지 못해 목구멍과 가슴에 통증을 느끼면서도 그녀는 울음을 멈출 수가 없었다. 그런 그녀를 사온이 품으로 바짝 끌어당기니 그녀는 다시 저항해 보지만 결국 그의 가슴에서 울어야 했다.

그런 그녀를 사온은 말없이 토닥거렸다. 사실 그는, 사혜가 생각하는 그럴 의도로 이불 속에 들어온 것은 아니었다. 지금처럼 품에 안고 어루만지려던 것뿐이었다. 그런데 그녀가 너무 서럽게 울자 이상하게 가슴이 서늘해져 변명할 생각도 못했다. 그저 서늘한 것도 아니었다. 심장을 콕콕 쑤시는 것이, 처음 느껴보는 묘한 통증이라 내심 당황도 했다.

"울 것까지 뭐 있어?"

한참 후에야 사온은 말했다. 사혜의 울음도 어느 정도 진정이
된 후였다.

"자라."

그는 사혜의 훌쩍거리는 소리를 들으며 그녀의 머리를 쓰다듬
었다.

"잠들면 나갈 테니."

사혜는 훌쩍거림 끝에 짧은 한숨을 내쉬었다. 그가 '괴롭히지
않을 것'을 확인한 안도의 한숨이 아니었다. 반대로 살얼음을 딛
고 선 둘의 현실이 새삼 상기된 데서 온 어두운 불안과 근심의 그
것이었다.

"소원 있어?"

사온은 불쑥 물었다.

"있으면 말해봐."

사혜의 대답이 바로 나오지 않아 그는 부드럽게 재촉했다.

"솔직히…… 말해도 돼?"

사혜는 마침내 입을 열어, 그것도 모기 소리만 하게 물었다.

"그래."

"우리…… 헤어지는 거, 그냥 도로 남매 되는 거……."

사혜의 말과 동시에 그녀의 머리를 쓰다듬던 사온의 손이 멈췄
다.

"아님……."

짧은 침묵 후 사혜는 말을 이었다.

"세상에서 제일 편안하고 안락한 곳…… 아무 불안감도 없는

곳…… 죄짓는…… 그런 느낌이 들지 않는 곳…….”

사혜는 마치 시를 낭송하듯 읊조렸다.

“그런 곳이 있었으면 좋겠어. 근데 그런 곳은, 내가 살아가는 동안에는 아마 없을 거야……. 죽었다가 다시 살아나면 몰라도…….”

“만들어줄게.”

사온은 그것이 매우 쉬운 일인 양 대수롭지 않게 말했다.

“만들어줄 테니까 얼른 자. 아무 걱정 말고.”

사혜는 아무 말도 하지 않았다.

사혜의 방문은 소리 나지 않게 열리며 사온을 내보냈다. 그가 들어간 때로부터 약 한 시간 반 정도가 흐른 뒤였다. 그는 나오자마자 주방의 불이 환히 밝혀 있는 것을 보고는 그곳으로 먼저 걸음을 옮겼다. 어차피 2층의 계단을 오르기 위해서는 주방을 거치지 않을 수도 없었다. 주방 입구에서 어머니의 모습은 바로 보였다. 입구를 정면으로 하고 앉아 있었으니까. 물론 식탁 앞이었으며 찻잔을 두 손에 든 모습이었다. 어머니는 가까이 오는 사온을 가만히 지켜만 보았다.

“안 주무셨습니까?”

사온은 평상시와 같은 예의 바른 모습으로 물었다. 놀라거나 당황한 흔적은 찾아볼 수 없었다.

“제 팀장이야말로 이 시간에 뭐 하고 있어?”

어머니 역시 차분한, 평소와 같은 얼굴과 목소리였다.

“내려오는 소리 못 들었는데.”

"사혜 방에 있었습니다."

"누이 방을 찾기엔 너무 늦은 시간 아니야? 남매라 해도 지킬 건 지켜야지."

"다음부턴 주의하겠습니다."

"그게 다야?"

"뭘 더 원하십니까?"

두 사람은 조용한 대화 속에서도 날 선 긴장의 눈빛을 교환했다.

"앉아봐."

어머니의 말에 사온은 맞은편에 앉았다.

"사혜…… 어디가 아픈지…… 모르지?"

그렇게 묻는 어머니를 향해 사온은 미간을 살짝 좁혔다. 불길한 예감의 그것이었다. 아프다 하면서 어디가 아픈지에 대해서는 애매한 태도를 취한다면, 보통은 그것이 큰 병이거나 아니면 어떤 다른 의도를 갖고 있기 십상인데 그가 걱정하는 쪽은 큰 병이었다.

"사빈이만 알아. 아버지도 모르셔."

"무슨 병입니까?"

"놀라지 마……."

말끝에 찻잔을 든 어머니가 그것을 한 모금 마시고 다시 내려놓을 때까지 사온은 인내심을 갖고 기다렸다.

"유산이야."

사온은 즉각 반응을 보이지 않았다. 처음에는 그것이 무엇인지도 잘 모르다가 서서히 이해가 되는, 그런 느낌으로 그의 얼굴에 반응이 나타났다. 어지간해서는 감정이 드러나지 않는 그의 얼굴에서 그렇게 천천히 나타나는 반응을 또 어머니는 가만히 지켜보았다.

"자연유산. 여자의 몸에는 출산과 별다를 것 없는 충격이지. 겨우 스물두 살에."

"알겠습니다."

"내 말 끝까지 들어."

사온이 일어서려는 것을 보며 어머니는 힘 있는 어조로 말했다. 물론 큰소리를 낸 것은 아니고, 여전히 소리 죽여 말하는 가운데 그러했다.

"여기서 끝내."

그렇게 말하는 어머니의 눈빛은 더욱 힘이 들어가 있었지만 흔들리지 않으려 애쓰는 흔적까지 숨기지는 못했다. 사온은 잠잠히 그 눈빛을 응시했다.

"가족을 깰 수는 없어. 그러니 이 비밀…… 난 무덤까지 가져갈 거야. 너도 약속해. 여기서 끝내겠다고."

"가족은 깨지지 않습니다. 사혜는 제 곁에 있을 거니까요. 영원히."

"누이로서 그럴 거야. 그 이상은 안 돼."

"오래전부터 누이가 아니었습니다."

"사혜는 입양이 아니야. 알잖아?"

그 말은 입양아로 기록돼 있지 않다는 의미였다. 즉 사혜는 생부와 생모로 제 회장 부부의 이름이 올라 있는, 부부의 법적 친자였다.

"친생자관계 부존재 확인 청구 등의 방법이 있습니다."

"방법 없어."

어머니는 분노의, 뜨거운 눈물을 눈시울에 담아냈다. 딸인 사혜는 어머니에게, 그깟 혈연이나 법으로 취소될 수 있는 것이 아니었다.

"있다 해도 필요 없어. 사혜, 내 딸이야. 어떻게 내 딸한테 이런 짓을 할 수 있어? 어떻게 네 누이한테 이럴 수 있어?"

"날이 밝으면 아버지께 말씀드리겠습니다."

"안 돼……."

엉겁결에 큰소리가 나간 어머니는 제 소리에 놀라 손으로 입을 막았지만 사온이 일어선 것을 보며 즉시 따라 일어섰다.

"그런 짓 하면 절대 용서 안 해……."

그런데도 사온은 등을 돌렸다. 어머니는 다급히 그의 곁으로 가 팔을 잡아챘다.

"약속해. 아버지께 말 안 한다고, 여기서 그만둔다고."

"오히려 다행입니다. 밝혀져서."

나직이, 또 눈 하나 꿈쩍 않고 말하는 사온을 보며 어머니는 제 실수를 깨달았다. 아는 척하는 것이 아니었다고, 다른 방법을 고민했어야 했다고 말이다. 혹여 실수로 사혜를 어찌했으리라 보고 적당히 위협하면 물러설 줄 알았는데 그것이 아니었다. 그는 마치 때를 기다린 사람 같지 않은가.

"미쳤어? 아버지가 아시면 널 용서할 것 같아?"

그런데도 어머니는 다시금 그 '위협'을 믿어본다.

"그건 제 몫이 아닙니다. 제 몫은 사실대로 말하고 사혜를 데려오는 것, 그것뿐입니다."

"가족을 깨서라도?"

"깨지지 않습니다."

"제발……."

이제 어머니는 사정했다.

"부탁이야. 여기서 멈춰. 끝내라구. 그렇지 않으면 모두가 불행해져."

"죄송합니다."

그 말을 끝으로 나가려는 사온을 어머니는 '안 돼' 하며 다시 잡았다.

"약속할 때까지 못 가. 약속해, 여기서 끝내겠다고 약속하란 말이야……."

어머니는 사온의 옷깃을 잡아 흔들며, 더 이상 제 목소리에 주의하지도 않고 사정했다. 그런데 사온은 그런 어머니가 아닌, 그 너머에 눈을 두고 있었다. 뒤늦게 그것을 의식한 어머니가 고개를 돌리다가 '헉' 하는 소리를 내며 소스라쳤다. 제 회장이 서 있었던 것이다. 주방 입구의 바로 밖, 한쪽 편에 서 있는 회장은 잠옷 위에 가운을 대충 걸쳐 입은 모습으로, 아마도 어떤 소리를 듣고 깬데다 아내마저 곁에 없어 나왔다가 의외의 광경을 목격하고는 의아해하는, 그런 모습이었다.

와장창, 엄청난 파열음이 온 집 안을 뒤흔들었다.

사빈은 화들짝 놀라 침대에서 일어났다. 그 요란한 소리는 한 번뿐이 아니었다. 비슷한 소리가 계속해서 집 안을 울리고 있었다. 사빈은 침대를 박차고 나와 잠옷 바람 그대로 방을 나와 계단을 뛰어내렸다. 계단을 다 내려와 홀에 이르니 사혜의 뒷모습이 가장 먼저 보였다. 그녀 역시 자다 일어난 차림에 방금 나와본 모습이었다.

퍽, 퍽, 주방 입구에서 제 회장이 미친 듯 사온을 두들겨 패고 있었다. 손에는 묵직한 원목 소재의 가늘고 긴 장식품이 들려 있었다. 바닥에 주저앉은 사온은 벌써 피투성이로 거의 저항하지 않은 채 그것을 고스란히 맞고 있었다.

"사빈아…… 사빈아, 아버지 말려. 빨리……."

어머니는 아버지의 뒤에서 허리를 잡아끌며 소리쳤다. 그녀 혼자서는 힘에 부쳐 도저히 막을 수 없는 형국이었다. 풀썩, 사혜는 제자리에 쓰러지고 그런 누이를 보며 사빈은 갈팡질팡하다 결국 아버지에게 달려갔다.

국내선 여객기가 운항되는 공항에 사혜는 그녀의 어머니와 있었다. 대기실처럼 보이는 곳에 나란히 앉은 모녀 옆으로는 커다란 캐리어가 있었다. 사혜는 해쓱한 얼굴을 아래로 향한 채 무릎 위에 올려놓은 제 두 손을 맞잡아 꼼지락대었다.

"일단 일주일 정도 지낸다 생각해."

딸만큼이나 창백한 안색의 어머니는 말했다.

"학교는 걱정 마. 엄마가 알아서 처리할 테니까."

"휴학…… 해?"

"아니. 아직은."

"엄마, 나……."

"나중에 얘기하자. 제주도 내려가서, 응?"

두 사람은 제주도 별장으로 내려가기 위해 공항에 온 것이었다. 그때 문이 열리고 한 여자가 모습을 보였다.

"준비됐습니다. 사모님."

여자는 다가와 캐리어의 손잡이를 잡았다. 어머니는 사혜의 손을 잡고 일어섰다.

"온이 오빠는……."

어머니의 손에 잡혀가며 사혜는 머뭇거린 끝에 입을 열었다.

"어떻대……?"

사혜가 걱정하는 사온은 병원에 있었다. 간밤에 제 회장의 자택에서 가까운 외과전문병원 응급실로 실려간 그는 응급처치 후 입원실로 옮겨졌다. 머리가 깨져 출혈이 심해, 일단 지혈부터 받았지만 그 외에도 심한 전신 타박상에 왼쪽 팔꿈치 아래로 자칫 골절될 뻔했을 정도의 금이 갔으며 늑골 두 개에도 실금이 가는 부상을 입었다.

사온은 입원실에서 몸을 일으키고 있었다. 화장실이 딸린 적당한 규모의 일인실로, 창밖은 한낮임을 말해주듯 햇빛이 쨍했다. 사온이 침대 아래로 다리를 내릴 때 노크도 없이 문이 열렸다. 사빈이다. 간밤에 형을 병원으로 옮긴 이도 그였다.

"움직일 만한가 보네?"

먼저 입을 연 사빈의 어조에 비아냥대는 투가 역력했다. 그것도 사납게 굳은 표정으로.

"옷 가져와."

사온은 평소와 같은 얼굴과 목소리로 말했다.

"나가게? 그 꼴로?"

사온의 '꼴'은 붕대가 감겨 있는 머리에, 지지대에 고정돼 있는 왼쪽 팔, 입술이 찢어지고 광대뼈 아래에도 상처가 난, 영락없는 환자의 꼴이었다.

"가져와."

"소용없어. 사혜, 집에 없어. 다신 못 만날 거야."

사빈은 차갑게 쏘아붙였다.

"사혜 옆에 얼씬도 마. 이건 내 말이기 전에 아버지가 그러셨어. 아버지 말씀 전하러 왔거든. 당연히 사혜한테 접근 금지고, 집에서도 나가라셔. 몸 추스르는 대로 짐 싹 싸 들고. 알아듣지?"

사빈은 경멸의 눈빛을 띠었다.

"미친 거 아냐, 진짜?"

약간의 사이를 두고 사빈은 갑자기 악을 쓰듯 큰소리를 냈다. 그런 후 거친 숨을 내쉬며 사온을 노려봤지만 사온은 그 마른 눈빛과 얼굴로 동생의 분노를 담담히 받을 뿐이었다.

"딴사람은 몰라도 난 형, 용서 안 해. 절대 안 해."

이번에는 조용한 목소리로, 그러나 한껏 혐오감을 담아 내뱉는 사빈이었다.

"더럽고 구역질 나."

그 말을 끝으로 사빈은 쾅, 소리와 함께 사라졌다.

사온은 일어나 붙박이장 앞으로 가 문을 열었다. 그 안은 텅 비어 있었다. 피 묻은 옷을 입은 채로 실려 왔으니 그 옷을 그대로 넣어놨을 리가 없었다. 그때 노크 소리가 나고 간호사가 들어왔다.

"어, 누워 계셔야 해요."

서 있는 사온을 보며 간호사는 급히 말했다. 사온은 전화를 사용하고 싶다고 청했다. 그리고 잠시 후 회사의 어느 직원에게 전화를 해 저가 필요한 것들을 지시했다.

해가 중천으로부터 서쪽으로 서서히 기울어갈 즈음, 사온은 집에 와 있었다. 머리의 붕대는 풀었으나 왼쪽 팔에 고정 지지대는 그대로 한 채였다.

"아니……."

주방으로부터 모습을 보인 아줌마는 사온을 보며 깜짝 놀란 얼굴을 했다.

"어디 다치셨어요?"

"물 한 잔만 주시죠."

아줌마는 얼른 주방으로 가 물을 가져왔다.

"사모님은 안 계세요. 하루나 이틀 집을 비우신다고, 오실 동안 저더러 집을 지키라 하셨어요."

"어디 간다고 하시던가요?"

물컵을 비운 사온은 물었다.

"저야 모르죠. 얼핏…… 별장에 가신다는 것 같긴 하던데……."

사온은 컵을 다시 아줌마에게 주고 사혜의 방으로 발길을 옮겼다. 누이의 방은 당연히 비어 있었다. 그는 그 빈 공간을 천천히 걸어 침대에 걸터앉았다. 그리고 주머니에서 담뱃갑과 라이터를 꺼냈는데 둘 다 새것에 라이터는 일회용인 것을 보면 오는 길에 사온 것이 분명했다. 그는 그것을 오른손과 불편한 왼손으로 뜯어 한 개비를 입에 물었다. 이어 불을 붙이고 한 모금 깊이 빨아 조금씩 연기를 뱉어내는 그의 얼굴에서는, 그것으로부터 딱히 읽어낼 만한 그 어떤 감정도 엿볼 수가 없었다.

같은 시간, 제주도 별장에서는 사혜와 그녀의 어머니가 식탁에 마주 앉아 있었다. 두 모녀는 한 시간쯤 전에 별장에 도착해 별장 관리인인 아주머니가 차려놓은 다소 늦은 점심식사 중이었다.

"왜 그렇게 못 먹어?"

식사 중에 어머니는 젓가락으로 밥을 세다시피 하는 딸을 나무라듯 했지만 그런 어머니도 그리 많이 먹었다고 볼 수는 없었다.

"입맛 없어도 먹어. 그래야 약도 먹지. 먹고 눕자. 너 아직 정상 컨디션 아니야."

"엄마도 계속 여기 있을 거야?"

"왔다 갔다 할 거야."

사혜는 젓가락으로 집은 밥알을 입에 넣다가 할 말이 있는 듯 다시 어머니에게 눈길을 보냈지만 차마 입을 열지는 못하는 모습이었다.

"온이 오빠 어떤지는 내가 빈이한테 전화해 볼게."

사혜가 무엇을 궁금해하는지 안다는 듯 말하면서도 어머니는 딸의 눈을 보면서는 아니었고, 또 다소 화가 난 목소리였다.

"내가 전화해 보면 안 돼?"

"밥 먹어."

사혜는 도리어 젓가락을 손에서 놓았다. 그리고 자리에서 일어나는 딸을 보며 어머니도 수저를 놓는다. 사혜와 사온은, 서로의 만남은 물론 연락도 금지돼 사혜의 핸드폰도 당연히 압수당한 상태였다.

얼마 후 어머니는 한약 사발을 쟁반에 받쳐 든 모습으로 사혜가 있는 침실 문을 열었다. 사혜는 침대 위에서 팔베개를 하고 모로 누워 있었다.

"약 먹자."

사혜는 순순히 몸을 일으켜 어머니가 주는 약을 먹었다.

"말해줄 수 있니?"

사발을 비운 딸에게서 그것을 도로 건네받으며 어머니는 물었다.

"온이 오빠가 너한테 그런 거…… 말이다."

어머니는 그것을 몹시 고민한 끝에 꺼내놓은 양 매우 힘든 얼굴로 물었다.

"엄마는 네가…… 내 딸이…… 스스로 그랬다고는…… 믿어지지 않는구나."

어머니는 에둘러 표현했지만 사온의 일방적인 유린이 아니었느냐, 묻고 있다는 것을 모를 정도는 아니었다. 사혜는 고개를 숙이고 대답하지 않았다. 어머니는 혹시나 제 질문의 뜻을 사혜가 못알아들었나 싶어, 보다 분명하게 다시 묻고 이어 달래도 보았지만 사혜의 묵묵부답은 계속되었다. 어머니는 길게 한숨을 쉬었다.

"그래. 더 묻지 않으마. 하지만 이제부터는 안 돼."

어머니는 목소리에 힘을 주었다.

"왜 안 되는지 알지? 그건 패륜이야. 있을 수 없는 일이야. 무엇보다 가족을 깰 수는 없어. 이제부터라도 서로의 상처를 다독이며…… 다시 가족을 찾자, 사혜야. 시간이 걸리겠지만…… 어쩌면 아주 많이 걸리겠지만 우리 다 같이 최선을 다해보자. 응? 엄마 말무슨 말인지 알지?"

사혜는 여전한 모습으로 대답하지 않았다.

"대답해."

"미안해. 엄마……."

"그 소리를 듣자는 게 아니잖아. 아빠가 얼마나 슬퍼하고 괴로워하시는지…… 알아?"

사혜는 고개를 끄덕였다.

"그래. 엄마, 아빠 말 듣는 거지?"

사혜는 다시 고개를 끄덕였다. 어머니는 다소 안심을 하고는 '쉬어라' 하고 방을 나갔다.

사혜는 두 손끝을 눈가에 댔다. 사온에 대한 걱정으로 마음이 무거웠다. 무리도 아닌 것이 피투성이의 그를 본 것이 마지막이었으니 상처는 어느 정도인지, 어떻게 지내고 있는지만이라도 알고 싶었으나 어머니가 곁에서 지키고 있는 한 별장 내 유선전화나 컴퓨터를 사용하기는 쉽지 않았다. 물론 그에 대한 원망도 함께였다. 둘의 관계를 숨길 의지가 거의 없었던 그의 탓이라고 생각했다.

어둠이 내린 제 회장의 자택에는 긴장감이 감돌았다. 그것은 어둠이 깊어갈수록 더해, 매우 늦은 시간에 제 회장이 퇴근했을 때는 그야말로 최고조에 달해 있었다.

1층 홀에서 퇴근하는 제 회장을 맞은 사람은 아줌마였다. 평소라면 회장의 아내였을 테지만 딸과 함께 제주도에 있는 지금 아줌마가 회장을 맞은 것은 자연스러웠다. 문제는 회장을 맞은 사람이 아줌마 혼자는 아니라는 것이었다.

제 회장은 2층의 계단 아래에 서 있는 둘째 아들 사온에게 눈을 고정했다. 사온은 마치 기다렸던 사람 모양, 아버지가 그를 발견하기 전부터 이미 그 자리에 서 있었다. 왼쪽 팔에 지지대를 한, 그래서 평소의 정중한 자세가 아닌 다소 불편한 모습을 하고서였다.

"드릴 말씀이 있습니다."

사온이 먼저 입을 열어 청했다. 제 회장은 별다른 말 없이 몸을 돌렸다. 따라오라는 의미였다. 사온은 아버지를 따라 서재로 향했다. 2층으로부터 사빈이 빠르게 내려와, 서재의 문이 닫히는 것을 눈과 귀로 확인한다.

"저 미친 인간, 또 무슨 짓을 하려고……."

사빈은 혼잣말로 중얼거렸다. 세 시간쯤 전에 들어온 그는 집에 사온이 있는 것을 보고, '아버지 눈에 띄기 전에 짐 싸서 나가라' 고 윽박질렀다. 눈에 띄어봤자 좋을 것이 하나 없고, 어쩌면 더 맞을 수도 있다고 했다. 그런데 귓등으로도 안 듣더니 도리어 제 발로 아버지한테 가다니, 제정신인가 싶었다. 그런 사빈의 우려가 현실로 나타나기까지 그리 오랜 시간이 걸리지 않았다.

　콰앙, 서재로부터 벼락 치는 소리가 들려왔다. 마침 주방에 있던 사빈은 커피머신을 손에 들고 있다 놀라 놓칠 뻔했고, 싱크대 앞에 있던 아줌마는 '에이구머니' 하며 주저앉았다. 사빈은 곧장 주방을 뛰쳐나갔다.

　공항의 출국장을 급히 나온 사혁은 손에 그리 크지 않은 캐리어를 든 모습으로 혼자였다. 그는 금세 사빈을 발견하고서 그쪽으로 걸음을 옮겼다. 사빈은 형보다 더 빠른 걸음으로 다가와 형의 손에서 먼저 가방을 건네받았다.

　"이거야 원 무엇부터 물어야 할지……."

　사혁은 어둡고 난감한 안색으로 중얼거렸다.

　"일단 가요."

　얼마 후, 사빈이 운전하는 승용차가 공항을 빠져나왔다.

　차 안은 조용했다. 두 형제는 어쩐 일인지 입을 다물고만 있었다. 귀국 전에 사빈으로부터 대강의 전후 사정을 들었던 사혁이 특히 아직도 그 충격의 여파를 가라앉히지 못한 듯 보였다. 어디 그런 일을 상상이나 했을까.

"아버지는…… 괜찮으셔?"

마침내 사혁이 입을 열었을 때는 인천에서 서울로 접어들 즈음이었다.

"응."

"사온인?"

"그 새끼는……."

사온 얘기가 나오자 바로 목청을 높인 사빈은 또 곧장 입을 다물었지만 이내 '미친 새끼'라며 다시 사납게, 그러나 낮아진 소리로 뱉어냈다.

"미쳤어, 진짜. 완전히 돌았어. 그런 짓을 해놓고 어디 가서 죽은 듯 가만있어도 모자랄 판에……. 아버지한테 사혜 달라고, 사혜를 자기 달래. 이게 또라이지, 정상이에요? 아버지 열 안 받겠냐구? 아버지도 오죽했으면 이미 깨져 있는 그 인간한테 또 손을 댔겠냐구요? 근데 그 인간 눈 하나 깜짝 안 해. 아버지가 골프채 들어도 피하지도 않아. 아니, 뭐 그런……."

사빈은 핸들을 쾅, 쳤다.

"그 미친 인간, 두 번, 세 번, 계속 그러다 왜 그만둔 줄 알아요? 아버지 결국 뒷목 잡고 비틀 하니까 그때서야 그만둔 거야. 아버지 비틀 안 했음 저 깨져 죽을 때까지 그럴 작정이었나 봐."

사혁은 심란한 얼굴을 창밖에 두고 있었다. 안 봐도 그림이 그려졌다.

"형이 좀 말려봐요. 이러다 아버지가 돌아가시든, 그 사이코가 죽든…… 초상을 치르긴 할 것 같으니까."

"사혜는?"

"엄마랑 제주도에. 삼 일째예요. 엄만 이따 저녁에 올라오실 거고. 아버지 비틀한 거 아셨거든."

사빈이 운전하는 차는 한참을 더 달려, 어느 병원 앞에서 멈추었다. 사온이 앞서 외상을 치료받고 입원했던 그 외과전문병원이었다. 사빈은 큰형을 안내해 입원실의 문을 열어주고 자신은 들어가지 않았다.

사온은 누워 있는 모습으로 사혁을 맞았다. 그것도 그저 눈으로 형을 보고 있는 것뿐이었다. 이틀 전에 비해 상처가 더 깊어 보이는 그는 왼쪽 팔에 지지대도 그대로였다.

"꼴하구는."

툭, 뱉어내듯 사혁이 먼저 입을 열었다. 사온은 천천히 몸을 일으켰다. 사혁은 '그냥 있으라' 했지만 사온은 일어나 앉았다.

"네 꼴을 보니 난 몽둥이 못 들겠다. 마음으로야 패 죽이고 싶지만."

사혁은 얼굴이 엉망인, 그러면서 아무 표정도 없는 무미건조한 동생의 얼굴을 보며 입을 열었다. 말만큼 사나운 표정을 하고 있는 것은 아니었다.

"대신 경고만 한다. 거두절미하고…… 여기서 멈춰. 여기서 더 하면 우리 가족 깨진다. 지금 벌어진 일만으로도 수습이 난망이야."

사온은 말없이 있었다. 듣고만 있는 것 같았으나 실은 듣지도 않는다는 것을 사혁은 알고 있었다.

"부모님은 사혜를 두고 딸이 아니라고, 핏줄이 아니라고 단 한 번이라도 생각하신 분들이 아니야. 딸과 같은 게 아니라 그냥 당신들 딸이야. 친딸이야. 그걸 포기하실 것 같니?"

"아버진 어떠신가요?"

"왜? 상태 호전되셨으면 가서 또 헛소리하게?"

"아닙니다."

"네 걱정이나 해."

"집으로 가십니까?"

"회사 먼저 들러 아버지 뵙고. 어머닌 저녁에 오신다니 상황 봐서."

사온은 형의 대답을 듣는 순간 의미 있는 눈빛을 해 보였다.

"그만 가보세요."

"대답 안 했어, 너."

"경고라면서요?"

사온은 덤덤하게 물었다. '경고라면서 대답이 필요하냐'는 의미에, '형이 원하는 대답이 아니어도 좋으냐' 하는 것이 덤처럼 따라붙었다는 것을 모르지 않는 사혁은 그만 입을 다물었다.

"빈이 말이 맞구나."

짧은 침묵 후 사혁은 내뱉었다.

"미친놈."

제주도 별장에서 사혜는 혼자 있었다. 정확히 어머니 없이 있다고 해야겠다. 서울로 올라간 어머니 대신 별장지기 아주머니 내외와 함께 있는 것에, 그들의 보살핌인지, 감시인지 알 수 없는 것과도 함께였으니까. 때문에 어머니가 별장을 비우면 가장 먼저 유선전화로 사온에게 전화를 걸어보려 했던 계획은 틀어지고 말았다. 컴퓨터도 치워 버려 전자메일 등도 이용할 수 없고, 외출은 당연히 금지였다.

사혜는 침실의 창가에 서서 어둠이 짙어가는 밖을 내다보고 있었다. 정원의 가로등 불빛에, 가을로 들어서는 계절의 쓸쓸함이 전해졌다. 창에 손을 대니 손끝이 시리다. 그 차가움만으로는 벌써 겨울이다. 그것은 그대로 사혜의 마음이었다. 부모님은 사혜와 사온을 떼어놓기부터 하는 것으로 문제를 해결하려 하고 있었다. 사혜 역시도 둘 사이가 발각된 그날부터 사온과의 관계는 끝이라 생각해 왔다. 그 방법밖에 없다, 또는 그것이 옳다, 그르다 하기 이전에 유일한, 현실적 결론이었으니까. 그런데 그는 그 '결론'을 받아들일까.

사혜는 힘없는 걸음을 침대로 옮겨 털썩 주저앉았다. 이미 나온 결론으로 고민할 필요는 없다, 하면서도 그것이 마음을 조금도 가볍게 해주지 못함을 더불어 깨닫고 있었다. 다시 털썩, 이번에는 침대 위로 몸을 쓰러뜨렸다. 그러다 도로 벌떡 일어났다. 밖에서 들려온 소리 때문이었다. 별장에는 사혜를 제외하면 아주머니 내외뿐이라, 그들이 내는 소리는 일정해서 거기에 다른 소리가 낄여지는 방문객이 있을 때뿐이었다. 그렇다고 어머니가 벌써 돌아왔을 리도 없어서, 사혜는 묘한 느낌을 받고는 밖으로 나갔다.

방문객은 사온이었다. 그를 본 사혜도 놀랐지만 더 놀란 사람은 별장지기 아주머니로 보였다.

"식사는…… 요? 미, 미리 연락을 주셨으면…… 준비를 해놨을 텐데……."

아주머니는 말까지 더듬었다. 사온의 행색 때문이었다. 팔에 댄 지지대도 그렇거니와 얼굴에 난 심한 상처로 인해 그의 모습은 아무리 좋게 봐줘야 패잔병의 그것이었다.

"됐습니다. 가서 일 보세요."

사온은 아주머니에게 말하고 곧장 사혜 앞으로 다가왔다.

"오빠……."

사온의 '상처뿐인' 얼굴을 사혜는 멍하니 바라봤다. 그렇잖아도 얼마나 다쳤는지 걱정을 했지만 이 정도일 줄이야. 더구나 이런 몰골로 여기까지 올 줄이야.

"들어가자."

사온은 누이의 손을 잡았다. 사혜는 저가 있던 방으로 사온과 함께 들어왔다.

"움직여도 괜찮은 거야? 병원에 있어야 하는 거 아니야? 어떻게 온 거야? 오빠 여기 있는 거 알면 난리 날 텐데……."

방문을 닫자마자 사혜는 말을 쏟아냈다. 사온은 아무 대답도 없이 사혜부터 먼저 제 품으로 끌어 오른팔만으로 지그시 힘을 줘 안았다. 마치 그렇게 한 번 안아보려고 왔다는 듯.

"왜 온 건데?"

사온이 팔을 풀지 않아 마음 급한 사혜는 그의 품에서 다시 입을 열었다.

"나 어차피 학교 가야 해서 며칠 내로 서울 올라갈 텐데…… 좀 기다리지. 그럼 그때 몰래 만나도 되잖아."

"더 이상 몰래 만나기 싫다. 또 이제는 그럴 수도, 그럴 필요도 없고."

"어쩌려고……?"

사혜는 불안한 눈빛을 띠었다.

"걱정 마. 너 안 다치게 해."

"어떻게 안 다쳐? 이미 엄마, 아빠 다 다치고, 큰오빠, 빈이 오빠도 다쳤을 텐데 어떻게 나만 안 다쳐? 이미 다쳤어. 오빠도 다쳤어."

"나랑 함께 가면 돼."

사온은 사혜의 말을 거의 듣지도 않는 듯 불쑥 말했다.

"가다니, 어딜……?"

"어디든."

"오빠……."

"짐 싸둬. 아침 일찍 떠나게."

"엄마랑 오빠 중에서 선택해야 한다면……."

사혜는 사온의 팔에서 뒤로 한 발 벗어났다.

"난 엄마야. 엄마 마음 아프게 하는 거, 엄마가 반대하는 거…… 난 안 해. 안 할 거야."

'엄마'라고만 말했지만 아버지도 물론 포함이었다. 그녀의 진심이었다. 또 그것으로 제 뜻을 전하는 데에는 충분하다 여겼다. 사온은 말없이 침대로 가 그곳에 천천히 걸터앉았다.

"알고 있어. 찬성하게 만들어야지."

사온은 이어 다시 '짐 싸'라고 했다.

두 사람은 이튿날 새벽에 제주도 별장을 나왔다. 그리고 오전 일찍 출발하는 항공편으로 김포에 도착했다. 김포에 도착하자마자 사온은 제 핸드폰 화면에 '어머니'라 뜬 것을 보고는 즉시 받았다.

[어디야?]

어머니는 다짜고짜 물었다. 노기가 묻어난 목소리였다. 어머니는 어젯밤에 별장지기 아주머니에게 전화를 했다가 사온이 와 있다는 말을 듣고 경악했다. 당장 사온에게 전화를 걸까 했지만 사혜를 데리고 그곳을 떠날까 봐, 아주머니에게는 아무 말 말라 하고 날이 밝으면 직접 제주도로 내려가려 했다. 그런데 이른 아침에 '둘이 떠났다'는 아주머니의 전화를 받게 된 것이었다.

"김포에 도착했습니다."

사온은 태연히 대답했다. 그 곁에서 사혜는 불안한 눈빛을 하고 있었다.

[당장 사혜 데려와. 집으로 데려와. 데려와……]

어머니의 목소리는 거의 발작에 가까웠다.

"곧 찾아뵙겠습니다."

사온은 그 말만 하고 끊었다.

7. 잊으려거든 잊어버리세요

사온은 제주도 내려갈 때 김포의 주차장에 주차해 놓았던 차를 빼 곧장 서울로 향했다. 서울에서 그는 한 호텔에 숙소를 정하고 체크인을 했다.

"당분간 여기서 지내자."

사혜와 함께 객실로 들어온 사온은 말했다. 창가에 더블베드가 있는 일반 객실로 한낮의 눈부신 햇살이 쏟아져 내려와 침대의 흰색 베개와 시트를 구름처럼 보이게 했다.

"배고파?"

사온은 사혜를 마주하고, 불안해 보이는 그녀의 얼굴을 한 손에 감쌌다. 입으로는 배고프냐 물었지만 그의 손이 전하고 있는 것은 '나와 있을 때는 안심하라'는 의미라는 것을 사혜는 모르지 않았다. 그래서 그녀는 '여기서 어쩔 거냐' 묻지 않았고, 역시나 그는 그녀가 묻지 않아도 '지낼 곳을 마련할 동안 며칠만 기다리라'는 말을 했다.

"알았어."

사혜는 선뜻 대답했다.

"그럼 우리 밥부터 먹고 그다음 병원 가자."

말과 함께 사혜는 지지대에 고정된 사온의 왼팔에 손을 댔다.

"이건 이대로 며칠 두면 되고, 나머지도 시간 지나면 나아."

사온 역시 같은 곳에 눈을 두고 말했다.

"그래도…… 가자. 응? 그리고 오빠 좀 쉬어야 해. 얼굴이 말이 아니야."

이번에는 사혜가 두 손으로 사온의 얼굴을 감쌌다. 얼굴에 난 상처뿐 아니라 그의 안색도 몹시 피로해 보였다.

두 사람은 호텔 안에서 식사를 하고, 사혜의 간곡한 뜻대로 가까운 외과 병원에 들러 사온의 진료와 함께 약도 처방 받았다. 그런 후 두 사람은 호텔에 들어가 내내 나오지 않았다.

사온과 사혜는 침대에 나란히, 함께 있었다. 사온은 누웠고, 사혜는 머리맡 베개에 등을 대고 비스듬히 앉아 있었다. 또 그는 사혜 위로 팔을 걸친 채 눈을 감은 모습이고, 그녀는 눈을 뜨고서 그의 머리칼을 손끝으로 쓰다듬어 주었다.

"왜 안 자?"

사혜는 나직한 소리를 냈다.

"얼른 자. 응? 약 먹어서 졸릴 텐데……."

"너 도망갈까 봐."

눈을 뜨지 않은 채로 사온은 대답했다.

"잘하면 평생 잠 못 자겠네?"

"평생 도망가려고?"

"지금은 도망 안 갈 테니 어서 주무세요."

사혜는 사온의 어깨를 토닥였다.

"자장가 불러줘."

"진짜 안 어울리게……."

사혜는 어이가 없다는 듯 픽, 웃었다. 그러다 이내 '잠깐' 하고는 침대를 내려가 제주도 별장을 떠날 때 가져온 여행용 가방을 뒤져 얇은 책 한 권을 꺼냈다. 그녀는 그것을 들고 돌아와 다시 그의 옆에 앉았다.

"시집이야."

사혜는 말했다. 사온은 사혜에게 더 바짝 붙어, 그녀의 가슴 아래에 아예 제 머리를 올려놓았다.

"오빠처럼 정서가 메마른 사람은 시를 들으면 졸릴지 몰라."

사혜는 제 가슴 아래에 있는 사온의 얼굴을 어루만지며 말끝에 웃음소리를 냈다. 그녀의 손길과 목소리와 웃음소리 아래에 있는 그의 얼굴은 정말 편안해 보였다.

"너무 재미없으면 자게 되잖아. 음…… 특별히 졸린 시를 찾아볼게……."

사혜는 시집을 펼쳐 페이지를 넘겼다.

"릴케 등 주로 낭만주의 시대 때의 시들을 모아놓은 시집인데

번역 되게 잘해서 내가 참 좋아하는 거다. 난 모던한 시보다 약간 촌스러운 시가 더 좋더라. 시는 20세기 중반에 엘리어트로 대표되는 모더니즘이 다 망쳐 놨다니까. 아, 이거 읽어야지. 내가 엄청 좋아하는 크리스티나 로제티의 시야."

사혜는 목소리를 가다듬었다.

나 죽거든, 그대여.
날 위해 슬픈 노래를 부르지 마세요.
나의 머리맡에 장미도 심지 말고, 그늘지는 사이프러스 나무도 심지 마세요.
내리는 비와 이슬에 젖어 내 위에 푸른 풀만 돋게 하세요.
그러다 문득 생각나거든 나를 기억해 주고
잊으려거든 잊어버리세요.

사혜는 문득 눈을 들어 허공에 두었다.
"잊으려거든 잊어버리세요……."
시의 마지막 행을 그녀는 다시 읊조렸다. 잊을 수 있는 것도 축복 같았다. 우리는 잊지 못해 괴로워하는 일들이 얼마나 많은가.

상념에 빠져 있다 보니 사혜는 시를 읽는 것을 잊어버렸고, 그사이 사온은 다행히 잠이 들었다. 그 잠시 후, 사혜는 이불 속에서 사온의 팔에 잡힌 제 몸을 조심히 뺐다. 그렇게 뺐는데도 사온이 눈을 뜨지 않는 것을 보면서 그가 깊이 잠든 것도 확인했다. 병원에서 처방 받은 약을 먹은 그를 재우려 침대에 눕자 말한 쪽은 그녀였다.

사혜는 침대를 벗어나 사온의 옷에서 핸드폰을 꺼내 들었다. 전원은 꺼져 있었다. 그녀는 그것을 들고 화장실로 들어와 전원을 켰다. 엄청난 양의 수신번호가 확인되었다. 거의 어머니와 사빈의 번호였다. 사혜는 어머니의 번호에 손을 댔다.

"엄마, 나야."

통화음이 떨어지는 순간에 사혜가 먼저 입을 여니 '사혜야' 하고 부르는 어머니의 목소리는 비명에 버금갔다.

"엄마. 진정해……. 나 괜찮아. 잘 있어. 조금만 시간을 줘. 내가 오빠 설득해 볼게. 응?"

사혜는 어머니의 흐느낌 소리를 들으며 비교적 차분하게 말했지만 눈시울에는 금세 눈물이 차올랐다.

[엄마한테 올 거지? 올 거지? 사혜야…….]

"응……."

사혜는 눈물을 꿀꺽 삼켰다.

"엄마한테 갈 거야. 걱정 마. 조금만 기다려 줘……."

통화를 끝낸 사혜는 변기 위에 털썩, 주저앉았다. 사실 자신 없었다. 어떻게 사온을 설득할지는커녕 그를 설득하는 일이 가능한지조차 가늠이 되지 않았다. 그저 그가 미웠다. 행복했던 가족을 망쳐 버린 그가 미워서 죽을 것 같았다.

사온이 눈을 떴을 때 객실 안은 이미 깜깜했다.

"사혜야."

그는 먼저 사혜를 불렀다. 그리고 '깼어?' 하는 그녀의 목소리를 듣고서야 안도하며 부스스 몸을 일으켰다. 그사이 반짝, 객실의 불이 들어오고, 불을 켠 사혜는 곧장 사온 곁으로 가 앉았다.

"얼굴이 한결 낫다."

사온의 얼굴을 두 손에 잡고 사혜는 말했다.

"이틀 정도면 멍은 완전히 가시겠어."

"뭐 했어? 깜깜한 데서."

사온은 물었다.

"불 켜면 오빠 깊이 못 잘까 봐. 그냥 소파에 앉아 있다가 어두워지면서는 나도 깜박 존 거 같아. 아, 배고파."

"그래. 먹으러 가자."

"파스타 먹을래."

"그래."

사혜의 밝은 얼굴에 사온은 덩달아 입꼬리를 올렸다.

"오빠 옷 입는 거 내가 도와줄게."

왼쪽 팔에 지지대를 하고 있는 사온은 상의를 입고 벗을 때마다, 조심해야 하는 것도 그렇거니와 무엇보다 시간이 걸렸다.

어둠이 내려앉은 시내는 낮과는 다른, 야간의 활기를 이어가고 있었다. 해가 저물고 긴 시간이 지난 때는 아니라서, 아직은 퇴근길에 있는 사람들을 비롯해 저녁식사나 술 등의 약속 장소로 움직이는 사람들의 분주함이 거리를 지배하고 있었다. 그 분주함 속에 사혜와 사온도 자연스레 섞여들었다. 두 사람은 걸어서 호텔을 나왔다. 파스타 먹으러 가는 길이 호텔에서 그리 멀지 않아 그냥 걷기로 한 것이다.

얼마 후 두 사람은 횡단보도를 건너려 그 대기선 앞에 섰다. 그리고 신호를 기다리는 동안 사혜는 차도를 씽씽 달리는 차들을 유심히 바라보았다.

"이렇게 차들이 달리는데……."

사혜는 불쑥 입을 열었다.

"갑자기 무단횡단해서, 그것도 직진으로 뛰어 무사히 길 건너편까지 건널 확률이 얼마나 될까, 오빠?"

사혜의 뜬금없는 물음에 사온은 그녀의 얼굴로 눈길을 주기는 했으나 딱히 대답을 내놓지는 않았다.

"확률이 아주 낮겠지?"

"그건 왜?"

"우리 사이가…… 그런 확률 같아서. 오빠랑 나 사이에는 처음부터 길이 없었어."

"길은 만들면 돼."

"그게 바로 이 차도를 달려서 살아날 확률이라니까."

"좋아. 그럼 내가 지금 달려볼까?"

사혜는 깜짝 놀라 두 손으로 사온의 팔을 덥석 잡았다. 그가 정말 횡단보도 앞으로 움직였기 때문이다. 때맞춰 보행자 신호는 녹색등으로 바뀌었다.

"가자."

사온은 그 움직임 그대로 사혜의 허리를 확, 잡아끌었다. 사혜는 눈을 흘기며 그의 가슴을 주먹으로 팡, 쳤다.

사혜와 사온이 손 붙잡고 나란히 들어선 곳은 고급스러운 내장의 이탈리안 레스토랑이었다.

"어서 오세요."

매니저로 보이는 여자가 반갑게 두 사람을 맞았다. 이미 안면이 있는 응대였다.

"룸으로 하실 거죠?"

매니저는 당연하다는 듯 물었다. 사온과 사혜는 4인실 룸으로 안내돼, 얼마 뒤에는 식사를 함께했다. 사혜 앞에는 당연히 커다란 파스타 접시가 놓여 있었다.

"여기 파스타가 내 입맛엔 젤 잘 맞아."

사혜는 면발 하나를 호록, 입으로 빨아 넣었다. 그 바람에 소스가 입술 주변에 튄 것을 보며 사온은 냅킨을 건넸다.

"특히 면발이 제대로 쫄깃이야. 면 삶는 사람이 진짜 실력 있나 봐."

사온이 준 냅킨으로 입가를 닦으며 사혜는 말했다.

"오빠도 한 입만 먹어볼래? 딱 한 입만."

사혜는 면을 돌돌 만 포크를 들어 보였다. 사온이 파스타를 별로 좋아하지 않는 것을 알아 '딱 한 입'을 강조한 것이다.

"그래."

사혜는 얼른 엉덩이를 들고 팔을 뻗어 면이 걸린 포크를 그의 입으로 가져갔다. 사온은 그것을 넙죽 받아먹었다.

"아이, 착해."

사혜는 히죽 웃었다.

"착해?"

"응. 나만 착한 거 아니고, 오빠도 착해. 싫어하는 파스타도 먹어주잖아. 계속 착해주세요."

"안 먹으면 맞을 것 같아 그랬다, 무서워서."

"엄살은. 사실은 맛있지? 나는 맛있지롱. 나 죽거든 파스타와 함께 묻어주시고요."

"날 묻어줄게."

"하나도 안 반가워. 지옥까지 따라와서 괴롭히려고?"

사온은 멈칫, 입을 다물었다.

"내가 뭐 틀린 말했어? 괴롭힌 거 맞잖아."

사혜는 말끝에 짐짓 농담이듯 혀를 날름 내밀었다.

"몸은 이제 어때?"

잠깐의 침묵 후 사온은 물었다.

"웃겨. 한 손으로만 밥 먹는 주제가 내 걱정을 해? 그러고 보니 양심은 있나 보네. 아니다, 그게 아니라 혹시……."

그가 무엇을 묻는지 알면서 타박하듯 한 사혜는 가늘게 실눈을 뜨고 그를 째려봤다. 그녀는 자연유산한 지 이제 일주일째였다.

"언제쯤 할 수 있을지…… 그거 노리는 거?"

"들켰군."

사온은 시큰둥한 얼굴로 툭, 던지고는 물컵을 집어 들었다.

"내가 말을 말아야지. 들어가서 건드리기만 해봐라. 그냥……."

"어쩔 건데? 이젠 어디 이를 데도 없을 텐데?"

어릴 때 '엄마한테 이른다'는 말을 입에 달았던 사혜를 빗대어 한 말이다.

"간질일 거야. 오빠, 그거 제일 싫어하잖아."

"졌다."

사온의 깔끔한 항복에 사혜는 웃음을 터뜨렸다. 언젠가 사온의 겨드랑이를 간질인 적이 있는데 그때 그가 보인 반응이 함께 떠올라 더 웃겼다. 어지간해서는 반응도 잘 안 하는 그가 입으로 이상한 소리까지 내면서 몸서리를 쳤던 것이다.

식사 후 두 사람은 어느 한적한 길을 따라 걸었다. 근린공원에서 가까운 골목길로 그리 좁은 길도 아니면서 깨끗하고 호젓해 산책하기에 꽤 좋은 코스로 보였다. 사혜는 사온의 오른쪽에서, 그의 팔을 품에 꼭 안고 걸었다. 길은 꽤 멀리까지 나 있었다. 그리고 그 끝은 어둠에 싸여 보이지 않았다. 그래도 사혜와 사온은 계속 걸었다.

"이상하다……."

그렇게 걷던 중 사혜는 낮게 읊조렸다. 사온이 슬쩍 그녀를 내려다보며 뭐가 이상하냐, 묻는 눈짓을 던졌지만 그녀는 대답도 없이 그저 그의 팔에 머리를 기대고 살살 비볐다. 그러자 사온은 마치 대답을 들은 듯 빙긋 웃었다.

드문드문 켜 있는 가로등은 낙엽이 떨어져 있는 거리를 분위기 있게 비추었다. 참으로 쓸쓸하고 여유로운 도심의 가을밤이었다.

"내가 간질이는 게 무섭긴 무서운 모양이구나?"

사혜는 혀를 날름 내밀었다.

"안 덤비는 거 보니까."

사혜와 사온은 호텔로 돌아와 있었다. 그것도 침대에서 이불에 푹 파묻혀, 사혜는 사온의 오른쪽 팔을 베개 삼은 모습이었다.

"내 꼴이 널 덮칠 주제나 돼?"

사온은 제 왼팔을 빗대어 되물었다.

"네가 덮쳐 줄래?"

"됐네요. 뭐가 이쁘다고?"

"착하다며, 이쁘지는 않아?"

"오빠가 나한테 이쁨받는 길은 하나밖에 없어."

사혜는 사온의 가슴에 올려놓은 손으로 그의 가슴을 쓰다듬었다.

"나, 엄마한테 돌려보내는 거야."

"너, 어머니랑 헤어지게 만들 생각 없어. 허락받을 거야."

"그게…… 가능하다고 생각해?"

"얼마가 걸려도 할 거야."

"죽을 때까지 안 되면?"

"그래도 넌 내 곁에 있을 거야."

"허락만 받으려다 늙어 죽자고?"

"그걸 네가 원하니까."

사혜는 입을 다물었다. 사혜가 '허락'을 원하니까 그것을 위해 싸우겠다는 것은, 뒤집어 말하면 그녀가 그것을 굳이 원치 않는다면 사온, 제 뜻대로 하겠다는 의미였다. 그의 뜻이라면 무엇일까, 사혜는 무서워 물어볼 수도 없었다.

"오빠가…… 포기해 주면 안 돼……?"

그녀는 대신 애원해 보기로 했다.

"포기하는 척이라도 해주면 안 돼? 거짓말로라도 엄마한테 그렇게 말해주면 안 돼? 나, 시집 안 갈게. 평생 안 갈게. 나중에 오빠 몰래, 몰래 만나줄게. 오빠가 아무리 괴롭혀도 다 참아줄게……."

사온은 사혜를 팔베개해 주던 팔을 갑자기 확 끌었다. 그 바람에 사혜의 얼굴이 그의 가슴에 파묻혀 말도 중단되었다.

"말 안 듣는군, 정말."

사온은 통명스럽게 중얼거렸다.

"네가 안전하게 건널 수 있게, 길 만들어준다. 넌 그냥 밥 잘 먹고, 학교 잘 다니고, 건강하게 있으면 돼."

사혜가 얼굴을 들려고 꿈틀대자 사온은 제 팔에 더욱 힘을 주었다.

"네 소원도 들어준다. 세상에서 제일 편안하고 안락한 곳, 아무 불안감도 없는 곳, 죄짓는 느낌이 안 드는 곳…… 찾아준다. 찾아줄 거야."

이튿날 사혜는 사온과 함께 아침식사를 한 후 호텔에 혼자 남아 있었다. 사온은 일이 있다며 '늦을지 모른다' 하고 외출했다. 사혜도 얼마 후 호텔을 나왔다. 객실에 혼자 남으니 어머니 생각만 나고, 어머니에게 전화를 할까 말까 하는, 대수롭지 않은 것으로 고민을 하다 보니 머리가 아파서였다. 전화를 하는 것은 어렵지 않지만 안부만 전하고 끊으려니 부담이 되었다. 어머니는 보나 마나 '당장 와라' 할 것이 빤하니까.

어머니에게 가긴 갈 것이다. 그런데 언제 가느냐가 문제였다. 누가 그 답을 줄 수만 있다면. 사혜는 그 단순하면서도 복잡한 것에서 벗어나려 영화관에 들어가 영화를 보고, 혼자 밥을 먹고, 또 혼자 걸었다. 이윽고 어떤 결심을 했을 때는 해 질 녘이었다. 그것도 겨우 사빈에게 전화를 해보자 한 결심이었다.

사혜는 공중전화를 찾아 헤맨 끝에 겨우 찾아서 다이얼을 눌렀다. 가족의 번호는 다 외우고 있어 핸드폰이 없어도 가능했다. 사빈은 전화를 받지 않았다. 모르는 번호라 그런가 싶어 다시 걸기를 반복해 네 번째 걸었을 때는, 그것도 안 받으면 말자 싶었는데 '여보세요' 하는 사빈의 목소리가 들려왔다.

"오빠……."

[사혜야.]

누이의 이름을 부르는 사빈의 목소리는 어제의 어머니도 그랬듯 거의 비명이었다.

[너 어딨어? 내 당장 데리러 갈게. 말해, 어디야? 너 혹시 온이형한테 협박당하니?]

"아냐. 난 잘 있어. 엄만……?"

[잘 계실 리가 있어? 네가 없는데. 어디야? 어디 있는지 제발 말을 해, 사혜야.]

"곧 들어갈 거야……."

[일단 만나자. 만나서 얘기하자. 나 지금 회산데…….]

"아빠는…… 어떠셔?"

[사실은 아버지가 더 걱정이다. 고혈압도 있으신데 저 망할 사이코 때문에…….]

사빈은 잠깐 말을 멈추더니 '온이 형이 지금 아버지 집무실에 있어'라고 말을 이었다.

"아빠랑 또 싸워?"

사혜는 다급히 물었다.

[싸우긴, 그게 싸울 일이나 돼?]

"그, 그럼……?"

[혼자 미친 거지. 휘까닥 돈 거라구. 달랄 게 따로 있지…… 아버지가 그걸 들어줄 거 같애? 아, 됐다. 이런 얘긴 할 필요 없고, 너 어디에 있는지나 말해. 아버지가 사람 풀어서 너 어차피 금방 잡혀. 서울이긴 한 거야?]

사혜는 그냥 전화를 끊었다. 그러나 그 수화기를 다시 들기까지 그리 오래 걸리지 않았다.

사혜가 머문 호텔에 밤이 내렸다. 밤이 내리고 얼마 지나지 않아 호텔 앞으로 승용차 한 대가 급히 와 섰다. 그 승용차에서 내리는 사빈의 모습도 역시나 급해 보였다. 그의 급한 발길은 호텔의 입구를 향한 순간에 갑자기 멈췄다. 입구의 회전문으로부터 사혜가 모습을 보인 것과 동시였다. 제주도 별장에서 꾸렸던 가방을 손에 든 그녀는, 사빈의 급한 몸짓과는 대비되게도 아주 천천히 걸어나왔다. 사빈은 재차 급히 움직여 사혜의 손에서 가방부터 빼앗듯 받아 들었다.

"가자."

그는 사혜의 어깨를 끌어 차로 데려가 조수석에 태웠다. 사빈의 차는 급하게 왔던 만큼이나 급하게 그곳을 빠져나갔다. 마치 누가 쫓아오기라도 하듯.

사혜가 떠난 객실로 사온이 들어섰을 때 그의 눈에 가장 먼저 띈 것은 스탠드 옆에 놓여 있는 메모지였다. 그는 하루 종일 회사에 있다가 온 길이었다. 사내 한 부서를 책임지고 있는 그는 그동안 제대로 출근하지 못해 밀린 업무를 처리하느라 바빴다.

물론 아버지인 제 회장도 만났다. 아무 성과는 없었지만. 제 회장은 변함없이 요지부동이었다. 사온의 말을 들으려고 하지도 않았다. 당연한 것이 아버지의 눈에 사온은 '미친놈' 그 이상도, 이하도 아니었으니까. 이미 사온에게 '호적에서 파버리겠다'고 했던 아버지는 이제 '회사에도 나오지 마라'며 호통쳤다.

사온은 스탠드 옆에 있는 메모지를 들어 펼쳤다. 사혜의 익숙한 글씨체가 먼저 눈에 들어왔다.

─오빠. 나 엄마한테 가. 간다고 했고, 갈 수밖에 없어. 오빠한테 미안하진 않아. 미안해하지 않을 거야. 절대로.

사혜는 집에 돌아와 며칠을 심하게 앓았다. 갑작스러운 고열에 한밤중에 응급실로 실려가기도 했을 정도였다. 그녀의 곁에는 어머니가 한시도 떨어지지 않고 함께했다.

"내 아기…… 내 불쌍한 아기……."

잠들어 있는 사혜 곁에서 어머니는 딸의 손등을 쓰다듬으며 중얼거렸다. 요 며칠 사혜를 보살피며 어머니의 입에 붙은 소리였다. 저가 대신 아플 수 있으면 아프고 싶은 심정이었다. 그렇게 애지중지 키운 아이를 이토록 아프게 한 사온을, 그래서 더 용서하기가 힘들었다. 용서는커녕 미워하지 않으려 애쓰는 것만도 쉽지 않았다. 사온도 아들이다, 그렇게 마음을 다스리다가도 이따금씩 울컥하듯 튀어나오는 사온을 향한 원망과 배신감에 어머니는 괴로워했다.

사혜의 방문이 조용히 열리고, 제 회장이 안을 기웃거리듯 잠시 들여다보다가 이내 발길을 돌렸다. 안색이 무척 어두웠다. 그런 아버지가 서재로 향하는 것을 또 2층의 계단에서 사빈이 지켜보았다. 무심히 내려오던 중에 잠깐 발길을 멈춘 모습이었다. 그는 다시 걸음을 옮겨 계단을 내려와 사혜의 방문을 열었다. 노크를 하려다 오히려 방해가 될 것 같아 소리 없이 문을 여니 사혜의 침대 옆에 앉아 넋을 놓고 있는 어머니의 모습이 보였다.

"엄마……."

사빈은 조용히 불렀다. 저가 바로 곁에 왔는데도 전혀 기척을 느끼지 못하는 어머니를 걱정스러운 눈으로 보면서였다. 어머니는 아득한 곳으로부터 정신이 돌아오듯 깨어났다.

"이러다 엄마도 쓰러지겠다. 오죽하면 아버지도 엄마 걱정하시더라. 좀 쉬어요. 여긴 내가 있을 테니."

"괜찮아. 난 괜찮아."

어머니는 사빈을 향해 손사래를 치면서도 눈은 사혜의 잠든 얼굴에 두었다. 사빈의 눈길도 누이에게 머물렀다. 얼마나 고열에 시달렸는지 핏기라고는 하나 없이 마른 누이의 얼굴에 그도 가슴이 에이듯 했다. 사혜가 아프니 가족 전체가 아팠다. 누이가 웃음을 잃으니 집안도 웃음을 잃었다. 집 안은 전에 없이 삭막하고 어두웠다.

사빈은 누이의 방을 나오면서 제 작은형, 사온에 대한 분노를 새삼 일깨웠다. 사온은 다시 회사에 정상 출근한다고 한다. 살 곳을 구하는 즉시 집에 있는 짐을 옮긴다 한다. 그것만으로도 형이 어떻게 지내는지 알 것 같았다. 사혜를 저렇게 만들어놓고 저는 아무렇지도 않게 회사를 다니고 살 곳을 알아보러 다니는 것인가, 독한 인간!

사온은 그로부터 일주일 후, 주말에 아버지의 집에 들렀다. 그를 맞은 사람은 아주머니뿐이었다. 그는 이제 왼팔의 지지대를 풀어, 적어도 외견상으로는 상처를 입기 전과 다름없는 모습이었다. 그는 말없이 곧장 2층으로 올라 한 시간 만에 다시 내려왔다. 손에 커다란 캐리어를 들고서였다. 계단 아래에서는 어머니가 기다리고 있었다.

"차도 대접할 수 없어서 미안해."

어머니는 건조한 얼굴과 목소리로 말했다. 짐 다 쌌으면 얼른 가라는 의미였다.

"아닙니다."

사온 역시 무표정하게 받았다.

"건강하십시오."

사온은 고개를 숙여 정중히 인사한 후 현관으로 몸을 돌렸다.

두 사람 다 사혜에 대해서는 입에 담지 않았다.

사혜는 제 방에 있었다. 사온이 왔다는 것도 알고 있었다. 며칠 전 자리를 털고 일어났으나 여전히 건강하다고 말할 수 없는 그녀는 침대에 걸터앉은 모습으로, 무릎 위에서 맞잡은 두 손을 꿈지럭댔다. 그러다 갑자기 벌떡 일어나 창가로 갔다. 사온이 보였다. 차고 쪽으로 방향을 틀기 직전의 뒷모습이었다. 그런 그가 걸음을 멈추고 뒤를 돌아보았다.

사혜는 얼른 창을 벗어나 벽에 등을 기댔다. 그리고 그대로 스르르 무너져 내렸다. 눈물이 뺨을 타고, 턱 아래로 뚝뚝 떨어졌다. 큰소리로 울 수도 없는 그녀는, 그래서 더 많이, 더 오래 울었다.

12월이 되자마자 첫눈이 내렸다. 첫눈은 제 회장의 자택 리빙 룸에 난 커다란 격자무늬 창을 그림처럼 보이게 했다.

리빙 룸에는 제 회장의 아내와 그녀의 두 아들인 사혁과 사빈이 모여 있었다.

"말씀하시지요."

사혁이 어머니에게 눈을 두고 말했다. 업무차 귀국해 있던 중에 어머니의 호출을 받아 온 그였다. 그런데 어머니가 입을 열기 어려워하고 있어 부드러이 재촉한 것이었다.

"아버지와는 먼저 의논을 끝낸 건데……."

마침내 어머니는 입을 열었다. 커피 잔을 받침째 손에 들고 또 그것을 제 무릎 위에 놓은 모습으로 매우 신중한 얼굴을 하고서였다.

"뭔데……? 혹시 사혜에 관한 거?"

사빈은 답답해하는 얼굴로 어머니가 본론을 꺼내기도 전에 끼어들어 눈치를 살폈다. 사혜는 결국 휴학을 했고, 현재 별장과 집을 오가며 지내는 중이었다.

"응. 사혜…… 결혼시키려고."

어머니의 말에 두 형제 다 깜짝 놀라는 얼굴을 했다.

"말도 안 돼……. 사혜 겨우 스물둘인데, 대학도 졸업 안 했는데 무슨……."

"금방 스물셋이야."

"온이 형도 조용하잖아요. 이제 포기한 것 같은데……."

"혹시 사온이가 또 무슨 말썽이라도 부렸나요? 전 특별히 들은 말 없는데, 혹시 또 아버지한테……?"

사혁이 걱정스러운 듯 물었다. 사온이 본가에 살지는 않지만 아버지와는 회사에서 만날 수 있으니, 혹시 그새 아버지와 마찰이 있었나 싶어서였다. 사혁도 사온과 업무상 종종 통화를 하고 때로 얼굴도 보지만 사혜 문제는 한 번도 거론한 적이 없어 더욱 그러했다. 더구나 사온은 현재, 적어도 외견상으로는 회사 업무에만 충실하고 있었다. 어머니는 고개부터 흔들었다.

"그런 건 아니고……."

어머니는 제 무릎 위의 커피 잔을 테이블로 옮겨놓았다.

"이게 최선이다 싶어서. 마침 좋은 자리도 있고……."

"말도 안 돼. 난 반대예요."

사빈은 거의 신경질적으로 어머니의 말을 잘랐다.

"온이 형이 또 지랄할까 봐? 그게 무서워서 사혜를 아무 데나 시집보낸다구?"

"아무 데나 아니야."

어머니는 정색해서 딱 자르듯 했다.

"아버지가 골랐어. 결혼해서 함께 유학 갈 수 있는 사람이야."

어머니의 말이 떨어지기가 무섭게 사빈이 '누군데?' 라고 물었지만 사혁의 '사혜는 알아요?' 에 묻히고 만다.

"아직 말 안 했어. 곧 불러서 얘기하고 자리 마련하려고."

사혜는 강원도에 위치한 별장에 있었다. 규모가 큰 제주도의 별장과 달리 작고 소박한 전원주택과 같은 곳이었다. 사혜는 이 별장에서 별장지기 부부와 함께 지내고 있었다.

서울보다 더 많은 눈이 내린 강원도는 온통 설경이었다. 사혜는 하얀 풍경이 내다보이는, 별장의 2층 창가에 앉아 있었다. 안락하고 푹신한 소파에 몸을 파묻고서, 손에 책을 들고 있기는 했지만 첫눈이 가져다준 아름다운 정경에 더 눈을 빼앗긴 채였다. 그 아름답고 하얀 풍경 안으로 차 한 대가 들어왔다. 그 차의 주인이 누구인지 사혜는 금세 알아보았다.

"연락도 없이 웬일이야?"

사혜는 놀라면서도 반가운 얼굴로 1층의 거실로 막 들어선 사빈을 맞았다.

"너 여기 있는 거 빤한데 연락은 뭐……. 사실은 갑자기 삘 받아서 즉흥적으로 왔다. 자, 이거 먼저 받아."

사빈은 손에 든 쇼핑백을 내밀었다.

"오는 길에 서점 들러서 좀 샀어."

"책 사온 거 보면 백 프로 즉흥적도 아닌데?"

쇼핑백을 받으며 사혜는 웃음 지었다.

"빈손으로 올 순 없잖아. 아, 배고파……."

마침 저녁식사 때가 가까워 두 사람은 별장지기 아주머니가 차려준 식사를 한 뒤 2층의 응접실로 자리를 옮겼다.

"눈 참 끈질기게 내리네."

어둠이 내린 창밖을 보며 사빈은 말했다. 함박눈은 가로등 불빛에 더욱 소담스러워 보였다.

"첫눈이 폭설이야."

두 사람이 앉아 있는 소파는 바로 창가에 위치해 있어 눈 덮인 정원의 풍경이 한눈에 내려다보였는데 사빈이 오기 전에 사혜가 앉아 있던 곳이기도 했다.

"자고 갈 거지?"

"그럼 이 눈 속을 헤치고 이 시간에 어떻게 가? 내일 그냥 같이 올라갈까?"

"글쎄……? 여기 조용하고 좋은데."

"내가 심심해서 그래. 너 없으니 집이 절간이야."

"아직도 재미를 나한테서 찾으면 어떻게 해? 여친한테서 찾아야지. 아직까지 여친도 못 만들고……. 가만 보면 순 허당이야."

"그러게 말이다. 나도 내가 허당인 걸 최근에서야 깨달았지 뭐야?"

사빈의 자못 진지한 변명에 사혜는 소리 내어 웃었다. 그녀의 웃는 얼굴을 사빈은 가만히 훔쳐보았다. 사혜는 이제 건강한 본래의 모습을 되찾아 적어도 겉으로는 안색도 밝아 보였다. 그것이 원래 누이의 모습이었다고, 짧은 머리의, 어딘지 미소년 같기도 한 여리고 풋풋한 인상에 풍부한 표정까지 더한 보기 드문 생동감의 주인이라고, 인형처럼 예쁜 여자들은 많지만 제 누이처럼 생생한 울림을 주는 여자는 그리 흔치 않다고, 그는 생각해 왔다.

"오빠도 큰오빠처럼 맞선 봐서 간신히 결혼하는 거 아냐?"

웃음 끝에 사혜는 물었다.

"맞선은 네가 보게 생겼던데?"

사빈의 갑작스러운 반문에 마침 커피 잔을 입에 대던 사혜는 놀라고 어리둥절한 눈을 깜박거렸다.

"그런데 사혜야…… 난 너, 시집보내기 싫다. 적어도…… 이렇게 빨리 그러는 건 싫어……."

사빈은 이어 사혜가 묻기도 전에 큰형과 함께 들었던 어머니의 말을 전했다. 정작 그 말을 들은 사혜는 별로 놀라지 않았다. 부모님이 왜 그러는지 무엇을 걱정하는지 너무 잘 알기 때문이었다. 사온은 여전히 본가에 발을 못 들이고 있었다. 때문에 명절이나 제사에도 참석하지 못했다. 가족 모두에게 상처를 준 벌이었다. 동시에 사혜와의 만남을 금지한다는 뜻도 포함이었다. 그러나 언제까지 그럴 수는 없는 노릇이었다. 가족은 다시 복원돼야 하며 그러기 위해서는 사혜를 결혼시키는 것만이 최선이라고, 제 회장 부부는 생각했을 터였다.

"네 생각은…… 어때?"

사빈은 누이의 의향이 궁금한 얼굴로 물었다.

"엄만 일단…… 네가 싫다고 하면 굳이 밀어붙일 생각까진 아닌 것 같던데. 큰형도 강제로 그러는 건 절대 안 된다 못 박았고."

"엄마가 왜 그러는진 오빠도 알잖아."

"중요한 건 네 생각이야. 네가 싫음 안 해도 되는 거야."

"응……. 알아."

더는 할 말이 없다는 듯 사혜는 입을 다물고 창밖으로 눈길을 옮겼다. 분위기는 삽시간에 가라앉았다. 대화 중 언급되지는 않았지만 그 순간에 두 사람의 머리에 떠올랐을 어떤 존재 때문이었다. 바로 사온이다. 사혜의 결혼이 사온을 피하는 수단이라는 것을 둘 다 모르지 않았으니까. 그런데도 두 사람의 입에서 사온의 이름은 엉겁결에도 거론되지 않았다. 마치 금기인 것처럼.

"커피 더 할래?"

사빈은 물었지만 대답도 듣지 않고 자리에서 일어났다. 사혜의 눈가가 서서히 어두워지는 것을 눈치챈 직후였다. 그는 그것이 너무 싫었다. 그녀의 상처를 보고, 확인하는 것 같아 속이 쓰렸다. 그럴 때마다 마음속에서는 사온을 향한 욕이 절로 튀어나왔다.

밤이 깊어갈수록 눈발은 더욱 굵어졌다. 이 정도면 아침에 기록적인 폭설 소식이 뉴스를 장식할 것이 빤했다.

사빈은 1층의 한 침실에서 창밖을 내다보고 있었다. 자려고 누웠다가 30분을 뒤척인 끝에 일어난 것이었다. 어머니로부터 사혜를 결혼시킨다는 말을 들었을 때부터 심장이 안정을 찾지 못하더니, 이제는 뇌마저 휴식을 거부하는 것처럼 신경이 날카로워진 그였다. 사빈은 저가 느끼는 감정이 무어라, 딱 부러지게 설명도 할 수 없었다. 아니, 그것을 마주하는 것조차 두려웠다. 한 어머니를 두고 자란 누이를 두고 그런 생각을 한다는 것이 얼마나 불온한 일인가, 얼마나 위험한 일인가.

사빈은 사온과 달리 전적으로 어머니의 손에, 그것도 친모가 아닌 것을 나중에 알고도 믿으려 하지 않았을 만큼 지극한 사랑과 손길 속에서 컸다. 그런 만큼 어머니를 슬프게 하는 일을, 그는 할 수가 없었다. '불온한 상상'을 하는 것만으로도 죄책감이 들었다. 그는 또 사혜와 함께 컸다. 함께 자란 누이에게 그런 생각을 품는 것 역시도 죄를 짓는 것 같았다. 그래서 더욱이, 형인 사온을 용서할 수가 없었다.

사빈은 방을 나와 희미한 불빛 속에 고요한 거실 중앙에 섰다. 그의 눈은 2층을 향해 있었다. 또 무슨 생각을 하는가, 고개를 흔들어도 보지만 그의 발길은 2층을 향하지도 못하면서 못내 제 방으로 돌아가지도 못했다. 가질 수 없다는 것을 잘 안다. 그런데 빼앗기고 싶지도 않았다.

2층, 사혜의 방에서는 그녀 역시 잠 못 들고 있었다. 침대에 모로 누워, 푹신한 베개 대신 제 팔을 베개 삼은 그녀는 이따금씩 한숨을 쉬면서도 스스로는 의식도 못했다. 사빈으로부터 들은, 뜻밖의 소식 때문은 아니었다. 그것으로부터 자연히 따라올 수밖에 없는 사온에 관한 상념이 다였다.

그런데 새삼스러울 것도 없었다. 그녀는 서울 본가의, 제 방 창가에서 그의 뒷모습을 잠깐 보았던 것을 마지막으로 이후 단 한 번도 그를 본 적도, 만나 적도 없었지만 또한 단 하루도 그를 생각하지 않은 날이 없었기 때문이다. 다만 그 상념이 좀 가볍거나, 오늘 밤처럼 좀 무겁거나 할 뿐이었다.

사혜는 그동안 사온에 관한 소식은 전혀 들을 수 없었다. 가족 중 누구도 사혜 앞에서 사온을 언급하는 일이 없고 그녀 역시 마찬가지였으니까. 그녀가 직접 그에게 연락을 할 수는 물론 있었다. 그녀의 손에는 이제 핸드폰이 있었다. 원래의 제 것으로, '무조건 내 딸을 믿는다'며 어머니로부터 돌려받았다.

사혜는 그러나 한 번도 사온에게 연락하지 않았다. 어머니와의 약속 이전에 저 스스로 한 다짐이 먼저였다. 제 발로 사온을 떠나면서 다시는 만나지 않겠다, 했었다. 훗날에 순수하게 오빠로 만날 수 있기 전까지는. 그러니 그를 다시 만나는 날이 온다면, 그를 친정 오빠로서 보는 날이 될 것이다.

사온도 그렇게 생각하는 것일까, 훗날에, 진정한 오누이로서 만날 날을, 그도 기다리는 것인가. 그동안 사온에게서도 전혀 연락이 없었다. 그는 조용했다. 너무 조용했다. 그것으로 그가 포기했다고, 주변도 안심하고 있었다. 그런데 그는 정말 조용한 것인가. 그의 침묵이 무엇을 의미하는지 사혜는 짐작조차 할 수 없었다. 그의 침묵은 주변을 안심시킨 반면 사혜를 더욱 불안에 떨게 했다.

'당신의 침묵은 무슨 뜻인가?'

그 침묵의 의미를 알기 위해서라도 사혜는 뭔가를 해야 했다.

"처음 뵙겠습니다. 강주헌입니다."

무테안경의 온화한 인상의 남자는 그에 걸맞은 미소를 띤 얼굴로 인사했다. 먼저 기다리고 있다가 막 일어나면서였다. 사혜 역시 고개를 숙여 다소곳하니 인사했다. 짙은 빛깔의 겨자색 외투에 회색 핸드백을 든 모습이었다. 주헌은 사혜의 외투를 받아서 행거에 걸고 또 의자를 빼 그녀를 앉게 했다. 테이블 룸 안이었다.

"3월인데 아직 날이 많이 춥죠? 기분상으로는 봄이 오나 하지만 사실 날씨는 4월이나 돼야 풀리더라구요."

주헌은 자연스럽게 대화를 풀기 위해 날씨 얘기부터 했다. 초면이니 둘 다 서먹할 것이다.

"네에……."

사혜는 애매한 미소를 머금고 주헌의 얼굴을 마주했다. 3월이 되자마자 준비된 맞선에 나온 그녀였다. 그녀의 맞선 상대인 주헌은 사빈보다도 두 살 어린, 그러니까 사혜보다 두 살 많은 스물다섯으로 대대로 정계와 학계에 유능한 인물을 배출한 꽤 유서 깊은 집안의 자제였다. 국내에서 학업을 거의 마치고, 함께 유학길에 오를 배우자를 찾는 중에 마침 제 회장 내외의 눈에 띄어 사혜와의 맞선 자리가 마련된 것이었다.

두 사람은 커피를 주문하고 대화를 이어갔다. 대화는 보통 처음 만난 사람들이 으레 그렇듯 상대에 대해 궁금한 것을 묻고 답하는 평범한 것들이었다.

"뭐…… 궁금한 건 없어요? 나에 대해서……."

주헌은 사혜의 눈치를 살피며 물었다. 주로 주헌이 묻고 사혜가 답하는 식의 대화가 잠깐 끊긴 틈이었다.

"나만 묻고 있는 것 같아서……."

"아, 네. 차차……."

사혜는 아직 낯설어서 그렇다는 듯 쑥스러운 미소를 지어 보였다.

"그럼 우리 식사를 할까요?"

주헌은 다시 불쑥 물었다. 차만 마시고 헤어진다면 둘 다 상대에게 마음이 없는 것일 터, 그렇다 하더라도 예의상 남자는 물을 것이고 선택은 순전히 여자의 몫이었다. 물론 주헌의 얼굴에서 다만 예의상 묻는 것이 아님을 읽어내기란 어렵지 않았다.

"네. 배고프네요."

"아, 뭘 좋아하세요? 전 웬만한 건 다 잘 먹습니다."

주헌은 반색한 얼굴로 다시 물었다. 사혜는 대답하려다 잠깐 머뭇거렸다. 파스타, 라고 말할 뻔했다.

"음…… 한식으로 해요."

"내가 한식 잘하는 데 압니다. 지금 천천히 나가서 드라이브 좀 하다가 가면 되겠어요."

주헌은 먼저 일어나서 사혜의 외투부터 챙겼다. 그는 사혜가 퍽 마음에 드는 눈치였다.

두 사람은 룸을 나와 승강기를 타고 1층으로 내려와 로비로 접어들었다. 호텔이었다.

"이런 말…… 실례일진 모르겠는데……."

나란히 입구로 가는 중에 주헌은 조심히 말했다.

"짧은 머리가 참 잘 어울리네요. 긴 머리는 몰라도 짧은 머리 어울리는 여자분…… 별로 흔치 않던데."

"아…… 고맙습니다."

"기분 나쁘신 거 아니죠? 여자분 외모에 대해 말하려면 좀 조심스러워서……."

"아녜요. 괜찮아요."

"맞선이 처음이라 내가 좀 서툴러도 좀 이해해 주세요."

"저두요."

주헌은 기분 좋은 웃음을 띠었다. 사혜 역시 미소로 화답하고는 무심히 입구로 눈을 옮겼다. 입구가 가까웠기 때문이다. 순간, 그녀는 저도 모르게 앞으로 내디딘 발에 힘을 싣지 못하고 휘청거렸다. 맞은편 회전문으로부터 서서히 모습을 보인 한 남자로 인해서였다. 바로 사온이었다. 잔 스트라이프의 짙은 빛 슈트에 특유의 절도 있는 움직임, 거기에 건조한 인상까지, 전과 한 치의 변함도 없는 그는 무심하면서도 서둘지 않는 느릿한 걸음을 사혜에게 향하고 있었다.

"괜찮아요?"

휘청한 사혜의 팔을 잡고 주헌이 물었다. 당황한 사혜가 고개를 든 사이 사온은 코앞에 다가와 있었다. 사혜는 아찔한 현기증에 눈을 감았다. 사온은 그러나 그녀의 곁을 무심히 스칠 뿐이었다. 전혀 모르는 사람을 지나듯 그는 그렇게 스쳐 지났다.

사혜는 벌벌 떨리는 심장을 억누르며 뒤를 돌아보았다. 사온의 뒷모습은 바로 보였다. 태연히 승강기 쪽으로 가고 있는 그는 뒤를 돌아보는 기척은커녕 아예 그럴 생각조차 없는 사람의 모습으로, 잠시 후에는 시야에서 사라졌다. 백일 만이었다. 그와 헤어진 날로부터 백일. 그녀는 그 하루하루를 세고 있었다.

사혜는 주헌과 함께 입구를 나와 그의 차에 올랐지만 정신이 하나도 없었다. 사온이 이곳에 나타나리라고는 꿈에도 생각 못한 일이었다. 알고 온 것일까, 모르고 온 것일까. 어느 쪽이든 그렇게 타인처럼 지나칠 수 있다니, 그것을 어떻게 해석해야 할지, 지금까지의 그의 침묵에 대해서도 그러했듯 그녀는 혼란스러웠다. 정말 '포기했다'는 뜻일까, '잊었다'는 뜻일까.

사혜는 정말 많은 생각을 했다. 주헌이 데리고 간 한식집에서 그와 식사를 하고, 그가 묻는 말에 대답을 하면서도 머릿속은 온통 사온뿐이었다. 호텔 입구에서 마주친 그의 모습이 무한 재생되고 있었다.

인천공항의 입국장을 통해 한 남자가 모습을 보였다. 검은색 선글라스 쓴 서른 살 전후의 남자로, 손에는 사각 모양의 슈트케이스를 들고 있었다. 그 남자의 뒤편으로 약간의 거리를 두고 또 다른 남자가 있었다. 그 남자는 다소 큰 캐리어를 들고 앞서 걷고 있는 선글라스 쓴 남자의 뒤를 따랐다. 얼핏 동행이 아닌 듯 보이는 두 남자는 일정 거리를 계속 유지한 채 함께 움직여, 공항 밖으로 나와서도 각기 다른 택시에 올라탔다.

두 남자의 택시는 어두워진 후 각기 10분 차로 서울 시내의 한 호텔 앞에 멈춰 섰다. 선글라스를 쓰지 않은 남자가 먼저 내려 호텔로 들어간 후, 선글라스를 쓴 남자가 뒤를 이었다. '선글라스'가 로비로 들어서니 먼저 도착해 기다리고 있는 남자가 한쪽 방향을 향해 고갯짓을 해 보였다. 그 고갯짓이 가리키는 방향은 커피숍이었다.

선글라스를 쓴 남자는 커피숍으로 들어서자마자 제 얼굴에서 그것부터 벗겨냈다. 그리고 저가 찾는 사람을 향해 곧장 움직였다.

"오랜만입니다, 도련님."

한 테이블 앞에 이른 남자는 가볍게 고개를 숙여 인사했다. 그 인사를 받는 사람은 사온이었다.

"어르신께서 전화 한번 하라 하셨습니다."

남자가 말한 '어르신'은 사온의 외할아버지를 가리킨다. 남자는 차현수라는 이름의, 훗날 '차 비서'라 불리게 되는 이다.

사온과 차 비서는 만난 지 불과 7분 만에 헤어져, 차 비서는 데스크로 사온은 제 차로 호텔을 나왔다. 그는 호텔에서 업무 관계자들과 미팅 후 차 비서와의 만남을 마지막으로 그곳을 나온 것이었다. 물론 그는 그 호텔에서 사혜가 맞선을 본다는 것도 알고 있었다.

사온은 30분여를 달려 제양사 본사 건물로 들어갔다. 지하주차장으로 들어온 그는 차를 세운 후 바로 내리지 않고 핸드폰을 손에 들었다.

[그게 다야?]

통화음이 떨어지자마자 불쑥 물어보는 목소리는 나이 든 남자의 그것으로 사온의 외할아버지였다.

[현수 데려간 게 다냐고? 할애비한테 도와달라 했으면 좀 큰 걸 말해야지, 이놈아. 섭섭하잖아.]

"더 있습니다."

사온이 대답했다.

"나중에요."

[그럼 나중에 말하고, 한 가지만 딱 물어본다. 뭐 할라고?]

"갖고 싶어서요."

[뭘?]

"여자요."

[여자?]

핸드폰에서는 껄껄 웃는 소리가 들려왔다.

[갖고 싶으면 가져야지. 여자면 특히 더.]

외할아버지는 다시 웃었다.

같은 시간, 사혜는 주헌의 차로 그녀의 집 앞에 도착해 있었다. 함께 저녁식사와 커피를 하고 온 길이었다. 주헌이 먼저 내려 얼른 조수석의 문을 열어주었다.

"다시 연락드려도 되죠?"

주헌은 대문의 벨을 대신 눌러주고 나서 물었다. 사혜는 잠깐의 머뭇거림 끝에 고개를 끄덕였다.

"잘 자요."

대문이 열리자 그는 말했다.

사혜는 1층 홀에 들어서자마자, 딸이 오기만을 기다렸던 어머니의 손에 잡혀가 맞선 소감부터 털어놔야 했다. 상대의 인상에서부터 무슨 대화를 나누었는지, 무엇을 먹었는지, 마음에 드는지, 다음 약속을 잡았는지 등이었다. 간신히 설명하고 리빙 룸을 나온 사혜는 홀에서 곧장 사빈과 맞닥뜨렸다. 2층에서 막 내려와 주방으로 향하던 걸음을 잠깐 멈춘 그는 어머니와 달리 아무것도 묻지 않았다. 그저 '들어왔니?' 하는, 평소와 같은 인사뿐이었다. 사빈이 누이의 맞선을 탐탁지 않게 여긴 것은 사혜도 알고 있어 그녀 역시 별다른 말을 하지 않고 그냥 방으로 들어왔다.

사혜는 옷도 벗지 않고 침대 위로 몸을 쓰러뜨렸다. 맥이 탁 풀렸다. 어머니의 질문 공세도, 사빈의 못마땅해하는 얼굴도 다 그녀의 기분을 좌우하지는 못했다. 그녀의 기분을 지배하는 단 하나, 그녀는 그것을 확인이라도 하듯 핸드폰을 꺼내 사온의 번호를 열었다. 여전히 '온이 오빠'라고 저장돼 있는 그의 번호.

미워한다고, 미워할 거라고 맹세했는데, 절대 용서 안 한다고, 무엇보다 마음만은 절대 그의 여자는 안 될 것이라고 다짐했는데, 바로 그런 마음으로 그녀는 핸드폰 화면 위로 방울방울 떨어지는 눈물 속에서도 끝내 그 번호에 손을 가져가지 않았다. 끝을 내야 한다는 것을 알고 있기 때문이었다.

사온을 떨쳐 내려는 사혜의 몸부림은 주헌과의 만남을 이어가는 것으로 실현되었다. 주헌은 학구적인 사람 특유의 고지식한 면이 있기는 하나 그런 한편으로는 무척 예의 바르고 마음이 따뜻한 남자였다. 그렇게 3월이 지나고 있었다.

"사혜 씨 마음은 어때요?"

주헌은 입에 댄 커피 잔을 받침대에 내려놓으며 물었다. 맞은편에는 사혜가 그의 눈을 마주하고 있었다. 조용한 카페로, 두 사람은 함께 영화를 보고, 식사를 하고, 그 마지막에 이곳으로 자리를 옮겨 다음 주에는 바다를 보러 좀 멀리 나가보자 하는 얘기를 나누던 중이었다.

"좀 쑥스럽긴 한데……. 아, 우리 둘 다 성격이 비슷한가 봐요. 별로 진전도 없고……."

주헌은 작게 소리 내어 웃었다.

"그래도 난 어느 정도 마음을 굳혔어요. 함께 나가서 공부했으면 합니다."

함께 공부하자는 말은 '결혼하자'와 동의어였다.

"저희 어머니 말로는 다음 달 안으로는 결정이 나야 이것저것 다 하고 갈 수 있다고 하더라구요. 보통 저쪽은 9월 학기 시작이니까요. 학교 문젠 사혜 씬 서둘 거 없어요. 난 이미 학교도 결정된 상태라 현지에서 내가 사혜 씨 도와주면 돼요."

유학 떠나기 전에 결혼식을 마무리 지으려면 서둘러야 한다는 의미였다.

"난 다음 달 말경에 친구 녀석들이랑 고별 파티, 뭐 비슷한 거 합니다. 지방에 사는 놈도 있어서 좀 일찍 해치워 버리려구요. 사혜 씨도 오라 하고 싶은데 다 짓궂은 녀석들이라 걱정이 돼서……."

말끝에 그는 하하, 웃었다.

"만약 결혼하게 되면 다 만나볼 녀석들입니다만……."

"네에. 그럼 결혼식 때 보죠, 뭐."

"어……."

주헌은 잠깐 멈칫하는가 싶더니 이내 환히 웃음 지었다. '결혼식 때 보자'는 사혜의 말은 곧 수락의 의미였기 때문이다. 그래선지 그는 용기를 내 카페를 나와 차로 갈 때에는 사혜의 손을 잡았다.

두 사람은 아직 손도 제대로 못 잡아볼 정도로, 특히 주헌이 지나치다 싶게 예의를 차리는 관계였다. 또 그 내막에는 마음이 가지 않는 상대와 만나는 사혜의 소극적일 수밖에 없는 태도도 한몫했을 것이다. 물론 그녀는 주헌이 싫은 것은 아니었다. 그리고 싫지만 않다면 상대가 누구든 상관없다, 하는 마음이었다.

주헌은 사혜를 먼저 조수석에 태운 후 차에 올라서 바로 출발하지 않고 그녀를 바라봤다. 사혜는 힐끔 그를 보다가 이내 눈길을 떨어뜨렸다. 주헌의 눈빛이 무엇을 의미하는지 아는 까닭이다. 그런데 정작 주헌은 저 하고 싶은 것을 어떻게 해야 할지 모르는 사람처럼 머뭇거렸다. 결혼 얘기까지 오고 갔으니 그녀가 거절할 리 없다는 것을 알면서도 주저하는 것은 그러한 경험이 거의 없다는 방증일 것이다. 주헌은 용기를 내서 먼저 사혜의 한쪽 얼굴에 손을 가져갔다. 이어 조심히 제 쪽으로 끌었다. 사혜는 순순히 응했다. 그런데 소리가 들렸다. 벨 소리였다.

"사혜 씨…… 폰인 것 같은데요……?"

무시하고 계속해도 될 것을, 주헌은 도로 물러나며 말했다. 그러면서 아쉬운 기색을 내비치기는 했다. 사혜는 피식 웃고 핸드폰을 꺼냈다. 그리고 화면에 뜬 '온이 오빠'를 확인한 순간 소스라쳤다.

"왜…… 안 받아요?"

사혜가 핸드폰을 보고만 있자 주헌이 의아한 듯 물었다. 그사이 벨 소리는 멈췄다.

"아…… 친군데 별로 안 친해서……."

사혜가 변명하는 사이 벨은 다시 울렸다. 결국 그녀는 '잠시 실례한다' 하고는 차에서 내렸다.

[사혜야.]

사혜가 통화 버튼에 손을 대고도 말을 하지 않고 가만히 있으니 핸드폰 너머의 목소리가 그녀의 이름을 불렀다. 너무나 익숙한 목소리, 몇 개월 만에 듣는데도 바로 어제 들었던 것처럼 생생한 그것이 그녀의 귀를 후벼 팠다.

[보고 싶다.]

사온은 이어 특정 장소를 지정해 그곳으로 오라고 했다. 너무 당연하게 말을 해 사혜의 상황을 전혀 고려치 않거나 아니면 그 반대로 너무 잘 아는 사람 같았다.

"안 가."

[기다린다.]

그 말을 끝으로 전화는 끊겼다.

8. 미련한 사랑

어느 커피 전문점 앞에서 택시가 서고 사혜가 내렸다. 그녀가 사온과 자주 갔던 이탈리안 레스토랑에서 멀지 않은 곳이었다. 그런데 사혜가 전문점의 문에 손을 채 대기도 전에 유리문 너머로 사온이 보였다. 아마도 안에서 지켜보다 일어선 모양이었다. 그는 문을 열고 나오자마자 그녀의 손목을 낚아채듯 잡았다.

"왜……?"

사혜는 잡힌 손과 함께 몸을 뒤로 뺐지만 금세 도로 끌려가 그의 차에 올랐다.

"어디 가는데……?"

말도 없이 차를 몰아가는 사온을 보며 사혜는 물었다. 그는 대꾸도 없이, 10여 분 정도를 달려 어느 아파트 안으로 들어갔다. 단 하나의 동으로 이루어진, 그러나 그 자체의 규모가 매우 큰 아파트로 한 가구당 가격이 어마어마한 곳이었다.

사온은 사혜의 손을 잡고 승강기로 11층에 올라 1102호의 문을 열었다.

1102호 안으로 들어선 사혜는 의아한 눈으로 주위를 둘러보았다. 그도 그럴 것이 안은, 이곳에 살던 가구가 이사를 가고 난 후의 모습이었기 때문이다. 아무것도 없이 텅 빈 집이었다. 이사한 측에서 버리고 간 것이 분명한 낡은 스툴 하나와 장식용의 작은 조형물 몇 개가 바닥에 뒹굴고 있기는 했지만.

"다 뜯어낼 거야."

기본적으로 돼 있는 리빙 룸의 내부 장식을 가리키며 사온은 말했다.

"새로 다시 다 꾸밀 거니까 공사 기간이 좀 걸려."

"그게 뭐……?"

사혜는 퉁명스럽게 반응했다.

"네 것이야."

"뭐?"

"세상에서 제일 편안하고 안락한 곳, 아무 불안감도 없는 곳, 죄 짓는 느낌이 안 드는 곳."

사온이 말하는 동안 사혜의 눈은 휘둥그레졌다.

"이곳에다 만들어줄게."

사혜는 입을 벌렸지만 그 입으로 말을 내보내지는 못했다. 다만 안을 다시 천천히 눈으로 훑으며 걸음을 옮겼다. 주방을 가보고,

눈앞에 문이 보이면 열어보기도 했다. 사온은 그런 그녀의 뒤를 조용히 따라다녔다.

사혜의 발길은 어느덧 리빙 룸 끝에서 모퉁이를 돌아 길이가 짧은 복도의 막다른 곳에 이르러 바로 그곳에 있는 문을 열었다. 안은 욕실과 드레스 룸이 딸린 아주 넓은 방이었다. 침실로 사용했을 방은, 또 그것을 증명하듯 커다란 침대용 매트리스가 아무렇게나 방치돼 있었다. 역시나 이사한 측에서 버리고 갔을 그것은 그럼에도 매우 깨끗해 거의 새것으로 보였다.

"마음에 들어?"

그렇게 묻는 사온의 소리를 사혜는 제 뒤로부터 들었지만 대답하지 않았다. 그녀는 망연해 있었다. 그 길었던 그의 침묵의 결과가 이것인가.

"세상에서 제일 편안하고 안락한 곳, 아무 불안감도 없는 곳, 죄 짓는 느낌이 안 드는 곳……."

사혜는 말했다.

"그런 곳은…… 없어."

"만들어준다."

"없어. 우리가 이런 관계로 태어난 이상…… 없어. 죽어야 있어. 죽어서 다시 태어나야 있어."

"만들어준다잖아."

"나 결혼해."

사혜의 그 말은 그가 바로 받지 못했다.

"결혼할 거야."

그녀는 다시 한 번 힘주어 말했다.

"시집 안 간다더니?"

"갈 거야."

사혜의 입에서 말이 떨어지기가 무섭게 사온이 성큼 다가왔다. 사혜가 움찔해 어깨를 젖혔지만 뒤로 발을 채 빼기도 전에 '악' 하는 짧은 외마디 비명과 함께 그의 손에 머리채를 잡히고 말았다.

"결혼을 해? 네가?"

한 손에 머리채를 잡은 그대로 그녀의 얼굴을, 그는 제 눈 아래에 바짝 두었다. 마른 그의 눈빛은 가뭄에 쩍쩍 갈라진 논바닥처럼 삭막했다.

"그래. 해봐. 할 수 있으면. 대신 너도 약속 지켜."

"무, 무슨……."

"몰래 만나준다며?"

사혜는 눈을 부릅떴다. 그런 말을 하기는 했다. 그가 포기하는 척이라도 해주면 몰래 만나준다고. 사온은 사혜의 재킷을 벗겼다. 그것도 그녀의 머리채를 움켜잡은 채로 말이다.

"왜, 왜 이래? 이러지 마……."

사혜가 큰 소리를 내며 반항했지만 그의 완력 앞에 아무 소용도 없었다. 재킷은 곧 바닥으로 떨어지고, 머리채를 잡힌 그대로 다시 그의 얼굴 앞으로 끌려가 입술을 빼앗겼다.

"우웃……."

입맞춤이라기보다는 뜯어먹는 쪽에 더 가까운 사온의 난폭한 그것에 사혜는 괴로워했다. 사온은 이내 사혜의 원피스를 위로 걷어 올렸다.

"싫어……. 하지 마……."

고개를 돌려 그의 입맞춤으로부터 달아난 사혜가 그를 밀었지만 도리어 더 거센 힘에 밀려 벽에 부딪쳤다.

"헉……."

사혜는 제 의지와 관계없이 몸이 돌아 벽에 손바닥을 짚었다. 방금 그 손으로 사온의 가슴을 밀었는데 그것이 금세 벽으로 바뀐 것을 제대로 의식할 새도 없이 그녀의 원피스 자락은 다시 허리 위로 올랐다. 그녀의 뒤에 붙은 사온의 짓이었다.

"오빠…… 오빠……."

사혜의 속절없는 저항 속에 그녀의 팬티스타킹과 팬티는 한꺼번에 허벅지로 내려갔다. 이어서 턱, 엉덩이 뒤로부터 사온의 손이 거칠게 파고들었다.

"내가 괴롭혀도 참아준다며?"

사혜의 귓가에 대고 사온은 속삭였다.

"네가 한 말 아니야?"

사온의 이어진 속삭임에 사혜는 어금니만 지그시 깨물었다. 그녀의 아래에서 사온의 손은 진하게 움직이고 있었다. 그의 손은 벌써 흥건히 젖어들었다.

"사실은 너도 좋은 거지, 사혜야?"

그는 중지와 약지를 한꺼번에, 그녀의 깊고 은밀한 동굴로 찔러 넣었다.

"좋다고 말해."

사혜는 고개를 흔들었다. 동시에 동굴로 들어간 손가락이 안을 헤집듯 격렬히 움직였다.

"으……."

사혜는 제 얼굴과 목을 진하게 핥고 있는 사온을 떨쳐 내려 고개를 흔들었으나 무력했다. 그녀의 거부의 몸짓이 강할수록 그는 더 거칠었고, 더 집요했다.

"흐윽……."

사혜의 몸이 크게 흔들리며 벽 쪽으로 밀렸다. 사온이 들어온 것이다. 그는 그녀의 허리를 단단히 잡고 쳐올리듯 들어와 공격하듯 행위를 이어갔다. 사혜는 벽을 두 팔로 의지한 채 그의 무자비한 '공격'을 버티었다. 몸이 힘들어 입에서는 간헐적인 신음이 흘러나왔다. 그래도 그것뿐이라면 차라리 쉬웠다. 고통뿐이라면 그보다 더해도 상관없다 여겼다. 그 고통 속으로 끼어든, 그녀의 의지에 반해 세력을 확장하려는 쾌락만큼은 혐오스러웠다. 사온이 아닌, 그녀 자신이 혐오스러웠다.

"아……."

털썩, 매트리스 위로 쓰러지며 사혜는 짧은 신음을 흘렸다. 사온이 밀친 것이다. 이어 곧장 달려들어 사혜의 다리에서 팬티스타킹과 속옷을 마저 분리해 옆으로 던져 버린 그는, 그녀의 아래로부터 허리를 잡아 엉덩이가 위로 높이 솟을 만큼 끌어당겨 제 가슴 아래에 걸쳐 놓았다.

"시, 싫어……."

사혜는 고통스러워했다. 엉덩이가 위로 들려 사온의 몸에 기댄 채 고정되니, 당연히 다리는 벌어져 종아리가 그녀의 머리 옆으로 떨어졌다. 또 벌어진 가랑이 사이의 수줍고 은밀한 부위는 천장을 향해 더할 수 없이 적나라해졌다. 사온이 그녀를 괴롭힐 때마다 하는 바로 그 '수치스러운 자세' 중 하나였다.

"결혼하고 싶으면 해."

허리 아래가 위로 올라 있는, 볼썽사나운 모습으로 사혜를 만들어놓고 사온은 말했다.

"해봐, 어디."

말과 함께 그는 제 눈 아래에 적나라한 모습을 보이고 있는 사혜의 깊은 숲을 손으로 마구 헤집기 시작했다.

"으흡……."

수치심과 모멸감에 이를 악물었음에도 소리는 사혜의 입을 뚫고 절로 나왔다. 그녀는 다시 아랫입술을 깨물었다. 피가 맺히도록 깨물었다. 사온은 이제 제 손으로 헤집은 그곳을 탐욕스럽게 핥고 있었다.

"들려줘, 사혜야……."

사온은 나직이 주문했다.

"예쁜 소리……."

사혜는 울고 있었다.

이상한 일이었다. 사혜는 주헌과의 데이트에 다시 사온의 연락을 받았다. 우연의 일치일까, 그녀는 잠깐 생각했지만 의미가 없어 그만두었다. 어차피 그의 호출을 거부할 수도 그럴 의향도 없었으니까. 사혜는 순순히 그가 오라는 곳으로 가 그의 차에 올랐고 어디로 가냐 묻지도 않았다.

"몰래 만나줄게."

사혜는 말했다. 사온의 차를 타고 가면서였다.

"부르면 언제든 만나줄게. 결혼하기 전까지는. 어차피 결혼하면 오빠 못 만나니까. 영국에서 살 거거든, 꽤 오래."

사온은 별말 없이 운전만 하고 있었다.

"그건 방해하지 마. 알았지? 나 보내주는 거야, 응?"

사온의 차는 어느 오피스텔 건물로 들어가고 있었다. 밤 9시쯤이었다. 건물 주차장에 차를 세운 사온은 사혜를 7층으로 데려갔다.

7층에 위치한 오피스텔은 실 평수 20평 규모의 혼자 지내기에 알맞은 크기의 원룸으로 본가에서 쫓겨난 사온이 현재 거주하는 곳이었다. 사혜는 처음 와보지만 집주인 역시 들어와 자는 용도 외에는 거의 사용하지 않는지 모델하우스처럼 깔끔한 것과 별개로 무척 건조하고 썰렁한 분위기였다.

"옷 벗어."

사혜가 안을 구경할 새도 없이 사온이 명령했다. 사혜는 군소리 없이 옷을 벗었다. 완전히 발가벗고 사온 앞에 섰다. 그 뽀얀 나신에 있는 것이라고는 녹색 빛을 발하는 에메랄드뿐이었다. 발가벗은 몸에 에메랄드가 반짝이는 것을 사온이 좋아해, 그녀는 그를 만날 때면 항상 에메랄드를 하고 나왔다.

사온은 뒤늦게, 천천히 옷을 벗었다. 사혜의 나신에 눈을 떼지 않은 채였다. 그에게는 이 세상 유일의 미혹, 그것을 그는 이내 지그시 당겨 안았다. 품에 안고 어루만졌다. 어찌나 다정한지 사혜는 그만 그 감미로운 애무에 빠져들었다. 그는 격랑일 때가 있는가 하면 이처럼 솜사탕 같을 때도 있었다. 너무 달아 그 위험성마저 잊을 만큼 도취적이었다. 그런데 도취는 길지 않았다. 그가 입술을 덮쳤다. 격랑의 시작이었다.

"으읍……."

사혜는 가슴을 들썩였다. 입맞춤과 동시에 사나워지는 그의 애무는 그녀를 아프게도 했다. 침대 위로 쓰러져서도 그녀는 계속 아팠다. 그는 사혜의 귓불을 물어뜯고, 젖꼭지를 잘근잘근 씹어대고, 내밀한 수줍음에 잔인하리만큼의 수치를 주었다. 그렇게 격랑을 넘어서면 그는 그녀의 입에 다시 솜사탕을 물려주고 격정으로 내몰았다. 격정이야말로, 그러나 그녀가 가장 달아나고 싶은 것이었다.

"아아악……."

사혜는 시트에 얼굴을 처박았어도 격정으로부터 달아나지 못했다.

"어딜 간다고?"

사혜를 깔아 죽일 듯 그녀의 뒤로부터 빈틈없이 붙어 그녀의 비명 속에서도 행위를 멈추지 않는 그가 속삭였다.

"영국? 갈 수 있으면 가봐."

사온은 다정하게 말하며 사혜의 뺨을 핥았다. 마치 격정으로부터 달아날 수 있으면 달아나 봐, 하는 것 같았다. 사혜의 오르가슴은 일방적이었다. 일방적으로 그가 그녀에게 준 것이었다. 그녀는 한 번도 그것으로부터 달아나지 못했다. 그런데도 쉼 없이 달아나려 했다. 그녀에게 그것은 사투였다.

사혜의 '사투'는 계속되었다. 다른 말로 하면 사온의 호출이 계속된 것이다. 그것도 꼭 주헌과 만나기로 한 날이어서 더 이상 우연이 아님도 눈치챘다. 그러던 어느 날, 주헌과 만나지 않는 날인데도 그녀는 사온의 호출을 받았다. 4월 말경으로, 주헌이 친구들과 고별 파티를 하던 날이었다.

이틀 뒤 사혜는 '같이 커피 한잔할까?' 하며 들어온 어머니를 제 방에서 맞았다.

"왜 그래……?"

어머니의 안색을 살피며 사혜는 물었다. '커피를 하자'는 말은 '수다를 떨자' 하는 말의 다름 아닌데 정작 어머니는 입을 나문 채 정말 커피만 마시고 있었기 때문이다. 어머니는 창가의 소파에 사혜는 그 반대편 스툴에 앉아 있었다.

"강 군이랑은…… 어때?"

어머니는 불쑥 물었다. '강 군'이란 주헌을 말하는 것이다.

"응……? 그냥 잘 지내. 엊그제 친구들이랑 논다고 했었는데 그 후로는 연락 못했어. 왜?"

그러고 보니 하루에 한 번은 늘 있었던 그의 안부 문자가 엊그제 이후로 없었던 것을 사혜는 문득 떠올렸다.

"강 군이랑 결혼은…… 그만둬야 할 것 같다. 사혜야."

"뭐……? 왜? 그쪽 집안에서 나 싫대?"

상견례도 일주일 뒤로 잡혀 있던 터였다.

"아니…… 그건 아니고……. 아빠가 강 군은 안 되겠다고……
그러시네."

사혜는 어이가 없어 눈만 껌벅거렸다. 너무 갑작스러워서 정리
도 되지 않았다.

"그냥 그렇게만 알고 있어."

어머니는 더 이상 설명할 생각이 없는 양 마무리를 지었다.

그날 밤, 사혜는 사빈을 통해 내막을 들을 수 있었다. 그 갑작스
러운 파혼의 이유를 사빈은 알 것 같아, 그가 오기를 기다렸다가
물었더니 역시 알고 있었다. 내용은 충격적이었다. 사건이 벌어진
날은 주헌이 친구들과 고별 파티를 하던 날이었다. 레스토랑의 룸
을 빌려 시작한 파티는 클럽으로 자리를 옮겨 계속되었다고 한다.
주헌은 클럽에서 만난 여자와 함께 호텔에 투숙하고, 몇 시간 후
여자는 피투성이가 돼 119에 실려가게 된다. 깨진 병에 상처를 입
어 전치 6주가 나왔다 하는데, 여자 측 진술에 의하면 '변태 행위
를 거절하자 상대가 난폭해졌다'는 것이다. 사건은 현재 경찰 조
사 단계로, '호텔에 들어간 것조차도 전혀 기억나지 않다'는 것이
주헌의 주장이라고 했다.

"그런 사람…… 아닌 것 같았는데."

이야기를 다 듣고 나서 사혜는 황당한 듯 말했다.

"그래서 사람 겉만 봐서 모르는 거야. 차라리 불행 중 다행이라

고 생각해."

사빈의 얼굴은 제 말 이상으로 다행인 표정이었다.

"더 진전되기 전에 그런 놈인 줄 알게 됐으니. 그럴 리야 없지만 혹시라도 그놈한테 전화 오면 받지도 마. 아예 수신거부 미리 해 놔."

사혜는 고개를 끄덕이고 오빠의 방을 나왔다. 잠깐이라도 만났던 사람이라 전혀 남의 이야기를 듣는 것보다는 마음이 좋지 않았지만 그렇다고 타격을 입은 것도 물론 아니었다. 그런데 그녀의 어머니는 딸과 달리 타격을 입은 것일까. 사혜가 1층으로 내려와 곧장 제 방으로 가려던 발길을 돌려 리빙 룸으로 가니 문이 약간 열린 틈으로 어머니의 모습이 보였는데 약간 측면을 보이고 있었지만 우울한 기색을 읽어내기에는 모자람이 없었다.

"엄마는 실망이 큰 모양이구나……."

사혜는 나직이 혼잣말을 하고는 안으로 들어가 어머니를 위로 할까 싶어 문에 손을 댔다. 그런데 어머니는 무슨 생각을 그리 깊이 하는지 사혜가 문을 좀 더 여는 것도 눈치채지 못한 채 핸드폰을 들어 어디에 대고 전화를 했다. 사혜는 '나야' 하는 어머니의 목소리를 들으며 뒤로 물러났다.

"사혜의 일…… 네 짓이지?"

어머니의 말은 그렇게 이어졌다. 뒤로 물러서던 사혜는 멈칫했다. 이어 얼른 문 뒤로 제 모습을 감추었지만 그 자리를 떠나지는 못했다.

"강 군 그런 사람 아니야……. 아버지는 널 의심하셔."

묻지 않아도 어머니의 통화 상대가 누군지 알 수 있었다. 사혜는 더 듣지 않고 제 방으로 달렸다.

방에서 사혜는 곧장 침대로 파고들었다. 알 수 없는 오한에 몸이 떨렸다. 얼음처럼 차가운 수렁에 빠지는 것 같은 기분이었다. 안 돼, 그녀는 마음속으로 부르짖었다. 정신 차려야 해, 달아나야 해, 그녀는 각오를 다졌다.

"이젠 안 만날 거야."

사혜는 선언하듯 했다. 각오를 다진 지 사흘 후였다. 사온의 호출을 받고 먼저 그의 오피스텔에 와서 기다리고 있다가, 30분 차로 들어온 그를 마주하자마자 뱉어놓은 말이기도 했다.

"오빠가 만든 일이야. 나, 결혼도 못하게 만든 건 오빠니까. 나도 빠져나갈 구멍은 있어야 하잖아? 그런데 그것도 없어졌으니까 오빠를 만날 이유도 없는 거야."

"그 말하러 왔어?"

"왜…… 그런 짓을……."

"더한 짓도 해."

사온은 사혜의 화가 난 모습과 다르게 태연했다.

"이제 시작이야."

"뭐……?"

"조만간 너 데려간다. 그리고 그땐 다시는 떨어지는 일 없어. 넌 내 곁에서 살고 내 곁에서 죽을 거야."

"무슨 짓 하려고?"

사혜는 저도 모르게 소리를 높였다.

"무슨 짓하려는 거냐구……? 아니, 해도 소용없어. 다신 안 만날 거니까."

사혜는 바로 움직였지만 또 곧장 사온의 손에 잡혔다. 그녀는 뿌리쳤지만 오히려 그의 팔에 더욱 단단히 감겼다.

"걱정 마."

사온은 그녀를 옭아맨 채 속삭였다.

"강제로 안 데려가. 허락받고 데려갈 거야. 그게 네가 원하는 일이잖아. 네가 원하는 대로 해준다."

"놔아……."

사혜는 몸부림을 쳤다.

"나, 다신 오빠 안 만나. 허락해도 안 만날 거야. 오빠한테 안가, 알았어? 안 가, 안 가, 안 가……. 아악……."

사혜는 소리치고 저항하다 사온이 옷을 강제로 벗기자 비명을 질렀지만 얼마 안 가 알몸이 돼 침대로 쓰러졌다.

"나쁜 자식……."

사혜는 저를 덮치는 사온을 주먹으로 냅다 갈겼다.

"하지 마. 아무 짓도 하지 마아……."

외침과 함께 그녀는 그를 갈기고 또 갈겼지만 바위에 계란 치는 격이었다. 사온은 그녀의 머리끝에서부터 천천히, 야금야금 핥고 애무하는 저 할 일만을 집요하게 하고 있을 뿐이었다.

"대체 나한테 왜 그러는 거야……."

사혜는 울부짖었다.

"달아나려고 하니까."

사온은 갑자기 답을 했다. 사혜의 머리를 양손에 움켜잡고, 그것도 매우 발작적으로 토해냈다.

"달아나려 하지 마. 달아나지 마. 미쳐 버릴 것 같아……."

말을 잇는 사온의 목소리는 열에 들뜬 사람의 그것 같았다.

"널 죽여 버릴지도 몰라……."

사온은 더 무어라 읊조렸지만 이미 사혜의 귀에는 들려오지 않았다. 그의 읊조림은 이미 '말'의 기능을 상실한, 무의미한 웅얼거림과도 같은데다 무엇보다 사혜가 제 의지를 놓아버렸다. 귀에서 이명이 나고 눈앞은 서서히 어두워졌다. 아무것도 들리지 않고 보이지 않았다. 그렇게 암흑이기를 잠시, 먼 곳으로부터 등대의 불이 비추듯 한줄기의 빛이 피어났다. 그것은 또 한순간에 화사하게 피어올랐다.

스물한 살의 사혜가 그 빛 속에 있었다. 짧은 흰색 반바지에 연보라색 잔 꽃무늬 민소매 블라우스를 입은 그녀는 젤라또가 든 투명 플라스틱 컵을 손에 들고 함박웃음을 머금었다. 그녀의 곁에는 사온이 있었다. 소매를 팔꿈치까지 걷어 올린 연한 블루 셔츠에 검은색 선글라스를 쓴 그는 가끔씩 사혜의 허리를 한 팔로 가볍게 잡아끌어 많은 사람들 틈에서 그녀의 보행을 도와주었다.

한 여름날의 나폴리였다. 한국에서 막 여름방학을 맞은 사혜가 마침 이탈리아로 출장 가는 사온을 따라나선 것이었다. 물론 사온이 '같이 가자' 하고 사혜는 저가 따라가고 싶은 것으로 해서 부모의 허락을 받은 것이었는데, 3박 5일의 길지 않은 일정인 데다 사온 외에도 남녀 직원 두 명이 동반하고 있어 사혜의 합류는 어렵지 않게 허락될 수 있었다.

사혜는 여직원과 한 방을 쓰며 어쩌다 남는 시간에 사온과 나폴리를 돌아다녔다. 가족이 함께한 여행이 아니어서일까. 사온과 단둘만이 빠져나와 걷는 외국의 거리는 사혜에게 해방이었다. 위태로운 살얼음에서의 해방이고, 죄책감으로부터의 해방이었다.

때문에 분위기 좋은 골목길에서 사온에게 입술을 빼앗겨도 전혀 불안하지 않았다. 오히려 장난기가 발동해 더욱 적극적으로 달려드니 그가 오히려 그녀의 코를 꾹 누르며 '은근 끼 있다'고 놀렸다. 그런 사온 역시 무척 편안해 보였다. 그가 그런 편안함을 보인 것도 그즈음이었다. 그것은 사혜를 온전히 저의 것으로 했다는 안도감 같은 것이었다. 때문에 병적일 정도로 그녀의 몸을 탐하지도 않게 되었다. 그렇게 안정을 찾은 그는 사혜에게, 그녀가 먹는 아이스크림보다 더 달콤하게 굴었다.

행복한 기억이었나 보다. 정작 그때는 그것이 행복이라고까지 미처 의식을 못했는데, 지나고 나서야 기억은 그것을 행복한 시간으로 만들어놓고 있었다.

"이상하다……."

사혜는 무심결에 중얼거렸다. 그리고 눈을 떴다. 격랑의 정사가 지나간 뒤였다.

"넌 기다리기만 하면 돼."

사온의 목소리가 들려왔다. 마치 사혜가 눈을 뜨기를 기다렸다는 듯, 그러면서도 나른한 목소리였다.

"밥 잘 먹고 건강하게."

사온은 말을 이었다.

"얼마 안 걸려."

사온의 말대로 얼마 안 걸렸다. 진짜 '사건' 이라고 말할 수 있는 것은 5월을 기다리고 있었다.

❖

5월의 화창한 하늘 아래 제양사의 서울 본사는 겉보기에는 평화로워 보였다.

한 부서 사무실의 팀장 자리에서 사온이 일어나 행거에 걸어둔 재킷을 빼 손에 들고 사무실을 나왔다. 그는 사무실을 나와서야 재킷을 입으며 복도를 걸어 승강기가 있는 곳을 향했다. 나란히 있는 세 개의 승강기 중 하나는 사온이 그 앞에 도착하기도 전에 땡, 소리를 내고 곧 사혁을 드러냈다. 사혁은 매우 굳은 표정이었다.

"이쪽으로 오세요."

사온이 말하고 앞장섰다. 두 사람은 회의실로 보이는 방으로 들어섰다.

"너, 미친 거 아니야?"

사혁은 사온을 뒤따라 회의실로 들어서자마자 사온이 채 돌아서기도 전에 말했다. 사온은 천천히 돌아섰다.

"전에 미친놈, 이라고 이미 하셨는데요."

팍, 사혁이 동생의 얼굴을 후려쳤다.

"할 짓이 있고 못할 짓이 있지, 아버지를 겨냥해?"

사혁은 무척 화가 난 얼굴로 소리쳤다.

"정말…… 네가 한 짓이 맞는 거야? 일본 출발 전에 외할아버지 만나뵀는데…… 똑 부러지게 말씀 안 하신다."

"내가 한 짓…… 맞습니다."

조용히, 무표정하게 대답하는 사온의 모습에 사혁은 내심 충격을 받은 듯 바로 입을 열지 못했다. 동생이 한 짓이 확인이 돼서라기보다는 조금의 감정도 보이지 않는 그의 태도 때문이었다.

5월 말이 정기주주총회였다. 총회 전에 임시 이사회가 열렸는데 거기서 현 제양사 대표인 제 회장의 불신임이 거론되었다. 마침 정기주총과 대표 임기가 맞물린 상황이고, 임시 이사회 소집을 요구한 측은 '청파' 측 이사들이었다.

'청파'는 바로 사온 형제들 친모의 부친, 즉 외할아버지를 배후 수뇌로 하는 회사다. 이 말은 곧 야쿠자 세력의 양지 회사라는 의미다. 제양사처럼 일본과 서울, 양쪽에 회사를 두고 있는 이 청파가 소유한 제양사 지분율이 오너 가족 다음 순서일 만큼 높다. 청파가 제양사 설립과 그 초창기에 관여한 데다 제 회장이, 외가에 억류된 사온을 빼오는 조건으로 넘긴 지분이 보태졌다. 상황이 이러니 청파의 뜻을 거스르고 경영권을 방어하기는 사실상 불가능했다.

청파는 그런데 현재 대내외적으로 제 회장의 경영권을 방어하면 했지 불신임을 할 하등의 이유가 없었다. 제 회장이 훌륭하게 회사를 이끌어가는 데다 청파의 실질적 오너가 바로 사온 형제들의 외할아버지니 태클을 걸 이유가 전혀 없는 것이다. 그런데도 태클을 걸어 앞으로 있을 정기주총에서 새 대표 선임을 안건에 올리겠다고 나선 것이 현재 상황이었다.

"더한 짓도 할 겁니다. 가진 것은 다 쓸 겁니다. 누가 다치고, 누가 죽든 관심 없습니다."

태연히 말하는 사온을 사혁은 아연실색한 얼굴로 보고만 있었다.

"그러니 형이 아버지께 대신 말씀드려 주세요. 날 만나려 하지를 않으셔서 뵙지 못하고 있습니다."

사온은 여전한 모습으로 말했다.

"내가 원하는 건 사혜라구요. 사혜뿐이라구요. 사혜만 주시면 됩니다."

저녁 무렵, 사혁은 본가를 방문했다.

"큰오빠……."

현관을 들어서는 사혁을 사혜가 맞았다. 마침 식사를 끝내고 주방에서 막 나오던 참이었다.

"그래. 잘 지냈니?"

사혁은 누이의 등을 토닥였다. 미소를 띠고 있으나 얼굴에 드리운 그늘을 완전히 떨쳐 내지는 못한 채였다.

"응. 언제 언니랑도 같이 오지, 또 혼자 온 거지?"

"업무상 온 거라서……. 네 생일 얼마 안 남았으니 그때 함께 오마."

사혁은 말을 하며, 주방에서 뒤이어 나온 어머니에게 눈길을 던졌다. 어머니의 안색 역시도 어두웠다.

"식사는……?"

"먹었습니다."

주방에서는 마지막으로 사빈이 모습을 보였다. 묘하게도 똑같은 낯빛이었다.

"오빠랑 할 얘기가 있으니 넌 들어가."

어머니는 사혜에게 말했다. 사혜는 자신만을 두고 리빙 룸으로 향하는 어머니와 두 오빠를 보며 불안한 기색을 감추지 못했다. 그녀는 회사의 일을 알지 못했지만 최근 집안의 뒤숭숭한 분위기로 무슨 문제가 생겼음을 직감하고 있었으며 그것을 사온과 연결시켜서 생각하지 않을 수 없었다. 그가 이번에는 무슨 짓을 하고 있는가.

사혜는 제 방에 와서도 가만있지를 못하고 창가를 서성거렸다. 사온을 못 본 지 한 달이 넘었다. 그와 만난 것을 집 앞에서 어머니에게 들킨 후 그녀는 마음을 굳게 먹고 아예 그의 전화도 받지 않고 있었다.

사혜는 결국 방을 도로 나와 주방을 먼저 들여다보며 아주머니의 움직임을 살폈다. 아주머니는 저녁식사의 뒤처리 후 내일 아침을 위해 미리 손질해 놓을 것들을 다듬고 있었다. 사혜는 안심하고 리빙 룸의 문으로 걸음을 옮겼다. 문 앞에서 잠시 안에 귀를 기울인 그녀는 그다음, 문고리를 잡아 힘을 잔뜩 주어 소리 나지 않게 조심히 돌렸다. 틱, 소리와 함께 문 사이가 뜨자마자 거의 동시에 사빈의 격한 목소리가 새어 나왔다. 매우 흥분해 있는 목소리라 처음에는 알아들을 수도 없더니 곧 '그건 협박이다' 라는 말이 또렷이 사혜의 귀에 들려왔다.

리빙 룸 안에는 창가의 소파에 어머니와 사혁이 대각선 방향으로 앉아 있고, 사빈은 제 분을 못 이기는 모습으로 서 있었다.

"그렇잖아. 아버지를 협박하고 가족을 협박하는 거잖아. 말이 달라는 거지, 안 주면 어쩌겠다 이거잖아요? 아니, 그게 말이 되냐고……. 정신병자로 입원시켜야 하는 거 아냐?"

"그만 좀 떠들어. 누가 너만큼 안 답답해서 이러고 있어?"

사혁이 동생을 보며 나무랐다.

"지금 그런 얘기 백날 해봐야 영양가 없어. 일단 사태를 수습해야 하는 게 먼저야."

사혁은 어머니에게 눈을 돌렸다. 어머니는 소파 팔걸이에 팔꿈치를 댄 채 그 손으로 이마를 짚고서 무겁게 내려앉은 얼굴을 하고 있었다.

"다른 방법이 없습니다. 둘 중 하나밖에는. 사온이가 마음을 돌리거나 아니면 우리가 수긍하거나. 그래서 어머니를 찾아뵌 겁니다."

"그게 무슨 말이야? 설마……."

"넌 가만있어."

사빈이 끼어들자 사혁이 대번에 자르고는 다시 어머니에게 눈을 돌렸다.

"어머니가…… 설득해 주세요. 아버지를 설득하실 분은 어머니밖에 안 계십니다."

순간 사빈이 놀라 눈을 부릅떴다. 어머니 역시 소스라치며 제 이마에서 손을 치웠다.

"사혜…… 그냥 사온이에게 보내요."

"미쳤어? 형."

사빈은 날카롭게 소리쳤다.

"넌 가만히 있으라고 했잖아."

"가만 못 있어. 어떻게 가만있을 수 있어? 뭐? 사혜를 그 사이코에게 주라고? 형도 미쳤구나?"

"그래도 어차피 가족이야."

"가족? 가족이라고? 딸이 며느리가 되고, 누이가 형수 되고 제수 되는 그런 가족도 있어? 나더러 사혜를 형수라고 부르라고? 콩가루도 아니고……. 난 못해. 차라리 내가 이 집을 나갈 거야."

사빈은 곧장 입구로 몸을 돌려 성큼성큼 걸어 문을 확, 열었다. 문밖에 사혜는 이미 없었다. 사혁과 어머니는 그대로 남아 쾅, 문 닫히는 소리를 듣고 있었다.

"지독한 놈……."

어머니는 혼잣말처럼 뇌까렸다. 사온을 두고 한 말이다.

"끔찍한 놈……."

"힘드신 거 압니다."

사혁은 긴 한숨 끝에 무겁게 입을 열었다.

"그런데 아무리 생각해도 지금 이대로는 답이 없어요. 자칫 잘못하면 우리 가족…… 그냥 해체되고 맙니다. 어떻게 해서든 봉합

하는 방법은…… 사온이와 사혜…… 부부로 맺어주는 것밖엔 없어요."

"난……."

사혁의 말을 바로 받아 어머니는 입을 열었다.

"애썼어. 사온이를 미워하지 않으려고……. 그런데 그게 너무 힘들어……."

어머니는 눈시울을 붉혔지만 눈빛은 분노에 차 있었다.

"이젠 애쓰지 않을 거야. 힘들게 그러지 않을 거야……."

사혁은 참담한 심정인 듯 눈을 감았다. 잠시 후 그의 고개는 아래로 툭 떨어졌다.

제 회장의 자택은 어둠이 깊어갈수록 적막감이 감돌았다. 사혁도 오늘 하루 이곳에 머물고 있어 사온을 뺀 모든 가족이 집에 있는데도, 흡사 사람이 살지 않는 집처럼 어둡고 적요했다. 그 적요를 깬 사람은 어머니였다. 그녀는 잠옷 가운 차림으로 마치 유령처럼 홀연히 모습을 보여 남편의 서재 앞을 잠시 서성이다 발길을 돌렸다. 서재에는 아직 제 회장이 있었다. 잠잘 시간이 훨씬 지났는데도 침실로 오지 않는 남편의 얼굴을 확인하는 것이 아내는 자신이 없었다. 대신 그녀는 딸의 침실 문 앞으로 가 조용히 문을 열었다.

사혜의 침실 안은 비교적 환했다. 침대 곁에 있는 키가 큰 스탠드에 불이 들어와 있던 까닭이었다. 어머니가 가까이 가서 보니, 이불을 허리만큼 덮은 사혜가 엎드린 모습으로 잠들어 있었다. 손에는 펜이 쥐어 있고, 바로 그 아래에 조그만 노트가 펼친 채로 있

었으며 노트에는 사혜의 것이 분명한 손 글씨가 낙서처럼 쓰여 있
었다.

어머니는 노트를 가만히 내려다보았다. 그렇게 제법 한참을 들
여다보다가 마침내 움직여 사혜의 허리께에 있던 이불을 잡아 딸
의 어깨까지 끌었다. 사혜는 눈을 떴다.

"깼어?"

어머니가 먼저 입을 열었다.

"으응……."

"똑바로 자. 그렇게 엎으려 있으면 몸 굳어."

사혜는 제 손 근처에 있던 노트를 덮고 몸을 바로 했다.

"다시 시 쓰니?"

어머니는 곁에 걸터앉아 물었다.

"어, 봤어? 창피하게……."

"뭐가 창피해? 시 쓰는 게 창피하단 말은 처음 듣네?"

"못 쓰니까 창피하지."

"쓴 데까지 봤는데, 난 좋던데?"

"네에. 고슴도치 엄마가 어련하려구. 내 자식은 이뻐, 내 자식
은 다 잘해, 가 마인든데."

"아냐. 너, 내 딸이라서가 아니라 너만큼 이쁘고 재주 많은 애도
드물어."

"알았다니까. 진짜…… 나, 엄마 딸로 태어나서 엄청 부담스럽
거든요."

"난 자랑스러운데?"

어머니는 손으로 사혜의 머리를 슬며시 쓰다듬었다. 어머니는 미소 짓고 있었다.

"정말……?"

사혜는 어머니의 미소 아래에서 도리어 눈시울을 붉혔다.

"그럼. 정말이고말고."

"내가 엄마 딸이 아니었으면…… 엄마 훨씬 행복했을지도 모르는데?"

"그랬을까?"

"아마도……."

말끝을 흐리며 축축이 젖어가는 딸의 눈을 향해서도 어머니는 미소 지었다.

"사혜야, 엄마는 지금보다 더 불행해도…… 천만 배를 더 불행해도, 네가 내 딸인 게 좋구나. 이 세상 무엇과도 바꾸지 않을 거야. 내 소중한 딸……."

사혜는 어머니의 미소 아래 눈을 감았다. 어쩐지 편안히 잠들 수 있을 것 같았다.

며칠 후, 사혜의 어머니는 그녀의 남편인 제 회장과 서재에 마주 앉아 있었다. 남편이 매우 어두운 얼굴로 '잠시 얘기 좀 하자'해서 마련된 자리였다. 그러나 듣지 않아도 남편이 무슨 말을 하려는지 아는 그녀는 이미 각오를 한 얼굴이었다. 수긍이기보다는 체념이었다. 예상대로 제 회장은 '사온과 사혜를 맺어주자'며 어렵게 말을 꺼냈다.

"네. 당신 뜻이 그렇다면…… 그렇게 하세요."

제 회장의 아내는 조용히 대답했다.

사혜가 사온의 아내가 될 것이라는 소식을, 사빈은 어머니가 아닌 사혁으로부터 들었다. 일본에서의 국제전화를 통해서였다. 사빈은 경악했다.

"큰형 말이 사실이에요?"

사빈은 다급히 어머니에게 확인했다. 리빙 룸에서 어머니는 정원을 내다보며 창가에 서 있었다.

"정말 아버지가 허락하신 거냐구……. 주주총회…… 그건 다른 방법도 있을 거잖아? 우리 편 주주들 더 모으면 되는 거잖아?"

"방법 안 찾아보셨겠어?"

어머니는 평소와 같은 어조로 말했다.

"아마 모든 수단과 방법을 다 강구해 보셨을 거야. 네 큰형과 함께."

"그래도 그렇지……."

"그리고 무엇보다…… 아버지도 지치신 것 같구나……."

"정말 그 개 사이코 하나 때문에……."

사빈은 울분에 차서 소리를 질렀다.

"이게 말이 되냐구, 이런 일이 세상에 어딨어? 사혜는요? 사혜는 알아? 사혜는 싫다고 할 게 빤한데……."

사빈은 마구 토해놓고는 어머니의 말을 듣지도 않고 리빙 룸을 뛰쳐나갔다. 그리고 곧장 사혜의 방문을 열었으나 방은 비어 있었다. 방 안을 잠시 두리번거린 그는 핸드폰을 꺼내 누이의 번호를 열었다. 그런데 번호에 미처 손을 대기도 전에 벨이 울렸다. 사빈의 핸드폰 소리가 아닌 사혜의 것이었다. 귀로 소리를 좇은 그는 베개 위에서 그것을 발견했다. 가까이 가서 확인하니 누이의 핸드폰 화면에 '온이 오빠'라 떠 있었다. 사빈의 얼굴은 즉시 일그러졌다. 그는 도로 방을 뛰쳐나갔다.

사혜는 후원에 있었다. 계절의 여왕 5월의, 늦은 오후 햇살이 쏟아지는 후원은 그 아름다운 정경과 편안함만으로도 사람을 위로하기에 충분해 보였다. 사혜는 형형색색의 꽃들이 흐드러지게 피어 있는 곳에 서서 그 화려하면서도 천하지 않은 귀한 자태 하나하나에 천천히 눈길을 옮겼다. 마치 꽃들 하나 하나에 말을 붙이고 그 대답을 듣는 것 같았다.

사혜가 어릴 때 아버지는 곧잘 어린 딸을 데리고 화단을 꾸미고는 했었다. 이 집은 아니고 그전에 살던 집이었다. 사혜를 얻기 전에는 아들만 있던 제 회장이, 그래서 꽃처럼 예쁘고 아기자기한 것들과는 친하지 않던 집안 분위기에서 처음으로, 작고 어린 여자아이를 위한 무엇을 준비한다는 작은 기적 앞에 매일 감동하던 나날이었다. 아버지는 손수 팔을 걷어붙이고 모종삽을 들어 딸을 위해 꽃씨를 뿌리고 그것이 새싹으로, 화려한 꽃으로 피어나는 것을 딸의 손을 잡고 지켜보았다.

사혜는 모두 기억하고 있었다. 아버지와 꽃, 그리고 함께했던 모든 시간들. 얼마나 행복했던 시간이었던가, 얼마나 눈부시며 평화로운 나날들이었던가.

"나도 알아."

사혜는 말했다. 그녀의 뒤에는 사빈이 와 있었다. 그러나 그녀
는 돌아보지 않았다.

"알고 있어."

"싫다고 해."

사빈은 말과 함께 사혜 옆으로 붙었다.

"너 싫잖아. 그렇지? 그러니 싫다고 해, 사혜야."

"오빠도 똑같애."

사혜는 혼잣말처럼 중얼거렸다. 그 말이 무슨 뜻인지 의아했던
사빈은 입을 다물고 누이의 옆얼굴을 쳐다만 보았다. 두 사람은
꽤 오래 침묵했다.

"그럴 리 없어……."

사빈이 마침내 침묵을 깼다. 고개를 천천히 두 번 흔들며 그 역
시 혼잣말을 한 것인지 사혜에게 하는 말인지 애매하게 시작했다.

"네가…… 좋다 할 리 없어……."

사빈이 말하는데도 사혜는 미동도 않은 채 여전히 꽃들에만 눈
을 두고 있었다.

"싫다고 해. 제사온한테 안 간다고 해, 사혜야……."

사빈은 답답해하며 다시 간절히 요구했지만 사혜는 대답하지
않았다.

❖

제양사 본사 건물 뒤로 지는 해의 눈부심이 도심을 물들이고 있었다. 삭막한 도심에서 그것은 유달리 처절하도록 아름다운 빛이었다. 땅거미가 밀리고 시나브로 어둠이 내려앉으면서 제양사 밖으로는 퇴근하는 사람들이 하나둘씩 늘어나고 있었다.

사온은 아직 사무실에 있었다. 모니터를 보며 마우스를 움직이고, 키보드를 두드리고, 직원들에게 업무 지시를 하는 등의 일이 이어졌다. 그러는 사이로 그는 핸드폰을 자주 들여다보았다. 사혜에게 여러 번 전화를 했지만 받지 않아 문자 역시 여러 개 보내놓고 연락을 기다리는 중인데 그녀로부터는 감감무소식이었다.

「사혜야, 집에 있겠지? 퇴근하고 집으로 간다.」

사온은 다시 문자를 보냈다. 40여 일 전, 사혜와의 마지막 만남 이후 그녀는 줄곧 그의 전화나 문자를 거부해 왔다. 그래서 그도 최근 일주일 동안은 전혀 연락하지 않았었다. 바로 오늘을 위해서였다. 사혜도 알 것이다. 아버지의 허락이 떨어졌다는 것을. 때문에 사혜가 어떤 마음으로 있는지 어떤 반응인지 그는 알고 싶었다. 더 정확히는 안도하고 기뻐하는 그녀의 모습을 보고 싶었다. 그런데 그것이 확인되지 않아 업무에 몰두하는 것도 힘들었다. 그는 계속 사혜에게 연락을 취하고 문자를 보내며 업무를 빨리 처리하기 위해 서둘렀다. 그리고 평소보다 일찍 퇴근했다.

회사를 나온 사온은 곧장 본가로 차를 몰았다. 가는 길에도 사혜에게 연락을 해보았지만 여전히 불통이었다. 신호는 가는데 받지 않는 것이다. 그는 너무 서둘다 하마터면 사고까지 낼 뻔한 끝에 가까스로 본가에 도착했다.

본가 차고에 차를 세우면서 사온은 사혜의 차, 빨간색 쿠페부터 눈으로 확인했다. 집에 있구나, 하며 그는 곧장 1층의 홀(Hall)로 들어섰다.

홀에서 사온이 가장 먼저 맞닥뜨린 사람은 동생 사빈이었다. 사빈은 2층 계단으로 올라서려다 멈춘 모습으로 형을 보고도 제 눈에 아무것도 보이지 않는 양 무시하더니 그대로 계단을 밟았다. 주방으로부터는 어머니가 모습을 보였다. 사온은 묵례를 해 보였지만 어머니 역시 사빈처럼 입을 다문 채 도로 주방으로 모습을 감추었다.

사온은 그러나 그 모든 것에 개의치 않았다. 다만 사혜를 찾을 뿐이었지만 그녀는 제 방에 없었다. 그는 핸드폰을 들었다.

[오빠…….]

이번에는 통화가 바로 되었다. 사혜의 목소리를 듣는 순간 사온의 그 건조한 얼굴에도 일순 화색이 돌았다. 그러면서도 다급한 마음을 숨기지 못하듯 거두절미 '너 어딨어?' 물었다.

[밖이야.]

"내가 집으로 간다는 문자 못 봤어?"

[나와서야 봤어.]

"어디야, 지금?"

사온은 다그치다시피 했다.

[나, 사실 집에서 나온 지 얼마 안 돼.]

"어디냐고?"

[택시 안. 방금 탔어. 오빠 오피스텔에 가고 있는 중.]

"진작 말을 했어야지. 바로 따라가마."

[알았어. 이따 봐.]

"사혜야……."

사온은 할 말이 있는 것처럼 불렀다.

[응?]

"아니다. 만나서 얘기하자."

사온은 거의 뛰어서 차고로 가 급하게 집을 나섰다. 차에 속도를 내며 신호도 적당히 무시하고 달렸다. 사혜와 통화를 했고, 그녀가 어디로 향하는지도 알고 또 곧 만날 것이니 그리 서둘지 않아도 되는데, 그것을 그도 머리로는 인지를 하면서 허둥대고 있었다. 늦으면 그녀를 영영 못 만나기라도 하듯.

사혜는 제 말대로 택시 안에 있었다. 사온의 오피스텔로 가는 것도 사실이었다. 정체가 심한 길이라 택시는 가다 서다를 반복했다. 그 느린 풍경에 눈을 둔 사혜는 모든 것이 마무리가 지어져서일까, 아주 편안한 얼굴을 하고 있었다. 어머니와 사빈 등 가족 모두가 매우 어둡고 불편한 안색을 보인 것과는 매우 대조적이었다. 그녀는 손에 든 핸드폰을 만지작대다 사진을 열어 그 안에 저장된 것들을 보기도 했다. 어머니, 아버지, 큰오빠 부부, 막내 오빠, 그리고 사온까지.

택시는 잠시 후 속도를 내었다. 오피스텔까지는 5분 여를 남겨 놓고 있었다.

"아저씨, 저기 횡단보도 있는 데서 세워주세요."

오피스텔이 눈앞에 보이자 사혜는 말했다. 사온의 오피스텔은 택시가 가는 방향의 반대편에 있어, 그 앞에서 내리려면 더 멀리 가서 유턴을 해야 하기 때문에 횡단보도에서 내려달란 것이었다.

사혜가 계산을 하고 택시에서 내리니 횡단보도의 신호등은 보행자 신호를 막 끝낸 뒤였다. 사혜는 다음 신호를 기다렸다.

사혜가 서 있는 맞은편에서는 때마침 사온의 차가 막 와서 섰다. 차창으로 사혜를 발견한 사온이 횡단보도에서 가까운 갓길에 차를 세운 것이다. 그는 안전띠를 푸는 것과 동시에 핸드폰의 화면을 켰다. 내리 달렸더니 이렇게 절묘하게 만날 수가, 하며 사혜를 태우고 함께 오피스텔 주차장으로 들어갈 수 있다는 생각에 그녀에게 전화를 하기 위해서였다. 눈을 들어 차창 밖으로 다시 사혜의 모습을 확인하는 그의 얼굴에서 입꼬리는 한껏 위로 올랐다.

사온은 핸드폰을 귀에 댄 모습으로 차에서 내렸다. 그가 내린 곳에서 횡단보도까지는 불과 열 발자국이었다. 건너편의 사혜에게 눈을 고정한 채 그 길로 가는 동안 그는, 사혜가 핸드폰을 받고 또 그녀 역시 그를 발견한 것을 알 수 있었다.

[오빠…….]

반갑게 부르는 그녀의 목소리가 그의 귀를 간질였다.

"그래. 어서 와."

사온은 횡단보도의 대기선 앞에 섰다.

[응. 갈게. 오빠……. 오빠…….]

연거푸 부르는 사혜의 목소리를 들으며 사온은 길 건너편의 그녀와 얼굴을 마주했다.

[이 길이 바로 오빠에게 가는 길이야…….]

사혜의 목소리는 밝았다. 그 순간, 차량 신호등에 주황색 불이 들어왔다. 거의 동시에 사혜는 사온을 향해 달렸다. 정말 아무 거리낌도 없이 오직 사온만 보고 달려가는 것이 분명했다. 그녀의 '오빠에게 가는 길'이라는 말에 사온이 의아해 미처 '뭐?' 하기도 전이었다.

끼이익, 차바퀴가 도면과 거친 마찰을 일으키는 소리가 주변의 경악한 눈들을 가르며 퍽, 소리로 이어지는 찰나에 사혜의 몸은 공중으로 튀어 올랐다.

사혜의 몸은 공중에서 아주 잠깐 머물렀을 뿐이다. 그것이 사온의 눈에는 느린 그림처럼, 그러다 종국에는 영원히 그 상태로 머문 것만 같은 패닉으로 그를 몰았다.

허공에서, 턱이 거의 위를 향한 거꾸로 된 모습의 사혜 얼굴에서 눈동자는 한곳에 고정돼 있었다. 그 검은 눈동자에 사온의 모습이 비쳤다. 마치 눈동자에 갇힌 것처럼. 그리고 어쩌면 사온 역시 제 눈에, 사혜를 정지시켜 놓았으리라.

9. 데미지

사혜는 현장에서 즉사했다. 주황색 신호등을 빠른 속도로 피하기 위해 달려온 승용차에 치어 공중으로 날아오른 사혜는 반대 차선에서 오던 차의 보닛 위로 떨어졌다가 바닥으로 굴러떨어졌다. 사온은 곧바로 횡단보도를 향해 튀어나가다 그도 그만 차에 치고말았지만 다행히도 정지하려 이미 속도를 줄인 차라 그는 바닥에 쓰러졌다가 곧장 다시 일어나 사혜에게로 몸을 날렸다.

사혜는 눈을 뜨고 있었다. 그 눈으로 사온을 보는 것 같았다. 사온은 그녀의 얼굴을 여기저기 만져 보았다. 그녀의 눈동자에 제 눈동자를 맞춰보기도 했다. 그는 사혜를 부르려, 그녀의 이름을 불러보려 입을 약간 벌렸으나 그 즉시에는 아무 말도 새어 나오지 못했다. 약간의 시간이 걸렸다. 사온이 말을 하기까지는. 그런데 그것은 말이 아닌 그저 소리, 절규라고 하기에도 마땅치 않은, 목이 갈라지다 못해 숨이 끊어질 것 같은 비명이었다.

사온과 함께 응급차에 실려가는 동안 사혜는 그의 품 안에 있었다. 응급차의 요원들은 두 사람을 떼어놓으려 했지만 성공하지 못했다. 병원에 도착해서도 마찬가지였다. 둘을 떼어놓으려 의료진들과 사온 사이에서 한바탕 전쟁이 치러졌다. 사온은 말도, 소리도 없이, 자신이 할 수 있는 최후까지 사혜를 놓지 않았다. 마지막까지 잡고 있던 그녀의 손을 놓았을 때는 그도 의식을 잃은 후였다.

제 회장 부부와 사빈이 시체 안치실로 들어온 것은 밤 9시쯤이었다. 다들 비현실 속을 부유하는 것 같은 얼굴로 사혜의 주검이 눈앞에 드러난 순간 어머니부터 그 자리에서 무너졌다. 실신을 해버린 것이다. 눈도 감지 못한 사혜의 주검에 사빈 역시 깊은 충격을 받고 떨리는 손을 누이의 얼굴로 가져갔다. 누이의 눈을 감기려 눈꺼풀에 손을 댔지만 얼굴이 손에 닿는 찰나에 그는 오열을 터뜨리며 주저앉았다.

제 회장은 망연히 딸의 얼굴을 내려다보고 있었다. 아내와 아들이 차례로 바닥에 쓰러졌는데도 의식을 못하는 사람 모양 그는 오직 딸에게만 눈을 두고 있었다. 이윽고 입을 벌려 뭐라 말을 하려 했지만 입술만 바르르 떨 뿐 아무 소리도 내지 못했다. 딸의 이름을 부르려 했던 것일까.

계성대종합병원은 야간에도 붉을 환히 밝혔다. 그 한밤중에, 제양사의 회장 비서진이 회사 관계자로는 가장 먼저 병원에 도착해 사혁이 아내와 함께 급거 귀국한 이튿날 정오까지 사고 수습과 장례 관련 업무를 조율했다. 이미 비보를 듣고 온 사혁이지만, 때문에 오는 길에도 참담한 마음을 가눌 수 없던 그였지만 막상 현장에서 가족을 대하고 보니 마냥 슬픔에만 빠져 있을 수도 없는 지경에 도리어 억지로라도 기운을 낼 수 있었다. 사온과 어머니는 제각기 입원실에 누워 있고, 그 곁에서 사빈은 넋이 빠져 있었으며 아버지인 제 회장조차 비서진의 우려를 살 만큼 위태로워 보였으니 말이다.

오후에 사혜의 주검은 입관실로 옮겨졌다. 염습을 위해서였다. 두 명의 염습사가 염을 먼저 진행하는 가운데 사온을 뺀 사혜의 가족이 모두 참관했다. 어머니는 입원실에 누워 있었음에도, 그래서 가족이 만류함에도 기어코 딸의 염을 보겠다고 해 며느리의 부축을 받고 나와 딸의 마지막 단장을 지켜보았다. 흐느낌을 억제하느라 제 가슴을 부여잡고, 이미 안식에 들어 편안해진 딸 앞에서 살아 있는 자의 슬픔과 고통을 온몸으로 감당하고 있었다. 아버지인 제 회장도, 사혁, 사빈도 한가지였다.

사혁은 손수건으로 눈가를 꾹 눌렀다. 비로소 누이의 죽음이 실감났다. 사고 현장에 관한 경찰의 설명을 들었을 때만 해도 그 내용을 선뜻 이해할 수가 없어 당혹감이 먼저였었다. 사혜가 차도로 뛰어들었다니, 자살이라는 말인가. 그 현장에 있던 사온마저 입을 굳게 다물고 있어 더욱이 혼란스러웠다. 그런데 지금 이 순간만큼은 그런 모든 것들이 아무 의미가 없었다. 의미는 단 하나, 누이가 이제는 곁에 없다는 것, 그 허전함과 슬픔은 이제부터 고스란히 남겨진 자의 몫이라는 잔인한 깨달음뿐이었다.

그것을 묵묵히 견디는 사혁과 달리 사빈은 감당하기 힘들었던 모양이다. 손수건으로 입을 틀어막고 꾸역꾸역 오열을 삼키던 그는 갑자기 세찬 몸짓으로 문을 향했다. 그리고 곧장 문을 확, 열어젖혔지만 불행히도 멀리 가지는 못했다. 아니, 문밖에서 바로 막혔다고 해야겠다. 사온이 앞길을 막은 것 모양 서 있었기 때문이었다. 검은색 슈트를 갖춰 입은 그는, 마침 입관실 문을 막 열려던 참이었다.

사빈은 사온을 보자마자 주먹을 쥐었다. 눈빛조차 몹시 사나워, 그 기세대로라면 바로 주먹을 휘두른다 해도 전혀 이상할 것이 없는 모습이었다. 그러나 그뿐이었다. 그는 도리어 사온의 몸에 닿는 것도 싫다는 듯 큰 동선으로 그를 피해 그 자리를 벗어났다.

사온은 천천히 입관실로 들어섰다. 동시에 가족 모두의 눈길이 그를 향했으나 사온의 눈은 다만 사혜에게 가 있었다. 마침 수의가 입힌 사혜는 습의 마무리 단계에 있었다. 얼굴에서 눈은 가려진 채였다. 그 얼굴을 보며 사온은 다가갔다. 그녀의 마지막 눈빛을 떠올리면서였다. 목소리가 뒤를 이었다.

'이 길이 오빠에게 가는 길이야.'

사온이 사혜의 얼굴로 손을 뻗자 염습사들은 깜짝 놀랐다. 사온은 사혜의 눈을 가린 천을 벗기려 했다. 바로 그때였다. 제 회장이 사온을 향해 한 발 다가섰다. 그런데 그것이 몹시 발작적이면서도, 또 그 한 발 외에는 더 움직이지도 못했다. 아버지는 대신 손을 들어 사온을 가리켰다. 입도 벌렸다. 그러나 말은 나오지 않고 삽시간에 검붉은 낯빛을 띠었다. 사온이 놀라 아버지 앞으로 다가 갔다. 아버지는 '컥' 하는 소리와 함께 무너졌다.

"아버지……."

사혁이 소리쳤다. 쓰러지는 아버지를 잡은 사람은 사온이었다. 그 모습을 보며 어머니도 무너졌다.

사혜의 빈소가 차려진 지 사흘째 되던 날, 발인이 있었다. 빈소 는 삼형제가 지켰으며 그동안에 내내 입원실을 나오지 못했던 어 머니는 발인 때만은 몸을 추슬러 운구차에 올랐다. 딸의 마지막을 함께하기 위해 어머니는 사력을 다했다. 다만 입관실에서 쓰러져 곧장 중환자실로 옮겨진 제 회장은 그럴 수 없었다. 회장은 더 이 상 딸을 위해 슬퍼할 수도 없었다. 그의 의식은 깊은 어둠 속, 바 닥을 알 수 없는 심연과 망각의 늪 속에 가라앉아 있었기 때문이 다. 그래서 오히려 다행인지도 모르겠다. 불 속에서 활활 타고 있 을 딸을 보지 않아도 됐으니 말이다.

사혜가 연한 회색의 재로 변해 나타났을 때, 그녀의 어머니와 세 오빠의 심정을 말로 표현하는 것은 아마 힘들 것이다.

스물셋의 너무나 짧은 생이었다. 생모가 누군지도 모른 채 제 핏줄이 아닌 집으로 들어와 그러나 풍요로운 환경에 그보다 더 넉 넉한 사랑을 받았던, 어쩌면 서미교라는 이름으로 살았을지 모를 제사혜. 아버지와 어머니의 무한한 사랑을 받고 큰오빠인 사혁의 자비로운 사랑과 막내 오빠 사빈의 수줍은 사랑을 받았으며, 그리 고 무엇보다 사온의 여자였던 그녀는 그 넘치는 사랑을 오히려 감 당할 수 없었는지도 모르겠다.

"네가…… 죽였어……."

중얼거리듯 그렇게 말한 사람은 사빈이었다. 그는 사온의 무덤덤하고 건조한 얼굴을 노려보고 있었다.

"네가 죽였어……. 네가…… 네가 사혜를 죽였어……."

사빈은 주먹으로 사온을 툭, 툭 쳤다. 별로 힘도 들어가지 않은, 그러나 할 수 있는 모든 원망이 들어간 주먹질이었다.

"살려내……. 사혜 살려내……. 살려내, 이 자식아……."

사빈은 절규했다.

사혜는 가족 납골묘에 안치되었다.

사혜의 장례가 마무리된 2주 후, 제 회장은 계성종합병원의 본관 중환실로부터 VIP 병동인 별관의 5층으로 이송되었다. 혈압 상승에 의한 뇌출혈로 수술에 큰 고비가 없었고, 수술 직후에는 '이제 깨어나는 것을 지켜보자'는 의사의 희망 섞인 기대도 있었지만 병동을 옮기는 당일까지도 제 회장은 깨어나지 못했다. 의사는 이유를 알 수 없다고 했다.

별관 5층의 입원실에는 제 회장이 누운 침대 주변으로 주치의를 포함한 의료진과 사온, 사혁과 그의 아내, 그리고 두 형제의 어머니가 모여 있었다.

"수고하셨습니다, 김 박사님."

침대 곁, 의자에 앉아 있는 어머니가 의사를 향해 힘없이 말했다.

"뭘요. 근데 사모님도 별로 좋지 않습니다. 회장님 곁에서 너무 무리하진 마세요."

주치의인 김 박사는 자못 걱정스러운 얼굴을 해 보였다.

"간병인이 있으니 어머니께서 무리하실 일은 아마 없을 겁니다. 걱정 마세요. 박사님."

사혁은 더불어 감사의 뜻을 전하고는 곧 의료진을 문으로 이끌었다. 배웅하기 위해서다.

"제 팀장도 이제 그만 가봐."

어머니는 말했다. 사온에게 하는 말이면서 그를 보는 것이 아닌 남편에게 눈을 두고서였다.

"회사 일 봐야잖아."

"급하지 않습니다."

"그래도 가. 말도 못하는 아버지 보고 있어 뭐 하게?"

어머니는 평소처럼 말하고 있었으나 사온을 보려 하지 않는 눈길과 메마른 목소리만으로도 둘 사이에는 이미 좁힐 수 없는 거리가 생겨 버렸다는 것을 알 수 있었다. 그것은 가족이 아닌 낯선 이와 함께했을 때의 어색하고 불편한 공기 이상의, 친밀감이 적의로 바뀌어 이제는 아예 남보다 못하게 돼버린 관계의 방증이었으며, 또 거의 전적으로 어머니, 일방의 몫이었다.

사온과 어머니 사이에 흐르는 건조하고 냉랭한 공기를 눈치챈 사혁의 아내는 마침 의료진을 배웅하고 돌아오는 남편을 보며 눈짓했다. 재빨리 알아들은 사혁은 '저희는 이만 나가보겠습니다' 하는 말로 어머니에게 인사를 하고 동생의 팔을 잡아끌었다.

"어머님, 저쪽으로 옮기셔서 좀 쉬세요."

사혁과 사온이 나간 후 며느리는 소파를 가리키며 권했다.

"괜찮다. 너도 이제 일본으로 가봐야지?"

"좀 더 있어도 돼요."

사혜의 장례식 후 사혁은 업무차 일본을 두 번 다녀갔지만 그의 아내는 계속 한국에 남아 시어머니를 보살피고 있었다.

"네가 고생이 많다."

"고생은요, 뭐. 따뜻한 차 한 잔 타 드릴까요?"

"그래. 고맙다."

며느리는 냉장고와 정수기 등이 있는 소파 너머로 움직였다. 어머니는 다시 제 회장을 내려다보며 짧게 한숨을 쉬었다.

"당신만 이러는 법이 어딨어요?"

어머니는 중얼거렸다.

"나야말로 눕고 싶은데……. 아무것도 느끼지 못하고, 생각도 할 수 없고, 기억도 할 수 없는 채로 눕고 싶은데…… 당신 혼자만 이러는 법이 어딨어요? 얼른 일어나요. 일어나서…… 내가 갈 수 있게 해줘요……."

제 회장의 아내는 마치 남편 때문에 죽지도 못하는 제 신세를 한탄하듯 했다.

사온은 사혁과 함께 뜰에 나와 있었다. 두 사람은 나란히 서서 담배를 피웠다.

"에이, 끊었는데……."

제 손가락 사이에 낀 담배를 보며 사혁은 투덜대듯 했다.

"참, 집으로 안 옮겨?"

사혁이 물었다. 사온의 현재 거처인 오피스텔에서 본가로 옮기지 않느냐 묻는 것이었다.

"아직은요."

"사빈이 해외로 뜬다고 저러고 있으니 진짜 그러면 집이 너무 휑하잖아. 어머니 혼자."

사빈은 다니던 대학원을 그만두고 해외로 배낭여행을 하겠다며 준비 중이었다.

"뭐, 저는 저대로 몸부림치는 거라 말리기도 그렇고……. 집에 있으면 계속 사혜 생각이 나고, 뭐 그럴 테지. 둘 사이가 좀 좋았나……."

말끝에 사혁은 사온을 힐끔 쳐다봤다.

"네가 흔들리지 않아 그나마 다행이다. 무엇보다 회사 일 때문에라도."

사혁이 말을 잇는 사이 사온은 별 표정을 드러내지 않고 담배만 피웠다.

"당분간 천 이사님 대표 체제로 가기로 내부적으로 의견 모아졌으니까 네가 잘 보좌하고 있어. 주총 끝나고 이사회 열리면 일단 너도 임원 승진될 거야."

제 회장이 쓰러지는 바람에 정기주주총회가 2주 미뤄져, 바로 나흘 뒤였다. 사혁이 언급한 '천 이사'는 부회장과 함께 제 회장의 최측근으로 회장의 상속인들이 지분을 안정적으로 확보해 이후 경영권을 승계하는 데에 문제가 없을 때까지 회사의 간판 구실을 하게 된다.

"몸은 이제 완쾌한 거냐?"

형의 질문에 사온은 그저 고개를 슬쩍 끄덕였다. 사온은 부러진 늑골로 사혜의 장례식 기간을 버티었다.

"너, 설마 이상한 생각하고 있는 건 아니겠지?"

사혁은 다소 미심쩍은 눈빛을 사온에게 보냈다.

"그게 무슨 말입니까?"

"너무 아무렇지 않아서 하는 말이다. 아니면 됐고……."

사혁은 담배를 바닥에 던져, 밟아 끄며 얼버무렸다. 사혜의 장례 때부터 지금까지 사온은 제 할 일을 너무도 훌륭히 해내고 있었다. 사혁보다도 오히려 더 침착하고 치밀해, 사혜의 죽음에 슬픔조차 느끼지 못하는 사람처럼 보일 지경이었다. 그런데 사혁은 그것이 더 불안했다.

"암튼 국내 업무는 너 믿고 있을 테니까, 부탁한다."

"네."

사온은 먼저 회사로 가 업무에 열중했다. 이후로도 그는 거의 매일을 야근하다시피 하며 일에만 매달렸다. 그리고 정기주총과 이사회를 연달아 소화한 어느 날에는 상무 직함으로 평택항에 가 있었다. 8월이 막 시작된 날이었다.

수평선 너머로 해가 저물어가는 시간대에 사온은 항구를 천천히 걷고 있었다. 시원하게 펼쳐진 여름 바다가 잘 보이는 지점이었다. 항구 관계자들과 회의를 마치고 곧 있을 저녁식사까지의 짬을 이용해 나온 것이었다. 낙조는 곧 사라져야 할 제 운명에 저항이라도 하듯 가장 아름다운 빛으로 주위를 수놓았다.

"사혜야."

천천히 걸음을 떼며 사온은 누이의 이름을 불렀다. 너무 자연스러워 정말 제 곁에 사혜가 있기라도 한 투였다.

"무슨 생각하니?"

〈엄마 생각.〉

사혜의 목소리가 그의 귓가에 생생히 전해져 왔다. 사혜의 스무 살 생일을 치른 5월, 그녀를 그의 여자로 만들었던 그해 평택에서 그녀와 사흘 밤을 보내고 서울로 출발하던 날, 바다가 보고 싶다는 그녀의 요청에 함께 이 자리에 왔다. 빛이 기울고 어스름이 막 시작될 때였다. 사혜는 석양의 바다를 향해 꽤 오래 서 있었다.

〈그리고 아빠 생각.〉

"내 생각도 좀 해라."

〈오빠 생각은 일부러 할 필요가 없는걸. 싫어도 달라붙으니까. 한여름 날의 습기처럼.〉

"그럼 내가 습기야?"

〈응.〉

대답에 이어진 그녀의 웃음소리가 사온의 귀를 간질였다.

"좀 더 멋진 표현 없어? 너, 시인이잖아."

〈음…… 오빤 창이야. 딱 그 크기만큼만 보여주는 창. 그 이상은 보여주지도, 보여주려고도 하지 않는 창.〉

"창……?"

〈응. 내가 초등학교 때 쓴 시 기억해? 하나의 창이 열리며 닫힌

열 개의 문.〉

"멋지군."

〈멋져? 그 창에 날 가둬놓고?〉

"나도 너에게 갇혔어."

〈난 나가고 싶었어, 오빠.〉

"난 나가기 싫다, 사혜야."

〈난 이제 안 나가도 돼. 엄마의 딸로 남았으니까. 하지만 오빤
지금 나가야 해.〉

"싫어."

〈좋아…… 라고 할 때까지 오빤 괴로울 거야. 나보다 훨씬 더.〉

"그래. 그럴지도."

〈바보…….〉

"사혜야……."

사온은 두리번거렸다.

"사혜야……. 사혜야……."

그러나 그녀의 대답은 들려오지 않았다.

사온은 평택 지사에서의 업무를 마치고 사택 대신 콘도미니엄
으로 들어왔다. 혼자 지내기에는 너무 크고 넓은 객실은 8월의 날
씨에도 불구하고 서늘한 기운에 지배돼 있었다. 그는 방문을 열고
침대를 바라봤다. 사혜를 그의 것으로 만들었던 바로 그 침대였
다.

"사혜야."

어두운 침실에서 침대에 걸터앉은 모습의 사온은 다시 그녀의

이름을 불렀다.

"사혜야. 대답해 봐."

〈차암 말 안 듣네, 오빠. 나가랬잖아.〉

"싫다."

〈날 부르면 안 돼.〉

"싫어."

〈오빠가 날 부르는 날엔 불안했어. 숨이 가빠오고 가슴이 조여왔어.〉

"널 원했으니까."

〈대신 내 평화를 깨뜨렸어. 바로 그 침대에서.〉

사온은 침대 시트를 내려다보고 손바닥으로 천천히 쓸었다.

〈오빠는 내 평화를 깼어.〉

사혜는 다시 반복했다. 그렇다고 비난의 목소리는 아니었는데 사온은 한쪽 어깨를 축 늘어뜨렸다. 마치 무너지듯.

〈내 행복을 깨고, 눈부신 나날을 가져가고, 이제는 안식마저 방해하고 있어…….〉

"사혜야……."

〈그래서 만족해? 그래서 오빠는 행복해?〉

"만들어준다고 했잖아."

사온은 여전히 낮은 소리를 내고 있었으나, 하고 있는 말에 힘을 주었다.

"네가 원하는 거…… 세상에서 제일 편안하고 안락한 곳, 아무 불안감도 없는 곳, 죄짓는 느낌이 안 드는 곳……."

〈난 이미 그런 곳에 있어.〉

"아니. 내가 만들어준다. 기다려."

〈바보…….〉

"사혜야……. 사혜야……. 사혜야……. 대답해……."

사온은 숨이 가쁜 사람 모양으로 토하듯 부르다 갑자기 몸을 푹 숙였다. 제 두 주먹을 눈가에 대고서였다. 그러다 툭 하니 침대 위로 몸을 쓰러뜨렸다. 시트를 움켜잡고 제 가슴으로 끌어 그곳에 얼굴을 묻으며 그는 계속 이상한 신음을 내질렀다. 몸이 비틀려 간질 발작이라도 일으킨 사람 같았다. 시트를 그러잡아 주먹 쥔 손은 손목 채로 틀어졌다.

〈바보…….〉

사혜의 목소리가 다시 들려오자 그의 발작은 멈추었다.

〈그런다고 내가 돌아갈 수도 없는걸…….〉

사온은 천천히, 시트 뭉치에 묻었던 고개를 돌렸다. 아무 감정을 담지 않아 늘 건조하기만 하던 눈빛, 사막과도 같던 그곳은 그저 흔적으로만 간직했을 뿐인 물기로 인해 도리어 텅 비어, 그의 주변을 감싸고 있는 어둠과 하나 돼 있었다. 어둠이 또 다른 어둠을 주시하듯 그는 동공을 오직 한곳에 두었다. 저만이 볼 수 있는 무엇을 보는 것처럼.

〈어서 자. 그만 괴로워하고. 꿈에서 날 볼 수 있을 거야…….〉

사혜의 목소리는 속삭이듯 들려왔다.

"시를…… 불러줘."

〈나 죽거든, 그대여…….〉

나직이 읊는 사혜의 목소리는 자장가를 부르듯 했다.

〈날 위해 슬픈 노래를 부르지 마세요…….〉

사혜의 '자장가'는 어둠의 사이사이를 파동 쳐, 서서히 닫히는 사온의 눈꺼풀 안으로 숨어들어서는 어느 틈엔가 전혀 다른 차원으로 이동했다. 시간이 공간을 지배하는 법칙이 깨지고, 시간이 공간에 갇혔다가 이윽고 그 둘이 섞이고 마침내는 시공(時空)의 구분이 무의미해지는 태고의 차원.

"허억……."

사온은 막힌 숨이 터지듯 거칠고 긴 숨을 토하며 동시에 벌떡, 몸을 일으켰다. 얼굴에서부터 온몸이 땀에 젖어 있었다.

"헉…… 헉……."

악몽이라도 꾼 것일까. 그는 잠시 거친 호흡을 이어가다 이윽고 일어났다. 옷을 벗고 욕실로 들어가 샤워를 했다. 그런 후 그는 다시 침대로 가지 않고, 목욕 가운 차림 그대로 테이블 앞에 앉아 노트북을 켰다. 노트북에 USB를 끼운 것이 업무 관계로 보였으며, 날이 밝을 때까지 그는 거의 노트북 앞을 떠나지 않았다. 사혜의 죽음 후 그는 잠을 잘 이루지 못해 대부분의 날들을 그렇게 보내고 있었다.

이튿날 오후, 사온은 자가용 승용차로 평택을 떠나 서울을 향했다.

"사혜야."

운전 중에 그는 또 사혜를 불렀다.

"커피 마실까?"

〈응. 좋아.〉

사온은 노천 테이블이 있는 어느 편의점 앞에 차를 세웠다. 나무 테라스로 멋을 낸 작지만 예쁜 노천 테이블로 그가 사혜를 제 여자로 만들던 날에도 들렀던 곳이었다. 그러나 그때처럼 테라스 앞에 서서 커피를 마실 수는 없었다. 휴가철이라, 그때와 달리 노천 테이블 주변에 제법 많은 사람들이 앉았거나 서 있었기 때문이다.

사온은 커피를 들고 제 차에 몸을 기대고 서서 먼 곳을 응시했다.

"사혜야."

〈응?〉

"혹시…… 날 미워하고 있니?"

〈아니.〉

"원망하지 않아?"

〈아니.〉

"어째서……?"

〈불쌍하니까.〉

"내가? 내가 불쌍해?"

〈응. 오빠 불쌍해. 불쌍한 사람이야.〉

"그렇군……."

사온 앞을 지나는 사람이 그를 힐끔거리며 지나치다 뒤를 돌아보고는 고개를 갸웃했다. 혼자 중얼거리는 사온을 보며, 이어폰으로 통화를 하나 싶다가 그것도 아닌 것 같은데, 하는 표정이었다.

가을로 접어든 어느 날 저녁에 사온은 어느 고급 아파트 안으로 차를 몰고 들어갔다. 단 한 동만으로 된, 그 외양부터 매우 럭셔리한 아파트였다.

11층의 승강기에서 내린 사온은 1102호의 문을 열었다.

"오셨어요?"

손에 차트 같은 것을 든 사십대의 남자가 사온을 발견하고는 다가왔다. 1102호 안은 내부 수리가 한창이었다.

"지금 뜯어낼 건 다 뜯어냈구요, 기초 작업하는 중입니다."

책임자로 보이는 그 사십대의 남자가 말했다. 사온은 고개를 끄덕여 보이고는 천천히 걸음을 옮겨 바닥과 벽에 붙어 일하는 인부들의 곁을 지났다.

"사혜야, 보고 있니?"

사온은 물었다.

〈응. 보고 있어.〉

"완성하려면 시간이 걸릴 거야. 너한테 어울리는 아주 멋진 곳이어야 하니까."

〈그럴까?〉

"당연히. 널 위한 곳인데."

〈아니. 오빠를 위한 곳이야.〉

"뭐……?"

〈괜찮아. 완성해 가는 동안 오빠가 조금이나마 위로받을 수 있다면.〉

"기다려 줄 거지?"

〈바보…….〉

"말해. 기다리는 거지?"

〈불쌍해…….〉

"사혜야……."

사온 가까이에 있던 인부가 의아한 얼굴로 사온을 보고 있었다. 그 눈길을 깨달은 사온은 바로 발길을 돌렸다.

"사혜야……."

사온은 다시 사혜를 불렀다. 그의 오피스텔 안이었다. 어두운 가운데 빛이 아주 낮은 스탠드 조명만 희미하게 사온을 비추고 있었다. 그는 침대에 걸터앉은 모습이다.

"사혜야, 대답해……."

〈왜 또……? 정말 귀찮아 죽겠네.〉

"떠나지 않을 거지?"

〈그건 내 의지가 아니야.〉

"떠나지 마. 부르면 언제든 대답해야 한다……."

〈난 잊히고 있어.〉

"잊힌다고……?"

〈잊히는 세계, 망각의 세계에 있으니까. 내 평화를 깨지 말아 줘.〉

"망각이 평화야?"

〈응. 그런데 나한텐 아직 불완전한 평화……. 날 부르지 마, 오빠.〉

"안 돼. 날 미워해라, 원망해라, 용서하지 마라……."

〈나의 망각을 방해하지 말아줘…….〉

"사혜야……."

〈잠들게 해줘…….〉

"사혜야……."

그가 아무리 불러도 시간이 지남에 그녀의 목소리는 점차 희미해 갔다. 여러 번을 불러야 그중 한 번을 대답했고, 대답을 했을 때라도 금세 침묵하기 일쑤였다. 그렇게 시간이 흘러 해가 바뀌고 계절이 바뀌는 동안 사온의 일상은 회사 업무가 거의 전부인 가운데 해외출장으로 나가 있는 경우를 제외한다면, 국내에서는 아버지를 병문안 가고 수리 중인 아파트에 가보는 것이 고작의 예외였다.

5월이 돌아오고 사혜의 첫 번째 기일도 돌아왔다. 제 회장의 가족은 모두 본가에 모였다. 식물인간과 다름없이 돼버린 회장을 뺀 나머지 가족이었다. 사빈은 누이의 기일 한 달 전쯤에 긴 해외여행에서 돌아와 있었다. 그는 일 년여에 걸쳐 거의 전 세계를 돌아다녔다.

사혜를 추모하는 상차림 앞에서 가족은 거의 침묵했다. 대상포진 등으로 건강이 좋지 않은 어머니는 입을 열 기력도 없어 보였고, 사빈은 둘째 형인 사온과는 눈도 맞추지 않은 채 줄곧 화가 난 얼굴이었으며, 사온 역시도 말이 없는 가운데 거의 유일하게 사혁의 아내만이 제 남편을 비롯해 시동생들에게 말을 붙이는 등 노력을 했으나 혼자의 힘으로는 역부족이었다. 집안은, 가족이 다 모여 있음에도 살풍경했다.

"빈아."

사혁이 막냇동생의 이름을 불렀다. 추모가 끝나자마자 제 방으로 올라가 버린 사빈을 따라 그도 동생 방으로 들어와 뒤로 문을 닫고 난 후였다.

"너 언제까지 그럴 거야?"

사빈은 침대에 걸터앉아 핸드폰만 들여다보고 있었다.

"최소한 말을 시키면 대답은 해야지, 작은형이 불러도 쳐다보지도 않고 그게 뭐야?"

"나한테 작은형 따위는 없어요. 혁이 형뿐이야."

"허, 그게 네 마음대로 없어지는 거야? 천륜이 괜히 천륜이야?"

"사혜와는 천륜이 아니어서 덜 사랑했어요?"

사빈은 거칠게 되물었다.

"엄마는? 그런 거 아니잖아요. 그런 거 관계없이 가족이잖아. 피보다 사랑이 먼저잖아. 그러니 그것을 저버린 사이코 따위, 가족으로 취급 안 해. 죽을 때까지…… 난 온이 형 용서 안 해요."

"사온이도……."

사혁은 조용히 다시 입을 열었다.

"사혜, 사랑했어. 다만…… 좀 다른 사랑이었을 뿐이지."

"사랑? 무슨 사랑이요? 사람 죽이는 사랑이요? 저는 살고? 그게 사이코의 사랑법인가?"

사빈은 냉소적으로 내뱉었다.

"그 사이코가 자살이라도 한다면 믿어주죠."

같은 시간, 그 '사이코'는 사혜의 방으로 들어서고 있었다. 방은 사혜가 살아생전에 쓰던 때와 거의 변한 것이 없었다. 침대조차 깨끗한 시트에 싸여 당장이라도 그곳에 사혜가 누울 것만 같은 착각이 들 정도였다. 그렇다고 유품을 모두 그대로 둔 것은 아니어서 붙박이 옷장을 가득 채웠던 옷이나 소지품 등은 상당 부분 정리가 되었고, 책상과 화장대도 그곳을 당연히 채우고 있어야 할 대부분의 것들을 잃은 모습으로 휑했다. 그런 중에 책상 위에 놓여 있는 작은 노트 하나가 유달리 사온의 눈에 띄었다.

사온은 노트를 집어 들어 안을 펼쳤다. 필기가 돼 있는 것은 겨우 두 쪽으로, 그것도 미처 다 채우지 못한 데다 그나마도 낙서 비슷했다. 쓰다가 그 위로 덧칠하듯 지우고 다시 쓰고 한 흔적이 있는, 그런데 그것이 시였다. 미처 완성하지 못한 미완의 시였다.

"사혜야……."

노트에 눈을 두고 사온은 누이의 이름을 불렀다.

"사혜야……."

대답이 없어 그는 여러 번 불렀다.

〈오빠…….〉

사온이 포기할 때쯤에 사혜가 그의 부름에 응했다. 순간 사온의 얼굴에 안도의 빛이 떠올랐지만 잠시뿐으로, '난 이제 가야 해'라고 이어지는 그녀의 침울한 목소리를 들어야 했다.

〈잘 있어, 오빠······.〉

"안 돼······."

사온의 발밑으로 노트가 툭, 떨어졌다.

"사혜야······."

사온은 당황해 두리번거렸다.

〈잘 있어······.〉

"사혜야······."

사온은 계속 누이의 이름만을 부르다 갑자기 휘청했다. 한쪽 무릎이 꺾인 것이다. 손으로는 가슴을 움켜잡았다. 미간이 일그러진 얼굴은 어떤 통증을 느꼈을 때의 그것이었다.

약간의 시간이 흐른 후 그의 입에서는 막힌 숨이 터지듯 격하고 긴 숨소리가 새어 나왔다. 그는 비틀거리는 걸음으로 가까운 곳에 있는 스툴에 가 앉았다. 아직 가슴을 움켜쥔 손은 풀지 못하다가, 뒤늦게 천천히 놓았다. 갑작스럽고 날카로운 통증이 가슴에서 일었던 것이다. 아주 생생한 통증이었다. 마치 예리한 무엇이 심장을 관통하는 것 같은, 그런 통증이었다.

사온의 가슴 통증은, 그런데 그것이 시작이었다. 그 후 그것은 예측할 수 없는 순간에 그를 찾아왔다. 징조도 없고, 일정한 패턴도 없었다. 하루에 세 번 오는가 하면 한 달 내내 한 번도 오지 않을 때도 있었다. 또한 업무 회의 중에도, 잠자는 중에도 왔으며 그렇게 한 번 와서 잠깐 머물다 가기도 하고, 보다 오래 그를 괴롭히기도 했다. 한 번은 운전 중에 그것이 와 사고가 날 뻔한 적도 있었다. 그런데도 사온은 병원을 찾지 않았다.

그가 병원을 가게 된 것은 자의보다는 타의에 의해서였다. 같은 해 겨울, 제양사의 현재 대표인 천 대표를 방문 중에 그것이 찾아온 것이다. 그리고 이번에는 기어이 사온을 쓰러뜨렸다. 사온은 제양사에서 응급차에 실려 계성의대종합병원으로 옮겨졌다.

사온은 사흘을 입원해 있으면서 정밀진단을 받았다. 일반적인 진료로는 원인이 나오지 않아 해볼 수 있는 모든 검진을 다 동원한 것이었다. 일주일 뒤 결과가 나왔을 때는 사혁도 함께였다. 회사를 통해 사온이 쓰러졌다는 소식을 전해 듣고 시간을 내 온 것이다.

"아무 이상도 발견되지 않았습니다."

의사는 말했다. 진료실의 소파에 사온, 사혁과 마주 앉은 모습이었다.

"면역력이 다소 떨어져 있긴 한데 그것도 뭐, 정상에서 크게 벗어난 수준도 아니고, 암튼 검진 결과는 별 이상이 없습니다."

의사의 말에 사온보다는 사혁이 더 황당한 표정이었다.

"심한 통증으로 쓰러지기까지 했는데…… 어떻게 그럴 수 있죠?"

사혁이 물었다.

"그게 참……."

의사 역시 난처한 얼굴로 말을 더듬었다.

"뭐, 이런 경우는…… 스트레스…… 라고밖에는 달리 이유를 찾을 수가 없네요."

"스트레스……?"

사혁은 입속으로 중얼거리며 더욱 어처구니없어 했다.

"스트레스로 인한 증상이 생각보다 꽤 광범위하고, 의학적으로 밝히기 힘들거나…… 아예 설명조차 못하는 것들도 더러 있어요."

의사는 그렇게 변명했다.

"진통제를 처방할 테니 일단 그거 드시구요, 불면증도 있다 하시니 함께 처방해 드리겠습니다."

사온과 사혁은 나란히 병원 본관을 나서 별관으로 향했다. 아버지인 제 회장을 보러 가는 것이다. 제 회장은 여전히 식물인간 상태로 의학적으로는 이미 회생 불능이었다.

별관 가는 길에 사혁은 그런 아버지에 대한 걱정과 함께 결국은 닥칠 유고를 대비해 진행 중인 제양사의 지분 정리, 그리고 막내인 사빈에 관한 것까지 차례로 언급했다. 사빈은 여행에서 돌아온 후 지금까지, 특별히 하는 일 없이 빈둥대고 있었다. 당연히 제양사에 입사해 업무를 배워야 함에도, '사온 형 밑에서 일 배우기 싫다'며 거부하고 있는 것이다.

"그럼 일본으로 와 내 밑에서 배워라, 그래도 싫다 하고……."

사혁은 혀를 찼다.

"그놈이 어머니를 멀리 떠나 있을 리 없지. 여행 중에도 어머니한텐 자주 전화한 모양이던데. 그렇다고 어머니가 일본에서 산다 하실 리도 없으니 답이 없네, 답이. 그래도 어떻게 해서든 사빈이 이놈을 회사에 집어넣어야 하니까……."

사혁은 잠시 말을 멈추고, 제 옆에서 묵묵히 듣기만 하는 사온에게 눈길을 던졌다.

"네가 신경 좀 써. 그러려면 네 건강부터 잘 챙기고. 그동안 너무 과로하긴 했어, 너."

형의 걱정에 사온은 다만 건성으로 고개를 끄덕거렸다. 그 통증은 사혜의 목소리가 사라진 대신 찾아온 '선물'이었다. 그는 정말 선물이라 생각했고, 때문에 기꺼이 받아들였다. 또 선물은 그것이 다가 아니었다.

사온은 제 형이 일본으로 돌아가는 날 함께 비행기에 올랐다. 업무차 가는 것이었지만 다른 이유가 하나 더 있었다. 바로 외할아버지의 부름이었다. 사온은 외가에서 억류돼 있다 귀국 후 아버지의 명령에 의해 한동안 일본에 발도 들이지 못했었다. 제 회장이 큰아들인 사혁을 일본 본사에 두고 사온을 국내 업무에 치중케 한 것도 그런 이유였다. 물론 나중에는 사온도 업무차 일본을 몇 번 왕래하기는 했지만 외할아버지를 만나지는 않았었다.

외할아버지 역시 제 회장과의 약속도 있고 해서─일정 기간 동안 사온과 교류하지 않는다는 약속이었다─전화상 연락 외에 직접 손자를 만나지도, 만나려 시도하지도 않았다. 그러던 중에 외할아버지가 사온을 부른 것은 아마도 제 회장이 쓰러져 혼수상태에 있는 것도 이유일 수 있겠지만 그것이 전부는 아니었다.

"내가 아는 닥터에게 연락을 해봤다."

백발이 성성한 노인이 말했다. 깡마른 체구에 그러나 기골 자체는 크고 코와 턱에 흰 수염을 기른 범상치 않은 외모의 노인이었다. 바로 사온 형제의 외조부다.

외조부와 사온은 정원에 있는 연못 주변을 거닐고 있었다. 겨울이지만 정원을 하얗게 덮은 눈이 서서히 녹고 있을 만큼 영상의 기온에, 하늘은 구름 한 점 없이 화창한 날씨였다.

"소용없습니다."

사온은 담담히 말하며 눈을 정원의 잘 조경된 나무들에 두고 있었다. 어릴 때 살았던 외조부의 집인지라, 또 그때와 거의 달라진 것이 없어 그에게는 무척 익숙한 풍경이었다.

"쯧쯧……"

노인은 혀를 찼다. 진료를 굳이 강요할 생각은 없으나 그럼에도 못마땅하다는 표현이었다. 사온이 아픈 것을 알기에 부른 것인데, 손자의 얼굴을 보고 대번에 그 병이 무슨 병인지를 알았던 까닭도 있었다. 나이 든 자의 지혜랄까, 그것도 험한 세상을 살아낸 끝에 자수성가하고야 만 사람의 통찰일 것이다.

"계집이 어디 하나뿐인가……"

노인은 혼잣말처럼 웅얼거렸다. 여전히 마땅치 않은 표정이었으나 그럼에도 사온의 얼굴에 자주 눈길을 주는 것이, 걱정도 걱정이려니와 실로 오랜만에 본 손자가 반갑기도 한 모양이었다.

그날 밤, 사온이 머문 방의 미닫이문이 소리도 없이 열렸다. 희미한 불만 켜 있는 방으로 들어온 이는 기모노를 입은 젊은 여인이었다. 여인은 사온이 누워 있는 침상으로 와 공손히 허리를 숙여 인사했다. 침실은 다다미가 깔린 위에 침상을 둔 일본풍과 모던한 장식을 적절히 섞어 꾸민 방으로 사온이 이불을 허리께까지 덮고 반듯하게 누운 침상도 일반적인 침대의 모습과는 좀 달랐다. 높이가 좀 있는 보료 같은 형태랄까.

사온은 자고 있지도, 눈을 감고 있지도 않았지만 여인에게 눈길을 보내지도 않았다. 지금 처음 본 여인도 아니었다. 외가에 방문한 오전부터 식사 때나 차를 마실 때 사온 곁에서 시중을 들던 여인이었기 때문이다. 또 매우 아름다운 여인이었다. 외조부의 권유로 하루 묵기로 했을 때는, 더구나 이런 상황을 짐작 못한 것도 아니었다.

여인은 기모노를 벗었다. 한풀에 흘러내린 기모노에 여인은 나신이 되었다. 흐릿한 불빛에 더욱 관능적으로 흔들리는 나신은 침상 위로 올라 먼저 사온의 가슴에 손을 댔다. 일본식의 면 소재 가운 같은 것을 입고 있는 사온의 가슴에서 여인의 손은 그 앞섶을 풀었다. 그렇게 앞섶이 벌어지고 드러난 맨가슴에, 여인은 입술을 가져다 대며 몸을 깊이 숙여 제 풍만한 젖가슴이 그의 몸에 닿게 했다.

여인의 애무가 계속되는 동안 사온은 꼼짝도 하지 않았다. 깜박임조차 없는 그의 건조한 눈빛은 천장만을 향해 있었다. 여인은 사온의 허리께에 있는 이불을 아래로 내렸다. 가운은 이미 풀려 있기에 그의 벌거벗은 하반신은 그대로 노출되었다. 그 중심은 제 주인의 눈빛처럼 생기를 잃은 건조한 모습이었다. 여인은 그것에 욕망을 불어 넣으려 정성을 다했다.

"무다나고토다(むだなことだ)."

사온의 무겁게 내려앉은 목소리가 들려온 것은 여인이 당황해 어쩔 줄을 모를 때였다. '소용없는 짓'이라는 의미였다. 여인이 아무리 애를 써도 사온의 그것은 욕망을 가질 기척조차 보이지 않앉다.

그것도 사혜의 선물이라면 선물이었다. 사혜를 잃은 후 그의 욕망은 단 한 번도 생명을 가진 적이 없었으니까.

어둠 속에서 그것은 밝은 은빛을 냈다. 사각의 견고한 프레임 안에 갇힌 그것은 총신이 매우 짧은 38구경 소형 리볼버다. 탄창이 아닌 실린더에 실탄을 장전해야 하는 수동의 한계로 지금은 자동식에 밀려 있지만 여전히 애용되고 있다.

사온은 리볼버를 집어 들어 실린더를 살핀다. 총 다섯 개의 실탄이 모두 장전돼 있었다. 그는 실린더를 옆으로 밀어 실탄을 하나하나 빼, 네 개가 빠져나온 후에야 멈춰 오직 한 개의 실탄만을 남겨놓았다. 그것도 바로 격발될 수 있는 2시 방향에 놓았다.

"얼마 남지 않았다, 사혜야."

사혜를 보며 사온은 말했다. 그가 보고 있는 것은 활짝 웃고 있는 사혜의 얼굴로 가족 납골당에 있는 그녀의 사진이었다. 어느덧 다시 봄으로, 사혜의 두 번째 기일인 5월의 어느 날이었다. 사온은 월차를 내 오전부터 사혜를 찾았다. 그날이 그에게 운명적인 날이기도 한 것을 전혀 모른 채 말이다.

사온은 사진에 손을 대 사혜의 얼굴을 손끝으로 훑어 내리다 그녀의 입술에서 멈췄다.

"아버지를 먼저 만나. 그런 다음 내가 갈 테니……."

그는 나직이 말을 이었다. 혼수상태에 빠져 있는 아버지를 앞서서 그가 먼저 사혜에게 갈 수는, 아마 없었던 모양이다.

"망각의 세계에서 너는 나를 잊었겠지만…… 난 너를 찾을 거야. 찾아서…… 너의 평화를 깨지 않고…… 나만, 나 혼자만 너를 기억할 것이다."

사온은 독백처럼 읊조렸다.

"망각의 세계도 내게서 너를 지울 수는 없을 테니까."

사온의 건조한 눈빛이 젖어들었다.

오후 4시쯤에 사온의 차가 계성의대종합병원 앞에 멈춰 섰다. 운전을 한 사람은 사온이 아닌 차 비서로, 언제 흉통이 발생할지 모를 사온을 대신해 차 비서가 기사 역할을 하고 있었다. 차 비서는 전에 한국에 왔다가 일정 기간 머문 후 일본으로 돌아갔으나, 사온이 외가에 들렀을 때를 기점으로 다시 국내로 와 사온을 보필하고 있었다. 그는 사온이 본관으로 들어가는 것을 확인 후 다시 운전석에 올랐다. 차에서 대기하려는 것이다.

사온은 승강기를 타고 4층에서 내렸다. 그는 약을 처방받기 위해 한 달에 한 번 의사를 만나는데 그의 입장에서는 진통보다는 불면 때문이었다. 어차피 흉통에 진통제는 듣지도 않았다.

승강기에서 내려 넓은 복도로 무심히 접어든 사온은 곧장 걸음을 멈췄다. 그것도 그냥 멈춘 것이 아니라 벼락이라도 맞은 사람처럼 느닷없이, 그리고 정말 쇼크를 받은 사람의 얼굴을 하고서였다. 그의 눈길은 맞은편에서 빠른 걸음으로 오고 있는 간호사 복장의 한 여자에게 고정돼 있었다. 사혜가 환생했다고 해도 믿을 만큼 얼굴은 물론이거니와 키와 몸매, 자태까지 사혜 그대로인 여자, 바로 서미교였다. 미교는 작년 봄부터 계성대종합병원에서 근무하고 있었다. 4년제 간호학과를 졸업한 해였다.

미교는 손에 든 차트를 눈으로 잠깐 보며 빠른 걸음으로 사온을 지나쳤다. 그의 눈길을 전혀 의식 못한 모습이었다. 그녀가 지나치는 순간에 사온은 그 방향으로 몸을 돌려 흡사 몽유병 환자처럼 그녀의 뒤를 따랐다. 마치 운명을 따르듯.

운명의 그날 이후, 사온의 가슴 통증은 거짓말처럼 사라졌다.

제 3 부
레테의 시

1. 환생

"당신이 사혜에게 무슨 짓을 했는지 보고 싶어졌어요."

제양사의 부대표 집무실에서 사온을 만난 미교는 말했다. 특별한 감정을 내비치지 않은, 그러나 입 끝에 보일 듯 말 듯 의미심장한 미소를 머금은 얼굴이었다.

"나한테도……."

미교는 말을 이었다.

"똑같이 할 거죠?"

사온은 그녀 앞으로 불과 두어 발자국 떨어져 있는 거리를 아주 천천히 다가왔다. 너무 가까워 미교가 그의 얼굴을 보려면 고개를 뒤로 젖혀야 할 정도에서 멈춘 그는 먼저 한 손을 그녀의 머리에, 마치 농구선수가 공을 잡듯 갖다 대고는 지그시 끌어당겼다. 그리고 화려하게 땋아 모양을 낸 그녀의 머리 위로 입술을 가져갔다. 깊은 입맞춤이었다. 미교는 제 정수리 위가 뜨겁게 느껴졌다.

"잘 왔습니다."

사온은 말했다. 이어 제 가슴에 그녀의 머리를 묻고, 다른 팔로 그녀의 몸을 감아 끌어안았다. 역시나 느릿하니 서둘지 않고, 제 품 안에 그녀를 온전히 가둔 채 그는 더 이상 아무 말도 하지 않았다. 미교가 어떤 각오로 돌아왔든 다만 그것으로 충분하다는 듯.

미교는 제양사의 부대표실에서 사온과 함께 나왔다. 비서실을 통과하며 사온은 '오늘 일정 마무리하라'고 한 것 외에 미교를 소개하거나 따로 언급하지 않았으나 그녀의 손을 꼭 잡고 매우 소중히 에스코트해 그곳을 나간 것만으로도 비서진들의 눈길을 끌기에는 충분했다. 물론 비서실장은 여전히 어리벙벙한 기색을 감추지 못했지만.

"자취집에 먼저 들르겠어요?"

차 안에서 사온이 물었다. 제양사의 지하주차장에서 아직 출발 전에, 미교는 제 핸드폰을 손에 들고 보고 있던 중이었다.

"아뇨."

미교의 대답과 함께 사온은 차를 출발시켰다. 그가 자취집에 먼저 가겠느냐 물은 것에는 가방을 꾸리겠느냐, 하는 의미도 포함돼 있었다. 미교는 그럴 필요를 느끼지 못했다. 안전가옥을 나올 때 갖고 나온 가방은 원래 자취집에서 가져갔던 것으로 그것이 없더라도 안전가옥에는 그녀가 입고 쓸 것이 충분했으니까.

이유는 또 있었다. 지금 자취집 앞에 사빈이 와 있다는 것을 방금 핸드폰으로 확인한 때문이었다. 미교가 전화를 받지 않아 남긴 문자에 '미교 씨, 어디 있어요? 나 지금 집 앞입니다'라는 내용이 포함돼 있었다. 정교의 구속을 어쩌지 못한 채 변호인들과 대책을 강구한 후일 터였다. 미교는 그러나 이제 오빠 걱정은 하지 않았다. 때문에 그 이유로 사빈을 만날 이유는 굳이 없었다. 사온에게도 물론 묻지 않았다. 그가 알아서 할 터이니.

얼마 후 미교는 안전가옥에 와 있었다. 리빙 룸 중앙에 서서 미교는 낯익은 주위를 새삼스러운 눈으로 훑었다. 다시 돌아오게 될 줄이야, 이곳을 나갈 때는 다시 올 일이 없을 줄 알았다. 다시는 오지 않으리라 했었다. 그것은 그대로 사온을 향한 것이기도 했다. 그의 곁으로 다시 돌아오는 일은 없을 것이라고.

"우리……."

미교가 먼저 입을 열었다.

"이제 숨길 게 없는 관계죠? 한 가지 물어도 돼요?"

사온은 고개를 살짝 주억거린 것으로 '물어도 좋다'는 대답을 대신했다.

"나한테 원하는 게 뭐예요? 정확히, 구체적으로 말예요. 내가 아는 건 사혜 대용이라는 것밖에는……."

"여기에 있으면 됩니다."

"있으라구요? 있으면서 뭘 하죠?"

"아무것도."

"아무것도? 잘못 물었네요. 여기 있으면 무슨 일이 일어나죠?"

"행복하게 해줄 겁니다."

"행복?"

미교는 의식적으로 피식, 웃으며 '우습군요'라고 말을 이었다.

"그 행복을 누릴 사람은 사혠데 내가 대신 가져가는 느낌……? 아니다…… 사혜가 당신 곁에서 행복했을지 불행했을지 알 수 없으니…….."

말끝에 입가에 웃음이 사라진 그녀의 얼굴은 싸늘히 굳었다.

"사혜는 어떻게 죽었나요?"

미교는 갑자기 물었다.

"내가 죽였습니다."

사온은 주저 없이 대답했다. 담담한 어조였다. 미교는 할 말을 잃었다. 사온은 '들어가요'라고 말을 이었다. 침실로 들어가 씻고 옷을 갈아입으라는 의미였다. 미교는 순순히 침실로 발길을 옮겼다.

화려한 모자이크 바닥 위로 흡사 왕비의 내실과도 같은 방. 아니다. 이제 미교는 깨달았다. 처음 이 침실에 발을 디뎠을 때 느꼈던 그 기묘한 느낌이 무엇이었는지를, 왜 소름이 돋았었는지를 말이다. 방은 산 자를 위한 곳이 아니었다. 무덤이었다.

미교는 화장대 앞을 지나며 그 위에 놓여 있는 에메랄드 목걸이에 눈길을 주었다. 그것은 여전히 아름답고 투명한 녹색 빛을 발하며 미교가 이곳을 떠날 때 제 손으로 풀어두었던 그대로의 모습으로 있었다. 그녀는 그것을 집어 다시 목에 걸었다.

"사혜……."

입속으로 중얼거리며 미교는 드레스 룸을 열었다. 그 넓은 공간에 비하면 옷과 소지품이 턱없이 부족해 채 4분의 1도 채우지 못한 모습이지만 그녀가 이곳에 사는 동안 사들인 것들로 모두 고가의 것들이었다. 쇼핑은 데이트의 연장선이라 항상 사온이 곁에 있어, 옷을 고르고 선택한 것은 미교지만 매장 안내는 거의 그가 도맡았다. 미교 혼자라면 감히 그런 고가의 브랜드 매장으로 발을 들일 엄두조차 내지 못했을 터였다. 그러니 그때는 다만, 미교와는 전혀 다른 소비의 세상에서 살았을 사온이 제 수준에 맞는 매장으로 그녀를 안내한 것이라고만 생각했을 뿐, 당연히 사혜와는 연결시키지 못했었다.

미교는 행거에서 니트 원피스가 걸린 옷걸이 하나를 뺐다. 회색에 카키를 섞은 오묘한 컬러에 단순한 디자인의, 그러나 품질이 뛰어난 백 퍼센트 캐시미어 소재에서 오는 고급스러운 광택만으로도 평범해 보이지만은 않은 원피스였다. 미교, 자신이 선택한 옷이었다. 그녀의 선택에 사온은 늘 만족한 얼굴을 보였다. 그래서 그때는 생각했었다. 그와 취향이 잘 맞는다고.

행거에 걸린 대부분의 옷들은 기본에 충실해 디자인상 크게 튀지는 않지만 미묘한 테일러링의 차이에서 오는 피트와 디테일, 그리고 고급 소재의 활용이라는 공통점을 갖고 있었다. 그것이 미교, 저의 취향인 줄 알았다. 그래, 저의 취향이 맞다. 제 손으로 택한 것을, 그럼 누구의 취향이라고 한다는 말인가.

얼마의 시간이 흐른 후, 미교는 욕실에 있었다. 샤워기에서 떨어지는 따뜻한 물 아래에서 그녀는 제 긴 머리까지 모두 적셨다.

잠시 후 파우더 룸으로 온 미교는 발가벗은 몸 그대로 거울 앞에서 젖은 머리를 브러시로 빗었다. 정말 오래도록 기른 머리였다. 한 번도 짧게 잘라본 일이 없는 머리였다. 미교는 수납장의 서랍에서 가위를 꺼냈다. 그런 다음 제 긴 머리를, 목 윗부분까지 한 손에 바짝 잡고서 가위로 싹둑, 잘랐다. 그 긴 머리를 잘라 버리는 데에 그녀는 일말의 망설임도 보이지 않았다.

침실은 비어 있었다. 곧 사온이 들어왔다. 그는 아마도 바깥 욕실을 사용한 듯 약간 젖은 머리에 옷도 갈아입은 모습이었다. 거의 동시에 침실 내 욕실 문이 열렸다. 욕실로부터 미교는 몸에 걸친 것이라고는 에메랄드 하나뿐인 채로 나왔다.

사온은 숨을 멈춘 사람 모양 꼼짝도 않고 미교를 바라봤다. 그녀의 벗은 몸 때문이 아니라는 것은 자명했다. 그의 눈을 붙잡아 둔 것은 오직 미교의 얼굴이었다. 목덜미가 다 드러날 정도로 짧게 자른 머리의 미교는 짧은 머리가 더할 나위 없이 잘 어울렸던 사혜와 그저 닮은 것이 아닌 바로 사혜였다.

'사혜'는 한 발, 한 발 천천히, 약간 위태로운 걸음으로 사온 앞으로 다가왔다. 그는 대번에 그녀의 허리를 낚아채며 입술을 빼앗았다. 아직 물기가 채 가시지 않은 그녀의 축축한 몸은 사온의 진한 애무에 조금씩 말라갔다.

"예쁩니다."

사온은 속삭였다. 미교의 엉덩이를 움켜잡고 있어 마치 엉덩이가 예쁘다, 말하는 것 같았다. 스물을 넘긴 나이에도 갓난아이의 엉덩이처럼 뽀얗고 토실토실했던 사혜의, 혹은 토실토실한 미교의 엉덩이는 그의 거친 욕정을 더욱 부채질하거나 혹은 그 반대의 편안한 휴식을 주고는 했다. 지금은 욕정이 앞장서라, 한다.

사온은 미교를 안고 침대 위로 쓰러졌다. 몸을 던지듯 급히, 정작 던지고 나서는 행여 부서질까 하는 조심스러운 손길을 그녀의 흰 살갗에 실어 제 체온과 그녀의 그것을 나누었다. 그의 손은 미교의 희고 보드라운 아랫배를 따라 안으로 움푹 들어간 곳에 있었다. 여인의 몸에서 가장 짜릿한 부분 중 하나를 대라면, 바로 가랑이로 모이는 길일 것이다. 아랫배에서 좌우 양쪽으로 완만하게 움푹 꺼진 곳, 배와 허벅지를 구분 짓는 오솔길처럼 난 그곳은 안으로 모여 모습을 감추기 전에 검은 수풀에 뒤덮인 비너스의 언덕 옆을 지난다. 언덕 아래에서도 길은 계속된다. 반으로 갈린 검은 수풀을 따라 이어진 그 길, 바로 샅이다.

사온의 손은 숲의 가장자리인 샅으로부터 천천히 수풀을 헤쳐 들어갔다. 수풀에 저만의 길을 놓듯. 그런데 그 길은 늘 처음의 길이다. 수십, 수백 번을 지나도 매번 처음이다. 긴 강줄기 안에 숨은 연약한 꽃잎에서부터 굳이 찾지 않아도 '들어오라' 유혹하며 한껏 이슬을 내어놓는 은밀한 동굴의 입구까지 매번 새롭고 매번 경이로웠다. 사온은 그 강줄기 안으로 손끝을 밀어 넣었다. 유희의 시작이다. 그 유희 속에서 여인은 빗장을 연다.

침실은 고요했다. 적막할 정도였다. 미교는 아무 움직임도 소리도 내지 않고 있었다. 사온의 애무에 그녀는 표정조차 변화를 보이지 않았다. 사온은 그녀의 눈을 마주했다.

"열어요."

미교의 무표정한 얼굴을 내려다보며 사온은 말했다. 미교는 유희에 빠지지 못했나 보다. 그녀의 강줄기는 가뭄의 그것이었다.

"열어봐요. 당신이……."

미교는 무덤덤하게 대꾸했다. 사온은 그녀의 허벅지를 잡아 활짝 벌렸다. 가뭄의 강줄기를 한입에 물어 그 안에 움츠린 마른 꽃잎을 깨우려 했다. 꽃잎이 피어나 깊은 동굴의 문을 열고, 열린 문은 이슬을 내어 강과 숲에 생기를 불어넣도록, 그는 강줄기의 밑바닥까지 제 혀를 밀어 넣었다. 샘의 원천이 너무 깊은 곳에 숨어 있는 것이면, 그래서 더 많은 수고가 필요하다면 기꺼이 그 수고를 마다하지 않고 찾아내 이슬을 꼭 받아내고야 말겠다는 듯 그는 말라 버린 꽃잎 사이를 끈질기게 헤집었다.

"악……."

미교에게서 짧고 억눌린 것 같은 비명이 터져 나왔다. 사온이 그녀 안으로 들어온 것과 동시였다. 그녀는 아랫입술을 꽉 깨물고서 더는 소리 내지 않으려 했지만 대신 몸을 비비 틀었다.

"왜……?"

그녀의 고통을 내려다보며 사온은 물었다. 미교의 가뭄은 해갈되지 않았다. 그러니 당연히 문도 열리지 않았다.

"원하지 않는 겁니까?"

"모르…… 겠어요……."

미교는 마치 남의 일인 양 대꾸했다.

"나도…… 알고 싶네요. 난 당신을 원하고 있을까요?"

"지배해 달라, 하지 않았습니까?"

사온은 미교의 얼굴을 쓰다듬었다.

"지배해 줄 겁니다. 당신의 행복…… 행복한 웃음, 눈부신 나날, 모든 것을."

미교는 그의 따뜻한 손길을 느끼며 그와의, 처음의 밤을 떠올렸다. '지배해 달라'는 그녀의 말에도 그는 한없이 넉넉하고 배려에 넘쳤다. 자비로운 지배였다. 감미로운 지배였다. 그녀에게 기쁨을 가르쳐 주며 점차 제 격정을 이기지 못해 난폭해진 뒤에라도, 그가 그녀를 소중히 다루는 지배자라는 데에는 변함이 없었다.

"사혜는 당신을 원했나요?"

미교는 갑자기 물었다.

"사혜도 지배해 달라 하던가요?"

사온은 고개를 저었다.

"일방적이었군요?"

"그래야 내가 가질 수 있으니까."

"그런데 결과는…… 영원히 잃었잖아요?"

하늘은 금방 뭐라도 뿌릴 듯 잔뜩 흐려 있었다. 겨울이니 눈이 와야겠지만 기온이 그리 낮지 않아 비가 와도 이상하지 않을 날이었다.

미교는 어느 미용실에서 나왔다. 제 손으로 자른 머리를 미용사의 손을 빌려 정돈하고 나온 길이었다. 그렇게 정돈한 머리 모양은 언젠가 사빈의 핸드폰에서 보았던 사혜의 그것과 거의 흡사해 이 일란성 쌍둥이를 구분하는 일은 사실상 불가능해 보였다. 또 그것이 불가능하다는 것을 바로 사빈이 증명해 주었다. 미교는 사빈을 만나기 위해 어느 커피 전문점으로 들어섰는데 먼저 와서 기다리고 있던 그가 제대로 쇼크받은 모습을 보여주었던 것이다.

"꼭 바보 같네요."

사빈의 맞은편에 앉아 미교는 말했다. 그녀의 목소리를 듣고서야 그는 '아' 하는 소리를 내며 정신을 차렸다. 미교와 사혜가 쌍둥이, 그것도 한 사람이라 해도 좋을 만큼 닮은 일란성이라는 것을 모르는 것도 아닌데 그것이 그가 받은 쇼크를 조금도 완화시켜 주지는 못한 모양이었다.

"뭐…… 마실래요?"

사빈은 말과 함께 엉덩이를 들썩하다 도로 앉았다. 삽시간에 굳은 얼굴을 하고서였다.

"지금 어디에서 지내요?"

사빈은 이어서 물었는데, 몰라 묻는다기보다는 나무라는 투가 더 강했다.

"자취집에서 오빠 만났어요?"

미교는 되물었다. 정교가 오전 중에 구속이 풀려 경찰서에서 나왔다는 것을, 오빠와의 통화로 이미 알고 있었다.

"네. 미교 씨의 오빠는 내가 구속을 풀어준 줄 알고 있던데요?"

대답하는 사빈은 여전히 굳은 안색이었다.

"고소는 취하가 되었나요?"

"그걸 왜 나한테 물어요? 형이 안 가르쳐 줘요?"

"안 물어봤거든요."

미교는 태연히 대꾸하고는 '카푸치노 한 잔 주문해 주세요'라고 이었다. 사빈은 말없이 자리에서 일어나 오더코너로 움직였다. 아직 고소 취하 전이었다. 구속을 먼저 풀고 그다음으로 진행할 테니 늦어도 내일이면 취하될 것이라고 사빈은 짐작했다. 공갈 혐의가 포함된 형사 건이라 취하가 안 된다 해도 기소유예 선에서 마무리되겠지, 그 정도야 사온 형한테는 일도 아닐 테니. 사빈은 쓴웃음을 머금었다.

"그렇게 내가 못 미더워요?"

카푸치노 두 잔을 들고 자리로 돌아온 사빈은 그중 한 잔을 미교 앞에 놔주며 불쑥 물었다.

"조금 더 기다려 줬으면 내가……."

"얼마나요? 일주일? 한 달? 아니면 일 년?"

"그래요. 나 무능합니다."

"사빈 씨 무능 탓 아녜요. 내 마음이 변한 거지."

미교의 말에 사빈은 멈칫한 눈을 그녀의 얼굴에 두었다.

"사온 씨에게 돌아가기로 내가 결정했다구요."

"왜요?"

"그는 멈추지 않는다면서요?"

"나도 멈추지 않을 겁니다."

"처음부터 멈춘 사람은 아무도 없는 것 같은데요? 사혜 말고는."

사빈은 즉시 입을 다물었다. 미교의 말이 비수처럼 가슴을 찔렀다. 사혜 혼자 멈춘 것은 맞다. 죽음으로 멈췄다. 만약 그때 그녀가 멈추지 않았다면 무슨 일이 일어났을까. 그리고 지금의 현실은 어떻게 달라졌을까.

"온이 형을……."

길지 않은 침묵 후 사빈이 먼저 말문을 열었다.

"사랑해요?"

"참으로 적절한 질문이네요. 모든 것을 다 알고도 사랑하느냐…… 사랑해서 그에게 돌아갔느냐, 그거죠? 혹시 사혜에게도 물어봤어요?"

그러자 사빈은 미교의 말을 이해 못했다는 듯 미간에 옅은 주름을 만들었다.

"사온 씨를 사랑하느냐, 사혜에게도 물어봤냐고요?"

사빈이 이번에는 대답 대신 어처구니없다는 의미의 허, 하는 얼굴을 해 보였다.

"난 그게 궁금해요."

미교는 그러나 정색했다.

"사혜는 사온 씨를 사랑했을까요?"

"말도 안 되죠. 절대 아닙니다."

사빈은 그제야 단호하게 대답했다.

"어째서 그렇게 확신해요?"

"어릴 때부터 사헨 온이 형 싫어했어요. 곁에도 잘 가지 않으려 했죠."

"단지 그것만으로?"

"미교 씨 같으면 자신을 일방적으로 유린한 사람을 사랑할 수 있겠어요?"

사빈은 다소 격하게 반문했다.

"사랑했다면 더구나…… 달리는 차에 몸을 던질 필요도 없었던 거구요. 그날은……."

'그날'을 기억에 떠올리는 것만으로도 쉬운 일이 아닌 듯 사빈은 말 중간에 숨을 들이켰다.

"제사온이 승리한 날이었어요. 정확히…… 아버지의 항복을 받아낸 직후였죠. 그렇게 되기까지 무슨 일이 있었겠어요? 가족 몰래 사혜를 납치하다시피 데려가고, 사혜의 결혼을 방해하고, 아버지와 심지어는 회사까지 위협하며…… 제사온은 뱀처럼 집요했어요."

사빈은 이제 사온을 형이라고도 호칭하지 않고 그저 '제사온'이라 했다.

"그런 끝에 아버지를 꺾고 사혜를 손에 넣은 바로 그날, 만약 사혜가 제사온을 사랑했다면 하필 왜 그날 그런 절망적인 선택을 했겠어요? 제사온에게 가기 싫었던 거죠. 죽기보다 싫었던 겁니다."

'그날'까지의 과정을 사빈은 간략하게나마 설명했다. 그래도 한 시간 가까이 걸렸다. 미교는 묵묵히 듣고만 있었다.

"그러니 별로 좋은 결정 아닙니다. 제사온에게 간 거 말예요."

이야기를 마무리하며 사빈은 그렇게 제 의견을 첨부했다. 미교는 대답하지 않았다.

두 사람은 커피 전문점을 나와 사빈의 차로 함께 움직였다. 차는 사빈의 본가로 향했다. 미교가 사빈을 만난 것은 그의 어머니를 또한 만나기 위해서였다. 때문에 '가자' 청한 것도 그녀였다.

본가에 도착한 사빈은 미교를 먼저 후원으로 데려갔다.

"사혜가 좋아했어요. 이 후원······."

사빈은 저택의 1층에 난 창의 하나를 가리키며 사혜의 방이라고도 알려주었다. 사혜가 10살 때부터 이 집에서 살았다고, 계속해서 이어지는 그의 설명을 들으며 미교는 천천히 후원을 거닐었다. 처음 와본 곳이고, 무엇보다 이렇게 크고 고급스러운 저택을 가까이서 접해본 적이 없어 첫 인상은 무척 낯설었지만 사온과 사혜가 만나 그 격랑의 시간을 보냈던 곳이라 생각하니 기분이 아주 묘했다. 저와 사혜가 쌍둥이고, 사혜가 원래 미교였다는 말을 들었을 때도 잠깐 해보았던, 뒤바뀐 운명에 관한 상상이 떠올랐기 때문이었다.

그랬다면 지금 이 후원을 거닐고 있는 사람은 미교란 이름 대신 혜교라는 이름을 얻게 될 사혜였을까. '그럼 난 이미 죽어 있겠군' 하는 생각에 이르러서는 고개를 흔들고 마는 미교였다. 저라면 사혜처럼 죽지는 않았을 것이라 생각해서가 아니라 사빈의 말대로 그런 '절망적인 선택'을 해야만 했던 그녀의 마음을 아직은 알 수 없어서였다.

"그 자리······."

그때 뒤로부터 사빈의 목소리가 들려왔다.

"사혜가 좋아하던 곳이에요."

미교가 저도 모르게 멈춰 서 있던 곳은 다가올 봄에 꽃을 피워 화려한 자태를 자랑할, 그렇기에 지금은 초라한 모습을 견디고 있을 화단 앞이었다.

　화단 앞에 서 있는 미교를 보며 사빈은 그날의 기억을 떠올렸다. 사혜와의 마지막 날, 그날이 바로 이 화단 앞에서였다. 누이와 사온 형의 관계가 허락된 것을 알고, 바로 여기서 사빈은 사혜에게 '네가 싫다고 하라'며 다그쳤다. 사혜는 '오빠도 똑같애'라고 했다. 그 목소리는 지금도 생생히 사빈의 귀에 남아 있었다. 누이의 마지막 음성이었으니까, 그 말이 무슨 뜻인지 지금도 수수께끼니까. 다만 그때는 '싫다 하라'는 그의 다그침에 끝내 대답을 하지 않던 누이를 처음으로 미워도 했었다. 그런 감정으로 돌아선 것이 사혜와의 마지막일 줄, 살아 있는 누이를 다시는 못 보게 될 줄 그때는 상상이나 했을까.

　"들어가죠."

　미교가 돌아보며 말했다.

　"어머님 기다리실 텐데."

　어머니는 후원을 향한 1층의 창가에 서 있었다. 미교가 온다는 연락을 받고부터 내내 시간만을 재다가 지금은 후원에 있는 미교를 보며 제자리에서 잠깐 휘청하기도 했다.

　"사, 사혜야……."

　머리를 짧게 자른 미교에게서 어쩔 수 없이 딸의 모습을 볼 수밖에 없던 어머니는 눈물도 왈칵 쏟았다. 그러나 얼른 그것을 훔쳐내며 감정을 추슬렀다. 딸이 아닌 손님을 맞아야 하기 때문이다.

"어서 와."

마침내 홀에서 미교를 맞은 어머니는 미소를 지었다. 미교는 허리를 숙여 정중히 인사했다. 어머니는 두 손을 내밀며 미교 앞으로 더욱 다가섰다. 미교 역시 손을 내미니 어머니는 또 그 손을 잡았다. 조심스럽게 잡아 지그시 힘을 주는 손길이었다. 두 사람은 그렇게 맞잡은 손에 서로의 체온을 느끼며 잠시 말이 없었다.

"안으로 들어가요. 차는 내가 가져갈게."

사빈은 말하고 먼저 주방으로 움직였다. 주방 입구에는 가사 도우미 아줌마가 대기하듯 서 있다가 사빈과 함께 안으로 모습을 감추었다. 전에 있던 아줌마는 아니어서 미교를 보고도 놀라지 않았다.

"많이 좋아지셨네요."

미교는 사빈 어머니와 여전히 손을 잡은 채로 말했다. 그녀의 말대로 어머니는 전에 비해 건강해 보였다.

"응. 덕분에."

"그럼 자주 찾아봬야겠어요."

"그럼 너무 고맙지."

어머니는 미소로 대답하고는 미교를 리빙 룸으로 이끌었다.

사빈이 리빙 룸으로 차를 가져왔을 때 그의 어머니와 미교는 긴 소파에 나란히 앉아 있었다. 나란히 앉아서도 어머니는 미교 쪽으로 몸이 돌아 있어, 모르는 사람이 보면 모녀지간이라 생각할 정도로 다정한 눈길을 하고 있었다. 그사이 특별한 얘기를 나눈 것도 아니고 그저 그동안의 안부와 날씨 정도를 화제로 주고받았을 뿐인데도 그러했다.

"왜 두 잔이야? 넌?"

찻잔이 두 개뿐인 것을 보며 어머니는 물었다.

"두 분이 얘기 나누시라구요."

사빈은 그 말을 마지막으로 리빙 룸을 나갔다.

"사빈이도 벌써 나이가 올해 서른인데……."

사빈이 나가고 나서 어머니는 다소 착잡한 얼굴을 해 보였다.

"연애할 생각을 안 해. 한 번도 연애다운 연애를 못했을 거야, 저 녀석. 맞선도 안 보겠다 그러고. 최근엔 내 탓이 크지. 내가 계속 아팠으니 아픈 엄마 두고 연애할 마음이 났겠어?"

"사빈 씬 누이랑 사이가 좋았죠?"

"좋았고말고. 오빠들 중에선 그나마 나이 차가 덜 나니 사혜는 사빈이가 제일 편했을 거야. 미교 양도 오빠가 있지?"

"네……."

미교는 눈길을 살짝 떨어뜨렸다. 그녀의 오빠, 정교야말로 사혜의 친오빠였다.

"사빈이한테 들었어."

미교와 같은 심정이라는 듯 어머니는 입을 열었다.

"사혜에게 쌍둥이 자매가 있다는 것을 알고…… 얼마나 놀랐는지……. 정말…… 면목이 없어."

미교는 아무 말 안 했다. 사과를 받아야 할 사람은 단 하나, 바로 제 엄마라는 사실만을 떠올렸다.

"언제…… 미교 어머님을 좀 뵐 수 있을까?"

미교의 그 마음을 읽은 듯 사빈 어머니는 물었다.

"뵙고 용서를 빌어야 할 것 같은데……."

"언제…… 기회 되면요."

"근데 미교 어머님은 아마…… 날 용서할 수 없으실 거야."

사빈 어머니는 눈시울을 붉혔다. 미교는 그 말을 이해할 수 있었다. 사혜를 생모와 생이별하게 한 것도 그렇지만 그런 사혜가 현재 살아 있지조차 않으니, 그것이 어찌 그리 쉽게 용서될 수 있겠는가. 그러니 바로 그런 이유로 미교는 사혜의 사연을 엄마에게 알리고 싶은 생각이 솔직히 없었다. 엄마에게 그 아픔을 감당하게 하고 싶지 않았다.

"아 참, 사혜 방 보겠어?"

잠시 후 미교는 어머니의 뒤를 따라 사혜의 방에 발을 들였다. 리빙 룸에서 마시지 못한 차를 이곳에서 마시기로 했는지 두 여인의 손에는 다 찻잔이 들려 있었다. 사혜의 방은 여전했다.

"방을……."

어머니는 절로 젖어든 눈을 하고서 입을 열었다.

"없애지를 못하겠네. 도저히…… 할 수가 없어……."

말을 하며 어머니는 미교에게서 좀 물러나 딴 곳을 바라봤다. 딸의 방에만 들어오면 눈물을 참지 못해 그것을 애써 감추기 위해서였다. 그동안에 사혜의 방에서 얼마나 많은 눈물을 흘렸는지 그저 오열이 아니라 통곡을 하다 까무러친 적도 더러 있었다.

미교는 천천히 발을 옮겨 혼자 지내기에는 매우 넉넉한 크기의 사혜의 침실 안을 눈으로 훑었다. 침대, 책상, 서가, 장식장, 콘솔, 화장대, 그리고 벽 한 면을 다 채운 붙박이장의 갤러리 문까지, 마치 여느 귀족의 여식이 사용했음직한 그 모든 것들은 사혜가 얼마나 많은 사랑받으며 살았었는지를 한눈에 보여주었다. 이토록 여유 있는 집에서 그리도 사랑받으며 자랐을 사혜는 어찌해, 이미 십대부터 학비 걱정을 해야 했던 미교 저보다 앞서 세상을 저버려야 했는가. 한 번도 만나지 못한 자매 생각에 미교 역시 눈시울이 뜨거워지고 가슴이 먹먹해 왔다.

그때 문득, 미교의 눈길을 끄는 것이 있었다. 책상 위에 올려 있는 작고 얇은 노트 한 권이었다. 그 책상 위는 물론, 화장대나 장식장 등을 채웠던 대부분의 것들이 말끔히 치워진 상태에서 그것은 유달리 눈에 띌 수밖에 없었다.

"사혜가 가기 얼마 전까지…… 끼적였던 거야."

노트를 손에 든 미교를 보며 어머니는 말했다. 노트에 다른 특별한 메모는 없었다. 다만 미완의 시 한 편만이 어지러운 필체에 담겨 있었다.

"강에 접한 숲으로의……."

미교는 입술을 들썩여 그것을 읽었다.

"귀향은 어렵지도 쉽지도 않은 뱃사공의 노 젓기. 나는 노를 젓는다……."

미교의 낭송을 들으며 어머니는 도저히 버틸 수가 없는지 곧장 방을 나갔다.

미교는 노트 든 손을 아래로 툭 떨어뜨리고, 멀리 창밖으로 눈길을 보냈다.

"사혜, 또 다른 이름은 미교. 넌 나를 보고 있겠지……? 그럼 한 가지만 가르쳐 줘. 넌……."

미교는 허공에 대고 말을 건넸다.

"그를 사랑했었니……?"

미교는 차창 밖으로 안전가옥이 있는 아파트 건물을 보고 있었다. 사빈의 차 안이었다. 바래다준다는 그의 친절을 굳이 사양하지 않고 그의 차로 함께 온 것이다. 사온과 사는 것을 사빈도 이제는 아는 이상 안전가옥을 숨길 이유도 더는 없었다.

"저 아파트예요?"

사빈이 물어 미교는 고개를 끄덕였다.

"사혜는 싫다고 영원히 떠나 버린 자리를 미교 씨가 대타로 끌려들어 간 모양새네요, 내 눈엔."

쓴웃음을 머금고 말하는 사빈의 어조는 그렇다고 조롱하거나 비난하는 투는 아니었다. 오히려 안타까움이 묻어난 쪽에 더 가까웠다.

"혹시…… 복수 같은, 그런 거예요?"

사빈은 미교의, 어떤 감정도 담지 않은 눈을 마주하고 물었다. 한 번도 만난 적이 없다 해도 두 여자는 쌍둥이 자매니 그럴 수 있다고 생각했을 뿐만 아니라 또한 그것에 기꺼이 동조하면서였다.

"그렇다면 말리고 싶네요. 복수가 아니라…… 그런 방법 말입니다."

"그런 방법?"

"제사온의 요구대로 끌려가는 거요. 사혜는 가족을 지키기 위해 혼자 감당하려 했지만 미교 씨는……."

"난 사온 씨에게 일방적으로 유린당했던 게 아녜요."

미교는 사빈의 말을 자르며 그의 의중을 다 안다는 듯 거침없이 뱉어냈다. 그러자 차 안은 일순 무거운 침묵에 휩싸였고, 그 침묵 속에서 미교는 인사도 없이 차에서 내렸다.

사빈은 바로 떠나지 않고 미교가 아파트 안으로 완전히 사라질 때까지 지켜보았다. 쾅, 그런 후 주먹으로 핸들을 내려친 그는 그 격한 행동이 무색하게도 곧장 한 손을 제 눈가에 대고 문질렀다. 불쑥 예전의 감정이 되살아나 마음을 헤집었다. 사혜의 임신과 자연유산이 바로 작은형, 사온 때문이라는 것을 알았을 때의 충격과 배신감이 그것이며, 미교의 출현으로 그것이 여전한 현재진행 속에 있다는 절망 또한 그 위에 보태졌다.

미교의 말이 맞다. 사혜와 달리 그녀는 사온에게 몸을 일방적으로 유린당하며 시작한 관계가 아니다. 그럼에도 같은 감정이 드는 것은, 지난날의 충격과 배신감이, 사실은 그것이 전부가 아니라는 사실에 있었다. 사빈을 보다 괴롭혔던 것은 더욱 내밀한 무엇이었다. 스스로도 의식을 일깨우기 두려운 그것, 차마 똑바로 마주하기 두려웠던 그것은 바로 상실감이었다.

오빠에게 누이란 언젠가 떠나보낼 수밖에 없는 존재라는 것을 잘 알면서, 또 만약 그런 순간이 온다면 어쩔 수 없이 그것을 받아들여야 한다는 것도 잘 알고 있으니 그렇게 잃은 것이라면 체념의 심정으로나마 메울 수 있었다. 그런데 상대가 작은형이 되자 그것은 단지 잃었다는 정도를 넘어 빼앗겼다는, 더욱 거세고 난폭한 상실감에 휩싸이게 했다. '나는 참았는데 너는 왜 못 참았느냐' 하는 분노는 스스로도 낯부끄러웠지만 더욱 참을 수 없는 것은, 언제고 떠나야 할 누이를 그렇게라도 붙잡으려던 사온을 도저히 이해 못할 바 아니었다는 사실이었다. 이해가 됐다. 그러니 더욱 용서할 수가 없었다.

안전가옥으로 돌아온 미교는 씻고 옷을 갈아입을 힘도 없는 양 리빙 룸의 소파에 쓰러지듯 몸을 던졌다.

"유린당하지 않았다고……?"

미교는 중얼거렸다.

"자신 있게 말할 수 있어?"

미교는 제 뜻으로 분명 사온과 몸을 섞은 것이지만 사온은 미교가 아닌 사혜와 그런 것이라면 미교는 제 몸을 그에게 유린당한 것인가, 아닌가. 몸만 빌려준 꼴이니 말이다. 두 손에 머리를 감싸고 있던 미교는 그러나 이내 피식 웃었다. 몸 따위 얼마든지 빌려주지.

날이 저문 후, 혼자 저녁식사를 간단히 끝낸 미교는 서재에 있었다. 전에 사온과 함께 지냈을 때는 별로 들어와 본 적이 없는 아름다운 장식의 응접실을 겸한 매우 여성스러우면서도 아늑한 공간이었다. 집필 책상으로 쓰일 수 있도록 크기가 좀 되는 옐로 톤의 칼튼 하우스 테이블은 특히 그러한 서재의 인상을 결정지을 정도로 그 모양에서부터 테이블에 새겨 있는 그 섬세한 무늬에 이르기까지 18세기의 유럽에서 옮겨다 놓은 것처럼 고풍스럽고 우아했다.

그 테이블을 중심에 둔 그 나머지의 것들, 즉 컴퓨터 테이블, 서가, 꽃무늬의 패브릭 소파와 스툴, 커튼, 그리고 소품 등의 모든 것은 자칫 한 가지의 톤만으로 지루해질 염려를 교묘히 피하면서도, 또한 전체 인상을 깨지는 않는 선에서 조화롭고도 신중하게 선택되고 배치돼 있었다. 사실은 너무 그림 같아 미교는 도리어 불편한 느낌도 가졌었다. 침실과 마찬가지로 말이다.

미교는 칼튼 하우스 테이블 앞에 앉았다. 서랍을 열었다. 빈 서랍으로 놔두기가 허전해서였을까. 안에는 새 노트 몇 권과 A4 용지 묶음, 펜 몇 개로 채워져 있었다. 미교는 노트 한 권과 펜을 꺼냈다. 그리고 핸드폰에서 메모 칸을 열었다. 그곳에는 사혜의 미완의 시가 저장돼 있었다. 사혜의 노트에서 옮겨놓은 것이다. 그녀는 그것을 다시 노트에 옮겨 적었다. 한 자, 한 자 정자로 또박또박 쓰며 사혜가 유서도 남기지 않아 그 시가 유서나 다름없다고 했던 어머니의 말도 떠올렸다.

그때 밖에서 기척이 들렸다. 미교는 쓰던 것을 멈췄다. 이 집에서 미교 외에 기척을 낼 사람은 사온밖에 없으니 그가 퇴근해 들어온 소리였다. 그것을 알면서도 그녀는 일어나지 않고 그대로 있었다. 밖으로부터 소리는 계속 들려왔다. 그리고 마침내 서재의 문이 열렸다.

"여기 있었군요."

칼튼 하우스 테이블 앞에서 미교를 찾은 사온은 대단한 것을 발견한 모양 얼굴에 반가운 빛마저 띠었다. 미교는 그제야 '네' 하며 몸을 일으켰다.

"일어나지 말아요. 그냥 그대로 있어요."

사온은 손짓으로도 앉으라 하고 저는 컴퓨터 테이블 앞에 앉았다. 두 테이블은 다소 대각선 방향으로 위치해 있었다.

"집에 다녀왔어요."

미교는 말했다. 다시 자리에 앉아 펜도 손에 쥐었지만 그렇다고 쓰던 것을 계속한 것은 아니고 다만 펜 든 손의 팔꿈치를 의자 팔걸이에 올려놓았을 뿐인 모습으로였다.

"당신 본가 말예요. 사혜의 방도 봤어요. 어머님이 그러시더군요. 그 방을 내 방처럼 생각하고, 종종 와서 지내도 좋다고⋯⋯."

미교의 말은 사실이었다. 사혜의 방을 보고 나온 미교는 사빈 어머니와 주방에서 다시 만났는데 그 자리에서 이런저런 얘기 끝에 어머니는 에둘러 말했다. '미교가 그 방을 사용하는 모습을 보고 싶어' 라고.

"미교 씨가 있을 곳은 여깁니다."

"내가 사혜 방에서 지내는 거 싫어요?"

"미교 씨는 여기 있어야 해요."

미교는 아무 대꾸도 없이 눈을 다시 노트로 내렸다. 시의 마지막 행을 쓰다 만 터였다. 마저 쓰고 일어나야지 했는데 그것이 미완이라 왠지 알 수 없는 아쉬움을 느끼던 중 무심코 눈을 들었다. 그리고 그 찰나에 사온의 눈길과 맞닥뜨렸다. 그것도 그의 눈길에 빨려들 듯 만났다. 참으로 묘한 느낌이었다. 그렇게 눈을 마주치면 보통은 어떤 반응이 있거나 하다못해 눈빛이라도 흔들리기 마련인데 사온은 그녀의 눈을 만나고서도 조금의 흐트러짐도 보이지 않았다. 기다렸던 사람처럼, 또한 눈빛조차 흔들림이 없었다.

미교는 순간, 사온이 바라보고 있는 것은 저가 아닌 사혜라는, 도저히 착각이라고 치부해 버릴 수 없는 강렬한 느낌에 사로잡혔다. 그는 사혜를 보고 있었다. 그것도 그 자신이 보고 싶은 모습을 보고 있었다. 그가 왜 집념에 가까울 만큼 이 안전가옥에 미교를 두려 했는지, 그녀는 그것도 불현듯 깨달을 수 있었다. 원래 사혜를 위한 안전가옥이었다고, 그녀를 위한 집이라는 것을 몰랐던 것은 아니지만 단순히 집이 아닌, 그 이상의 의미였다고 말이다. 산 자에게는 무덤이었으나 사온의 연인에게만은 '안전가옥'이었다.

미교는 노트를 덮고 일어섰다.

"씻고 옷 갈아입어요. 따뜻한 차 준비할게요."

미교의 움직임을 눈으로 좇던 사온은 그녀가 서재의 문을 열고 나가는 순간에 일어나 홀린 듯 그녀의 뒤를 따랐다.

서재를 나온 미교는 주방으로 들어섰다. 그 동선 그대로 사온이 좇아 미교를 잡고 돌려세웠다.

"읍……."

사온의 갑작스럽고 사나운 입맞춤에 미교는 옅은 신음을 흘렸다. 머리를 움켜잡혀 꼼짝 못하는가 싶더니 그녀는 비틀, 중심을 잃고 식탁에 엉덩이를 걸쳤다. 그래도 놓지 않고 더욱 깊어지고 격해지는 입맞춤에 그녀의 허리는 곧 식탁 위로 활처럼 휘었다. 미교는 등 뒤로 식탁 위를 짚어 사온의 입맞춤의 무게를 견디었으나 이내 팔꿈치가 툭, 꺾이니 그 순간에 그가 그녀의 허리 뒤를 팔로 감아 받쳤다. 그렇게 입맞춤은 쉼 없이, 흡사 남자가 여자의 숨통을 조이는 것처럼 집요하게, 또 아주 오래 이어졌다.

"허억⋯⋯."

마침내 사온의 입술에서 벗어난 미교는 막혔던 숨이 터지는 것 같은 소리를 냈다. 여전히 식탁 위로 허리가 활처럼 휜 채 사온이 그녀의 허리를 한 팔로 받친 모습이었다. 그는 다른 손을 그녀의 허리 뒤로부터, 그녀가 입고 있는 니트를 단번에 잡아 올렸다. 니트는 이내 바닥으로 사뿐 떨어졌다.

미교는 그 니트 안에 목선이 넓은 면 티를 입고 있었는데 사온은 그 티를 같은 방식으로 벗기지 않고, 이번에는 그 목선을 잡아 아래로 확, 내렸다. 비록 늘어나는 면이었지만 목선의 넓이만으로 미교의 어깨 아래로 끌려 내려지니, 그 자체가 몸을 압박해 마치 미교를 결박한 것처럼 돼버렸다. 그렇게 팔이 안으로 모이고, 브래지어를 하지 않은 젖가슴 또한 한데 모여 젖무덤을 더욱 부풀어 오르게 했다. 사온은 미교의 입술을 빼앗았듯, 그녀의 젖무덤과 볼록하니 솟은 젖꼭지를 차례로 빼앗아 역시나 집요하게 탐했다.

식탁 끝에 걸쳐 있는 모습으로, 잡고 잡혀 있는 두 사람은 어딘지 위태롭게 보였다. 한 사람은 가만히 있고 또 한 사람은 격렬해 그 위태로움에 기이함마저 더했다. 가만히 있으나 동조는 아니요, 격렬하나 공허했기 때문이다.

사온은 미교의 허리 뒤로부터 바지를 잡아 내렸다. 허리선이 밴

드 처리된 바지는 힘없이 아래로 내려가고 뒤이어 팬티도 내려가 탐스러운 엉덩이를 드러냈다. 사온은 미교를 살짝 위로 들어 식탁 끝에 아슬아슬하니 걸터앉게 했다. 그런 다음 그녀의 아랫배 밑, 검은 수풀 속으로 손끝을 밀어 넣었다. 그 내밀한 공간은 원래의 제 눅눅한 습기로 사온을 맞았다. 그것만으로는 물론 부족했다. 그러니 더욱 진한 습기를 내놓으라, 꿀처럼 단 이슬을 내놓으라 사온은 격렬히 요구했다.

"아……."

어느 순간 미교가 신음을 내며 미간을 좁혔다. 사온의 애무를 받던 중에 처음 보인 반응이었다. 그녀는 내내 시체처럼 무미건조 했으니까. 미교의 신음에 사온은 그녀의 가랑이 사이에 있던 제 손의 움직임을 멈췄다. 그 은밀한 곳에서 더욱 내밀하고 연약한 것에 닿아 있던 손끝은 더 움직일 엄두를 못 냈다.

미교의 그 수줍은 곳은 바짝 말라 있었다. 사실은 계속 말라 있었다. 사온도 물론 몰랐던 것은 아니지만 젖어들기를 바라기에 멈출 수도 없었다. 그런데 그렇게 애무를 더할수록 그곳은 원래의 습기마저 잃어갔다. 그러니 그 끝에서 미교가 통증을 느낀 것도 무리는 아니었다. 그녀는 어젯밤과 똑같았다. 가뭄의 땅이었다.

미교는 어젯밤의 정사를 떠올렸다. 그것을 정사라고 말해도 좋다면. 아무것도 느낄 수 없었으니까. 아랫도리의 고통이 지나고 난 후의 그것이란, 맛으로 치면 종이를 씹어 먹는 느낌이랄까. 고통으로 말하면 첫 관계의 그것에 미치지 못했음에도, 맛은 첫 관계 때만도 못했다. 아니, 비교 자체가 불가능하다. 종이 씹는 맛을 어떻게, 첫 관계의 그 설렘에 비하겠는가. 그런데 사온은 느낄까.

미교와 사온, 두 사람은 이제 침실에 있었다. 발가벗은 두 육체는 정사 중이었다. 미교는 약간의 괴로움과 지루함을 견디는 얼굴을 하고 고개를 옆으로 돌린 채였다. 위에서 내려다보는 사온의 눈길로부터 달아난 얼굴이었다. 그 얼굴은 얼마 전만 해도, 하나가 될 충만함에 입꼬리를 올리고 속눈썹 사이로는 수줍은 눈빛을 반짝이던 그것이었다. 사온은 손을 미교의 얼굴로 가져가 손끝으로 그녀의 입술을 더듬었다.

"예쁜 소리……"

사온은 입속으로 뇌까리듯 했다. 미교의 귀에는 거의 들리지도 않을 소리였다. 그런데 들었을까. 외면한 얼굴에서 눈동자만 천천히 움직인 그녀는 그의 얼굴을 더듬었다.

"사온 씬…… 느끼나요?"

미교는 물었다.

"느껴요? 느끼고 있어요?"

"난 미교 씨가 느끼길 원합니다."

"느껴지지 않아요……"

"느끼게 될 겁니다."

미교는 대답 대신 도로 눈길을 거두었다. 이번에는 눈을 감았다. 종이 맛 같은 정사는 지루할 뿐이었다. 그녀의 욕망은 죽어버렸다. 사혜의 죽음으로 한때 욕망을 완전히 잃었던 사온처럼.

얼마나 시간이 흘렀을까.

미교는 지쳐 잠들었다가 문득 깨어났다. 사방은 어두웠지만 제
몸을 포위하듯 감싼 사온의 체온을 느낄 수 있었다. 뿐만 아니라
귓가를 뜨겁게 하는 그의 숨결은 더욱 생생했다. 바로 그 때문에
깨어났으니까. 공허한 탄식과도 같은 그의 숨결.

"사혜……."

2. 그녀에게 물어봐

조용한 현악기의 음악이 흐르고 있었다. 아이보리색의 벽면에는 일정 간격으로 다양한 크기의 패널이 걸려 있고, 체리색 원목 바닥은 그 위를 천천히 거니는 발자국 소리를 나직이 흡수했다. 사람의 수는 많지 않았다. 그 많지 않은 사람들은 또 조용한 목소리만을 내고 있어 전체적으로 차분한 분위기였다. 미술 갤러리였다.

미교는 벽에 걸린 인물화를 보고 있었다. 세미 누드의 반추상이었다.

"너 닮았다."

곁에서 사빈 어머니가 말했다. 입가에 잔잔한 미소를 머금은 얼굴이었다.

"저보단······."

미교는 고개를 갸웃했다.

"더 예쁜 것 같은데요."

"무슨 소리, 미교가 훨씬 예뻐."

두 사람은 어느 갤러리의 회화 전시회에 와 있었다. 갤러리 관장이 지인이라며 '함께 가자' 한 어머니의 권유에, 미교가 흔쾌히 따라나서 이루어진 만남이었다. 그때 미교 뒤로부터 '오셨어요? 이 여사님' 하는 소리가 들려왔다. 때맞춰 어머니의 눈길도 소리가 난 곳으로 향한다.

"네. 박 관장님."

어머니가 한 발 나서며 인사하는 사이 미교도 돌아보았다. '박 관장'이라는, 사빈 어머니와 비슷한 연배의 여자는 반가운 기색을 하고 다가와 이내 소스라쳤다. 미교의 얼굴을 보자마자였다. 미교는 이제 그것이 놀랍지도 않아, 아무렇지 않게 미소까지 지어 보였다.

"서미교라고, 내 말동무예요."

어머니는 서둘러 미교를 소개했다. 박 관장은 그 말을 들으면서도, 또 미교의 묵례를 받으면서도 즉시 입을 열지 못할 만큼 당황한 기색을 감추지 못했다.

잠시 후 미교는 어머니와 함께 계단을 내려가고 있었다.

"박 관장이 봤으니 곧 소문이 다 나겠는걸."

어머니는 말했다. 박 관장은 모 그룹 오너 일가의 한 사람으로 갤러리 역시 그 그룹 산하였다. 그러니 어머니의 말은 재벌가 사모님들 사이에 소문이 나겠다, 한 의미였다.

"제양사에 딸이 하나 더 생겼다고 말이야."

"어머님 곤란하신 거 아녜요?"

"곤란할 게 뭐 있어? 수양딸이라고 하면 되지."

어머니는 대수롭지 않게 대꾸했다. 그 이면에는 미교를 자랑이라도 하고 싶어 데려왔다는 뜻이 읽힐 정도였다.

두 사람은 갤러리 내에 있는 게스트 룸으로 들어와 룸 직원이 가져다준 커피를 앞에 두고 있었다. 리빙 룸처럼 편안하고 안락한 분위기의 그곳은 미교의 테이블 외에도 네 개의 테이블이 더 차 있었지만 은은히 울려 퍼지는 피아노 선율을 감상하기에 불편함이 없을 만큼 모두 조용히 대화를 나누고 있었다.

"사온이와는…… 잘 지내?"

전시회에 대한 소감을 나누던 중 대화가 잠시 끊긴 틈을 타 어머니는 물었다. 마침 커피 잔을 입에 대고 있던 미교는 고개를 먼저 끄덕여 보였다.

"정말…… 괜찮은 거야?"

다시금 묻는 어머니의 얼굴에 근심의 빛이 어려 있었다. 둘 사이에 있었던 저간의 사정을 모르지 않는다는 듯.

"네……."

바로 어제와 그제에 걸친 주말의 이틀 동안을 미교는 온전히 사온과 함께했다. 그의 공허한 탄식과도 같은 숨결에 잠을 깼던 밤에서 이어진 날들이었다. 그 첫날 아침에 사온은 '주말은 미교 씨 곁에 있을 겁니다'라고 하더니 정말 그녀의 곁에서 한시도 떨어지지 않고 영화를 보자, 음악회를 가자, 쇼핑을 하자, 먼저 제의하고 실행에 옮겼다. 미교는 거절하지 않았다. 그러나 그 데이트는 섹스와 마찬가지로 맛이 없었다. 그렇다고 '괜찮으냐' 묻는 어머니의 물음에 '괜찮지 않다'고 대답할 만한 일도 아니었다.

"외람되지만……."

미교는 커피 잔을 만지작대며 조심히 입을 열었다.

"한 가지 여쭤봐도 될까요?"

"물론이지. 뭐든."

"사온 씨와 사혜랑 그런 거…… 어머님은 언제 아셨어요? 마음 불편하시면 말씀 안 하셔도 되구요……."

"아니야. 내 다른 사람하고라면 모를까 미교하고는 어떤 얘기도 할 수 있어. 불편하지 않아."

어머니는 그러면서도 커피 잔을 들어 먼저 입술을 적셨다.

"사혜가 자연유산을 하고 난 직후였지."

어머니는 그때의 일을 간략하게 설명했다.

"당시 사혜는 뭐라던가요?"

어머니의 설명을 듣고 난 후 미교는 물었다. 어머니는 먼저 고개를 저었다.

"말을 안 해. 몇 번이나 물었지만……. 그게 더 마음 아파. 사실대로 말할 수가 없었겠지. 저 말 한마디로 사온이 어찌 될지…… 그 생각을 왜 안 했겠어? 그렇잖아도 제 아빠의 노여움으로 사온인 집에서 바로 쫓겨난 터였으니 말이야. 거기에 사혜 저가 말 한마디 잘못했다가는 가족이 깨질지도 모른다, 그런 생각도 했을 거야. 그러니 마음이 찢어지더라구……. 혹여 저가 친딸이 아닌데, 하는 자격지심에 집안에 분란을 일으킬까 혼자서만 끙끙 앓았던 게 아니었나 싶어서……."

어머니는 감정을 추스르느라 잠시 말을 멈추었다.

"그래서 유산이라도 해서 밝혀진 게 차라리 나았구나…… 나중에는 그런 생각도 들더라고. 그렇지 않았으면 언제까지 그것을…… 사혜 저 혼자서만 감당해야 했을지……. 제 딴엔 가족을 지킨다고 말이야."

"전혀 눈치 못 채셨어요? 유산 전까지는?"

어머니는 이번에도 고개를 먼저 흔들었다. 눈치 못 챘다는 의미다.

"상상도 못한 일이지. 더구나 사온이와는. 오히려 사빈이와 너무 붙어 다녀 그건 좀 눈여겨봤었지만……. 온이 성격도 무심한데다 사혜한테 다정한 편도 아니어서…… 그런 생각 전혀 못 했어. 그런데……."

어머니는 입이 마르는 듯 다시 커피 잔을 입에 댔다.

"유산으로 모든 일이 밝혀진 후에야 지난 시간을 곰곰이 반추해 보니…… 이상하다 싶은 일들이 하나, 둘 떠올랐어. 그래, 바로 그날이구나……."

"그날?"

"사혜 스무 살 생일이 지난 며칠 후였어. 사온이가 평택항에 출장 간다며 가는 길에 당시 군복무 중인 빈이를 면회한다고 사혜를 데리고 갔었거든. 근데 평택에서 돌아온 후 사혜가 몹시 앓았어.

일주일 내내 학교에도 못 갈 정도였지. 평택에 있을 때 감기에 걸렸다 해서 당시엔 그저 지독한 독감이려니 했는데 나중에 생각해보니 평택에서…… 무슨 일이 있었던 거야."

사혜가 그렇게 아프고 난 이후를, 그래서 그제야 하나하나 되짚어보았다고 어머니는 말을 이었다. 일상적으로는 사혜가 전과 달리 넋을 놓고 있다가 깜짝 놀라는 일이 잦았고, 무엇인가를 깜박 잊어버리는 건망증도 자주 보였다고 했다. 가족이 모두 함께 있을 때는 전에 비해 사온과는 더 소원해진 듯 행동해 둘의 사이가 다시 나빠졌나 오히려 걱정했을 정도였다고도 했다.

"사빈 씨 말을 들으니……."

미교는 말했다.

"결국 사혜와 사온 씨의 관계가 허락되었다고 하던데……. 당시 어머님 심정은…… 어떠셨어요?"

"사혜, 내 딸이야."

어머니는 그 대답으로 제 심정을 대신했다. 그것은 곧 '딸' 이외의 어떤 관계도 받아들일 수 없다는 의지의 표현이기도 했다.

"딸로 끝까지 지켜줬어야 했어. 그런데 그러질 못했어. 그래서 사혜 아버진……."

어머니는 끝내 눈시울을 붉혔다.

"자신의 결정으로 혜가 죽었다고 생각해…… 그 충격을 못 이기셨지."

제 회장의 결정으로 사혜와 사온의 관계가 허락된 날, 사빈은 그날을 '사온이 승리한 날'이라 했다. 그리고 '그날' 사혜가 달리는 차에 몸을 던졌다. 결국 사온에게 가는 것이 죽기보다 싫었던 사혜가 죽음을 선택했다, 하는 결론인가. 미교는 그럼에도 답이 딱 떨어지는 데서 오는 명쾌한 기분이 들지 않았다. 왜지? 왜 오히려 벽에 부닥친 기분이 드는 거지?

"고향엔 언제 가? 내일? 모레?"

어머니가 물었다. 갤러리에서 출발한 승용차 안에서였다. 미교는 어머니와 함께 뒷좌석에 나란히 앉은 모습으로, 운전은 기사가 하고 있었다.

"모레 내려가요."

모레부터 설 연휴의 시작이었다.

"어머님이 좋아하시겠네. 우리 집에도 사빈이 큰형 내외가 와. 일 때문에 일본에서 살거든. 빈이 큰형, 본 적 없지?"

"네. 사빈 씨한테 말만 들었어요."

"혁이도 미교 보면 정말 놀랄 거야."

어머니는 미교와 눈을 마주치며 미소를 지었다. 사빈의 큰형인 사혁도 미교를 보면 누이가 살아 돌아온 것처럼 놀랄 것이라는 단순한 의미였지만 그 단순함에는 어머니의 간절한 바람도 함께였다. 즉 미교의 존재는, 사혜가 살아 돌아온 것이거나 또 하나의 사혜였다. 증명하듯 어머니는 머뭇거리듯 조심스러운 손길로 미교의 머리칼을 쓰다듬었다. 손끝만으로, 미교의 뺨 근처에서 찰랑이는 머리칼을 간질이듯 했다. 어머니는 이미 미교가 아닌 사혜를 보고 있었다.

"파스타 먹을까?"

어머니는 물었다. 저녁식사 때로는 아직 이른 시간이었다.

이틀 후 미교는 오빠인 정교와 함께 고향으로 가는 버스에 몸을 실었다. 정교와 동반하는 것만 아니면 사온의 차에 실려갔겠지만 '정교 놈 꼭 붙들고 내려와라' 한 엄마의 당부가 있어, 그렇잖아도 오빠가 그새 딴 데로 샐까 봐 종종 전화로 감시도 한 끝에 함께 가는 것이었다. 집에 가져갈 설 선물을 부러 많이 준비해 정교에게 들고 가라, 핑계도 대었다.

정교는 경찰에 하루 구속되었다가 풀려난 뒤로 죽 미교의 자취집에 머물고 있었다. 돈이 없으니 딱히 갈 데도 없어 하루 종일 뒹굴며 치킨을 배달시켜 먹고 화투로 운수 패나 보는 것이 고작이었지만 고소가 취하된 데다 빚도 모두 해결돼 마음만은 홀가분한 그였다. 물론 모두 사온이 처리한 것이었다.

"제사빈이랑 너, 어떤 관계냐?"

버스에 나란히 앉아 가는 길에 정교는 불쑥 물었다.

"내 빚도 다 갚아주고…… 뭐 고맙긴 한데…….."

정교는 저를 구속에서 풀어주고 빚을 갚아준 이가 사빈이라 알고 있었고 사온에 대해서는 이를 갈았다.

"나 이뻐서 그런 것 같진 않고 널 봐서 그런 것 같은데……. 너랑 쌍둥이가 제사빈 누이였으니까 그럴 수도 있잖아. 근데 내가 가만 눈치를 보니 너한테 딴 맘이 있는 것 같기도 하고…….."

창가 쪽에 앉은 미교는 대꾸도 오빠에게 눈길도 주지 않은 채 오직 창밖만을 바라보고 있었다.

"너 설마……."

정교는 저를 보지 않는 동생을 향해 눈을 가늘게 떴다.

"제사빈이랑 같이 지내고 있는 건 아니지?"

'아니지?'라고 묻고 있지만 '있지?'라는 의혹이 더 강한 질문이었다. 미교는 그제야 정교에게 고개를 돌려 째려보았다.

"아님 말고. 그럼 너 어디서 지내는데? 진짜 친구 집에 있는 거야? 친구네서 그렇게 오래 민폐 끼쳐도 되냐고……."

정교는 얼른 말꼬리를 돌렸다.

"근데 정말 제사빈이 암말 안 해? 나, 그 생각도 해봤거든. 일단 너랑 쌍둥이, 그 애 이미 죽었잖아. 근데 그 집에서 널 보면…… 뭐랄까, 또 딸 삼고 싶어하지 않을까……? 잘하면 너 팔자 펼지도 모른다는……."

"헛소리 좀 그만해."

미교는 더 이상 못 들어주겠다는 듯 큰소리를 내지는 않았지만 목소리에 힘을 주어 타박했다.

"쓸데없는 얘기 엄마한테 절대 하지 말고."

"그거야 당연히……. 에이, 쌍. 내 걱정이 먼저다. 엄마 만남 나 죽었는데……."

정교의 걱정이 엄살만은 아니어서 엄마의 집에 들어서자마자 그는 엄마의 손바닥 세례부터 받기는 했다. 도저히 끝날 것 같지 않은 긴 나무람과 함께였다. 그래도 엄마는 준비해 놓은 따뜻한

밥과 푸짐한 반찬을 아들과 딸 앞에 내놓고 '많이 먹어라' 하는 것도 잊지 않았다. 그렇게 시작된 미교네의 설날 전야는 다른 집과 마찬가지로 가래떡을 썰고, 설날 아침 차례 상에 올릴 음식을 준비하는 등으로 지나갔다.

이튿날인 설날 오후, 미교는 엄마의 집을 나와 혼자 서울로 향했다. 왜 벌써 가냐, 하루 더 있다 가라며 서운한 마음을 내비친 엄마를 뒤로하고 그녀는 오히려 발길을 서둘렀다.

서울에 도착한 미교는 버스터미널의 주차장 쪽으로 나왔다. 그때 '미교 씨' 하는 경쾌한 목소리에 그쪽으로 눈을 돌리니, 짙은 블루 색상 승용차 옆에서 손을 흔드는 사빈의 모습이 보였다.

"좀 늦었죠? 길이 좀 정체돼서."

얼른 사빈 앞으로 다가간 미교는 말했다.

"명절이니 당연하죠. 타요."

사빈은 미교를 조수석에 태우고 바로 차를 출발시켰다. 두 사람은 오전에 전화 통화를 하고 약속을 정해 만난 것이었다. 미교가 먼저 사빈에게 '사온 씨도 본가에 있어요?' 라고 묻는 문자를 시작으로 '미교 씨도 설 인사 오지 않을래요?' 하는 사빈의 제안이 자연스레 뒤따른 결과였다.

"사온 씬 아직 집에 있어요?"

달리는 차 안에서 미교가 물었다.

"내가 나올 때까진요. 근데 미교 씨 데리러 간다는 말은 안 했어요. 미교 씬 말했어요?"

미교는 고개를 저었다. 그것을 힐끔 보며 사빈은 묘한 미소를 머금었다.

"엄마한테만 말하고 나왔는데. 참, 큰형은 아직 미교 씨에 대해 전혀 몰라요. 보면 아마 놀라 자빠질 거야."

사혁은 사빈의 말대로 놀라 자빠지지는 않았지만 그 이상으로 충격을 받은 모습이었다. 집에 도착한 사빈은 차고에서 1층 홀(Hall)로 곧장 이르는 길을 따라 미교를 안내해 들어왔는데 마침 서재에서 나오던 사혁이 미교보다 먼저 그녀를 발견하고는 그 자리에 우뚝 서버렸던 것이다. 그것도 귀신을 본 사람처럼 몸에 짧은 경련을 일으키며 그러했다. 무리도 아니었다. 그의 눈에는 틀림없이 누이, 사혜였으니까.

"형……."

사빈은 사혁을 향해 놀리듯 웃어 보였다. 미교 역시 사혁에게 눈길을 보냈지만 잠깐 머물렀을 뿐 그녀의 눈길은 바로 사혁의 뒤를 향했다. 사혁 뒤로는 사온이 서 있었기 때문이다. 사온과 사혁은 함께 서재에 있다가 나오던 중이었다. 사온은 전혀 예상치 못한 상황에서 미교와 맞닥뜨린 때문인지 놀라기보다는 의아한 기색이었다.

쨍강, 그때 날카로운 파열음이 모두를 뒤덮었다. 소리가 난 곳은 주방 입구였다. 그곳에는 얼굴이 하얗게 질린 사혁의 아내가, 발아래에 산산조각 난 머그잔을 두고 서 있었다.

미교로 인한 혼란이 정리되기까지는 약간의 시간이 소요되었다. 또 때마침 저녁식사 시간이라, 그 얼마 후에는 모두 식탁에 모여 앉았다. 상석에 어머니가 앉고 그 우측으로 사혁과 사온, 사빈이, 좌측으로는 미교와 사혁의 아내가 나란히 앉았는데 사혁의 아내는 또 제 아들인 돌 지난 아이와 함께였다.

"뭘 그리 자꾸 힐끔거려?"

식사 중에 어머니가 사혁을 보며 나무라듯 했지만 입가에는 웃음을 띠고 있었다.

"미교 불편하게."

"내가…… 그랬나요?"

사혁은 짐짓 헛기침을 해 보였다. 물론 그는 식사 전에 사빈에게서 미교에 대한 대략적인 설명을 들었다. 당연히 모두 놀라운 내용이었지만 그것이 아무리 놀랍다 해도 죽은 사혜가 살아나 제 앞에서 식사를 하고 있는 현실적인 '착각'에는 비할 바가 아니었다.

"간호사라구요?"

사혁은 이어 미교를 보며 불쑥 물었다.

"네."

"그럼…… 사빈이와는 병원에서 만난 건가……?"

약간의 농담을 섞은 사혁의 질문에 미교도 사빈도 바로 대답을 못하는 사이 미묘한 공기가 주위를 지배했다. 사빈은 큰형에게 미교에 대해 설명을 했지만 사온에 관한 것만은 쏙 빼고서였다. 때문에 사혁은 미교와 사온의 관계에 대해서는 알지 못한 채 또 미처 사온에게 '너도 미교를 알고 있었느냐'고 물어볼 기회도 없이 식사 자리에 오게 된 터였다.

"전 사온 씨와 먼저 알았어요."

마침내 미교가 대답했다. 그러자 사혁의 눈길은 곧장 사온을 향했다. 당황한 눈빛이었지만 정작 사온은 전혀 딴 세상에 있는 사람인 양 태연했다. 그때 아이의 칭얼거리는 소리가 났다. '준환이가 졸린가 봐요' 하며 사혁의 아내는 아들을 안고 일어나 주방을 나갔다.

"자, 뭐 해? 어서 식사들 하지 않고."

어머니는 분위기를 바꾸려는 듯 손짓했다.

"와줘서 고마워. 많이 먹어."

어머니는 이어 미교를 보며 말했다.

"덕분에 오랜만에 명절답지 뭐야. 가족이 다 모인 것 같아. 아참, 괜찮으면 오늘 그냥 여기서 자고 가는 게 어때?"

"네. 전 괜찮아요. 사온 씨만 좋다면요."

미교는 대답을 하고 사온에게 눈길을 던졌다. 뒤이어 어머니와 사혁, 사빈의 눈도 사온을 향했다.

"그래요."

사온은 미교의 눈만을 마주하고는 흔쾌히 대답했다.

식사 후 사혜는 어머니와 함께 사혜의 방에 와 있었다. 어머니는 미교에게 침실에 딸린 욕실에서 씻으라 하고, 편한 옷으로 갈아입으라며 옷장에서 옷도 내어주었다.

"사혜 옷인데…… 괜찮겠어?"

옷을 침대 위에 놓으며 어머니는 말했다.

"유품 정리할 때 미처 다 처분하지 못한 것이거든."

"네. 괜찮아요. 남이 아니잖아요."

"그래. 그렇지. 남이 아니지, 아니고말고."

어머니는 대견하다는 듯 미교의 팔을 토닥였다. 입가에 절로 번지는 미소도 굳이 참으려 하지 않는 얼굴이었다.

사혜의 침실에 딸린 욕실은 따로 욕조는 없이 샤워 부스와 세면대, 그리고 소박한 파우더 룸을 갖춘 아담하고 아기자기한 구조였다. 미교는 속옷 차림으로 세면대 앞에 서서 방금 세안을 해 물기가 뚝뚝 흐르는 얼굴을 거울에 두고 있었다. 사혜가 살아 있다면 지금 이 시간, 세면대의 거울을 보고 있는 사람은 미교가 아닐 것이다. 그 생각과 함께 그녀의 눈은 제 목 아래에서 반짝이는 녹색 보석을 보고 있었다. 이어 거울 속 얼굴은 입꼬리를 살짝 말아 올렸다.

미교가 편한 옷으로 갈아입고 욕실을 나와 얼마 안 되었을 때 문을 두드리는 소리가 났다. 사빈이다.

"2층 구경 안 할래요?"

사빈은 유쾌하게 말했다. 미교는 사빈을 따라 2층으로 올랐다.

"2층은 남자들의 공간이죠. 저 방이 원래 큰형 방인데 결혼한 후엔 서재 비슷하게 만들었어요."

사빈은 계단을 올라와 가장 가까운 문을 가리키며 말했다.

"오늘 같은 명절에는 형이랑 형수님은 손님방에서 자구요. 자, 여기가 내 방입니다."

사빈은 그다음에 이른 문 앞에 서서 문고리를 잡고는 활짝 열었다. 그는 사온의 방에 대해서는 아예 거론도 안 했고 미교도 그것을 의식했지만 개의치 않았다.

"잠깐요, 큰형도 오라고 할게요."

사빈은 미교를 두고 나가 금세 사혁과 함께 다시 돌아왔다. 사혁이 마침 원래 그의 방이었다는 서재에 있었던 것이다.

"이야, 꼭 우리 남매 모인 것 같네? 자, 주문 받습니다. 커피?"

사빈은 '주문'을 받아 다시 방을 나갔다.

"앉아요."

사혁은 서 있는 미교를 의식하며 의자를 가리켰다. 미교는 침대 가까운 의자에 그것을 등지고 앉았다.

"아직도 신기하세요?"

미교는 저를 쳐다보는 사혁의 눈빛을 읽었다는 듯 불쑥 물었다.

"아니, 뭐……."

사혁은 민망한 웃음을 머금었다. 동시에 제 눈길도 거두었지만 그 직전까지 그가 의미심장하게 보고 있었던 것은 미교의 얼굴이 아니었다. 그녀의 목에 걸린 녹색 보석이었다. 식탁에서만 해도 그녀의 겨울용 원피스에 가려 보이지 않던 것이 편한 옷으로 갈아입은 지금은 보란 듯 자신을 드러낸 채였으니까. 그것만으로도 그녀가 사온과 어떤 관계인지는 묻지 않아도 알 수 있었다.

"쌍둥이도 나름인데…… 집사람은 미교 씨 무섭답니다."

사혁은 농담을 먼저 건넸다. 미교도 웃음을 띠었다.

"근데 사온이와는……."

결국 에메랄드만으로는 성이 안 찬 듯 사혁은 운을 떼보지만 말을 잇지 못한 채 길게 늘이는 것으로 제 당혹스러운 심정만을 대신할 뿐이었다.

"네. 상상하시는 대로예요."

그가 무엇을 묻는지 안다는 듯 미교는 고개까지 끄덕였다.

"사혜 대타죠."

미교는 그렇게 말을 잇는 것으로 사혁의 말문을 아예 막아버렸다. 그런 미묘함 때문에 사혁은 바로 앞서 사온에게 물어볼 기회가 있었지만 그만두었던 터였다.

"참, 오빠라도 불러도 될까요?"

미교는 여전히 아무렇지 않은 얼굴과 목소리로 물었다.

"사빈 씨한테처럼 이름을 부르기엔 좀 그래서……."

"나야 좋죠."

"말씀 놓으셔도 돼요."

"뭐, 친해지면 차차……."

"오빠는 사온 씨와 사이가 그리 나쁘지 않은 거 같은데…… 맞죠?"

미교는 의식적으로 더 가볍게 물었다. 사빈과 그의 어머니가 사온에게 갖고 있는 어두운 감정을—그저 단순한 미움이나 원망 이상의 복잡한 감정을—알고 있기 때문이었다. 사빈은 대놓고 그러했고, 어머니는 감추고 있다 뿐 본질은 다르지 않았다. 그런데 오늘 잠깐 지켜본 바로 사혁만은 사온에 대해 그렇지 않음을 미교는 비교적 쉽게 알 수 있었다.

"오빠는 사온 씨를 용서한 건가요?"

미교는 저도 알 만큼 안다는 듯 그렇게 대놓고 다시 물었다. 사혁은 약간의 사이를 두고 천천히 고개를 저었다.

"내가 용서하고 말고 할 건 아니라고 생각할 뿐이에요."

사혁은 대답했다.

"어째서요? 오빠의 누이가 죽었는데……."

"온이도 내 동생이죠."

"무례해서 죄송한데, 혹시 친동생과 그렇지 않은 누이 사이에 차별이 있으신 건 아니었구요?"

"사혜를 친누이가 아니라고 생각해 본 적 없어요."

사혁의 대답은 조용했고 목소리에 힘을 주지도 않았지만 또한 거짓이 실릴 여지도 없다는 것을 미교는 알 수 있었다.

"가족 중 아무도…… 그런 생각 한 사람 없을 거예요. 어떤 의미에서는…… 사온이조차도."

"그럼 오빠 사온 씨를 이해하신 건가요?"

사혁은 바로는 대답하지 않았다. 먼저 자리에서 일어나 창가로 걸어갔을 뿐이다.

"꼭 사혜한테 추궁받는 것 같네……."

그는 입속으로 중얼거렸다. 짧은 헛웃음과 함께였다.

"솔직히 사온이 이해 못합니다. 미친놈이라고 생각했어요."

사혁은 이어 몸을 돌려 미교를 보고 말했다. 그 말은 사실이었다. 사혜를 갖겠다는 사온을 전혀 이해 못했으며 그런 '동생 놈'을 죽이고 싶도록 미워한 것으로만 치면 그도 다른 가족 못지않았다. 그렇다 해도 사온의 형인 그는 사빈처럼 '삐쳐서 말도 안 하는' 상태로 동생과 지낼 수는 없는 노릇인데다 아버지 사후에는 회사 때문에라도 사온과 협력해야 하는 일이 무엇보다 중요했다.

"물론 사혜에 대해서도……."

사혁은 말을 이었다.

"그 아이의 마지막 결정만은 아직도 이해를 못해요. 힘든 일은 다 지나갔는데……."

"힘든 일이 다 지났다는 것은 오빠의 생각이겠죠? 혹시 사혜한 테는 물어보셨나요?"

미교의 반문에 사혁은 멈칫했다.

"사혜도 사온 씨를 원했는지…… 사온 씨에게 가고 싶어했는 지, 혹은 그 반대인지…… 물어보셨어요?"

사혁의 말문은 다시 막혔다. 이번에는 가벼운 쇼크까지 느낀 듯 그는 뒤로 한 발 물러나 창틀에 뒤를 기댔다.

아무도 묻지 않았다. 누구도 사혜에게 그것을 묻지 않았다는 것 을, 미교는 비로소 완전히 깨달았다. 사혜를 사온에게 주기로 한 결정이 결국은 딸을 죽게 만들었다고 자책했던 아버지도, 사혜를 딸로서 지켜주지 못했다고 회한에 젖은 어머니도, 누이를 누구보 다 가슴 아프게 기억하는 사빈도, 어떻게 해서든 상황을 수습해 가족을 지키려 했던 사혁까지 모두 사혜에게 '너의 마음은 어떠 냐'고 묻지 않았다. 사혜는 그런 제 마음이 어떤지를 알리기 위해 달리는 차에 몸을 던졌던 것일까.

"오빠 어떻게 생각하세요?"

미교는 계속 물었다.

"사혜는 사온 씨한테 가고 싶어했을까요? 아니면 그 반대일까 요?"

묻고 있으면서 바보 같다는 생각이 동시에 들었다. 사온에게 가고 싶어했다면 사혜는 죽을 이유가 없지 않은가. 그것을 사혁도 눈치챈 것일까. 바로 대답하지 않고 먼저 손으로 제 턱을 몇 번 쓸었다.

"미교 씨라면요……?"

사혁은 이윽고 입을 열었지만 대답은 아니었다. 그런데 그는 마치 미교가 사혜인 것처럼 묻고 있지 않은가. 미교는 대답을 못했다.

미교와 사혁 사이에 더 이상 아무 얘기도 오고 가지 않는 사이 문이 열렸다.

"자, 방금 내린 고소한 커피가 왔습니다."

커피 세 잔이 놓인 쟁반을 들고 돌아온 사빈은 경쾌하게 떠들었다. 다소 무겁게 내려앉았던 분위기는 사빈의 이어진 수다에 미교가 재빨리 가세함으로써 차츰 가벼워지기 시작했다.

"가만, 형더러 오빠…… 라고?"

수다 중에 사빈은 미교가 사혁을 오빠라고 부르는 것을 듣고서 정색했다.

"그럼 난? 나도 오빠라고 불러줘야 하는 거 아닌가?"

"사빈 씬 그냥 사빈 씨. 영원히 사빈 씨."

미교는 '도리도리' 했다.

"왜? 왜 난 사람 취급, 아니, 오빠 취급 못 받는 건데?"

"왜 말이 짧아지는데요?"

"당연히 오빠니까…… 요."

"근데 왜 느낌으론 동생 같지……? 개구쟁이 남동생."

"뭐, 뭐라구…… 요?"

"내가 봐도 네가 동생이다. 빈아."

사혁이 마지막으로 거들었다.

같은 시간, 사온의 방문이 열리고 그가 모습을 보였다. 그는 복
도로 나오자마자 웃음소리를 들었다. 사빈의 방에서 나오는 소리
라는 것도, 그 소리에 미교의 것이 섞였다는 것도 쉽게 알 수 있었
다.

사온은 발을 멈추고, 그 웃음소리에 이은 왁자지껄한 소리에도
가만히 귀를 기울였다. 지난 몇 년간 집 안에서 들을 수 없던 소리
였다. 사혜가 집안의 분위기를 지배할 때는 떠나지 않았던 웃음소
리, 경쾌한 대화, 눈부신 미소는 사혜의 얼굴이 어두워지면서 자
취를 감추기 시작해 그녀의 죽음과 함께 완전히 사라져 버렸다.
단지 사라졌을 뿐만 아니라 그 자리에 어두운 슬픔을 남겨놓았다.
그것이 그대로 영원할 줄 알았더니 어느새 집 안에 들리는 웃음소
리는 마치 사혜의 부활을 알리는 듯했다.

'사혜의 부활'은 1층에서도 그 신호를 보내왔다. 사온은 계단을
내려와 주방으로부터 들려오는 어머니의 밝은 목소리와 맞닥뜨렸
다. 다른 목소리도 섞인 것을 보면 며느리와 가사 도우미 아줌마
도 함께 있는 것이 분명한데 거의 어머니의 목소리가 주도하고 있
었다. 거기에 간헐적으로 웃음도 섞인다. 한때 면역력이 바닥까지
내려가 대상포진, 침샘염, 봉와직염 등 각종 질환에 시달리며 차
라리 죽고자 했던 어머니의 그러한 변화만큼 사혜의 부활을 알리

는 극적인 신호도 달리 찾을 수 없을 것이다.

사온은 천천히 걸음을 옮겨 현관을 나섰다. 그의 발길은 후원의 사혜가 좋아한다던 화단 앞에서 멈추었다. 날이 꽤 차 송곳 같은 겨울바람이 니트 하나만을 입은 그의 몸을 날카롭게 찔러왔지만 그는 무덤덤하니 담배를 피워 물었다. 가족은 비로소 예전으로 돌아가고 있건만 어찌해 사온 혼자 어둠을 향해 있는 것인가.

미교는 사혜의 방으로 돌아와 불을 끄고서야 사온을 발견했다. 사빈의 방을 나온 후로도 다시 1층의 리빙 룸에서 사혁, 사빈뿐 아니라 어머니와 사혁의 아내까지 다 함께 모여 즐거운 시간을 보내고 온 후였다. 그러니 시간이 꽤 지난 뒤였는데도 사온은 후원의 그 자리에 여전히 서 있는 것이었다.

자려고 불을 껐던 미교는 침대로 가지 않고 창가에 서서 사온을 지켜보았다. 사전에 그에게 어떠한 언급도 없이 이곳을 방문했는데도 그는 '어찌 된 일이냐' 묻지 않았다. 그저 '고향에 잘 다녀왔느냐'는 의례적인 인사만을 건넸을 뿐이었다. 이후로도 묻지 않을 것이다. 미교가 무엇을 하든 존중하고, 때로 그것이 그를 배려하지 않는 무엇이라 해도 따지거나 나무라는 법이 없으니까.

그가 한없이 너그럽고 자비롭다는 것을 미교는 잘 안다. 그런데 그것이야말로 지난날 그가 사혜에게 '무슨 짓'을 했는지에 대해 도리어 또렷한 답을 주고 있는 것 같았다. 아니, 답은 이미 나와 있다. 가족 모두 같은 '답'을 내놓고 있지 않은가. 사혜는 사온을 죽을 만큼 싫어했다고, 그래서 결국 죽었다고 말이다.

미교는 그런데도 망설이고 있었다. 의심의 여지없는 답을 앞에 두고도 그녀는 계속 의심했다. 이유는 단 하나, 사혜의 미완의 시 때문이었다.

사온은 미교가 지켜본 뒤로도 한참이 지나서야 천천히 발길을 돌렸다. 그런 그가 시야에서 완전히 벗어날 때까지 미교는 창가에 서 있었다. 그러한 잠시 후 달칵, 문 여는 소리가 등 뒤에서 들려왔다. 노크도 없이 바로 들려온 그 소리에 미교는 사온이 들어온 것이라 생각하고 고개를 돌렸다.

"아직 안 자고 있었어?"

모습을 보인 사람은 그러나 어머니였다.

"막 누우려던 참이에요."

미교는 침대로 걸음을 옮기며 말했다.

"어머님이야말로 안 주무시고 왜……."

"미교 잘 자는지 한번 보고 가려고, 혹시 깰까 봐 노크도 안 하고 열어본 건데……. 어서 누워."

미교는 침대에 누웠다. 어머니는 곁에 앉아 이불을 미교의 턱 밑까지 바짝 끌어주었다. 마치 딸에게 하듯.

"참, 혹시 괜찮으면 나랑 같이 어떤 강좌 하나 듣지 않을래?"

어머니는 물었다.

"강좌요?"

"응. 백화점 문화센터에서 하는 건데 현대시와 비평이라는 이름의 강좌야. 다음 주부터 시작이고."

"현대시와 비평……?"

미교는 강좌 이름을 입속으로 뇌까렸다.

"이 나이에 시 공부를 한다면 좀 주책인가……?"

어머니는 쑥스러운 듯 웃음 지었다.

"아뇨. 공부에 나이가 어딨어요? 더구나 시 공부라면…… 저도 해보고 싶네요."

"그럼 같이 가는 거?"

"네."

"고맙다. 그럼 편안히 잘 자. 좋은 꿈 꾸고."

"어머님도요."

어머니는 이불 위로 몇 번 손을 토닥이고는 일어나 문을 향했다. 그리고 문고리를 안에서 잠그고 나와 조용히 문을 닫았다. 그렇게 문밖으로 나온 어머니 앞으로 약간의 거리를 두고 사온이 서 있었다. 그는 후원에서 안으로 들어와 곧장 미교가 있는 사혜의 방으로 향하다 앞서 들어가는 어머니를 발견하고는 그 자리에서 기다린 것이었다.

"미교, 자."

사온을 향해 어머니는 말했다. 평소처럼 말하고 있는 목소리에서 차가운 기운을 느끼는 것도 그리 어려울 것 없었다. '자고 있으니 들어가지 마라'는 의미를 내포하고 있다는 것도 말이다. 어머니는 그것으로도 모자랐는지 사온이 먼저 자리를 뜨기 전에는 저도 가지 않겠다는 듯 방문 앞에 버티고 서 있었다. 사온과 미교가 함께 사는 사이라는 것을 모르지 않을 어머니의 그러한 태도는 어찌 보면 서글플 정도의 억지였지만 오히려 그래서였을까. 사온은 다만 고개를 숙여 '주무십시오' 하는 것으로 쉽게 물러났다. 어머니는 사온이 2층으로 완전히 사라지고 나서도 미교가 있는 사혜의 방문 앞을 꽤 오래도록 떠나지 못했다.

사혜의 방에서 미교는 쉽게 잠들지 못했다. 사혜가 수많은 밤을 보냈던 바로 그 침대에서 잠을 청하려니 비로소 묘한 긴장감에 사로잡힌 탓이었다. 거기에 함께 시 공부를 해보자는 어머니의 갑작스러운 제안도 한몫했다. 당연히 사혜의 미완의 시와 연결할 수밖에 없었기 때문이다. 어머니는 그 시에 담긴 의미를 알고 싶은 것인가. 미교 역시 마찬가지였다. 진실한 '답'은 사혜만이 줄 수 있으니까.

"강에 접한……."

미교는 입술을 달싹였다.

3. 개와 늑대 사이의 시간

江에 접한 숲으로의
歸鄕은 어렵지도 쉽지도 않은 뱃사공의 노 젓기,
나는 노를 젓는다.
강기슭에 닿았을 때 숲은 어둠에 잠겨
고개를 숙인 나무들과
사랑하듯 서로 엉기어 있는 줄기들을
그의 축축한 품 안으로 잠재우고 있다.
한때는 찬란한 문명이 꽃 피었을 자리,
지금은 사람의 발자국만 화석 되어 남은 숲으로
누가 있어 쉼 없이 나를 인도하는가.
스러지는 빛을 모아 별들을 보듬은 강.

어느 때인가, 귀향을 위해 노를 저어 올 사공의 배 있어
주인 없이 고요히 떠 강에 제 무게를 싣는 나의 배와 같다면
숲으로의 여정은 이제 시작됐음도 알리라.
강이 흔들린다.
숲이 깨어난다.
그리고 바람이 분다.
아담, 너는 어디에 있었나.
바람을 타는 숲과 거역하는 강의 미묘한 줄다리기 속에
귀향은 아직도 내게 쉽지만은 않은 노동.
나는 스러지는 별들을 마주하고 앉아…….

미교는 식탁 위에 생선 조림을 올려놓는 것으로 저녁식사 준비를 마쳤다. 김치와 나물 무침 세 종류, 그리고 두부가 있는 소박한 차림이었다. 국과 밥은 아직 올리지 않은 채 그녀는 시간을 확인했다. 사온이 일찍 퇴근해 집에서 저녁식사를 한다고 해 시간에 맞춰 준비 중이었는데 아직 여유가 있었다.

설 연휴가 끝난 첫 주의 첫날로, 그동안 미교는 안전가옥에서 사온과 평범한 날을 보내고 있었다. 특별한 일이 벌어지지 않은 평범함이었다. 특히 사온과의 관계가 그랬다. 약간이라도 평범하지 않은 일은 오히려 외부로부터였다. 사빈 어머니는 하루에 세 번 이상 전화를 해 별일 없느냐, 묻고 사빈 역시도 집에 놀러 오라, 만나자 등의 연락을 심심찮게 해왔다. 설에 얼굴을 본 지 불과 며칠 지난 것도 아니어서, 그러한 인사와 관심은 결코 평범하게

생각되지 않았다.

고향의 엄마 집도 평범하지 않았다. 아니, 이 경우는 너무도 빤한 결과에 다만 근심거리라고 해야겠다. 정교가 기어코 사라졌으니 말이다. 설 당일에 미교가 엄마 집을 나올 때만 해도 오빠는 '앞으로 어떻게 살 건지 나랑 결판을 내자'는 엄마에게 잡혀 있었다. 그런 오빠는 결국 설 연휴가 끝난 직후, 그것도 엄마 주머니를 뒤져 현금 백여만 원을 갖고 사라졌다.

식탁 앞에 앉아 있던 미교는 기척을 듣고 일어나 주방을 나갔다. 현관 쪽을 등진 사온의 모습이 보였다. 그런데 그는 미교가 가까이 오는 것을 보면서도 움직이지 않고 있었다. 한 손을 등 뒤로 하고 있는 모습이 무엇인가를 감춘 그것이었다. 역시나 미교가 코앞에 오자 그는 뒤에 감춘 손을 앞으로 내밀었다. 꽃다발이었다. 미교는 '어' 하는 얼굴로 그것을 받아 들었다.

"꽃병이 어딨더라……? 식탁에 장식해 놓을 테니 손 씻고 나와요."

미교는 꽃다발을 들고 날름 돌아섰다. 이번에는 사온이 '어' 하는 표정을 지었다.

잠시 후 두 사람은 사온이 사온 꽃다발이 장식된 식탁에 마주앉아 식사를 하고 있었다.

"사실은……."

식사 중에 사온은 꽃을 힐끔 보며 말했다.

"서재에 장식하려고 사온 건데."

"그래요?"

미교는 대수롭지 않게 말을 받았다.

"나 주려고 사온 줄 알고……."

"당연히 미교 씨 주려고 사온 겁니다."

"방금 서재 장식용으로 사온 거라면서요?"

"그게 그겁니다."

"어째서 그게 그거예요? 서재 장식과 날 주려고 사온 건 분명 다른 거죠."

"서재가 미교 씨 거니까."

"주방도 내 꺼잖아요? 아니. 이 집이 내 껀데?"

"그렇군요."

사온은 그냥 젓가락으로 밥을 뒤적였다.

"안 해본 짓이라……."

이어서 중얼거렸지만 미교가 못 들은 듯 '네?' 하자 그는 또 아무것도 아니라며 얼버무렸다. 무척 실망한 얼굴이었다. 그의 실망한 얼굴을 보며 미교는 웃어야 할지 울어야 할지, 꽃다발을 사왔다고 감격이라도 할 줄 알았나, 하며 어이없어 했다.

"그러면 설거지를 할 수가 없잖아요."

촤아아, 물이 떨어지는 개수구 앞에서 미교는 접시를 손에 든 모습으로 말했다. 바로 뒤에는 사온이 바짝 붙어 그녀의 허리를 끌어안고 있었다. 저녁식사를 끝낸 후였다.

"도와주지 않을 거면 방해라도 하지 말아주시죠."

"도와줄 겁니다."

사온은 손을 앞으로 해 미교가 들고 있는 접시를 부드럽게 빼앗아 떨어지는 물 아래에 댔다.

"그럼 사온 씨가 설거지해요. 내가 커피 내릴게요."

그러나 사온은 팔을 치우지 않고 도리어 더 힘을 줘 미교가 빠져나가지 못하게 했다.

"이건 인력 낭비거든요. 설거지하는 데에 손이 네 개씩이나 있을 필요는 없다구요. 차라리 커피를 맡으세요."

"싫습니다."

"그럼 그냥 아무것도 하지 말아요. 내가 다 할 테니 비켜만 주세요."

사온은 또 싫다 하며 말과 함께 제 몸을 미교에게 더욱 밀착했다.

"난 미교 씨가 필요합니다."

"귀찮거든요."

미교는 덤덤히 말했다. 덤덤히 말한 쪽에 가까웠다고 해야겠다. 일순 덤덤한 것보다 훨씬 가라앉은 침묵이 두 사람 사이에 이어졌다. 그렇게 길지는 않았다. 사온은 이내 미교의 머리와 이마 옆에 입을 맞췄다.

"미교 씨 여권 있습니까?"

사온은 불쑥 물었다. 미교의 이마 옆에 입술을 그대로 댄 채였다.

"응⋯⋯? 왜요?"

"없으면 주민증만 줘요. 바로 만들 테니."

"있어요. 근데 왜요?"

"유럽 가봤어요?"

"아뇨. 해외는 중국 한 번 가본 게 단데."

"그럼 나와 함께 유럽 가요."

미교는 잠깐 멈칫하고는 이내 몸을 돌려 그를 마주했다.

"유럽 출장이 있습니다. 주말에 떠나 2주 정도의 일정이에요."

마주한 미교의 의아한 눈빛이 더 설명을 원하는 듯하자 사온은 그렇게 말을 이었다.

"아쉽지만 안 되겠네요."

미교는 고개를 저었다.

"내일부터 어머님이랑 어떤 강좌 듣기로 했거든요."

백화점의 VIP급 고객들을 대상으로 문화센터 부서에서 개설한 강좌는 원내 제일 꼭대기 층의 강의 홀에서 진행되었다. 미교는 사빈의 어머니와 함께 매주 화요일과 목요일에 만나 오후 3시에서 5시까지 강의를 들었는데 바로 '현대시와 비평' 강좌였다. 강의는 현직 시인이자 대학에 특강을 나가고 있는 나이 지긋한 남자가 맡았는데 문학 장르 중 드라마와 함께 가장 오래된 역사를 지닌 시의 발생에서부터, 그러한 만큼 시가 점점 어려워져 현대에 와서는 잘 읽히지 않게 된 과정을 거쳐 시와 메타포, 상징, 아이러니 등의 순서로 강의를 이어갔다.

"재밌긴 한데……"

어머니는 말했다.

"들을수록 오히려 점점 어렵네."

강의가 끝난 후 미교와 어머니는 백화점 내 귀빈실에 마주 앉아 있었다. 귀빈실 직원이 가져다준 차를 앞에 두고서였다. 두 사람은 벌써 총 8회 강의 중 5회 차인 셋째 주에 접어들고 있었다.

"특히 시어의 애매성 뒤로 메타포부터는 하나도 모르겠어."

"저두요."

미교는 웃으며 맞장구를 쳤다.

"넌 눈이 초롱초롱하니 다 이해하는 것 같던데? 필기도 늘 열심히 하고."

어머니의 눈은 미교의 옆자리에 놓여 있는 노트에 잠깐 머물렀다.

"메타포가 언어의 전이라는 것은 이해하겠는데……. 그러니까 표준 언어가 아닌 비유 언어라는 거잖아. 그것은 하나의 생생한 경험이고, 현실이다, 하며 예시도 제시해 주셨는데……."

어머니는 웃음을 띠었다.

"하필 예시를 창녀로 해?"

"예시가 좀 그렇긴 하죠."

미교도 따라 웃음 지었다.

"아마 이해하기 쉽게 하느라 그러신 것 같아요. 아무래도 솔깃…… 하게 되잖아요."

"근데 난 이해 잘 안 됐어."

"그건…… 음…… 창녀, 프라스티튜트, 그게 표준 언어라는 건 이해하시죠?"

"응."

"그러니까 어느 나라에서나 사전적 의미에서 다 통할 수 있어요. 근데 그 창녀를 거리의 여자라고도 하죠? 왜 그럴까 생각해 보면 실제로 그 여자들이 거리에 나와 있었기 때문이거든요. 거리에 나와서 호객 행위를 한 거죠. 그래서 거리의 여자가 됐고, 전화로 부르는 시대가 되자 콜걸로 바뀌었어요. 다시 말해 거리의 여자라거나 콜걸은 그 시대의 생생한 경험, 혹은 현실인 거예요. 그런데 만약 어느 나라에서는 창녀가 거리에 나와 호객하는 것이 금지돼 그런 현상이 없다면, 또 문화가 단절돼 그런 현상을 알지도 못한다면 그 나라에서는 거리의 여자가 창녀의 은유다, 라는 것은 아예 성립되지 않는 거예요. 거리의 여자는 글자 그대로, 그냥 거리에 서 있는 여자일 뿐이죠."

"그럼…… 창녀라는 개념을 전혀 모르는 어린아이들에게도 마찬가지네?"

"맞아요. 창녀는 표준 언어면서 개념만 존재하는 추상적 단어이기도 하니까요. 그러니 은유는 추상이 있기 때문에, 혹은 추상적 개념을 이해할 수 있기에 가능한 거죠. 또 영화 중에 그런 영화 있죠? 현대인이 고대의 유물을 발견했을 때, 거기 고대 문자를 읽게 되는 경우, 현대인이 이해할 수 없는 내용이 대부분이잖아요. 예를 들어 사슴이 지나가니 해가 지고 바위가 떨어진다, 뭐 그런 식으로요. 매우 구체적이긴 해도 고대의 경험을 갖지 못한 현대인은 알아들을 수가 없는 거죠. 고대를 흔히 은유의 세계라고 하는 것도 바로 그런 이유예요."

"와아, 완전 이해됐다. 네가 더 강의 잘한다. 미교야."

어머니는 웃음 띤 얼굴로 감탄했다. 눈빛은 흐뭇하니 마치 '영리한 것' 하는 듯했다. 그사이 미교는 노트를 집어 들었다.

"문학적으로 접근하면…… 만약 슬픔이라는 감정이 있다, 그것 역시도 관념이죠. 또한 하나의 재료일 뿐이에요. 그것이 문학이 되려면 구체성을 띠어야 하는데……."

노트를 보며 미교는 말했다.

"가장 쉬운 것을 고르면 눈물?"

"그러네. 슬픔에 가장 가깝고 익숙한 경험이니까. 그럼 그는 슬픔에 젖어 있다, 하는 것보다 그의 눈시울 아래로 눈물이 흘러내렸다, 하는 것이 보다 문학적인 거네?"

"네. 단순하게 보면요."

"문젠 그렇게 단순하고 쉽지 않다는 거겠지……? 특히 시는."

어머니는 다시 한숨을 쉬었는데 이번에는 다소 신중한 얼굴을 하고서였다.

"사혜의 시에서……."

그런 어머니의 안색을 살피며 미교는 조심스레 입을 열었다.

"뭔가 새롭게 느껴진 것이 있으세요?"

"응? 아, 아니……."

어머니는 어색한 표정으로 고개를 저었다. 두 사람은 지금의 강좌에 참여하는 동안, 사혜의 미완의 시에 대해서도 서로의 소감과 의견을 조금씩 나누어 오던 터였다. 그런데 실제로는 나누려 애를 썼다고, 특히 미교가 그러했다고 하는 편이 정확했다. 어머니는 의외로 소극적이었다. 어머니가 지금껏 사혜의 시에 대해 한 말이

라고는, '시의 첫 인상이 쓸쓸함'이라고 한 것이 다였다. 먼저 강
좌를 제안해 어머니가 딸의 시를 더 알고 싶은가 보다 했더니 정
작 어머니는 그것을 무서워하는 사람 같았다.

"내가 시에 대해 뭘 알겠어? 사혜의 시는…… 그냥 나한테 세상
에서 제일 좋은 시라는 거, 그거면 됐어……."

"그래도……."

미교는 다시 조심히 말했다.

"알고 싶지 않으세요? 사혜가 말하는 귀향에 대해……."

미교는 절로 사혜의 시를 떠올렸다.

숲을 향한 사혜의 귀향은 평온하면서도 홀로 노를 젓듯 고독하
고, 어둠에 잠긴 숲처럼 자아에 깊이 침잠(沈潛)해 있으며, 그 숲에
서 발자국의 화석만을 발견했을 만큼 미묘한 불안에 사로잡혀 있
다. 그리고 '어렵지도 쉽지도 않아', 근본적으로 아이러니하다.
숲에서 바라본 강은 스러지는 빛을 최후까지 보듬고, 이제는 홀로
떠 있는 배에게 진짜 귀향의 시작을 알린다.

귀향은 돌아가는 것이다. 원래 살았던 곳, 혹은 있었던 곳으로
의 회귀다. 얼핏 숲으로 돌아가는 것 같지만 숲에 선 그녀는 강을
보고 있다. 그녀는 어디로 돌아가고 싶었던 것일까. 강이 흔들리
고, 숲이 깨어나고, 바람이 부는 그 지점에서, 그녀는 어디를 보
고, 무엇을 그리도 간절히 원했던 것일까. 삶인가? 죽음인가?

어머니는 아마도 죽음이라 생각한 모양이다. 끝내 대답하지 않
았다.

"난 그 이미지가 좋아……."

그런 어머니가 불쑥 말을 꺼냈을 때는 차에 몸을 싣고 돌아가던 중이었다. 기사가 운전하는 어머니의 차였다.

"스러지는 빛을 모아 별들을 보듬은 강……. 스러지는 빛이면…… 낙조, 맞지?"

"네. 맞아요."

뒷좌석에 어머니와 나란히 앉은 미교는 대답과 함께 차창으로 눈을 돌렸다. 차는 한강 다리를 건너고 있었다.

"처음엔 그냥 막연히 좋다는 느낌만 가졌는데 시 공부를 하다 보니, 뭐랄까, 그 이미지를 보다 또렷하게 그릴 수 있게 됐어. 하루가 다하며 수그러드는 빛이 물에 반사되는 걸 말이야. 그러면 어두워지는 물 위에서 그것은 정말 별처럼 보이거든."

어머니의 말을 들으며 미교는 한강에 눈을 두고 있었다. 마침 땅거미가 밀려드는 시각, 해 질 녘이었다. 한강은 깊고 무거워 보였다. 그것을 거스르는 것은 스러지는 빛이 물의 표면에 반사돼 별처럼 반짝여 정말 그것을 보듬은 것 같은 신비였다. 그 눈부심은 하루의 가장 찬란한 시간이 주는 화려함과는 달랐다. 가장 화려한 시간은 가고, 그 남은 빛이 갈라져 낮과 밤이 서서히 서로의 위치를 바꿔가는 시간. 빛과 어둠, 질서와 혼돈, 현실과 환상, 그리고 삶과 죽음의, 그 서로 다른 세계가 스치듯 잠시 만났다 헤어지는 시간, 바로 개와 늑대 사이의 시간.

사혜도 그랬구나, 지금 이것을 보았구나, 미교는 등골을 타고 오르는 묘한 전율을 느꼈다. 시와 소설 등의 문학은 지극히 개인적인 체험의 구체화라는, 그 체험에는 직, 간접적인 것과 거기에서 파생된 모든 상상력을 포함한다는 강의 내용을 굳이 떠올리지 않아도 지금 이 순간, 이 찰나에 저와 사혜가 같은 것을 체험했다는 사실은 경이로움이었다. 경이로움이면서 또한 동시에 매우 보편적인 공감의 영역일 것이다. 지극히 개인적인 체험과 상상력이라는 것도 공통분모는 분명 있는 법이니까.

"사온이 귀국할 때 되지 않았나?"

차가 본가에 도착할 때쯤 어머니는 물었다. 사온은 현재 유럽 출장 중으로 출국한 지 10여 일 되었다.

"금요일로 알고 있어요."

"여전히 하루에 한 번 전화해?"

"네."

"오늘도?"

"오늘은 아직이네요."

사온은 어쩌다 한 번 전화를 거를 때도 있었지만 정말 하루에 한 번, 아니, 그 이상으로 사온에 대해 꼭 물어보는 것은 어머니였다. 사온이 어머니에게도 전화를, 매일은 아니어도 했을 테니 다만 안부가 궁금한 것도 아닐 텐데 그러했다. 그래서 미교는 눈치챘다. 어머니가 지금의 강좌를 함께 듣자 제의를 한 것은 미교를 곁에 두고 싶어서였다는 것을 말이다.

때문에 사온이 유럽으로 떠나자마자 어머니는 당장 미교부터 본가로 불러들여 사혜의 방을 내주고, 또 그가 돌아올 날을 세듯 매일 미교에게 묻고 있었다. '사온이 떠난 지 며칠 됐지?' 라거나 지금처럼 귀국 날짜를 확인하는 식이었다. 미교가 보기에 어머니는 딸의 시보다 사온의 귀국 날짜에 더 관심이 많은 사람 같았다. 물론 그가 돌아올 날짜를 기다려서가 아니라 그 반대라는 것을 눈치채는 것도 어렵지 않았다.

미교가 사온의 전화를 받은 것은 저녁식사 후였다. 그가 유럽에 가 있는 동안 그녀가 제 방으로 쓰고 있는 사혜의 방에서였다.

[아픈 덴 없습니까?]

"하루 만에 아플 리가 있어요?"

미교는 피식 웃었다. 그는 어제도 같은 것을 물었던 것이다.

"어머님이랑 시 공부하느라 별로 심심하지도 않고요, 그러니 걱정 마세요."

[다행이군요.]

그때 노크 소리가 났다. 침대에 걸터앉아 통화 중인 미교와 문의 거리가 좀 있어, 그 소리가 핸드폰을 통해 사온에게까지 들리지는 않는지, 그가 뭐라 계속 말을 하는 사이 문이 열리고 사빈이 모습을 보였다. 사빈은 미교가 통화 중인 것을 보고는 잠깐 멈칫했다.

"통화 끝나면 2층 서재로 와요."

잠깐의 지체 후 사빈은 거침없이 말했다. 소리를 크게 내서 말한 것은 아니었지만 통화 중인 상대를 배려해 의식적으로 낮춘 것도 아니어서, 핸드폰을 통해 사온이 듣기에도 또한 충분한 소리였다. 때문에 사빈이 일부러 그랬다는 것을 미교가 눈치채는 것도 어려운 일은 아니었다. 그런데도 사빈은 그녀에게 그것을 들키는 것은 전혀 개의할 일이 아니라는 듯 태연히 몸을 돌려 나갔다.

미교와 사온 사이에서는 잠깐의 침묵이 흘렀다.

[본가에 있습니까?]

이윽고 사온이 물었다. 그는 그 사실을 전혀 모르고 있던 것이 분명했다. '네'라고 대답하는 미교의 얼굴에서 그럼에도 당황한 기색은 전혀 찾아볼 수 없었다.

"어머님이 사온 씨 출장 중인 것을 아시고, 나 혼자 심심하겠다고 와 있으라 하셔서요."

[그럼 죽 그곳에 있었습니까?]

"네. 허락받아야 하는 일이었나요?"

허락보다는 최소한 그에게 알리기는 했어야 한다는 사실조차 고려하지 않았다는 듯 미교는 태연히 되물었다.

[그래요. 다음부터는 허락받아요.]

"알았어요."

미교는 또 흔쾌히 대답했다.

2층 서재에서 사빈은 커피를 준비해 놓고 미교를 맞았다.

"사온 씨와 통화했어요."

소파에 앉으며 미교는 말했다.

"그래요?"

사빈은 몰랐던 양 반응했다.

"거기 일정이 꽤 바쁠 텐데 참 정성이네."

서로 태연하게 말을 주고받고 있는 두 사람은 가족처럼 임의로워 보였다. 벌써 10일 가까이 한집에서 지내며 둘의 사이가 가까워진 것도 사실이어서, 특히 쿠션을 품에 안고 책상다리를 한 채 사빈이 건네준 커피를 마시는 미교는 제집에 있는 양 아주 편안한 모습이었다. 두 사람은 그렇게 어찌 보면 가족처럼, 또 어찌 보면 낯가림은 이미 지난 풋풋한 연인들처럼 시시껄렁한 농담에도 깔깔 웃어대며 시간을 보냈다.

"벌써 3월이네요."

문득 창으로 눈을 돌린 미교가 말했다. 마침 서 있던 중에 창가로 걸음을 옮긴 것과 동시였다.

"아직은 춥지만."

그렇게 아직은 겨울의 여운에서 벗어나지 못한 앙상한 나무들이 후원의 가로등 불빛 아래에 처연히 서 있는 것을 미교는 물끄러미 내려다보았다.

"그래도 금세 오겠죠, 봄……."

두 호흡의 사이를 두고 사빈의 말이 뒤따랐다. 서가 앞에서 책을 들고 있던 그는 그것을 놓고 미교 뒤로 다가온 후였다.

"요번 봄엔 좀 좋은 일이 있으려나……?"

사빈은 제 앞에 있는 미교의 어깨 근처에서 그녀의 얼굴을 향해 다소 고개를 기울였다.

"특히 미교 씨한테요."

"나한테…… 좋은 일이 뭘까요……?"

"그곳을 나오는 거죠."

사빈은 주저 없이 대답했다. 그가 말하는 '그곳'이란 미교가 사온과 함께 살고 있는 아파트, 안전가옥을 의미했으며, 그러니 당연히 사온과 헤어지라는 뜻도 되었다.

"나와서……? 어디로 가요?"

"어디긴, 여기죠. 먹여주고 재워는 줄 거니까."

"눈물 나네요. 고마워서."

"전에도 말했지만 제사온 곁에 있는 거 별로 좋은 방법 아녜요. 차라리 여기서 지내는 게 제사온을 골탕 먹이는 훨씬 효과적인 방법입니다."

미교의 바로 뒤에서 고개까지 기울인 사빈은 속삭이듯 말했다. 말의 내용을 빼고 모습만 봤을 때는 사랑을 속삭이는 연인의 그것과 같았다.

"내가 사온 씨에게 복수한다고…… 아직도 그 생각해요?"

"아닌가요? 내가 미교 씨라면 그럴 것 같은데."

"오히려 사빈 씨의 그것을 나한테 투영한 건 아니고요?"

"나에 대해서는 말할 거 없어요. 투영이든 뭐든 난 무조건 미교 씨 편이니까. 그러니 대답해 봐요. 복수가 아니면 아니라고."

미교는 대답하지 못했다. '복수'가 아니면 사온 곁에 있는 것을 달리 설명할 수 없으니까.

"가장 큰 복수는……."

미교가 대답을 안 하고 있자 사빈은 확신한 듯 말을 이었다.

"제사온을 버리고 이곳으로 오는 겁니다."

말과 함께 그는 미교 앞에 있는 창유리를 한 손바닥으로 짚었다. 그러자 미교는 그의 팔에 갇힌 모양새가 되었다.

"나한테요……."

"그 말, 좀 위험하지 않아요?"

미교는 얼른 사빈의 말을 잘랐다.

"걱정 말아요. 유혹하진 않을 테니."

말과 달리 사빈의 숨결은 미교의 귓가를 뜨겁게 했다. 그의 얼굴이 그녀의 그것에 바짝 다가와 있던 때문이기도 했다. 미교가 고개를 살짝 돌리니 곧장 그의 입술과 턱이 눈에 들어왔다. 사온의 칼날같이 예리하고 약간 각이 진 것과 비교해 부드럽고 완만한 곡선을 그리는 사빈의 턱은 전형적인 부잣집 도련님을 연상케 했다.

"부담되면 내 곁이 아닌, 엄마 곁에 있는 거다…… 생각해도 좋고."

사빈은 계속 말했다.

"지켜줄게요."

"이미 못 지켰잖아요?"

"이번엔 지킬게요. 사혜처럼 그리 허무하게 안 보내요……."

사빈은 이어 창밖으로 눈을 옮겼다.

"사실은……. 요번 봄이 사혜 3주기예요."

낮은 한숨처럼 잦아든 목소리로 그는 말을 이었다.

"5월 13일이죠. 생일을 불과 일주일 앞두고였어요."

"아뇨. 원래 생일이 13일이에요. 나랑 같아야 하니까."

미교의 말에 사빈은 저도 모르게 옅은 신음을 흘렸다. 미교의 신상 파일을 확인했을 때 그녀의 생일이 사혜와 며칠 차로 달랐던 것도 비로소 떠올렸다. 사혜의 생일은 그녀가 제 회장의 딸이 되면서 바뀐 것이었다. 그런데 하필 저가 태어난 진짜 생일에 세상을 등질 줄이야. 분위기는 일순 무겁게 내려앉았다.

"아직…… 안 가봤죠? 사혜한테."

무거운 침묵을 사빈이 먼저 깼다. 사혜의 유해가 있는 납골묘를 말하는 것이었다.

"같이…… 가볼래요?"

미교는 고개를 흔들었다.

"아직은……."

"아직……?"

"그냥요. 마음의 준비랄까……."

미교는 애매하니 얼버무렸다. 이미 사혜의 어린 시절 사진과 동영상을 봤으니 그녀의 묘에서 따로 추모할 특별한 이유를 찾을 수 없었다. 사혜의 묘에 갈 때는 단순한 추모의 염이 아닌 확실한 답을 손에 쥐고 난 후이기를 미교는 바랐다. 사빈은 복수를 말했던가. 그것은 나중이다. 미교는 '답'을 원했다. 다른 누구도 아닌 사혜가 주는 답. 그 답에 따라 사온을 용서할 수도, 절대 용서하지 않을 수도 있으니까.

[지금 오사카입니다.]

미교는 핸드폰을 통해 사온의 목소리를 듣고 있었다.

[내일 오전 비행기로 인천에 도착해요.]

오사카에서 일을 보고 이튿날 귀국할 것이라는 그의 전화를 받은 날은 수요일로, 예정일보다 하루 앞당겨 귀국하는 셈이었다.

"내일, 그럼 먼저 회사로 갈 거죠? 몇 시에 집에 와요? 난 내일 강의 있는 날이라 끝나고 집에 오면 빨라도 6시거든요."

사온은 그 시간에 맞춰 간다 하고 통화는 끝났다.

미교가 다시 사온과 통화를 한 것은 이튿날 정오쯤이었다. 이번에는 미교가 사온에게 전화를 한 것이며 사온은 이미 국내에 도착해 있었다.

"사온 씨 오래 외국에 있다 왔다고 어머님이 저녁 차려주고 싶다 하시네요. 그러니 나, 어머님이랑 강의 끝나고 그냥 본가로 갈 테니 사온 씨도 일 마치고 그리로 와요."

사온은 흔쾌히 그러겠다고 했다.

서울 제양사의 본사 건물은 여전한 모습이었다. 사온은 수행원들과 함께 귀국해 바로 본사로 와 일정을 마저 소화하고 있었다. 그런 가운데 사빈이 부대표 비서실에 모습을 보인 것은 저녁 무렵이었다.

"오랜만입니다. 실장님."

비서실로 들어온 사빈은 그 특유의 경쾌한 목소리로 말했다.

"외국에서 부대표님 수행하시느라 고생하셨죠?"

사빈의 인사에도 비서실장은 떨떠름한 얼굴로 말없이 고개만 숙여 보였다.

"부대표님 안에 계시죠? 곧 퇴근하실 걸로 아는데……."

"네. 근데 안에서 아직 실무진이랑 말씀 중이셔서……."

"그럼 기다리죠."

사빈은 척하니 소파에 앉았다. 그런데도 실장은 경계를 늦추지 않는 기색이었다. 무작정 부대표실로 쳐들어간 것이 한두 번이 아니었으니 말이다. 사빈이 소파에 앉은 지 얼마 지나지 않아 부대표실로부터 남자 네 명이 나왔다. 사빈은 즉시 부대표실로 걸음을 옮겼다. '안에 먼저 알린다'는 실장의 말을 '됐거든요'로 자르면서였다. 실장은 역시 그럴 줄 알았다는 표정으로 고개를 절레절레 흔들었다.

"퇴근할 거지?"

부대표실로 들어온 사빈이 대뜸 그렇게 말했을 때 사온은 셔츠 차림으로 소파에서 막 일어나 넥타이에 손을 대 바로잡고 있던 중이었다.

"같이 가자고. 조금 전에 미교 씨랑 통화했는데 식사 준비 다 끝났대."

"일 열심히 한다고?"

행거에 걸려 있는 재킷을 집어 들며 사온은 뜬금없이 툭 던졌다.

"관리부에 스파이 심어뒀어?"

사빈은 퉁명스럽게 받았다.

"잘하고 있다."

"칭찬받으려는 건 아니고……."

사빈은 금세 히죽 웃었다.

"세상사는 덴 힘도 있어야 한다는 것을 형을 보며 절실히 깨달았거든. 힘을 키우려면 일단 일을 열심히 해야 하니까. 근데 언제 힘을 키워 형이랑 만만히 싸워볼지 모르겠단 말이야……."

사빈의 이죽대는 소리를 들으며 사온은 재킷을 입고 집무용 책상 옆에 있는 캐리어의 손잡이를 잡았다.

"짐이 겨우 그게 다야? 그걸 또 왜 손수 가져가? 비서진은 뭐하고?"

그러나 사온은 대꾸도 없이 앞장섰다.

얼마 후 검은색 승용차가 제양사 건물을 빠져나왔다. 동생을 태우고 사온이 자가 운전하는 차였다.

"미교 씨가 문학적 소양이 장난 아니더라구."

차 안에서 사빈은 말했다.

"전직 간호사가 맞나 몰라? 그동안 얘기 많이 했었거든. 일단 독서량이 많아. 사혜만큼은 아닌 것 같은데 그거야 직업이 있으니 아무래도 시간이 모자랐을 테니까. 그래도 웬만한 고전은 다 읽은 것 같아. 엄마도 그러더라. 그 강좌 있잖아, 그거 강의 내용이 꽤 어렵다는데 미교 씨는 다 알아듣고 엄마한테 쉽게 설명까지 해준 다고, 아주 영리하다고 말이야."

사빈이 미교에 대해 주절주절 떠드는 동안 그것을 듣는지 마는지 사온은 아무 반응도 보이지 않고 묵묵히 운전만 하고 있었다.

"근데…… 어쩌지?"

쉬지도 않고 15분을 떠든 끝에 사빈은 의미심장한 웃음을 지었다.

"미교 씨랑 2주 가까이 함께 지내다 보니 아무래도 나 미교 씨한테 반했나 봐. 형수한테 반하면 안 되는데, 콩가루 집안도 아니고. 하긴 콩가루는 진즉에 됐으니 상관없겠다. 누이도 어쩌는데, 뭐."

여전히 반응이 없는 사온을 사빈은 곁눈으로 쳐다봤다.

"전에…… 나한테 그랬지? 엄마 핑계 대는 거 여전하다고. 기억 나?"

그 말은 사빈이 '엄마를 위해서도 미교를 빼앗길 수 없다'고 했을 때 사온이 받아친 말이었다. 사빈은 그 말이 뼈아팠다. 다만 정곡을 찔려서가 아니라 사혜에 대한 제 마음을 작은형에게 진즉 들켰다는 사실을 그때 처음 알았기 때문이었다. 사빈 역시도 사혜를 향한 욕망을 갖고 있었다는 것을, 그러나 어머니가 있는 한 그 욕망을 감히 실현할 그가 아니라는 것을 사온이 정확히 짚은 것이었다.

"이젠 엄마 핑계 안 대려고. 사실 더 이상 그럴 필요도 없지. 미교 씨가 누이도 아니고, 뭐 아직 정식 형수도 아닌데, 안 그래? 그래서……."

사빈은 입가에 미소를 띠었다.

"미교 씨한테 고백했어."

사온은 그제야 천천히, 그러나 잠깐 사빈에게 눈길을 주었다.

"뭐라고 고백했는지 궁금하지 않아?"

"적당히 까불어라."

사온은 대수롭지 않게 툭 던졌다.

"또 갖겠다는 것은 욕심 아냐?"

사빈은 나직하니 그러나 매우 사나운 어조로 곧장 받아쳤다.

"우리 모두의 것을 혼자 갖겠다고 빼앗아갔으니 이번엔 형 것을 내놓을 차례야. 이상, 다 까불었음."

사빈은 정말 집에 도착할 때까지 더 이상 '까불지' 않았다.

사온의 차가 본가의 차고로 들어왔을 때는 이미 밤이었다. 미교는 주방에서 어머니, 가사 도우미 아줌마와 함께 저녁식사 세팅을 마무리 짓고 기다리던 중에 있었다. 이곳에서 며칠을 지내선지 주방에서 미교의 모습은 집주인처럼 자연스러웠다.

"왔나 보다."

어머니의 말에 미교가 먼저 홀에 나가보니, 차고로 통하는 입구로부터 사온과 사빈이 모습을 보였다. 미교의 눈은 사온에 고정되었다. 정확히 12일 만에 보는 그였다. 그런데 그 12일 동안 그녀는 대체로 무덤덤했었다. 특별히 그가 보고 싶다는 생각을 한 적도 없었다. 목요일인 오늘 어머니와 함께 문화센터에 가 강의를 들을 때까지도 마찬가지였다.

사온을 곧 만난다는 것을, 그것도 몇 날 며칠 만에야 본다는 것을 선명히 의식한 것은, 문화센터에서 집으로 돌아와 저녁식사를 준비하면서부터였다. 처음에는 절로 떠올랐다가 차츰 의식을 지배하더니, 가슴이 약간 조이는 것 같을 정도의 긴장에까지 사로잡히게 되었다. 뭐라 딱 꼬집을 수 없는 긴장이었다. 흡사 중요한 시험이나 면접을 기다릴 때의 그것 같기도 하고, 낯선 곳에서 낯선 이와의 만남을 앞둔 두려운 심정 같기도 했다. 그러다 보니 심장 박동도 정상치에서 약간 벗어나 내내 두근거렸다.

"손부터 씻고요."

미교를 보며 사빈이 먼저 인사를 대신해 그렇게 말했다. 주방에서 뒤이어 모습을 보인 어머니를 향해서는 두 손을 들어 반짝반짝하는 손짓만을 해 보이고, 그는 바로 계단에 발을 올려놓았다.

"사온 씬 내 방으로 가요."

사온을 보며 미교는 말했다. 그가 어머니에게 인사를 한 후였다. 그녀의 말에 계단을 오르던 사빈은 발길을 멈추고 눈을 아래로 내려 미교와 사온이 나란히, 이제는 미교의 것이 된 사혜의 방으로 향하는 것을 지켜보았다.

방으로 들어온 미교는 사온에게 재킷을 벗으라 했지만 그는 캐리어의 손잡이를 놓자마자 먼저 그녀를 제 품으로 끌어당기기부터 했다.

"보고 싶었습니다."

미교를 안고 사온은 말했다. 그런 후 그녀의 머리 위에 깊이 입을 맞췄다. 미교는 제 정수리에 뜨거운 그의 체온을 느끼며 가만히 있었다. 익숙한 체취도 코끝을 감돌았다. 그제야 사온을 기다리며 느꼈던 긴장이 이해가 되었다. '아니야', 이해가 되자마자 그녀는 또 마음속으로 부르짖었다. 지난해 눈부신 가을, 소도시의 허름한 서점에서 만났던, 정중했던 그 남자는 죽은 줄 알았더니 어느새 이렇게 되살아나 머리를 어지럽히고 심장박동의 수까지 올려 버리는 것인지, 미교는 사온의 가슴에 묻은 얼굴을 비볐다. 제 마음을 부인하느라 고개를 가로저어 그리된 것이었는데 사온은 그것이 귀엽게 보이기도 하고 간지럽기도 해 입꼬리를 올렸다.

"손…… 씻어요……."

미교는 그의 품에서 나오려 몸을 꿈틀댔다.

"선물 사왔습니다."

미교를 놓아주지 않은 채 사온은 속삭였다. 그러고 나서야 천천히 그녀를 풀어준다.

"선물?"

미교는 동그랗게 뜬 눈을 사온의 눈길을 따라 캐리어로 옮겼다. 두 사람은 곧 창가의 소파에 나란히 앉았다.

"뭘까? 꽃은 아닐 테고……."

미교는 사온이 캐리어를 여는 것을 보고 있었다. 열린 캐리어에서 먼저 보인 것은 겨자색 헝겊이었다. 선물을 포장한 보자기 같은 것이었는데 그것이 캐리어 안 전체를 차지하고 있으니, 선물은 그 크기가 제법 되는 것이라고도 짐작할 수 있었다. 사온은 그것을 꺼내 미교에게 내밀었다.

"어……."

선물을 받아 든 미교는 의아해했다.

"가볍네? 인형?"

미교는 얼른 보자기를 풀었다. 풀자마자 가장 먼저 보인 것은 놀랍게도 사온의 실물 크기의 얼굴이었다. 그것을 본 미교는 웃음을 참느라 고개를 푹 숙였다. 그런 그녀의 어깨가 바르르 떨려온다. 사온이 준비한 선물은 베개랄까, 쿠션이랄까 어느 쪽 용도로도 쓸 수 있는 것이었는데 앞뒤로 사온의 얼굴이 프린팅돼 있었다.

"그렇게 주문 제작해서 파는 데가 있었습니다."

그 베개를 끌어안고 어깨를 들썩이는 미교를 보며 사온은 설명했다.

"그래서요……?"

웃음을 꾹 참은 불안정한 목소리로 미교는 입을 열었다. 고개는 들지도 못한 채였다.

"유럽까지 가서 겨우 이런 걸 사왔다고 지금 자랑하는 거예요? 이런 건요……."

말을 잠시 멈추고 고개를 든 미교는 자못 정색한 얼굴을 하고 있었다.

"한국, 아무 데서도 다 하거든요. 더구나 누가 이쁘다고 본인 얼굴을 박아요?"

"이쁘지 않으니까요."

"네?"

"미교 씨 나 미워하잖습니까?"

사온은 미교를 번쩍 안아 그의 무릎 위로 앉혔다. 그녀의 무릎에 있는 베개와 함께였다. 미교가 놀라 '왜요?' 하며 어리둥절해하자 사온은 그녀의 손목을 잡아 그대로 위로 올려 곧장 베개를 내려쳤다. 팡, 미교의 손바닥은 베개에 프린팅된 사온의 얼굴에 가닿았다. 이어 미교와 사온의 눈빛도 서로를 향해 닿았다. 미교는 제 아랫입술을 꼭 깨물었다. 다시 웃음을 참은 것이다. 물론 웃음이 나온 것은 그의 재치 때문이 아니라 유치하고 어처구니가 없어서였다.

"겨우 그렇게 해서 아파요?"

미교는 그의 손에서 제 손을 빼더니 이어 주먹을 쥐고 베개를, 그러니까 베개에 프린팅된 사온의 얼굴을 주먹으로 팡팡 쳤다. 그렇게 한 번씩 칠 때마다 심하게 찌그러지는 '베개의 사온'을, '진짜 사온'은 또 어딘지 꺼벙한 눈빛으로 바라보고 있어, 그의 그런 표정에는 미교도 결국 참지 못하고 제대로 빵 터지고 말았다.

사온은 큰 소리로 깔깔깔 웃는 미교를 물끄러미 보고만 있었다. 그렇게 보면서 그녀의 등을 부드럽게 쓸어 올려 그 손으로 그녀의 가는 목덜미를 살며시 움켜잡았다. 그러는 사이 미교는 웃음을 그쳤지만 제 얼굴에 남았을 웃음의 여운과 함께 어떤 표정을 지어야 할지 몰라 그의 눈을 제대로 마주하지 못했다.

"대견합니까?"

말과 함께 미교의 눈길을 잡아끈 것은 사온이다.

"어이없거든요."

미교는 짐짓 퉁명스럽게 대꾸했다.

"그래도 난 성공했습니다. 미교 씨를 웃겼으니까."

사온은 미교의 목덜미를 잡은 손에 지그시 힘을 주었다. 때문에 그녀의 고개가 그에게 기울었다. 그의 입김이 미교의 코끝에 닿았다. 그는 고개를 옆으로 살짝 기울여 그녀의 입술을 가볍게 물었다.

두근, 미교는 다시금 시작된 제 심장의 고동에 당황했다. 욕망이 사라진 줄 알았더니, 정중했던 그 남자는 죽은 줄 알았더니 불현듯 되살아난 설렘에 그녀는 입맞춤의 아득함에서 벗어나보려 했지만 원피스의 스커트 자락 안으로 들어와 허벅지를 쓰다듬는 그의 손길에 도리어 짜릿한 전율에 빠지고 만다.

안 돼, 미교는 마음속으로 부르짖으며 무릎을 오므렸다. 그런데도 그 틈으로 사온은 기어이 들어와 가랑이 가장 깊은 곳에 손끝을 딱 가져다 댔다. 그곳은 비록 팬티에 가려 있으나 정확히 미교의 은밀한 문이었다. 그 문이 젖어든다는 것을, 사온은 또제 손끝을 통해 또한 느끼고 있었다. 가뭄의 땅에서 그토록 고집스럽게 닫혀만 있더니 전혀 의외의 순간에 빗장이 열리고 있는 것이다. 사온은 거센 밀물이 밀려드는 것 같은 욕정에 사로잡혔다.

바로 그때 탕탕, 사뭇 거친 노크 소리가 두 사람을 방해했다. 문은 노크 소리에서 거의 시간차도 두지 않고 벌컥, 열렸다. 미교가 미처 사온의 무릎에서 내려올 새도 없었다.

"엄마가 밥 식는다고……."

두 사람을 보며 사빈은 마치 화가 난 사람처럼 뱉어내고는 말꼬리를 수습도 안 하고 도로 쾅, 문을 닫았다.

사빈은 문밖에서 성큼 주방 쪽으로 발을 떼다가 획, 돌아보더니 곧 다시 몸을 돌렸다. 사온의 무릎 위에 있던 미교의 모습이 망막에 남아 머리를 흔들어보지만 열이 훅 오르는 느낌을 어쩌지 못했다. 그의 얼굴은 붉게 달아올라 있었다.

"결혼 준비를 해주십시오."

사온이 그렇게 말한 것은 식사 중에 어머니를 보면서였다. 어머니는 너무 놀라 들고 있던 숟가락을 떨어뜨렸다. 놀란 것은 사빈과 미교도 마찬가지여서 모두의 눈길이 사온을 향했다.

"5월 중에 잡아주시면 좋을 것 같습니다."

사온은 태연히 말을 이었다.

4. 아담, 너는 어디에 있었나

사온의 '결혼 발표' 후 식탁 주변은 미묘한 긴장감에 휩싸였다. 어머니와 사빈의 눈길은 이제 미교에게 가 있었지만 미교는 그것을 의식적으로 피한 채 젓가락으로 밥알을 하나하나 입안에 넣고 있었다.

"결혼을 혼자 할 린 없고……."

사빈이 입을 열었다. 계속 미교를 보면서였다.

"미교 씨한테 청혼을 했다는 얘긴데…… 맞아요, 미교 씨?"

미교의 대답은 즉시 들려오지 않았다. 사빈은 고개를 다소 숙이고 있던 미교가 가슴을 한 번 천천히 들썩이는 것을 놓치지 않았다. 그것은 깊은 심호흡을 했을 때 보일 수 있는 모습이었다.

"수락했어요?"

사빈은 재차 다그치듯 물었다. 미교는 천천히 눈을 들었다.

"네."

미교는 별로 머뭇거리지 않고 대답했다. 사빈은 어금니에 지그시 힘을 주었다.

"그 얘긴 나중에 미교와 다시 하고……."

어색해진 분위기를 무마하려는 듯 어머니는 미교와 사빈에게 번갈아 눈을 주었다.

"그럼 아예 지금부터 여기 들어와 사는 건 어때?"

어머니의 말을 끊으며 사빈은 사온을 향했다. 도전적인 어투와 눈빛이었다.

"엄마 혼자라서 좀 적적해하시니까. 형 들어오면 미교 씨도 당연 들어오는 거고, 엄마랑 미교 씨랑 도란도란, 좀 좋아?"

"아니. 그럴 생각 없어."

사온은 딱 잘랐다.

"엄마 생각은 아주 눈곱만큼도 안 하네?"

사빈의 비난에 사온은 어머니를 향해 '자주 찾아뵙겠습니다' 하고 양해를 구했다.

"그럼 미교 씨만 주든가."

사빈은 물러서지 않았다.

"미교 씨가 결정해요. 남자야 여자하기 나름이니까 미교 씨가 마음 정하면……."

"빈아, 왜 미교 불편하게 만들어?"

어머니는 나무라듯 사빈의 말을 자르고 곧장 미교에게 눈을 돌렸다.

"빈이 말 신경 쓸 거 없고, 그냥 가끔씩 와서 자고 가면 돼. 참, 출장 다녀와 피곤할 텐데 다시 움직일 거 없이 오늘 그냥 여기서 자고 출근하는 건 어때?"

묻는 내용은 사온에게 해당하는 것임에도 어머니는 미교만을 보고 있었다.

"부대표 옷은 여기에도 있으니까 내일 출근하는 데 불편함은 없을 거야."

"그냥 가보겠습니다."

대답을 한 것은 사온이었다.

"아파트를 너무 오래 비워두었습니다."

"그동안 전혀 안 간 건 아니에요. 틈틈이 가서 청소도 하고, 그랬는걸요."

미교가 사온을 보며 끼어들었다.

"오늘 하루만 더 있다 갈게요. 어머님이 원하시니까. 네?"

"아니. 식사 후 바로 갈 테니 준비해요."

그때 챙, 하는 시끄러운 소리가 사빈의 자리에서 들려왔다. 그가 젓가락을 식탁 위에 거칠게 내려놓은 것이다.

"여기 있으면 전염병 옮아? 그렇게 벗어나고 싶으면 형 혼자 가든가."

사빈은 거칠게 소리치고 즉시 자리에서 일어나 어머니의 '빈아' 하는 나무람과 걱정의 뜻이 반씩 담긴 부름에도 불구하고 주방을 나가 버렸다. 그런데도 사온은 눈썹 하나 까딱하지 않았다.

결국 미교는 약 2주 전 본가에 올 때 들고 왔던 가방을 간단히 꾸려 사온의 차에 몸을 실었다.

"화났습니까?"

차로 가는 중에 사온이 물었다. 미교는 굳은 얼굴로 앞만 보고 있었다.

"네."

미교는 목소리에 힘을 주었다.

"갑자기 그러는 법이 어딨어요? 청혼도 한 적이 없으면서 그런 식으로 터뜨리면 어쩌자는 건데요? 진짜 어이없거든요. 그 자리에서는 사온 씨 민망할까 봐 그냥 그렇게 넘어갔지만……."

"결혼해 주시겠습니까?"

사온은 즉석에서 청혼했다. 미교는 더욱 어이가 없었다.

"싫거든요."

"그럴 것 같아서 미리 터뜨렸습니다."

미교는 허, 소리만 안 냈지 그런 입 모양을 해 보였다.

"잘못했습니다. 그러니 화내지 말아요."

사온은 말을 이었다.

"우리 오랜만이지 않습니까?"

12일 만이니 '오랜만'이기는 했다. 그런데 그것은 나중이었다. 사온은 미교의 아래가 젖어든 것을 알았을 때부터 내내 욕망에 사로잡혀 있었다.

안전가옥에 들어서자마자 사온은 미교를 잡고 격정적인 입맞춤을 하는 것으로 제 욕망의 첫 단추를 끼웠다. 그는, '먼저 씻고요'

하는 미교의 말에도 아랑곳없이 그녀의 옷을 하나, 하나 벗겨가며 침실로 가 마침내 그녀를 침대에 눕혔을 때는 거의 발가벗긴 뒤였다. 그 발가벗긴 몸에 입을 맞추고 또 핥으며 사온은 제 재킷을 벗어 던지고, 넥타이를 풀고, 셔츠를 벗어젖혔다. 미교의 몸에 마지막으로 남은 팬티가 뜯겨져 나간 것도 그때였다. 사온의 손은 곧장 그녀의 은밀한 부위를 파고들었다.

미교는 온순히 몸을 내맡긴 채 가만히 있었다. 천장을 향해 뜬 그녀의 눈은 거의 깜박임도 없이, 마치 인형의 눈 모양 물기 하나 없는 구멍 같았다. 그 텅 빈 '구멍' 위로 사온의 얼굴은 다가왔다. 미교는 그제야 제 동공의 초점을 맞추었다.

"종이 맛 같아요."

사온이 입을 열기도 전에 먼저 그녀가 말했다.

"사온 씬 종이 맛이에요."

이어진 그녀의 말에 그는 말도 없이 그녀의 얼굴을 더듬듯 쓰다듬었다. 본가에서 그녀의 아래가 젖어들었던 것이 꿈이었나 싶을 만큼 그녀의 몸은 다시금 가뭄의 땅이 돼 있었다.

"내가……."

미교의 입술을 손끝으로 훑으며 이윽고 입을 연 그의 목소리는 신음 같았다.

"뭘 해야 합니까?"

"뭘 할 수 있는데요?"

"뭐든."

미교는 고개를 먼저 흔들었다.

"당신은 아무것도 할 수 없어요."

사온은 바로 바지 앞을 풀었다. 남성을 끄집어내 제 보잘것없는 이슬로라도 그녀의 기갈(飢渴)을 해소하려는 듯 미교의 아래에 대고 문질렀다.

"헉……."

미교는 괴로운 소리를 짧게 냈다. 맛없는 섹스는 늘 고통으로 시작되었다. 고통은 또 쓰라림으로 이어진다. 그런데 이제는 그것마저 익숙해져 아랫입술을 깨물고 참을 줄도 알았다. 그나마 그 뒤의 지루한 시간에 비하면 오히려 나았으니까. 지루한 종이 맛. 그것은 이미 '느낌'이 아니었다. 그래서 그는 과연 '느끼고' 있는지 궁금했었다.

그러다 보니 문득 그가 미교와 섹스를 하는지 사혜와 하는지도 궁금해졌다. 사혜와 하는 것이면 그는 느끼고 있으려나. 그렇다면 미교, 저는 사혜의 남자와 섹스를 하는 것이라 느끼지 못하는 것일까. 정중했던 그 남자는 어디로 간 것일까. 미교를 설레게 했던, 지금도 설레게 하는 유일한 그 남자. 설렘이 없는 섹스란 미교에게는 정말 지루한 종이 맛이었다.

한편 미교가 떠난 제 회장의 자택은 특별히 더한 고요 속에 있었다. 그 고요는 후원에 홀로 나와 화단 주변을 떠나지 못하고 있는 어머니로 인해 한층 무겁게 내려앉았다. 사빈은 그런 어머니의 모습을 제 방의 창가에서 지켜보고 있었다. 아직은 쌀쌀한 날씨라 찬바람을 맞으며 서 있는 어머니가 걱정되었지만 한편으로는 그런 어머니의 심정을 모르는 바 아니어서 차라리 혼자의 시간이 낫겠다 싶어 그저 보고만 있는 것이었다.

어머니는 미교와 많은 시간을 함께할수록 사혜에 대한 그리움을 충족하는 것이 아니라 도리어 더한 갈증을 느끼고 있는 것 같았다. 그런 어머니를 두고 작은형이란 작자는 미교와의 결혼 얘기나 꺼내다니.

"젠장⋯⋯."

사빈은 나직이 뱉어냈다. 사온의 차를 타고 오면서 '미교에게 고백했다'고, 이번에는 '형 것을 내놓으라'고 호기를 부리고 나서 제대로 한 방 먹은 것 같아 부아가 치밀어 올랐다. 사온의 청혼을 수락했다는 미교의 대답이 진심이 아닌 것은 물론 눈치채고 있었다. 사온이 결혼 얘기를 꺼냈을 때 그녀도 분명 당황한 모습을 보였으니까. 그렇다 해도 사온에게 보기 좋게 당한 분은 쉽게 풀리지 않았다. 그뿐인가. 미교가 사온의 무릎 위에 앉아 있던 모습은 왜 뇌리에서 사라지지 않는지.

"빌어먹을⋯⋯."

다시금 욕을 내뱉던 사빈은 핸드폰 벨 소리를 듣고서야 그 기분에서 벗어날 수 있었다.

"서정교⋯⋯?"

핸드폰 화면을 확인한 사빈은 통화 버튼을 눌렀다.

[안녕하십니까? 간만입니다. 나, 서정교요, 서정교. 미교 오빠.]

정교의 매우 반가운 양하는 목소리가 핸드폰 밖까지 쩌렁쩌렁하니 울렸다.

"아, 네. 오랜만입니다."

[그동안 고향에 내려가 사업 구상을 좀 하느라 바빴지요. 내 동생한테 못 들었어요?]

"네, 뭐……."

사빈은 정교에 대해 미교에게서 아무것도 들은 바가 없었다.

[우리가 또 모르는 사이도 아니고…… 해서, 뭐 연락드렸는데……. 우리가 나이도 비슷하잖소. 친구처럼…… 응? 시간 좀 안 나요? 난 지금도 괜찮은데.]

사빈은 정교와 통화한 한 시간 후쯤, 시내 모처에 있는 한 일식 음식점에서 그를 만났다. 정교가 저녁을 아직 안 먹었다고 해 그곳에서 만난 것인데, 그래서 정교 앞에만 초밥이 차려졌다.

"나 솔직히, 궁금한 거 하나 있어요."

초밥 접시를 거의 비울 때쯤 정교는 말했다. 그전까지는 저가 그동안 어떻게 지내왔는지를 무협 활극 버금가게 풀어놓았는데 그것이 모두 사실이라면 두 사람은 10년 만에 만난 사람들이어야 했다.

"우리 미교랑…… 그쪽, 어떤 관계요?"

정교가 허풍을 떠는 내내 딴생각을 하고 있던 사빈은 비로소 정교에게 주의를 기울였다.

"솔직히…… 좋아하죠? 맞죠? 근데 그게 참…… 그쪽 죽은 누이, 원래 내 누이지만……. 암튼 얼굴이 똑같은데도 그런, 뭐랄까, 연애 감정이 생겨요? 친누이가 아니어서 그러나?"

"미교 씬…… 나한테 형수가 될 것 같은데요……?"

사빈은 불쑥 말했다.

"에……? 뭐요? 형수……? 그게 무슨……."

정교는 얼른 이해가 안 된다는 듯 고개를 옆으로 기울이는가 싶더니 이내 눈살을 있는 대로 팍, 찌푸렸다.

"설마…… 그…… 제사온?"

정교는 그때까지 들고 있던 젓가락을 확, 뿌리치듯 집어 던졌다.

"그게 무슨 개소리……."

미교는 택시 안에서 사빈의 전화를 받았다. 사온과 함께 본가를 나온 이틀 후로, 토요일 오후였다.

"나 지금 자취집 가는 길이에요."

[거긴 왜요? 오빠 만나요?]

"그건 아니고…… 왜요?"

[거기 가는 거 말고 딴 약속은 없어요? 없으면 내가 거기로 갈까 해서요. 오전까지 회사에 있었는데, 밖에 나와 잠깐 볼일 좀 보고 나니 시간이 남아서요.]

"안 되겠는데요. 좀 이따 5시에 사온 씨가 데리러 오기로 했거든요."

[그래요? 그럼 할 수 없고……. 엄마는 다음 주 화요일만 손꼽아 기다리시네요.]

"네에……. 전화는 계속 드리고 있어요."

말과 함께 미교는 사빈 어머니와의 통화를 떠올렸다. 그 통화에서도 어머니는 문화센터에 강의가 있는 화요일이 빨리 왔으면 좋겠다는 말을 여러 번 했던 터였다.

목적지에 도착해 택시에서 내린 미교는 핸드백에서 열쇠를 꺼내 자취집의 조그만 철문과 현관문을 차례로 열었다. 설 연휴에 고향에 내려갔던 날 이후 처음 와보는 것이었다. 고향집에서 정교가 돈을 들고 사라진 후 엄마는 종종 딸에게 전화해 아들 걱정을 했었다. 그러면서 '네 자취집에 나타나면 꼭 연락해 다오'라는 당부도 잊지 않아 결국 오늘 발길을 하게 된 것인데, 오빠가 사라진 당장에는 수중에 돈을 쥐고 자취집에서 뒹굴고 있을 오빠가 아닌 것을 알아 그냥 두었지만 이제는 돈이 떨어질 때도 됐다 싶어, 미교 역시 혹시나 하는 마음이 생긴 것도 이유였다.

"어……."

자취집 안으로 들어온 미교는 식탁 위에서 라면 국물이 남아 있는 냄비를 발견했다. 먹고 나서 설거지도 안 해놓고 그대로 놔둔 꼴이 딱 정교의 짓인데다 국물이 마르지 않은 것을 보면 불과 하루 이틀 전이라는 것도 알 수 있었다.

"역시 돈 떨어졌나 보네."

도대체 구제 불능의 이 오빠를 어떻게 처리해야 할지, 한숨을 푹 내쉬던 미교는 일단 재킷부터 벗고 팔을 걷어붙였다. 하루 이틀 새에 집 안을 거지 소굴로 만든 오빠의 '진기명기'부터 치우고 나서 고민을 해도 할 일이었다.

통통, 미교가 청소를 거의 끝낼 때쯤 현관문 두드리는 소리가 났다. 사온이었다.

"벌써 5시구나. 시간 가는 줄도 몰랐어요."

사온을 맞으며 미교는 말했다.

"5시 넘었습니다. 도와줄 일 없어요?"

"아뇨. 다 끝났어요. 앉아요. 우리 커피 마시고 나가요."

미교는 손에 든 젖은 수건을 놓고 가스레인지에 물을 올려놓았다. 그리고 불을 틀자마자 사온의 손에 끌려가 그의 무릎 위로 털썩, 주저앉았다.

"오늘 무슨 데이트 할지 말해봐요."

미교를 무릎 위에 앉혀놓고 그는 물었다.

"무슨 데이트?"

미교는 고개를 갸웃했다.

"음…… 일단 밥을 먹어야죠."

"그런 다음?"

"사온 씨 생각은요?"

"오늘 하루는 여기서 지낼까요?"

"여기? 여기서 날 발가벗기려구요?"

"네."

미교는 애매한 미소를 입 끝에 달고 고개를 갸웃했다. 그러자 사온도 그녀의 고갯짓을 따라 같은 방향으로 머리를 기울였다.

"바보같이…… 뭐예요?"

미교는 저를 따라하는 사온을 보며 웃음을 참았다.

"귀여워서요."

"그럼 자기도 귀여워 보일까 봐?"

"네."

"안 귀엽거든요."

미교는 부러 눈을 부라렸다.

"벌써 귀여운 건 바라지 않고……."

사온은 미교의 귀에 입을 바짝 대 속삭이고는 귓불을 입술로 살짝 물었다. 그녀의 몸을 진하게 어루만진 것과 함께였다.

"종이 맛만 아니면 좋겠습니다."

미교는 말없이 두 팔로 그의 목을 끌어안았다. 이틀 전 그녀가 '사온 씨는 종이 맛'이라고 한 이후로도 그의 욕망은 전혀 수그러들지 않고 있었다. 도리어 그녀의 욕망을 깨우려 그는 더욱 애를 썼다. 그렇게 애를 쓰는 그를 어젯밤에는 미교가 쌩하니 그에게 등을 돌리고 잠을 청했다. 그것도 사온이 선물한, 바로 그의 얼굴이 프린트된 커다란 쿠션을 품에 안고서.

그러자 얼마 안 있어, '아무래도 내가 선물을 잘못 고른 것 같군요'라거나 '그런 용도가 아닙니다'라는 그의 나직한 투덜거림이 뒤통수로부터 들려왔다. 약간 허스키한 중저음의 목소리로 혼자 '꽁냥' 대는 것이 어찌나 웃기던지 미교는 쿠션에 얼굴을 푹 파묻고 스멀스멀 새어 나오는 웃음을 꾹 참아야 했었다.

미교는 다시금 웃음이 나오려 해 사온의 목덜미에 얼굴을 묻었다. 하마터면 설렐 뻔했잖아.

그때 현관 밖으로부터 기척이 들렸다. 미교가 놀라 사온의 무릎에서 바로 일어나니 거의 동시에 문이 열렸다. 모습을 보인 이는 정교였다.

"뭐야?"

정교는 제 누이와 사온을 번갈아 보며 자못 험악하니 인상을 구겼다.

"너……."

정교가 미교를 손가락으로 가리키는 사이 그녀는 재빨리 오빠 앞으로 다가왔다. 그리고 말을 할 새도 없이 짝, 하는 소리가 먼저 그 좁은 공간 안에 울러 퍼졌다. 정교가 미교의 뺨을 후려친 것이다. 느닷없이 뺨을 맞은 미교는 바닥으로 쓰러졌다. 동시에 사온이 자리에서 일어났다.

"둘이 왜 함께 있어?"

정교는 두 사람을 번갈아가며 삿대질을 했다. 특히 사온을 향해 눈을 부라렸다.

"둘이 어떤 사이야? 그런 사이야? 그렇다면 둘 다 내 손에 죽었다……."

정교는 악을 바락바락 쓰며 팔을 걷어붙이는 시늉을 했다. 사온은 그사이 미교를 잡아 일으키고 있었다.

"네가 어떻게 이런 작자랑 그럴 수 있어? 이자가 나한테 어떻게 했는지 잊었어? 날 감옥으로 보내려 했다구, 너도 알잖아?"

미교는 어이가 없어서 말이 나오지 않았다. 그녀는 어릴 때도 오빠에게 맞아본 적이 없었다. 막무가내에 좀 모자라긴 해도 가족에게 행패를 부릴 만큼 막돼먹지는 않은 데다 제 딴에는 '엄마와 누이가 불쌍하다'고 늘 입버릇처럼 말해왔던 오빠였다. 그런 오빠가 사정도 알아보지 않고 다짜고짜 손부터 올리다니, 전혀 그녀가 알고 있는 오빠 같지가 않았다.

"미교, 네가 먼저 말해봐. 이자가 너한테 무슨 짓한 거야? 혹시 너한테도 사기치고 몸 빼앗고 뭐 그런 거면 진짜 나도 이판사판이다, 씨팔……."

정교가 내뱉는 그 거친 말과 달리 그는 제 누이와 사온이 연인 사이라는 것에 실제로는 살짝 고무돼 있었다. 물론 처음에는 사온에 대한 악감정부터 앞섰지만 여러 가지로 머리를 굴리고 난 끝에서 생각을 바꿨다. 감정만 누르면 손해보다는 얻어낼 것이 훨씬 많은 것이다. 일단 부자 아닌가. 그래서 사빈에게, 눈으로 보기 전에는 믿을 수 없다는 핑계로 또 다짜고짜 동생에게 전화를 하면 발뺌할 수도 있다며 '현장'을 볼 수 있도록 부탁했고, 지금의 일이 벌어진 것이었다.

"너, 이거 엄마가 알면 기절초풍하실 일인 거 알어? 몰라?"

정교는 말을 계속했다.

"왜 암말 안 해? 일단 말이나 들어보자. 휴우……."

그는 짐짓 진정한 체했다. 내심으로는 누이가 사빈과 이루어지기를 더 바랐지만 꿩 대신 닭이라고, 사온도 그리 나쁘지만은 않았다. 회사 내 직급도 사빈보다 높은 부대표니 얻어낼 것도 그 수준에 맞으리라 싶었다. 예전 일에 대한 사과부터 정중히 받고 그다음 미교의 오빠로서 그만한 대우만 약속받는다면 뭐 지난 일이야 용서할 수도 있지. 더불어 저번에 못 받았던 5억도 어쩌면 이참에 받을 수 있을지도 몰라, 하며 그는 담배를 척 피워 물었다.

"무슨 사이인지도 모르고 지금 그렇게 날뛰는 거야?"

미교는 비로소 정색한 얼굴로 받아쳤다.

"뭐……?"

누이의 서슬 퍼런 반응에 정교는 담배 연기를 잘못 삼켜 쿨럭, 기침도 했다.

"난 다 알고 왔나 했네? 근데 몰랐어? 몰라서 물어?"

"이, 이게 잘했다고 되레 큰소리야?"

"나중에 다시 얘기해."

"왜 나중이야? 지금 얘기해, 지금. 난 둘이 어쩌구 하는 거 눈 뜨고 못 보니까 지금 이 자리에서 담판을 짓자구……."

정교가 떠드는 사이 미교는 재킷과 핸드백을 챙겼다.

"야, 어디 가?"

정교는 현관으로 가는 미교를 잡으려 했지만 사온에게 막혀 움찔했다. 사온은 묵묵히 마치 미교의 경호원처럼 곁을 떠나지 않고 함께 움직여 그녀를 먼저 현관 밖으로 나가게 했다.

"이봐, 제사온, 당신 말이야…… 끅……."

정교의 입에서 숨통이 갑자기 막힐 때와 같은 신음이 흘러나온 것은 그때였다. 사온이 기습적으로 한 손에 정교의 목을 움켜잡은 것과 동시였다. 미교를 현관 밖으로 먼저 내보낸 후 저는 그 현관 입구에 몸을 반만 걸친 채 팔 하나만 안으로 뻗은 채였다.

"감히 어디에 손을 대?"

낮게 깔리는 사온의 목소리가 허옇게 변한 정교의 얼굴 위를 스쳤다.

"끄으……."

정교는 하체에 힘을 잃어 천천히 주저앉고 있었다. 고통과 함께 숨통이 조여오니 말은커녕 이제는 신음도 내지 못했다. 부릅뜬 눈에 붉은 핏줄이 터지고 입 밖으로는 침이 흘러내렸다. 그의 그런 얼굴을 사온은 잠시 무표정하게 내려다보았다.

"당분간 서미교 근처엔 얼씬도 마라."

그 말을 마지막으로 사온은 손을 풀었다. 풀썩, 정교는 바닥으로 쓰러지며 끄어억, 하는 기묘한 소리를 냈다. 텅, 현관문이 닫혔다.

"맞아요?"

사빈은 거의 부르짖었다. 그의 놀란 얼굴은 맞은편의 미교를 향해 있었다.

"오빠한테 맞았다구요?"

"네. 덕분에."

미교는 대수롭지 않게 대꾸했다.

"사빈 씨 짓 맞죠?"

두 사람은 어느 커피 전문점의 창가 테이블에 마주 앉아 있었다. 미교가 사는 아파트에서 가까운 곳인데 그녀가 오빠와 만난 이튿날로, 사온이 외출한 사이 사빈에게 보자 연락을 해서 그가 이쪽으로 움직인 것이었다.

"어제 자취집 가는 길에 사빈 씨랑 통화하고 그 후 시간 맞춰 오빠가 나타난 건 그렇다 치더라도…… 오빠의 오버액션은 영 이상

했거든요. 혹시 결혼 방해 작전?"

"네."

사빈은 퉁명스럽게 받으면서도 미교의 얼굴을 유심히 살폈다. 상처라도 있는지 보는 모양이었지만 그녀의 얼굴은 민낯임에도 깨끗했다.

"그렇게 볼 거 없어요. 오빠가 날 개 패듯 팼을 리도 없고."

"제사온은 옆에서 뭐 했대요? 미교 씨 맞을 때."

"뭐 한 분이 성낸다더니……."

미교는 허, 했다.

"그래도 친오빠가 결혼 반대한다, 명분은 됐죠?"

"날 도와주는 것처럼 말하네?"

"당연히. 그럼 미교 씨 생각은 어떤데요? 사이코 우습게 보지 마요. 자칫 어영부영 결혼당하는 수가 있어요."

"그럼 우리 오빠가 반대한다, 그건 사이코한테 먹혀요?"

"안 먹히죠. 명분용이라니까. 친오빠가 반대한다, 그리고 아파트에서 나와요."

"그런 구차한 명분 없이도 내가 나오려고 마음먹으면 그냥 언제든 나올 수 있거든요."

"그럼 대체 미교 씨 속셈이 뭡니까? 구체적으로."

사빈은 진지하게 물었다.

"혹시 제사온 곁에 붙어서 더 알아낼 거라도 있어요?"

"있다면?"

"뭔데요? 나한테 물어봐요. 내가 가르쳐 줄 테니."

미교는 바로 말을 꺼내놓지 않고, 앞에 놓인 머그잔을 들어 입에 댔다.

"솔직히 이제 더 알아낼 것도 없지 않아요?"

미교를 빤히 보며 사빈은 물었다.

"설마……."

그가 이어 느릿하니 소리를 끌며 '그럴 리 없겠지만' 하자 두 사람 사이에 묘한 기류가 감돌았다.

"제사온에게 줄 면죄부라도 찾아요?"

"가봐야겠네요."

미교는 머그잔을 탁, 내려놓았다.

"아님 그 자식이 발뺌해요? 저가 사혜 안 죽였다고?"

사빈은 일어서는 미교의 팔을 잡았다.

"아뇨. 그 반대예요."

미교는 그의 손을 뿌리치고 도로 앉았다. 화가 난 얼굴이었다.

"근데 왜……?"

"법정에서도 자백만으론 증거 불충분하지 않아요?"

"허! 미교 씨가 제사온 변호삽니까?"

"아뇨. 하지만 재판관도 아녜요. 그건 사빈 씨도 마찬가지구요. 내가 보기엔 결백한 사람 아무도 없어요."

"뭐……?"

"사빈 씬 뭐가 그리 당당하기만 해요?"

미교는 신랄했다.

"나는 사혜의 죽음에 아무 책임이 없다, 단 일 퍼센트의 책임도 없다, 그렇게 말할 수 있어요?"

사빈은 전혀 뜻밖의 공격을 당한 사람 모양 입만 헤, 벌린 채 대꾸하지 못했다. 그사이 미교의 핸드폰이 울렸다. 핸드폰을 받은 미교는 '알았어요' 하는 짧은 말로 통화를 금세 끝냈다.

"사온 씨 들어오는 중이네요. 이젠 정말 가봐야 해요."

자리에서 일어나는 미교를 사빈은 그저 보고만 있었다. 그녀가 몸을 돌려 나갈 때도 마찬가지였다. 그의 뇌리는 사혜의 마지막 음성을 끄집어내고 있었다. 아직도 생생한 그 음성 '오빠도 똑같애'.

꽤 오래 넋 놓고 앉아 있던 사빈은 고개를 흔들고 자리에서 일어났다. 그리고 커피 전문점을 나설 때 한 통의 전화를 받는다.

[난데요…….]

시무룩한 목소리의 정교였다.

"미교 씨한테 손찌검은 왜 합니까?"

사빈은 정교가 입을 떼자마자 버럭 소리를 질렀다.

"손찌검을 하려면 제사온한테 하든가. 그 인간을 직싸게 패버렸으면 내 재산이라도 다 내놓겠네. 또 미교 씨한테 그런 짓 하면 나, 가만 안 있어요."

사빈은 제 말만 하고는 전화를 끊어버렸다.

안전가옥으로 돌아온 미교는 서재에 있었다. 마음을 차분히 하는 데에 도움이 될 만한 바로크 시대의 쳄발로 연주 음악이 은은히 울려 퍼지는 서재에서, 그러나 그녀는 매우 불편한 얼굴로 소파 앞을 서성거렸다. 결국 무엇을 하기로 마음을 정하고 칼튼 하우스 테이블 앞에 앉았을 때는 제법 긴 시간이 흐른 뒤였다.

미교는 노트를 펴고 펜을 들었다. 그리고 쓰기 시작했다. 또박또박한 정자체로 한 자씩 적어가는 그것은 바로 사혜의 미완의 시였다. 이미 외우고 있어 보지 않고도 필사하는 데에 아무 어려움이 없었다. 그런데 그것도 얼마 못 갔다. 끝까지 쓰지도 못하고 일어난 그녀는 이내 테이블로부터 등을 돌렸다. 눈앞은 위아래로 긴 격자무늬 창이었다. 미교는 창 앞으로 다가갔다. 해가 차츰 길어질 때라 날은 아직 어둡지 않았지만 이미 완연히 기울어 있는 빛은 처절하리만큼의 찬연함으로 제 마지막을 알리고 있었다. 그녀는 그 스러져 가는 빛의 눈부심을 마주했다.

"면죄부……."

미교는 손톱을 물어뜯었다. 사빈이 던진 그 말 한마디가 지금껏 그녀를 불편하게 했던 모든 것인 양, 그녀는 그것을 두 번 더 반복했다. 그러고 나서는 대번에 고개를 저었다. 시간을 두고 몇 번을 더 저었다. 그렇게 고개를 젓느라 밖에서 나는 기척도 듣지 못해 서재 문이 열리고 사온이 모습을 보였을 때는 갑자기라고밖에는 의식을 못했다.

"내가 놀라게 했습니까?"

창가에서 돌아본 미교의 눈이 동그래진 얼굴을 보며 사온은 고개를 갸웃했다.

"아, 아뇨……."

미교는 눈꺼풀을 몇 번 깜박였다. 사온은 천천히 다가왔다.

"커피 생각나서 일어났다가 석양이 이뻐서 잠시 보고 있었어요."

"혼자서 심심했군요? 미안합니다."

일요일이라 집에 있던 그는 어떤 전화를 받고 나갔다 들어온 길이었다.

"미안한 거 아는 사람이 나 취직도 못하게 해요?"

미교는 부러 쌩하니 말하고는 다시 창밖으로 눈을 돌렸다.

"작가님은 책을 많이 보시고 글을 써야지요."

"자기한테나 작가지……."

"삐짐입니까?"

사온은 그녀의 뒤로부터 두 팔을 둘러 살포시 안고는 물었다.

"네."

"그래도 난 그게 좋군요."

"뭐가요?"

"나만의 작가 말입니다."

"이곳에 가둬놓고 당신만의 작가로 사육하는 거죠."

"그럼 난 사육사군요?"

"네. 솜씨 별로인 사육사……."

'사육사'는 그새 미교의 귀를 입술로 물어뜯고 있었다. 그녀는 제 앞을 감싼 그의 팔 위로 얼굴 옆을 기울였다. 마치 그가 더 잘 물어뜯을 수 있도록 하듯. 그러니 그의 숨결에 실린 그의 체온, 체취가 온전히 전해져 왔다. 그것은 이 세상에 오직 사온만이, 정중했던 그 남자만이 그녀에게 줄 수 있었던 뭐라 말할 수 없는 다정의 깊은 맛이었다. 그러자 느닷없는 서늘함이 거의 동시에 가슴 한편을 아프게 때려온다. 조금 전까지 그녀의 마음을 불편하게 했던 것도 되살아났다.

"커피로……."

미교는 간신히 입을 열었다.

"사육해 주시겠어요?"

"그러죠."

사온의 나른한 목소리가 뒤를 이었다. 그녀에게서 떨어지기 싫은 듯 그는 그녀의 이마와 뺨으로부터 아주 천천히 입술을 떼고는 세상에서 가장 맛있는 커피를 기대하라며 서재를 나갔다. 그가 나간 후 미교는 시나브로 어두워가는 창밖을 조금 더 지켜보다가 칼튼 하우스 테이블 앞에 앉았다. 테이블 위에는 쓰다 만 사혜의 시가 그대로 놓여 있었다. 미교는 다시 손에 펜을 쥐고 그다음을 써 내려간다.

'아담, 너는 어디에 있었나.'

"아담, 너는 어디에 있었나……."

사빈의 어머니는 나직이 읊었다. 맞은편에 미교가 앉아 있는 그곳은 백화점 내의 VIP들이 이용하는 귀빈 룸이었다. 두 사람은 '현대 시와 비평' 강좌의 7회 차 강의를 듣고 나서 늘 그렇듯 이곳으로 자리를 옮겨 앉아 강의 내용을 복습하던 중이었다.

미교는 마침 입에 댄 찻잔을 내려놓다 말고 어머니를 가만히 응시했다. 딸의 시를 잘 언급하지 않던 어머니의 입에서 나온 소리였기 때문이다.

"좀 이상하다 생각했었거든……."

어머니 스스로도 그것을 의식했는지 어색한 웃음을 머금었다.

"성경에 있는 구절 맞지?"

"네."

"사혜는 종교도 없는데 왜일까…… 하고."

"종교에 상관없이 시나 소설에서 신화적인 의미로 차용하는 경우는 왕왕 있어요."

"근데 이 말이…… 여호와가 한 말이던가?"

"맞아요."

에덴동산에 아담과 하와가 살았다. 두 사람은 에덴의 모든 것을 누릴 수 있었지만 단 하나의 금기가 있었으니 바로 선악과였다. 그 과실을 먹으면 안 되었다. 그런데도 하와는 그 과실을 따서 먹고 그것을 아담에게도 주었다. 이에 여호와의 분노가 있자 아담은 발뺌을 하였다. 저는 그저 하와가 준 것을 먹었을 뿐 죄는 하와가 지었다고, 저는 그 자리에 없었다고. 그러자 여호와는 물었다. '아담, 너는 어디에 있었느냐'고.

"죄를 짓지 않았다고 하는 자에 대한 준엄한 꾸짖음 같은 거…… 라고 봐요."

미교는 말했다.

"흔히 우리는 그 죄에 직접적으로 관여하지 않았다고, 그 자리에 없었다고, 그러니 결백하다고 하잖아요. 현실적, 법적으로는 그게 맞을 거예요. 그러나 남이 죄를 지을 때 너는 어디서 무엇을 했느냐, 하는…… 도덕적인 관점으로 돌아와 보면…… 생각할 것이 많겠죠?"

"그, 그렇구나……."

어머니는 깊이 생각하는 얼굴이었다.

"그럼 사혜는…… 이 말을 누구에게 묻고 있는 것일까……?"

"글쎄요……."

미교의 애매한 말 뒤로 두 사람 사이에 무거운 침묵이 흘렀다. 느닷없고도 불편한 침묵이었다.

"사혜를……."

어머니가 먼저 침묵을 깼다.

"온이에게 보낸 거, 억지로 보내기로 결정한 거…… 그걸까? 사혜는 가기 싫어했으니까……."

"사혜가 사온 씨에게 가기 싫어했다고…… 어떻게 판단하세요? 사혜에게 물어보셨어요?"

"사혜는……."

어머니는 몸의 어디가 불편한 사람의 기색을 보였다.

"엄마 딸로 남기를 원했어……."

"네. 그게 진심일 거예요. 그래도 한 번 물어보시지 그랬어요?"

"뭐, 뭘……?"

"사온 씨를 사랑하느냐고요……."

5. 불일치의 공존

　강좌의 마지막인 목요일에 미교는 어머니를 볼 수 없었다. 20분 일찍 나와 강의실에 앉은 미교는 강의 시작 5분 전까지 기다리다 어머니의 핸드폰으로 전화를 걸었지만 신호만 갈 뿐 통화는 이뤄지지 않았다. 이틀 전 화요일에 무거운 분위기로 어머니와 헤어져 그렇잖아도 어제 안부 전화를 했었는데 비록 침울한 목소리이긴 해도 어머니는 '내일 보자' 했었다.

　미교는 강좌가 시작한 이래 처음으로 어머니 없이 혼자 강의를 들었다. 그러나 강의 내용은 거의 귀에 들어오지 않고, 그녀는 종종 책상 위에 올려둔 핸드폰의 화면을 보며 다른 상념에 빠져 있기 일쑤였다. 무엇보다 사빈의 어머니에게 주제넘은 말을 했나, 하는 자책이 가장 컸다. 사혜가 사온을 사랑했을 가능성은 두 사람의 어긋한 관계의 시작에서 보자면 터무니없는 일에 더 가까웠으니까.

결국 전에 사빈이 했던 말이 맞는 건가. 자신의 몸을 일방적으로 유린한 남자를 사랑했을 리 없고, 사랑했다면 차에 몸을 던질 리도 없으니 사혜의 죽음은 정말 사온에게 가기 싫었던, 그러나 가야만 했던 현실에 대한 그녀의, 저항과 절망의 표현이었다는 것이 설득력 있었다. 사온 역시 '내가 사혜를 죽였다'고, 너무나 스스럼없이 '죄'를 자백하지 않았던가. 죄인은 명백하며 사온은 용서받을 수 없다. 이제는 인정을 해야 하나 보다. 그렇지 않고 여기서 더 고민한다면 사빈의 말대로 사온에게 면죄부를 주려 애쓰고 있는 꼴밖에 되지 않을 것이다.

미교는 그런데도 고개를 슬쩍 흔들었다. 이어 핸드폰 화면을 다시 물끄러미 내려다보았다. 그곳에는 사혜의 시가 있었다.

"바람을 타는 숲과 거역하는 강의 미묘한 줄다리기 속에……."

미교는 입술만 들썩여 시를 읊었다.

"귀향은 아직도 내게 쉽지만은 않은 노동."

'어렵지도, 쉽지도 않은' 귀향의 아이러니는 이제 줄다리기 속에서 해야만 하는 것이 돼버렸다. 줄다리기 속에 갇힌, '쉽지만은 않은 노동'이다. 사혜는 왜 그리도 어렵고 힘들었을까. 사온이 명백한 죄인이라면, 그래서 사혜 앞에 놓인 현실이 단순했다면 그녀는 이처럼 고민하고 갈등할 필요가 없지 않은가.

"자, 우리는 지금까지 배운 것을 죽 복습하고 있는데요, 메타포에 이어 아이러니를 보고 있습니다……."

그때 강사의 목소리가 갑자기 귀를 파고드는 바람에 미교는 정신이 들었다.

"아이러니가 있는 것을 없는 것보다 우위에 두며 사실상 아이러니가 없는 문학은 존재하지 않는다, 왜냐? 아이러니라는 수단을 사용하지 않고서는 이중적, 혹은 다중적인 매우 복잡한 현실을 제대로 반영할 수 없기 때문이라고 했습니다. 선악이 너무도 단순히 대립하는 지극히 상업적인 문화 콘텐츠에서 입체적인 현실이 제대로 반영되기 힘든 것도 바로 그런 이유라고 했었죠? 자, 그럼 아이러니가 뭘까요?"

수강생들 사이에서는 여러 말들이 튀어나왔다. 그중 '근본적인 모순'이라고 대답한 40대 여자 수강생에게 강사는 '공부 열심히 하셨군요'라며 칭찬했다.

"불일치의 공존……?"

미교는 골똘히 생각하던 중에 저도 모르게 불쑥 말을 뱉어냈다.

"그래요. 바로 그겁니다."

강사는 미교를 가리키며 미소 지었다.

"예를 들면?"

"어렵지도 쉽지도 않은…… 선생님의 강의?"

미교의 대답에 강사는 껄껄 웃었다.

"좋아요, 좋습니다. 어렵다는 것과 쉽다는 것은 서로 일치하지 않습니다만 그것이 동시에 공존할 때, 우리는 당혹스럽긴 해도 평면이 아닌, 입체적인 진실에 접근할 기회를 갖죠……."

그때 수강생 중 누군가가 '웬수 같은 남편님'이라고 하자 웃음이 터졌다.

"그래요. 너무 사랑해서 밉다고 할 수 있습니다."

강사도 소리 내어 따라 웃었다.

"사랑하는 사람을 보내놓고 보내지 않았다고 하는 것, 사랑하는 사람에게 당장 달려가고 싶지만 절대 가지 않겠다고 맹세하는 것, 이 모든 것은 다 애와 증, 서로 일치하지 않는 것이 공존하는 것이죠."

미교는 핸드폰으로 눈길을 옮겼다. 그것이 한 번의 진동과 함께 새 메시지를 알려왔기 때문이다.

「미교 씨. 지금 강의 중일 것 같아 문자 보내요. 강의 끝나면 엄마한테 좀 가볼래요? 출근할 때 보니 몸이 좀 안 좋으신 것 같았는데 좀 전에 확인해 보니 강의도 안 가고 집에 계시다 하더라구요. 아줌마 말로는 아프신 것 같은데 병원에도 안 가고 그냥 누워만 계시다니 걱정이 돼서요. 좀 부탁해요. 나도 퇴근하는 대로 바로 갈게요.」

사빈의 문자였다. 미교는 즉시 '알았다'고 답문을 보낸 뒤 시간을 확인하고는 다시 문자를 작성했다. 차 비서에게 보내는 것이다. 외출할 때는 차 비서에게 연락하라고 사온이 진즉부터 그의 번호를 알려주었지만 그동안에는 영 귀찮아서 한 번도 안 하다가 이번에 처음으로 호출해 보는 것이었다.

강의 종료 후 미교는 서둘러 백화점 밖으로 나왔다. 마지막 강의라 강사와 함께 회식이 예정돼 있는 것을 급한 일이 있어 참석하지 못한다고 양해를 구하고 나온 것이었다. 차 비서는 백화점 밖, 적당한 곳에 차를 정차해 두고 기다리고 있다가 미교가 모습을 보이자 신속히 차 문을 열어 그녀를 태웠다.

차 비서의 차는 본가를 향하여 출발했다. 러시아워가 막 시작돼 길이 다소 막혔지만 차 비서는 차선을 바꾸며 요령껏 달렸다.

"차 비서님도 사혜 아시죠?"

달리는 차 안에서 미교는 물었다. 두 사람 사이에 별다른 대화도 없던 중에 불쑥 물어선지 차 비서는 룸미러로 미교를 한 번 힐끔 쳐다본 후에야 뒤늦게 '네'라고 대답했다.

"어땠어요?"

질문이 막연하다는 것을 알면서도 미교는 다시 불쑥 물었다.

"아가씨랑 똑같죠."

"사온 씨와 사이가 좋아 보였나요?"

"두 분이 함께 있는 것을 본 적이 없습니다."

"그럼 언제 사혜 얼굴을 본 건데요?"

"그냥 뭐……."

차 비서가 사혜를 가장 많이 본 것은 사혜가 당시 맞선 본 상대와 데이트할 때 미행을 하면서였다. 그렇다고 그 얘기를 할 수는 없어 말을 얼버무렸다.

"당시 사혜를 봤을 때 어땠던가요? 기색이라는 게 있잖아요. 늘 웃는다거나 사랑스럽다거나 아니면 우울해 보인다거나."

미교는 재차 물었지만 차 비서의 입은 바로 떨어지지 않았다. 차 비서도 미교의 질문을 받고서야 당시의 사혜를 새삼 떠올려 보았기 때문이다. 그리고 그 기억 속에 사혜가 행복한 모습은 아니었다는 사실도 깨달았다. 그렇다고 불행해 보였느냐, 하면 그것은 아니고 슬픔이 깃든 얼굴이었다고나 할까, 이제 와 그렇게 기억되었다. 결국 차 비서는 대답하지 못했다. 미교도 굳이 채근하지 않았다. 그의 묵묵부답이야말로 사혜가 당시 어떤 모습이었을지에 대한 미묘한 역설로 느껴졌던 탓이었다.

"어서 오세요."

1층 홀에서 미교를 맞은 가사 도우미 아줌마는 곧장 미교와 함께 사빈 어머니의 침실로 움직였다.

"거동을 못하세요. 식사도 통 안 하시고……."

아줌마는 걱정스러운 얼굴로 말했다.

"의사 선생님을 부르려 해도 극구 하지 말라 하셔서 이러지도 저러지도 못하고 있네요."

"네. 제가 들어가 볼 테니 아줌마는 일 보세요."

어머니의 침실 문 앞에서 아줌마를 보낸 뒤 미교는 문을 열고 안으로 들어갔다.

어머니는 침대에 누운 모습으로 눈을 감은 채였다. 미교가 다가가도 눈을 뜨지 않았다. 미교는 침대 주변에 있는 혈압 재는 기구와 체온계 등을 먼저 눈으로 훑고는 침대 머리맡에 있는 의자에 앉았다. 어머니의 얼굴은 이틀 전 봤을 때와 비교해 무척 핼쑥했다. 미교는 이불 위로 어머니의 팔 위에 가만히 손을 댔다. 그 손길을 느꼈는지 어머니는 눈꺼풀을 꿈틀댔다. 이어 힘없이, 그리고 천천히 그것을 올렸다. 미교는 제 모습이 잘 보이도록 어머니의 눈앞으로 몸을 기울였다.

"사혜야……."

정말 사혜로 보는 것인지, 아니면 그저 그렇게 부르고 싶은 것인지 어머니는 부르고 나서는 눈시울을 붉혔다.

"네……."

미교는 조용히 대답했다. 어머니는 힘들게 손을 들어 이불 위를 더듬었다. 미교는 그 손을 얼른 잡았다. 그런 그녀의 손을 어머니는 또 더욱 힘을 줘 움켜쥐었다.

"내 딸……."

어머니는 미교의 얼굴을 한참 바라봤다.

"우리…… 시 공부해야지……?"

미교는 미소를 지으며 고개를 먼저 한 번 끄덕였다.

"네. 식사부터 하시구요."

"그래……."

어머니 역시 미소를 지었다.

사빈은 8시에 퇴근해 들어왔다.

"이야, 그새 살아나셨네?"

어머니의 침실에 들어와 본 사빈은 감탄했다. 어머니는 침대 위에 올린 조그만 상을 앞에 둔 모습으로, 죽으로 된 식사를 막 마친 참이었다. 미교는 그 곁에 있었다.

"이게 다 미교 씨 덕분?"

사빈은 미교를 보며 장난스럽게 윙크했다.

"그럼요. 괜히 전직 간호사겠어요?"

"내가 보기엔 간호사라서가 아닌데? 엄마는 미교 씨만 옆에 있으면 무조건 힘을 내시는 것 같은데, 안 되겠다. 미교 씨 이제 딴

데 못 가. 무조건 여기서 살아야 해."

"또 말이 짧아지네요?"

"거, 대충 넘어갑시다. 내가 오빤데."

"됐거든요."

미교는 냉큼 몸을 돌려 침대 위의 상을 들었다.

"잠깐, 잠깐, 내가 들어다 줄게요."

사빈은 괜찮다고 하는 미교의 손에서 상을 빼앗다시피 했다. 둘은 함께 방을 나가면서도 아웅다웅했는데 그런 둘의 모습을 보며 내내 웃음 짓던 어머니는 어쩐 일인지 차츰 안색을 어둡게 굳혔다.

사빈과 미교는 함께 주방으로 들어왔다. 마침 도우미 아줌마의 모습은 보이지 않았다.

"혹시 엄마한테 퀴즈 냈어요?"

사빈은 제 손에서 도로 건네진 상을 싱크대 위에 놓은 미교를 보며 물었다. 미교는 대꾸 없이 돌아보기만 했다.

"어젯밤에 엄마가 찬바람 맞으며 오래 화단 앞에 서 있기에 그만 들어가시라 했더니 불쑥 그러시더라고. 사혜가 온이를 좋아했을까, 라고요. 미교 씨가 낸 퀴즈 맞죠?"

"네."

"나한테도 결백하냐 퀴즈 내더니, 고약하네. 대체 무엇을 근거로 그런 의문을 갖는 겁니까? 시? 사혜 시에 제사온을 사랑한다, 쓰여 있어요?"

"사빈 씨……."

"시에 쓰여 있냐구?"

"아뇨."

"근데 왜……? 섭섭하거든요. 내가 이미 말했을 텐데, 그런 의문조차 갖는 게 터무니없다고. 미교 씨는 몰라도 사혜는 아닙니다. 절대 아니에요."

낮지만 힘이 들어간 목소리로 사빈은 빠르게 뱉어냈다. 미교는 사온을 사랑할지 모르나 사혜는 절대 그렇지 않다는 뜻이었다.

"물론 난 미교 씨도 아니리라 믿어요. 실망시키지 않는 거죠?"

"제사빈 씨가 실망하든 말든 난 관심 없어요."

"난 관심 있어요. 미교 씨한테."

정색한 미교에게 보란 듯 미소까지 지어 보인 사빈은 도우미 아줌마의 기척이 들리자 즉시 몸을 돌려 주방을 나갔다.

미교는 사빈과 있으면서 저도 모르게 긴장했다는 것을 그가 나간 후 목덜미에 뻐근함을 느끼고서야 알았다. 특히 '미교 씨는 몰라도'라고 했던 그의 말은 뼈아팠다. '미교 씨는 사온을 사랑할지 몰라도'가 정확한 그 말은, 결국 그렇기 때문에 사혜도 사온을 사랑한 것으로 몰아 사온에게 면죄부를 주려는 것 아니냐, 하는 비난의 의미도 함께였기 때문이다.

정말 그럴까. 그럼 그녀는 그를 사랑했을까 묻기 전에 '나는 그를 사랑했을까'라고 먼저 물어야 하나.

사온은 밤 10시 넘어 본가의 1층 홀에 모습을 보였다.

"어머님 잠드셨어요."

그를 맞은 미교는 말했다.

"상태는 어떠신가요?"

"좀 나아지셨어요. 그래도 난 여기 있어야 할 것 같은데요. 밤새 무슨 일이 있을 수도 있으니……."

"그래요."

사온은 미교의 등을 토닥였다.

"사온 씨는 어떡할래요? 혼자 안전가옥으로 갈래요? 아님……."

"미교 씨 두고 나 혼자 어딜 갑니까?"

사온은 목소리를 낮췄다.

"잠도 같이 잘 겁니다."

"응……?"

"좀 이따…… 미교 씨가 올라오겠어요? 아니면 내가 내려갈까요?"

미교는 곤란한 듯 다소 애매한 고갯짓을 해 보였다.

"왜 대답 안 합니까? 내가 내려가요?"

"아뇨……. 내가 올라갈게요."

"그래요. 착합니다."

사온은 집게손가락 끝으로 미교의 코를 꾹 눌렀다.

"아이 참, 정말 간만에 당하네."

미교는 주먹으로 사온의 팔을 팡팡 쳤다.

"얼른 옷이나 갈아입고 내려와요. 출출하진 않아요?"

"출출하진 않은데 시중은 들어줘요. 갑시다."

사온은 미교를 한 팔에 안고 계단으로 발길을 옮겼다. 안전가옥에서처럼 퇴근하고 돌아왔을 때의 시중을 들어달라는 의미였다. 두 사람은 함께 계단을 올랐다. 그리고 2층의 복도로 접어들자마자 곧장 사빈과 맞닥뜨렸다. 사빈이 마침 제 방에서 막 나와 있던 것이다.

"왔어?"

사빈은 길목을 노린 사람 모양 때맞춰 나와서는 사뭇 자연스럽게 인사했다.

"근데 참, 서정교 씨한테 무슨 짓…… 했어?"

사빈의 갑작스러운 말에 미교가 멈칫했다. 사빈은 그런 그녀에게 눈을 옮겼다.

"오빠한테 못 들었어요? 온이 형한테 아주 이를 갈던데."

"왜요?"

미교는 사온에게 잠깐 눈길을 주었으나 사온은 저와 아무 상관없는 얘기인 양 어떤 반응도 보이지 않고 있었다.

"글쎄 뭐…… 형이 돈을 안 꿔줬나?"

사빈은 애매하니 얼버무렸다.

"사빈 씨, 우리 오빠 만났어요?"

"네. 돈 좀 빌려달래서 빌려줬죠."

"담부턴 빌려주지 말아요. 그 돈 갖고 뭐 할지 빤한데."

"그러죠. 얼른 내려와요. 우리 커피 마셔요. 부대표님도 빈대 끼려면 끼고."

사빈은 휘파람을 불며 경쾌한 걸음으로 계단을 내려갔다. 그리고 얼마 지나지 않아 미교도 1층으로 내려가 주방에서 사빈을 만났지만 '부대표님'은 함께하지 않았다.

미교와 사빈은 주방에서 커피를 마시다가 이내 리빙 룸으로 자리를 옮겼다. 커피만 마시고 바로 제 방으로 돌아갈 생각이었던 미교는 쉼 없이 화제를 이어가는 사빈의 장황한 수다에 말려 적당히 끊어낼 기회를 갖지 못한 채 별로 재미있지도 않은 시간을 그와 함께 해야 했다. 사빈은 주로 제 군대 시절 이야기를 늘어놓았는데 그것을 흥미롭게 듣고 있을 여자가 몇이나 되겠는가. 물론 미교는 곧 그가 다만 시간을 끌고 있다는 인상을 받기는 했다. 그러니 더욱 냉정히 그 자리를 나올 수가 없었다. 사빈이라면 그런 그녀의 뒤에 대고, '형이랑 같이 자요?'라고 물을 것만 같아서였다.

사온은 제 방 창가에 서서 담배를 피우고 있었다. 담배 연기는 열린 창문 밖으로 유유히 퍼져 나갔다. 그런데 그의 마음은 그리 유유하지 못한 모양이다. 그는 고개를 슬쩍 돌려 벽시계의 시간을 확인했다. 1시 50분이었다. 미교를 기다리고 있는 그는 시계에 이어 방문으로 눈길을 옮겼다. 사빈이 제 방으로 들어간 소리를 들은 것도 벌써 40분 전이었다. 그는 담배를 끄고 문 앞으로 성큼 걸어가 문고리를 잡았다. 그러나 돌리지는 못하고 이내 그것을 놓고 물러났다. 기다려야 한다. 그녀가 오지 않더라도. 그러는 동안에도 시간은 계속 흘렀다. 이제는 미교가 올라오지 않을 것이라고 판단해도 되는 시간이었다. 올라오는 것을 잊고 그냥 잠들었나 보다 하고. 사온은 힘없이 침대에 주저앉았다.

그때였다. 밖에서 기척이 들렸다. 그 소리에 사온이 일어서는 찰나 문고리가 돌았다. 문이 열리고 미교가 모습을 보였다. 잠옷 가운 자락을 휘날리며 그녀는 바람처럼 다가왔다. 사온은 그녀를 낚아채듯 잡아 입을 맞춘 채로 그녀의 가운을 벗겼다. 실크 슬립만 남은 미교의 몸을 진하게 애무하며 그녀와 함께 침대 위로 쓰러진 것은 그다음이었다. 침대 위에서도 두 사람은 긴 시간 동안 격렬한 입맞춤을 이어갔다.

"잠든 줄 알았습니다."

긴 입맞춤 후에 사온은 말했다. 사실은 잠들고 싶었다고, 오는 것을 망설였다고 미교는 말하지 않았다. 그렇게 망설인 데에 딱히 선명한 이유가 있었던 것도 아니었으니까. 굳이 이유를 가져다 댄다면 사혜일까. 그녀에게 묻기는 했다. '내가 틀렸니? 넌 그를 사랑하지 않은 거니?'라고. 그러나 공허한 질문이었다. 무엇보다 처음 그 의문을 가졌을 때만큼 절실하지 않았다. 왜지? 묻고 있으나 미교는 답을 알고 있었다. 사온에게 오는 것을 망설인 것은 그 누구 때문도 아닌 미교, 바로 저 때문이라는 사실을.

미교가 상념에 빠져 있는 사이 사온은 그녀의 슬립 앞을 헤쳐 젖가슴을 끄집어내 덥석 물었다. 젖꼭지를 혀로 간질이고 손으로는 그녀의 실크 슬립 자락을 걷어 허벅지를 더듬어 올랐다.

미교는 허리를 옆으로 틀었다. 그러니 사온은 자연스럽게 그녀의 엉덩이로 손을 뻗어 진하게 움켜잡았다. 그에게 휴식과 짜릿함을 함께 주는 그녀의 희고 뽀얀 엉덩이는 보지 않아도, 만지고만 있어도 절로 그의 머릿속을 뜨겁게 채우며 욕정을 상승시켰다. 그 엉덩이로부터 그는 미교의 팬티를 단번에 잡아 내렸다.

미교는 사온의 목 뒷덜미의 셔츠를 주먹 쥔 손으로 그러잡고 가만히 있었다. 미간에 주름이 질 정도로 눈을 꽉 감고, 남자의 애무를 느끼는 여자의 얼굴이 아닌, 오히려 그것으로부터 달아날 준비를 하고 있는 것 같은 얼굴을 하고 있었다. 굳이 그렇게 달아날 준비를 하지 않아도 욕망이 거세된 동안의 지금껏은 무미건조한 마음에 표정조차 그러했었다. 종이 맛이었으니까.

그런데 어느 순간부터 맛이 느껴진다는 것을, 그녀는 의식했다. 언제부터지? 자문하고 기억의 회로를 더듬을 새도 없이 맨살의 엉덩이를 쥐어짜듯 잡은 그의 손길이 너무도 생생하게 느껴졌다. 그의 손이 엉덩이 뒤로부터 가랑이 사이의 좁은 틈을 파고들자 맛은 더욱 진해졌다. 두근, 가슴이 뛴다. 설렘이다.

사온은 미교의 은밀한 부위로 들어간 제 손끝을 부드러이 움직여 숲을 헤치듯 안으로 들어가 약간 눅눅하고 연약한 꽃잎을 다독이듯 애무했다. 오래 가뭄을 벗어나지 못하고 있는 그녀의 숲이고 보면, 자칫 진한 애무가 그녀를 아프게 한다는 것도 잘 알고 있기 때문이었다. 손끝 애무보다는 구강섹스가 차라리 안전했지만 그녀의 몸을 손으로 어루만지는 욕구도 늘 포기할 수 없는, 아니, 포기가 안 되는 강렬한 유혹이었다. 그에게는 이 세상 유일의 욕망이었으니까.

사온은 제 욕망에 취해 손끝에 보다 힘을 싣다, 그 찰나에 또 멈칫했다. 그의 손끝에 이슬이 내려앉은 것이다. 이슬은 금세 숲 전체에 활기를 불어넣었다. 사온의 심장은 급격히 뛰기 시작했다. 그는 미교의 이슬로 그녀의 숲을 애무하며 손끝을 더욱 깊숙이 찔러 넣었다.

그런데 바로 그 순간, 미교가 그를 밀쳤다. 그녀는 묘하게 찡그린 얼굴을 하고서 고개를 흔들었다. 마치 '싫다' 하는 듯. 그럼에도 사온은 그녀를 부둥켜안으려 했다. 미교는 다시 그를 밀쳤다.

"왜……?"

사온은 물었다. 미교는 대답 대신 눈물을 글썽거렸다. 그런데도 얼굴은 사나웠다. 사온은 또다시 그녀를 제 품으로 바짝 끌어당겼다.

"싫어……."

미교는 몸부림을 친 끝에 그에게서 물러나 제 허벅지에 걸린 팬티를 위로 당겼다.

"싫어요……."

미교는 거친 숨결과 함께 뱉어냈다. 눈물까지 뚝뚝 떨어뜨리는 그녀를 사온은 의아한 눈빛으로 바라봤다. 그녀가 왜 그러는지 이해가 되지 않는다는 듯.

"미교 씨……."

사온은 미교를 향해 손을 뻗었지만 그녀는 거칠게 뿌리쳤다. 이어 급히 침대를 내려가려 했지만 사온이 더 빨랐다. 미교는 저의 세찬 저항에도 불구하고 도로 침대 위로 나뒹굴었다. 이어 두 사람은 소리도 없이 격렬한 몸싸움을 벌였다. 그리고 그 끝에서 미교는 발가벗긴 몸이 돼 사온의 아래에 놓였다.

"왜……?"

미교를 제 아래에 두고 사온은 다시 물었다. 왜냐고? 미교는 대답할 수 없었다. 저도 방금 깨달았으니까. 가슴이 설렌 순간에, 제 몸이 그를 향해 절로 열린 그 찰나에 깨달았다. 사혜가 그를 사랑했는지 알고 싶었다고? 천만에, 집어치워. 결국 알아낸 것은 사혜의 그것이 아닌 미교, 바로 저였다.

'나는 그를 사랑하는가.'

"아니야……."

미교는 큰 소리를 내지는 않았지만 격하게 토해냈다.

"놔줘……."

그러나 사온은 놔주지 않았다. 도리어 그녀의 아래를 움켜잡았다.

"싫어……."

미교는 허리 아래를 틀어 저항했지만 그는 그녀의 그 수줍고 내밀한 숲을 마구 헤집었다.

"놔, 놔아……."

미교가 온몸으로 저항하고 요동을 치면 칠수록 이상하게도 그녀의 이슬은 마르지 않는 샘처럼 풍부히 불어나 사온의 손을 흠뻑 적셨다. 그것은 사온에게 세례였다. 그는 급히 미교의 다리 하나를 벌려 제 팔에 걸쳐 고정한 채 바지 앞을 풀었다. 그리고 계속된 그녀의 난폭한 저항에도 불구하고 지체 없이 그녀 안으로 밀고 들어갔다.

"달아나지 마."

사온은 미교의 머리채를 한 손에 움켜잡았다.

"달아나려 하지 마. 아무 데도 가지 마……."

"허억……."

사온에 의해 크게 흔들린 미교는 세찬 신음을 토했다. 아랫도리가 빈틈도 없이 꽉 차게 느껴질 만큼, 그는 깊숙이 또 약간은 거칠게 찔러왔다. 머리도 움켜잡혀 제 얼굴을 닳도록 핥아대는 그에게서 그녀는 고개를 흔들어 달아날 수도 없었다. 두 손으로 그를 밀어보지만 바위를 상대하는 것 같았다. 그녀는 사온에게 완전히 포위되었다. 달아날 틈도 방법도 없었다. 아니, 하나 있었다. 아무것도 느끼지 않는 것이다. 종이 맛을 기억하는 것이다. 그런데 그것만으로는 부족했다. 그를 미워하는 것이다. 증오하는 것이다. 또 그것은 매우 쉬웠다. '싫어'라고 마음속으로 외치는 일도 어렵지 않았다.

"으읍……."

미교는 사온을 밀어보려 힘을 쓰다 말고 신음을 흘렸다. 소리가 입을 뚫었다고 할 정도로 그것은 또 격하게 터져 나왔다. 시간은 그녀에게 불리했다. 사온은 집요하게 행위를 이어갔다. 격랑을 넘듯 강하게, 때로는 솜사탕처럼 부드럽게 그녀를 흔들고, 움켜잡은 그녀의 머리칼을 마치 말의 고삐처럼 이리저리 방향을 바꿔가며 그녀의 저항 의지를 꺾었다. 미교가 제 손을 주먹 쥔 모양으로 입에 대고 손가락의 마디를 깨물자 역시나 그는 대번에 그녀의 머리채를 잡아당겨 무력화시켰다.

"흑……."

미교의 턱이 위로 올랐다. 흐느낌처럼 들리는 소리는 불안정한 숨결과도 함께였다. 그녀는 숨을 크게 들이켜 그대로 숨을 멈추고는 입을 꽉 다물었다. 그리고 반대로 눈은 슬며시 뜨니 사온의 얼굴이 바로 보였다. 내내 미교를 지켜보았다고, 묻지 않아도 알 수 있는 그의 얼굴은 힘들게 싸우고 있는 그녀와 달리 무표정했다. 특히나 마른 눈빛은 바닥을 알 수 없는 심연처럼 아무것도 보이지 않는다 하는 것조차 의미가 없을 만큼 무색무취였다.

"흐윽……."

참았던 숨이 터지는 소리를 내며 미교는 갑자기 고개를 세웠다. 제 머리칼을 쥔 사온의 손을 달고서였다. 그는 손을 놓고 그 손으로 곧장 그녀의 뒤통수를 받쳐 들었다. 그녀의 몸에 인 전율을 고스란히 느낄 수 있었다.

"아아……."

미교는 사온의 몸 아무 곳을 움켜쥐었다. 이를 악물어도 새어 나오는 신음의 나머지는 몸부림으로 표현되었다. 그 격한 몸부림에 신음은 마치 거미줄처럼 가는 실이 길게 뽑혀 나오듯 가냘픈 흐느낌으로 오래 이어졌다. 미교는 아랫입술을 깨물고 그것으로는 부족해 또 혀끝을 깨물었지만 제 몸부림도 신음도 막을 수 없었다. 그런 그녀 위에서 사온의 행위는 조금의 동정도 없이 오히려 더욱 박차를 가해 계속되었다.

콱, 미교가 사온의 엉덩이 한쪽을 움켜잡았다. 그의 행위를 멈추게 하려는 것처럼도 보였다. 그러나 그 반대였다. 힘이 잔뜩 들어간 그녀의 손만큼이나 그녀의 아래가 발작적으로 그에게 부딪쳐 왔다. '더 하라' 는 재촉 대신이었다. 그녀는 또 금세 손을 치웠다. '안 돼' 하듯.

미교의 오르가슴은 천천히 잦아들었다. 그것에 순응하지 못하고 저항하느라 그녀를 기진맥진하게 만들고 나서였다. 그것이 잦아들자 사온은 그녀에게서 나와 그녀를 홀랑 뒤집어 다시 뒤로부터 들어가더니 그녀의 몸을 잡아 함께 옆으로 세웠다. 두 사람의 몸은 붙은 채로 모로 누운 모양새가 되었다.

사온의 행위는 계속되었다. 그에 따라 미교는 거친 숨소리를 토해냈지만 이미 그의 노예였다.

"다시 들려줘."

사온이 미교의 귀에 속삭였다.

"예쁜 소리……."

사빈은 어떤 소리를 듣고 눈을 떴다. 아니, 어쩌면 눈을 뜨고 나니 소리가 들렸는지도 모를 일이었다. 어둠에 싸인 침실에서 그는 저를 깨운 것이 눈을 뜨자마자 잊어버린 꿈 때문인지, 아니면 소리 때문인지를 구분할 수 없었다. 소리는 분명히 있었다. 그리고 얼마 지나지 않아 그것의 정체도 알아버렸다. 또 얼마 안 있어 그는 성기에 통증을 느꼈다. 예전이나 지금이나 변함없는, 금기나 다름없는 것을 향한 욕망은 늘 제멋대로였다. 허락된 것들을 놔두고 이 세상 유일의 금기로만 길을 튼 징그러운 욕망.

사빈은 손을 아래로 내려 잔뜩 제 몸을 불린 '욕망'을 손에 틀어쥐었다. 욕망은 제 주인만큼이나 화가 치밀어 올랐나 보다. 그러니 그것을 달래줄, 서글픈 위로의 몫은 또 그 주인의 것이었다.

이튿날 아침 식탁에서 사빈은 미교를 만났다. 출근 준비를 하는 동안 2층에서 내려오지 않다가 평소보다 조금 늦게 내려와 보니 사온은 식사 중이고 미교는 가사 도우미 아줌마와 함께 싱크대 주변에 있었다.

"오늘은 좀 늦었네요."

미교는 아침 첫인사를 했다. 사빈은 눈인사로만 대신하고 식탁 앞에 앉았다.

"잠 못 잤어요?"

사빈 앞에 밥그릇과 국그릇을 놔주며 미교는 물었다.

"아침 얼굴이 피곤해 보이네."

"좀 못 자긴 했네요. 밤새 무슨 소리가 들려서."

사빈은 평소와 같은 어조로 대답했지만 미교의 안색은 금세 확 변했다. 사빈의 눈길이 향한 쪽은, 그러나 사온이었다. 그런데 사온은 듣지도 못한 사람처럼 밥만 먹고 있었다. 식탁 위에 놓은 핸드폰 화면에 눈을 둔 채로.

식탁에서 먼저 일어난 사온은 먼저 출근했다. 사빈은 10분 차로 일어났다.

"어젯밤……."

사빈을 배웅해 차고 입구까지 따라나선 미교가 말했다.

"사온 씨한테 말했어요."

"뭘요?"

"그만…… 끝내겠다구요."

그녀의 말은 사실이었다. 지난밤의 정사 끝에 미교는 사온과의 관계를 끝내고 싶다는, 사실상의 이별 통고를 했다. 사온의 대답은 '내일 안전가옥으로 돌아갈 테니 준비해요'였다.

「9시에 들어갑니다. 준비하고 있어요.」

사온의 문자가 온 것은 저녁쯤이었다. 9시에 들어갈 테니 안전가옥으로 돌아갈 준비를 하라는 의미였다. 그는 9시가 조금 못 돼 들어왔다. 그리고 1층에서 저를 맞는 미교를 눈으로 훑었다. 그녀는 전혀 집에 갈 준비가 안 돼 있는 모습이었다.

"어머님 아직 아프세요."

미교는 집에 갈 수 없는 핑계를 그렇게 댔다.

"오늘도 제대로 거동을 못하셨어요."

미교의 핑계는 사실도 거짓도 아니었다. 어머니는 정상 컨디션이라고 할 수는 없었지만 미교가 꼭 옆에 붙어 있어야 할 정도도 아니었기 때문이다. 사온은 어머니의 침실로 걸음을 옮겼다. 미교가 뒤를 따랐다.

"미교가 고생이 많아. 나 때문에……."

침대에 앉은 모습으로 사온을 맞은 어머니는 말했다.

"오늘은 미교 씨와 함께 돌아가 보겠습니다."

사온은 안부 인사 후 말했다.

"내일 아침 출근길에 다시 데려오도록 하지요."

어머니는 딱히 대답을 못했다. 일단 미교를 데려가지만 내일 아침 일찍 다시 이곳으로 데려온다니 달리 반박을 할 수 없었던 때문이다. 미교는 그 곁에서 입을 다물고 있다가 함께 어머니의 침실을 나와서야 '나 안 가요' 했다.

"편찮은 어머님 두고 못 가요. 사온 씨 혼자 가요."

"그럼 어머니 잠드신 다음에 갑시다. 그리고 내일 아침 일찍 다시 오면 되니까."

"안 간다니까요. 우리, 정리하자고 했잖아요. 당분간 서로 얼굴도 안 보는 게 좋겠어요."

"집에 가서 얘기해요."

"아뇨. 싫어요. 어머님이 편찮으시니 곁에 있어야 하구요……."

"그럼 어머니께서 좀 나으시면 그때 갑시다. 일요일까지면 되겠어요?"

미교는 대답도 없이 고개를 옆으로 돌렸다. 사온은 그녀의 그 고집스러운 얼굴을 잠시 보고 있다가 계단으로 발길을 돌렸다. 계단을 오르던 중에는 또 잠깐 걸음을 멈추었으나 이내 걸음을 계속했다. 계단 위쪽 끝에 사빈이 서 있었던 것인데, 난간을 마주하고 있는 그는 진즉부터 그곳에 서서 형과 미교의 모습을 다 지켜봤다는 듯 의미심장한 얼굴을 하고 있었다.

"뺏을 거야."

사빈은 불쑥 말했다. 계단을 다 오른 사온이 복도 쪽으로 몸을 돌린 찰나여서 두 형제는 서로 등을 진 형세였다.

"양보를 안 하니 뺏어야지 어쩌겠어? 형도 뺏어갔으니 억울해 하진 마."

"그럼 네가 가질 수 있어?"

사온은 물었다. 돌아보지 않은 채였다.

"가질 수 없어도 상관없어."

사빈은 슬쩍 돌아봤다.

"그래도 뺏기긴 싫거든."

이튿날은 토요일이라 사빈은 출근하지 않았지만 사온은 일정이 있어 미교가 차린 아침식사를 하고 집을 나갔다. 식사 자리에는 사온뿐이었다. 사빈은 출근하지 않고, 어머니는 자리보전 중이고, 미교 역시 나중에 식사를 한다는 핑계였기 때문이다. 사온이 집을 떠난 후에야 나머지 '가족'은 모여 무척이나 화기애애한 분위기 속에서 식사를 했다. 그렇게 하루가 가고 일요일 저녁, 사온은 그 시간만 기다린 사람처럼 미교에게 다시 '가자' 청했다.

"안 간다니까요. 안 가요. 당분간 여기서 살 거예요."

미교는 답답하다는 듯 언성을 높였다.

"난 데려가야겠어요."

"그럼 그렇게 해봐요. 강제로 끌고 가보라구요."

고집스럽게 말하는 미교를 사온은 가만히 응시하다가 그녀 앞으로 천천히 움직였다.

"강제로 그럴 순 없지."

그는 혼잣말처럼 중얼거렸다. 얼핏 체념한 듯도 했다. 다만 손을 뻗어 미교를 그의 품으로 끌었다. 미교는 그의 가슴을 밀치며 뒤로 물러났다. 사온은 놓아주지 않고, 방금 저가 한 말이 무색하게도 어깨를 흔들며 저항하는 미교를 '강제로' 품에 안았다. 가뭄의 논밭 같을 때는 전혀 저항도 없이 몸을 내맡기던 그녀가 축축한 습지로 변한 지금에는 어찌 이리도 팔팔한 생선처럼 꿈틀대는지 그는 그 생각을 했다. 그래도 이렇게 파닥거리는 미교가 사온은 더 마음에 들었다.

"사온 씨도 눈치챘을 거잖아요."

사온이 품에서 놔준 후 미교는 쏘아붙였다.

"나, 사온 씨 괴롭히는 거예요. 괴롭힐 거예요."

"그래요. 다 좋습니다. 괴롭히는 일이든, 복수든, 뭐가 됐든……."

사온은 고개를 끄덕였다.

"다만 안전가옥에 와서 해요. 밥에 독약을 타도 먹을 테니."

"정말 모르는 거예요? 못 알아듣는 척하는 거예요? 당신과 끝낸다구요. 우리 사이 끝났다구요. 그게 당신한테 괴로운 일이면 정말 다행이구요."

미교는 신랄했다.

"나가요."

어쩐 일인지 사온은 순순히 몸을 돌렸다. 미교의 신랄한 말에 상처받은 기색도 없이 그는 그저 '쉬어요' 했다.

미교의 방을 나온 사온은 등 뒤로 문을 닫고 그 자리에 가만히 서 있었다. 그는 사빈을 보고 있었다.

"거기 있었어?"

사빈은 빈정대듯 물었다. 그는 제 형 앞으로 서너 발자국 정도의 거리를 두고 있었다. 손에 거품 가득한 머그잔을 들고. 그는 그 머그잔을 보란 듯 위로 들었다.

"미교 씨 주려고 거품 풍부한 비엔나커피를 만들어봤지. 그럼 잘 가."

사빈은 사온의 곁을 스쳐 형을 등지자마자 미교의 방으로 모습을 감췄다. 노크도 하는 둥 마는 둥 그런 사소한 예절 따위 무시해도 될 만큼 방의 주인과 친하다는 듯 금세였다.

사빈이 들어왔을 때 미교는 화장대 앞에 앉아 있었다. 사온이 나간 후 그냥 아무 데나 걸터앉아 있던 모양새였다.

"미교 씨 오빠, 지금 어디에 있는지 알아요?"

미교에게 머그잔을 건네며 사빈은 물었다.

"자취집에서 지내나요?"

"몰라요. 확인 안 해봤어요."

"그럼 확인해 보고 알려줘요."

미교는 '왜냐' 물으려 입술을 들썩였지만 이내 눈치채고는 삽시간에 불안한 기색을 띠었다.

"미리부터 걱정은 하지 말고."

사빈은 안심하라는 듯 재빨리 말을 이었다.

"필요하면 오빠가 어디 안전하게 지낼 곳을 내가 알아볼 테니."

사온이 미교를 데려가기 위해 다시 그녀의 오빠를 노릴 가능성이 전혀 없지 않다고 사빈은 추측했다.

미교는 제 방에서 혼자가 됐을 때 정교에게 전화를 걸기는 했으나 내심으로는 걱정 반 기대 반이었다. 오빠가 전화를 받을지 그렇지 않을지에 대해서였다. 설 연휴에 고향집에서 도망간 후부터 얼마 전 자취집에서 만난 뒤까지도 통 전화를 받지 않았으니까. 엄마 돈을 훔쳐 갔으니 전화를 받을 리 없고, 또 누이의 뺨을 때렸으니 역시나 마찬가지였다.

이번에도 정교의 전화는 묵묵부답이었다. '전원이 꺼져 있다' 는 안내 멘트도 수시로 들려왔다. 이튿날도 여전해 미교는 오빠가 안심할 만한 내용과 함께 '급한 일이니 연락을 달라' 는 문자를 보냈으나 소용없었고, 혹시나 하고 엄마에게 전화도 해보았지만 엄마는 '네 오빠는 어쩌고 있느냐' 며 도리어 딸에게 물어왔다. 자취집에도 당연히 가보았다. 오빠의 흔적은 전혀 없었다.

미묘하게 불안한 시간이 흘렀다. 그러던 어느 날, 일주일이 넘도록 정교의 소재 파악을 못하고 있던 미교를 대신해 사빈이 전문 업체에 맡겨본다며 그녀를 안심시키고 출근한 날이었다. 사빈은 미처 그 '전문 업체' 에 연락도 하기 전에 뜻밖의 소식을 듣고 말았다.

—관리부 관리팀장 제사빈. 3월 28일 자로 대구항 지사로 전보발령.

관리부의 제 자리에 앉자마자 모니터에 뜬 사내 업무용 메신저의 내용을 본 사빈은 경악했다.

사빈은 당장에 일어나 붉으락푸르락한 얼굴로 부대표실로 올라

갔다. 부대표 비서실에는 여비서 혼자 앉아 있다가 쾅, 하는 소리
에 화들짝 놀라 일어섰다. 여비서는 곧장 사빈인 것을 확인하면서
도 그가 부대표실의 문을 같은 방법으로 열어젖히는 모습을 구경
만 하고 있었다. 아주 낯선 모습도 아니었기 때문이다.

"부대표님께선 외부 일정 중이십니다."

부대표실로 살기등등하니 쳐들어갔다가 허탕 치고 나오는 사빈
을 보며 여비서는 깍듯하게 말했다.

사빈은 비서실을 나와 바로 사온의 번호로 전화했다. 그러나 받
지 않아 '젠장' 하고 내뱉더니 다시 어디론가 전화를 하며 성큼성
큼 걸음을 옮겼다.

[대체 무슨 소리야? 온이가 널 대구로 쫓으려고 하다니…….]

사빈의 핸드폰 너머에서 들려온 목소리는 사혁이었다.

"말 그대로예요, 형. 말 그대로 날 멀리 쫓아버리려고 수작 부렸
다니까."

사빈은 열 받은 얼굴로 소리쳤다. 비어 있는 회의실 안이었다.

"나 완전히 당했어. 아니, 이대로 당할 수 없어. 형이 어떻게 좀
해줘요. 그 사이코 좀 어떻게 해보라구요. 갑자기 다음 주부터 대
구에서 업무를 보라는 게 말이 돼요? 아니, 무슨 이딴 회사가 다
있어? 구멍가게도 아니고…….."

[일단 내가 사온이랑 전화 먼저 해보고……. 기다리고 있어봐.]

통화 후 사빈은 열을 식히려는 듯 차가운 벽에 잠시 이마를 대
고 있다가 두어 번 쿵쿵 찧었다. 미교의 오빠, 정교를 걱정했더니
사빈 자신이 표적이 될 줄이야, 완전히 허를 찔렸다. 저를 미교에

게서 떨어뜨려 놓으려는 수작이라고 생각했다. 뒤로 이런 수작을 부리면서 집에서 마주할 때는 얼굴색, 눈빛 하나 변함이 없던 사온을 떠올리며 사빈은 이를 갈았다. 사온은 현재 미교와는 절대 떨어져 살 수 없다는 듯 꼬박꼬박 본가에서 출퇴근을 하며 미교가 데면데면하게 구는 데도 전혀 개의치 않은 채 그녀가 차린 아침식사를 꼬박꼬박 챙겨 먹고, 미교의 말에 의하면 출퇴근 시중까지 들어달라, 떼를 쓰고 있단다.

"또라이……."

가족 중에 사이코가 있다는 것은 아무래도 '골 때리는' 일이라고, 사빈은 한숨지었다.

한 시간 후 사빈은 사혁의 전화를 받았다. 사혁은 '온이가 알았다고 했으니 걱정 마라'고 했다. 역시나 예상대로였다. 지푸라기라도 잡는 심정으로 큰형에게 전화를 해본 것이지만 썩 도움이 될 것이라고는 기대 안 했다. 사온의 '알았다'는 '내 마음대로 하겠다'의 깍듯한 표현일 뿐이었다. 그것을 사혁도 모를 리 없으니 결국 '나도 어쩔 수 없다'는 뜻과 다름 아닌 것이다. 서울의 제양사는, 사온의 통제 아래 있었다.

"빌어먹을……."

사빈은 사온의 공식 일정을 되짚은 끝에 퇴근 시간이 다 될 무렵에서야 부대표실에서 사온을 만날 수 있었다.

"10분밖에 시간 없어."

사빈을 보자마자 사온은 말했다. 창가에 서서 담배에 불을 붙이고 나서였다.

"곧 퇴근이잖아."

사빈은 성큼 다가와 시비조로 버럭 했다.

"그건 네 퇴근이고."

"됐고. 당장 발령 취소해."

사빈은 단도직입적으로 뱉어냈다.

"직권을 그렇게 사적으로 써도 되는 거야? 내부 고발할 거야."

"하든가."

"취소하란 말이야."

"대구에서의 경력, 도움이 될 거야. 잘하고 와."

"정말 이럴 거야? 차라리 사표 쓴다."

"그러든가."

사온은 내내 대수롭지 않게 툭툭 뱉어냈다. 잡아먹을 듯 노려보는 사빈을 무시한 채 창밖 풍경에만 눈을 두고서였다.

"그다음은…… 뭐야?"

사빈이 다시 입을 열어 그렇게 물었을 때는 얼마의 침묵 후였다. 그의 목소리는 한층 가라앉아 있었다.

"설마…… 엄마까지 어쩌려는 건…… 아니겠지?"

사빈의 얼굴은 불안해 보였다. 사온은 천천히 고개를 돌려 그런 사빈의 얼굴을 잠시 보더니 아무 말도 없이 움직여 먼저 소파 앞 테이블 위에 있는 재떨이에 담배를 껐다.

"왜 말 안 해? 엄마한테 손댈 건 아니지?"

"네가 어머니를 설득해."

담배를 끄고 허리를 편 사온은 사빈을 보며 말했다.

"어머니 손으로 서미교를 돌려보내라고."

"그건 내가 질문한 것에 대한 답이 아니잖아."

"답을 몰라 물어?"

사온의 반문에 사빈은 흠칫했다.

"뭐, 뭐야? 엄마도 어떻게 할 거야? 뭘 어쩌려고?"

"아프시니까 병원에 입원시켜 드려야지. 요양소 같은 데 말이다."

"미, 미쳤구나……."

"정신병원도 괜찮겠군."

사빈은 사색이 되었다.

"내가 못할 거라고 생각 안 하지? 궁금하면 끝까지 가보든가."

사빈은 말 대신 주먹을 냅다 휘둘렀다. 그러나 주먹은 허공만을 가르고 그 바람에 몸만 반 바퀴 돈 것을, 사온이 그 뒤에서 팔 하나를 꺾어버렸다. 사빈은 짧게 비명을 질렀다.

"빈아."

사빈 뒤에서 팔을 잡고 사온은 나직이 말했다.

"전에 말했잖아. 난 동생과 싸우지 않아."

사온은 동생을 소파로 밀었다. 털썩, 소파로 엎어진 사빈은 팔이 부러진 것 같은 통증에 고통스러운 신음을 흘렸다. 물론 부러지지는 않았다.

"주말까지 시간을 줄 테니 정리해."

사온은 최후통첩처럼 말했다.

6. 그녀는 그를 사랑했을까

짙은 어둠이 내려와 있는 시간, 사온의 본가는 어딘지 스산한 가운데 금세 뚝 하고 끊어질 것 같은 팽팽하고 아슬아슬한 긴장이 감돌았다.

"말도 안 돼……."

미교는 믿을 수 없다는 얼굴로 입술을 들썩였다. 2층의 서재에서 그녀는 사빈과 함께였다.

"정신병원……? 그냥 사빈 씨를 겁준 거겠죠. 어떻게 어머님을……."

"미교 씨가 그 또라이를 몰라서 그렇지……."

사빈은 격하게 뱉어냈다. 소파에 앉아 있는 미교와 달리 서가 앞에 서서, 그것도 한자리에 가만있지를 못하고 몸의 방향을 자주 틀며 이리저리 움직이던 중에 잠깐 발길을 멈추고서였다.

"전에 말했죠? 제사온한텐 한계가 없다고. 그 사이코가 아버지한테 어떻게 했는지도 말했잖아요. 더구나 엄만…… 친모도 아니고, 제사온은 거의 엄마 손을 타지도 않았어요. 어쩌면 내심으로는 엄마라고 생각 안 할지도 몰라. 사이코한테 어떻게 상식을 바라?"

미교는 사빈을 걱정스러운 눈으로 바라봤다. 그는 흥분해 있다고 할까, 불안해 있다고 할까, 아니면 화가 나 있다고 할까, 가만히 앉아 있지도 못할 정도로 매우 불안정해 보였다. 그럴 수밖에 없는 것이 삼형제 중 막내인 사빈은 누군가를 보호하기보다는 보호받는 입장으로 자라왔다. 온화한 품성도 그렇게 키워진 것으로, 아마 사혜만이 저가 보호해야 할 유일한 대상이었을 것이다.

그러다 보니 누군가로부터 저가 직접적으로 공격당하는 것을, 그것도 친형으로부터 공격당하는 것이라면 더욱이 그것을 침착하게 받아들일 만큼 강인하지 못했다. 비록 사온 앞에서 큰소리는 쳤어도 설마 형이 저를 어쩌지는 못할 것이라는 계산이 깔려 있었으니 그것이 역으로 큰소리칠 수 있는 배경도 되었던 것인데 '드디어' 사빈 자신이 공격 대상이 되자 그는 그만 당황하고 만 것이다.

"아 참, 오빠는요?"

사빈은 갑자기 생각난 듯 불쑥 물었다.

"아직……."

미교는 고개를 흔들었다. 여전히 오빠와 연락이 되지 않고 있음은 물론 자취집에도 나타나지 않고 있어 행방이 묘연한 상태였다.

"아니다, 그건 걱정할 필요 없어요. 애초부터 미교 씨 오빠를 이용할 거면 날 건드리지도 않았을 테니. 지금 타깃은 나야."

"사빈 씨도 걱정 말아요. 아무도 안 다쳐요."

미교는 차분히 말했다.

"사온 씨가 원하는 건 나잖아요."

그랬다. 사실 이 모든 소란의 중심은 다만 미교였다. 미교만 마음을 바꾸면 끝날 일이었다.

사빈은 미교의 눈을 바로 보지 못했다. 그런 그를 보며 미교는 허탈한 웃음을 머금었다. 지켜준다고, 그는 말하지 않았던가. 하기는 그것도 미교를 위해서라기보다는 사온을 향한 사빈 저의 원망이 더 크게 작용했다는 것을 모르는 바 아니었지만.

같은 시간 1층의 리빙 룸은 다소 불안정하고 어수선한 2층과 달리 태풍의 눈처럼 고요했다.

"미교는 여기, 내 곁에 있고 싶어해."

어머니의 목소리는 떨리고 있었다. 고요함은 또한 난폭한 격정의 다른 이름이었을 뿐이다. 이 본가의 안주인인 어머니는 실내가운 차림으로 일인용 소파에 단정히 앉아 있었다. 정원이 보이는 커다란 창을 등진 채였으며 다소 야위고 해쓱한 안색에 손바닥을 위로 해 무릎 위에 포개어 올려놓은 힘없는 모습에도 불구하고 눈빛만큼은 매우 생생하니 단호한 그것이었다.

어머니의 맞은편에서 약간 우측에 사온이 서 있었다. 두 손을 앞으로 모아 가볍게 맞잡은, 그 특유의 정중한 자세로도 한 치의 빈틈도 없어 보이는 건조함을 안고서였다.

"그러니 그대로 둬. 부탁이야."

"서미교는 언제든 어머니를 만날 수 있습니다."

사온은 무표정하게 대답했다.

"미교가 그냥 저 하고 싶은 대로 내버려 두라구……. 대체 왜 모든 게 자네 마음인 거야?"

어머니는 무릎 위에 있던 손을 뒤집어 가운 자락을 그러쥐었다.

"왜 나한테 그렇게 잔인해? 사혜 빼앗은 것으로 부족해?"

"지금 전 서미교를 빼앗고 있는 게 아닙니다."

"미교가 자네를 사랑해?"

어머니는 물었다. 사온은 대답하지 않았다.

"미교가 묻더군. 사혜는 자네를 사랑했냐구……. 사혜가 자넬 사랑했나?"

어머니는 그때에, 사혜가 살아 있을 당시에 딸에게 묻지 못했던 것을 이제 와 사온에게 물었다.

"사혜는……."

사온은 제 건조한 눈빛을 어머니의 물기 어린 눈에 맞혔다.

"어머니를 사랑했습니다. 그래서 저에게 오지 못했어요."

사온은 말끝에 미간을 꿈틀했다. 감정을 잘 보이지 않는 그의 얼굴에 나타난 참으로 미묘한 변화였다. 그러나 금세 원래의 얼굴로 돌아온 그는 고개를 숙여 인사하고 곧장 몸을 돌렸다. 탁, 문 닫힌 소리가 어머니의 망연한 얼굴에 와 부딪는다. 어머니는 사온의 말을 이해할 수 없었다. '사혜가 어머니를 사랑해서 사온에게 가지 못했다?' 그 말은 사혜가 사온에게 가고 싶어했다는 뜻인가.

사온은 리빙 룸을 나와 2층으로 오르는 계단에서 미교를 발견했다. 미교는 계단 중간쯤에 오도카니 앉아 있었다. 2층에서 내려오다가 그대로 주저앉아 버린 것 같은 모양새였다. 사온은 계단 아래로 가 손을 내밀었다.

"와요."

사온은 나직이 청했다.

"집에 갑시다."

미교는 일어나 천천히 계단을 내려왔다. 그리고 사온의 손을 잡은 것이 아니라 그냥 스쳐 그대로 그를 등졌다. 얼마 지나지 않아 사온 뒤로 문 닫히는 소리가 났다. 사온은 그제야 몸을 돌려 미교의 방 앞으로 갔지만 문은 이미 잠겨 있었다. 철컥, 철컥. 그 소리를 미교는 방 안에서 듣고 있었다. 결국 안전가옥으로 돌아가야하나. 체념보다는 허탈해하며 그녀는 창가로 걸음을 옮겼다. 그때 핸드폰이 울렸다. 엄마였다.

[미교야……]

엄마의 목소리는 가쁜 숨과 함께였다.

[네 오빠…… 정교가 사고당했다…….]

"뭐?"

미교는 소스라쳤다. 불길한 예감이 머리를 스친 것과 동시였다.

[조금 전에 경찰인지 병원인지, 암튼 그런 데서 전화 와서 엄마 지금 택시 타고 가는 중이야. 정선에 있는 병원이라 여기선 그렇게 안 멀어. 암튼 자세한 것은 병원에 도착해 봐야 알 것 같

다…….]

"무슨 사곤데?"

[교통사곤가 봐. 넌 지금 움직이지 말고 내일 아침에나 오려면
와. 시간도 너무 늦고…….]

"응. 알았어."

통화를 막 끝냈을 때 콰직, 벼락 치는 소리가 났다. 미교는 너무
놀라 핸드폰을 떨어뜨렸다. 잠긴 문이 강한 물리적 힘에 의해 강
제로 열린 소리였다. 아마도 발로 차서 열었을 문 사이로 사온은
흡사 저승사자처럼 발을 내디뎠다.

미교는 혼이 달아난 얼굴로 멍하니 그를 바라봤다. 사온은 미교
를 향해 천천히 손을 뻗고 있었다. '가자' 하는 것처럼.

사빈은 빠르게 계단을 내려왔다. 주방에서는 도우미 아줌마가
튀어나왔다. 벼락 치는 것 같은 소리에 나와본 것인데 두 사람의
눈에 비친 것은 사온이 미교의 손목을 잡고 차고로 향하는 입구로
움직이고 있는 모습이었다.

"뭐 하는 거야?"

사빈이 소리치며 뛰어왔다. 사온이 돌아보았다. 사빈은 미교를
잡으려 했다. 순간 퍽, 소리가 나고 그것은 꽈당 소리로 이어졌다.
'어이구' 하는 아줌마의 자지러질 것 같은 목소리가 뒤를 이었다.
미교는 다리가 풀려 주저앉고 있었다. 그런 그녀를 사온이 재빨리
잡아 두 팔에 안아 들었다.

사빈은 바닥에 쓰러져 신음도 못 내고 있었다. 손으로 얼굴을
움켜잡은 채였다. 턱이 깨진 것 같은 통증을 느끼고 있는 그는 소

리는커녕 숨도 못 쉴 정도로 괴로워했다.

"괜찮아."

그런 사빈을 보고도 사온은 툭, 내뱉고는 이내 차고로 통하는 입구로 사라졌다. 그가 '괜찮다'고 한 것은 살살 쳤다는 의미였다. 주먹이 아닌 손등으로 가볍게 후려쳤으니 제 딴에는 틀린 말도 아니었을 것이다.

자정이 넘은 시각, 사온의 차는 본가를 출발해 안전가옥을 향했다. 미교는 묵묵히 운전하는 사온 곁에서 차창 쪽으로 고개를 떨어뜨린 모습이었다. 그녀는 갑자기 픽, 웃었다. 이어 소리도 없이 가슴만 들썩여 웃더니 그도 얼마 가지는 않았다(사온은 그런 그녀에게 잠깐 한 번 눈길을 주었을 뿐이다).그녀는 뭐라 설명할 수 없는 무기력 속에 빠져 있었다.

"당신은 미쳤어……."

미교는 중얼거리듯 말했다. 이미 아파트 주차장에 도착한 차에서 사온이 사이드브레이크를 잡은 뒤였다.

"당신은 미쳤어요. 제정신이 아니야……."

미교가 이번에는 소리쳤다. 이미 안전가옥으로 들어오고 나서였다. 두 사람은 주차장에서 승강기를 타고 안전가옥으로 들어서기 전까지는 서로 아무 말이 없었다. 사온은 늘 그렇듯 미교를 조심히 다뤘고, 미교는 그가 어깨를 감쌌을 때 그의 팔을 뿌리친 것을 빼면 비교적 순순히 그를 따라 안으로 들어섰다.

"정말 모르겠어요? 이제 다 끝났어요. 끝났다구요……."

사온은 말없이 미교를 보고만 있었다.

"이곳에서 날 사혜의 박제로 만들고 싶겠지만 난 사혜가 아니에요."

미교는 말을 계속했다.

"나더러 이곳에 그냥 있으라고 했던가요? 그럼 행복해질 거라고……? 지금 내 모습이 행복해 보여요? 아니……. 이런 곳에서는 사혜도 행복할 수 없어요."

미교는 눈시울을 붉혔다.

"행복했으면…… 행복할 수 있었으면 죽었겠어요? 당신은 행복을 말하고 있지만 정작 그것을 잔인하게 깬 것도 당신이잖아……."

"내가 어떻게 하면……."

사온은 평소처럼 조용히 말했다.

"미교 씨가 행복할 수 있겠습니까?"

"아무것도."

"아무것도?"

"당신 곁에서는 아니에요."

미교는 고개를 저었다. 사온의 곁에서는 행복할 수 없다는 의미였다.

"이제 멈춰요. 제발……."

"나도 멈추고 싶어요."

사온은 수긍했다.

"미교 씨가 멈춰줘요."

"내가……? 어떻게요?"

사온은 먼저 미교 앞으로 다가와 그녀의 얼굴을 두 손에 가만히 잡았다.

"이곳에서 느껴줘요. 한 번만……."

사온은 미교의 젖은 눈을 보며 나직이 읊조리듯 했다.

"세상에서 제일 편안하고, 안락하고, 불안하지 않고, 죄가 없는…… 그런 곳이라고……."

"아뇨……."

미교는 눈물을 쏟았다. 그를, 그의 눈을 보는 것이 너무 힘들었다. 건조하고 황량한 눈빛. 풀 한 포기 나지 않는 마른 벌판 같은 그것에는 심지어 바람 한 점 불지 않았다.

"난 더 이상 당신이 나를 보며 사혜를 꿈꿀 수 있게, 사혜 역할 따위 안 해요. 안 할 거예요……."

정확히 말하면 할 수가 없었다. 그 역할을 하려고 했을 때는, 적어도 알고 싶었던 것이 있어서였다. 사혜가 그를 사랑했는지 아닌지를 알고 싶었다. 그런데 모른다. 앞으로도 모를 것이다. 미교가 정중했던 그 남자를 향한 설렘을 온전히 다시 찾은 순간, 그것은 알 수도, 알 필요도 없는 것이 돼버렸다.

"그런 내게 이곳은 무덤일 뿐이에요……."

사온은 미세한 고갯짓을 해 보였다. 끄덕이는 것인지 아니면 가로로 흔드는 것인지 알 수 없을 정도로 애매하고 작은 움직임이었다. 그런 후 뒤로 물러나 그대로 몸을 돌렸다. 몸을 돌려 한 발, 한 발 내딛는 걸음은 무척이나 위태로웠다. 그냥 무너져도 이상하지

않을 만큼이었다. 그는 서재를 지나 처음 만나는 문을 열고 들어
갔다.

　방으로 들어온 사온은 급히 담배부터 꺼내 불붙여 물었다. 마치
담배를 피우러 들어온 사람 같았다. 그가 가끔씩 흡연실로 사용하
는 방이기는 했다. 기본적인 장식과 가구 외에 특별히 인테리어라
고 할 만한 것이 없는 썰렁한 방.

　사온은 깊이 들이마신 연기를 소리 없이, 조금씩 뱉어냈다.

　"무덤……."

　사온은 입술만 살짝 들썩여 중얼거렸다. 그리고 재킷을 벗어 침
대 위로 던져 놓고 저도 그 위에 걸터앉았다.

　"그래……."

　재의 길이를 넓혀가는 제 손의 담배를 보며 그는 중얼거렸다.

　"나도 끝내고 싶어."

　사온의 눈꺼풀이 천천히 아래를 향했다.

　"고통……."

　눈꺼풀이 완전히 닫히니 칠흑 같은 어둠이다. 그 암흑의 한가운
데 사혜가 서 있었다. 그녀의 앞으로는 횡단보도가 길게 끝도 없
이 펼쳐 있고, 그 위를 그녀는 환한 얼굴로 달렸다.

　'오빠에게 가고 있어…….'

　거침없이 달려오던 사혜는 공중으로 날아올랐다. 허리가 꺾여
얼굴은 그 아래에 있었다.

　'사혜야…….'

　사온은 눈을 떴다. 강렬한 빛이 눈 안으로 파고들었다. 그는 침

대에 아무렇게나 누운 모습이었다. 끝없이 반복되는 꿈. 끝없이 반복되는 고통. 멈추고 싶은 이는 그였다.

'멈추고 싶은' 두 사람 중 하나는 침실에 있었다. 미교는 깜박 잠들었다 깨어났다. 사온처럼 침대에 아무렇게나 쓰러져 아주 나쁜 꿈을 꾸고 소스라치며 눈을 떴는데 그 찰나에 꿈은 기억에서 사라졌다. 부스스 몸을 일으키니 갑자기 사온의 얼굴이 눈에 들어왔다. 정확히 쿠션에 프린트된 그의 얼굴, 그것은 침대 머리맡에 놓여 있었다. 미교는 손을 뻗어 쿠션을 잡아 제 무릎 위로 가져왔다. 생각해 보니 그때구나, 하며 미교는 탄식과도 같은 한숨을 조용히 내쉬었다. 유럽에서 돌아온 그가 이 쿠션을 사오던 날에 꿈결처럼 흘렀던, 되살아난 설렘의 기억.

뚝, 뚝, 사온의 얼굴 위로 눈물이 떨어져 그의 코와 뺨을 적셨다. 미교는 쿠션을 부둥켜안아 가슴에 바짝 대었다. 가슴이 뒤틀리는 것처럼 아팠다. 보이지 않는 손이 심장을 잡아 비틀어 짜는 것만 같았다. 이제 와 후회도 되었다. 그가 사혜에게 무슨 짓을 했는지 보고 싶다며 그의 곁으로 다시 돌아온 것이 얼마나 어리석었는지 이제 와 깨달았다. 그 어떤 희생을 치르더라도 그때 도망을 갔어야 했는데.

그런데 정말 그랬다면 상처가 덜했을까. 그를 잊고 살 수 있었을까. 사혜를 잊지 못하는 그는, 그녀를 그렇게 보내고 대체 어떻게 버틴 것일까. 순간, 미교는 제 가슴에서 서늘한 칼날이 스윽 스쳐 지나는 느낌에 고개를 들었다. 벌떡, 자리에서도 일어났다.

집 안은 고요했다. 미교는 잠시의 머뭇거림 끝에 침실을 나와 사온의 방으로 걸음을 옮겼다. 노크를 하려다 혹 잠들어 있으면 깰 수도 있을 것 같아 그냥 손잡이를 잡고 조심히 문을 열었다. 그리고 그녀는 평생 잊을 수 없는 광경을 목격하고 만다.

사온은 침대에 걸터앉아 있었다. 넥타이를 푼 셔츠 차림에 가슴께에 올라와 있는 오른손에 은색의 소형 리볼버를 쥔 채였다. 충격을 받아 말도 못하고 망연히 서 있는 미교와는 거의 정면이었다.

사온은 입꼬리를 살짝 올렸다. 기분 좋아 보이는 미소였다.

"사혜야……."

탕!

사람은 때로 현실이 아닌 것 같은 충격의 순간에 간신히 기절만은 면한 아득한 정신 속에서 그것을 잠재적 능력이라고 불러도 좋을 놀랄 만한 일을 해내기도 하는가 보다. 직업이 간호사인 미교에게는 물론 전문 지식도 있었다. 거기에는 또한, 결코 '조금'이라고 말할 수만은 없는 천운도 작용을 했을 것이다. 사온은 정말 신속하게 응급차에 실렸다.

깊은 밤, 계성의대종합병원은 여느 때와 다름없는 모습이었다. 본관 응급센터의 불이 환한 가운데 사람의 움직임은 별로 없었다.

병원 안으로 승용차 한 대가 급히 들어와 응급센터에서 멀지 않은 곳에 멈춰 섰다. 승용차에서는 남자 한 명이 급히 내렸다. 차 비서였다. 그는 응급센터의 입구로 뛰어들었으나 응급실 내부로 들어간 것이 아니라 곧장 승강기를 탔다. 5층에서 내린 그는 거의 달리는 걸음으로 복도를 지나 코너를 돌고 나서야 걸음을 늦추었다.

차 비서의 시야에 굳게 닫힌 수술실 입구와 그 옆 벤치에 홀로 앉아 있는 미교가 들어왔다. 그녀는 피투성이의 옷차림에 축 처진 어깨 한쪽으로 고개를 떨어뜨린 모습으로 있다가 '아가씨' 하는 소리를 듣고서 제 의식을 깨웠다.

"아직……."

미교는 자리에서 일어났다.

"본가에는 연락을 못했어요."

"부대표님은……."

차 비서는 말을 잇지 못하고 수술실로 눈을 옮겼다.

"응급 수술 중이에요."

미교는 차분히 말했다. 어떻게 된 일인지를 궁금해하는 차 비서의 어두운 안색을 보며 그녀는 나머지 설명을 이어갔지만 세부적인 것은 저도 제대로 기억나는 것이 없어 의사의 말을 주로 전했다. 의사는 탄환이 심장이 비켜갔다 했다. 어찌 된 일인지 사온은 자신의 머리가 아닌 심장을 쏘았다. 총신이 짧은 리볼버라 그것이 가능했다고는 해도 손목을 꺾어 겨눈 것이 제대로 심장의 중심을 관통하지 못해 결과적으로는 다행인 셈이었다. 의사는 또 미교에게 응급처치를 잘했다고 칭찬했다. 지혈이 잘돼 과다 출혈로 인한 쇼크를 막을 수 있었다고 했지만 정작 그녀는 현장에서 사온을 발견하고, 응급처치를 하고, 응급차를 불러 병원까지 온 과정을 거의 기억하지 못했다.

오전 9시 반, 응급 수술에 이은 본격 수술이 진행되었을 때는 사빈과 그의 어머니도 와 있었다.

"미교는 들어갔다 눈 좀 붙이고 와라."

어머니는 어둡고 무거운 안색과 목소리로 옆에 있는 미교를 보며 말했다. 두 사람은 나란히 벤치에 앉아 있고 사빈은 서 있었다.

"아녜요……. 괜찮아요."

"고집 피우지 말고……. 가서 씻고 옷도 갈아입어야지……."

피가 말라붙은 옷을 그대로 입고 있는 미교였으니 어머니의 말도 무리는 아니었다.

"사빈아, 네가 미교 데려가라."

"정말 괜찮아요……."

"가요, 미교 씨."

사빈은 미교를 잡아 벤치에서 일으켰다. 미교는 마지못하듯 사빈에 끌려 몇 발자국 걷다 수술실을 돌아봤다. 자리를 비운 새 무슨 일이 일어나지 않을지 하는 마음에 차마 발길이 떨어지지 않았다. 그런 그녀를 사빈이 안심시켜 잠시 후에는 함께 본가로 향하고 있었다.

"경찰 쪽은 일단 차 비서가 상대하고 있는데 미교 씨도 한 번은 조사를 거쳐야 할 거예요."

사빈은 부러 사후 처리에 관한 일을 거론했다. 무겁고 긴 침묵 후였다. 뭐라도 말을 해야 할 것 같아서 미교가 듣는지 아닌지 아무 반응을 보이지 않는데도 띄엄띄엄 몇 마디 했다. 그가 사온의 소식을 들은 것은 이른 아침 차 비서를 통해서였다. 얼마나 놀랐는지 한참 동안은 멍한 상태로 있었다. 이후 일본에 있는 사혁에게 가장 먼저 알린 다음 조심스럽게 어머니에게도 알리고 또 함께 병원에 와 지금까지 그가 알고 있는 사실은 차 비서에게 들은 것이 다였다.

차 비서가 전한 내용은 '사온이 권총 자살을 시도해 병원에 있다'는 것이었는데 정작 병원에 와서 당시의 상황을 보다 자세히 알고 있을 미교에게서는 한마디도 듣지 못했고, 묻지 못했다. 말라붙은 검은 핏자국에 뒤덮인 채 그것에 대비되게도 몹시 파리한 안색과 생기 없는 얼굴을 하고 수술실 앞 벤치에 망부석처럼 앉아 있던 그녀를 붙들고 무엇을 물어볼 수 있었겠는가.

미교는 내내 입을 다물고 있었다. 그런 그녀가 입을 연 것은 본가에 도착한 후로 가사 도우미 아줌마에게 미교의 식사를 차리라는 사빈의 말에 '안 먹겠다' 한 것이 그것이었다. 그리고 사빈이 재차 권하는데도 그녀는 아무 말도 없이 사혜의 방이자 제 방으로 들어가 버렸다.

방으로 들어온 미교는 외투 주머니에서 핸드폰을 꺼냈다. 오면서 내내 진동을 울리던 그것을 확인 후 그녀는 바로 통화 버튼에 손을 댔다.

"엄마……."

엄마라는 단어의 어감 때문일까. 그렇게 부르자마자 미교는 금세 눈을 붉혔다.

[오늘 못 내려와?]

미교는 이미 몇 시간 전에도 엄마와 통화를 했는데—어제 정교의 사고로 엄마는 현재 정선의 어느 병원에 있었다—그 통화에서 '병원에 비상이 걸려 당장 못 내려간다' 했었다. 엄마는 딸이 여전히 간호사로 일하는 줄 알고 있었다.

[그럼 너무 서둘지 마. 급한 일 다 마치고 와.]

엄마는 다독이듯 말했다.

[정교 놈 꼬라지 보고 있자니 그렇잖아도 속 터져 죽겠는데 너까지 와서 모녀가 쌍으로 속 터질 거 뭐 있어? 엄마 속이라도 좀 진정되거든 와라.]

엄마의 말에 미교는 눈물을 글썽거리면서도 피식 웃었다. 정교의 사고는 음주운전으로 인한 것이었다. 엄마의 설명에 의하면 정선에 머물던 정교가 만취한 상태에서 지인의 차를 몰다 가로수를 들이받았다고 했다. 팔과 어깨뼈와 갈비뼈가 부러진 중상이지만 생명에는 지장이 없다고도 했다.

오비이락(烏飛梨落)이라더니, 어제 정교의 사고 소식을 접하고 바로 사온과 연결시킬 수밖에 없었던 상황이 미교는 이제 와 못내 뼈아팠다. 당시 정교와 핸드폰 연락이 안 되었던 자세한 사정은 아직 알 수 없으나, 그 직전에도 통화가 안 되기는 마찬가지였고, 또 그전에도 오빠의 핸드폰은 왕왕 불통이었고 번호도 자주 바뀌었다는 것을 새삼 기억해 냈다.

"수일 내로 내려갈게. 엄마. 미안해."

통화를 끝낸 미교는 핸드폰을 충전기에 끼워 넣고, 이후 샤워를 하고 옷을 갈아입는 등으로 시간을 보냈다. 사온의 일은 부러 생각을 안 하려 했는데 어느 순간 사온의 모습이 눈앞에 선명히 다가와 깜짝 놀라고서야 그것이 꿈이란 것을 알았다. 침대에 앉았다가 그대로 쓰러져 잠들었던 것이다. 시간을 확인하니 세 시가 넘어 있어 깜짝 놀랐다. 미교는 부지런히 외출복을 챙겨 입고 방을 나왔다.

"좀 잤어요?"

주방에서 모습을 보인 사빈이 물었다. 식사를 하다 기척을 듣고 나온 모습이었다. 들어올 때의 옷 그대로인 것을 보면 대기하듯 미교를 기다린 모양이었다.

"깨우지 그랬어요?"

미교는 화를 냈다.

"나오지 않기에 자는 것 같아 그냥 뒀어요. 먹지도 않았는데 자기라도 해야죠. 이리 와요. 지금이라도 한술 뜨고 가요."

"됐어요. 그냥 갈래요."

미교는 현관으로 몸을 돌렸다.

"방금 엄마한테 전화 받았어요. 다행히 수술 잘 끝났고 중환자실로 옮긴대요."

나가려는 미교를 잡고 사빈은 말했다.

"밥 좀 먹고 간다고 그새 무슨 일 일어나지 않아요. 이러다 미교 씨도 쓰러져요."

그런데도 미교가 사빈의 팔을 뿌리치고 신발을 신자 사빈은 알았다며 그녀를 데리고 차고로 가 곧장 병원으로 출발했다.

"형이랑 무슨 일이 있었는지……."

가는 길에 사빈은 결국 가장 궁금해한 것에 대해 입을 열었다.

"말해줄 수 있어요?"

"뭘 알고 싶은데요……?"

미교는 무표정하게 반문했다.

"뭐라도……. 아무 일도 없이 형이 그랬을 린 없을 것 같아서……."

어젯밤 사온에게 맞아 얼굴 한쪽이 여전히 부어 있는 사빈으로서는 형과 그렇게 헤어지고 나서의 현재 상황이 그리 쉽게 이해되지는 않았을 것이다.

"사이코라면서요……?"

사빈은 멈칫, 미교에게 잠깐 눈길을 주었지만 입을 열지는 못했다.

"미친 사람한테 무슨 이유가 있겠어요? 아무 일 없이도…… 그는 어차피 그랬을 거예요."

그것을 미교 저가 조금 더 늦추고, 동시에 앞당겼다는 차이만 있을 뿐이라고, 그것을 그녀도 어젯밤에 깨달았다. 불현듯 서늘한 칼날이 가슴을 스쳐 지날 때, 그리고 사온에게 달려가 피 흘리는 그를 보았을 때.

미교는 그 현장에서 단 하나만을 선명히 기억했다. 피를 흘리면서도 아직 의식이 있던 그가 눈을 반쯤 뜬 채로 입 끝에 희미한 미소를 머금고 있던 얼굴. '사혜야'라고 불렀을 때의 그 기분 좋아 보이던 미소를 그대로 갖고 있으면서도 매우 평온한 얼굴이었다.

아니, 행복한 쪽에 더 가까웠다고 해야겠다. 미교에게 행복을 말했던 그는 정작 자신이 그 행복을 안고 떠나려 하고 있었다.

그제야 미교는 알았다. 사혜가 죽은 후 사온 역시도 죽음만을 보며 살았구나, 죽음을 향해 걸어가고 있었구나, 그 걸음을 미교로 인해 잠시 늦추었다가 마침내 한달음에 끝까지 가버렸구나, 하고 말이다. 멈추라고 했더니 그는 그렇게, 정말 '멈춰 버렸다'.

사온은 중환자실에 있었다. 코에 산소 호스가 연결된, 아직 마취에서 깨지 않은 모습이었다. 그 곁에는 어머니가 앉아 있었다. 푸른색 의료 가운에 마스크를 한 어머니는 흡사 그런 모양의 인형을 그곳에 가져다 놓은 것이 아닐까 싶을 만큼 마스크 위로 보이는 망연한 눈빛마저 사온의 얼굴에만 고정한 채 꼼짝도 않고 있었다.

"사모님, 이제 그만 나오셔야 해요. 더 이상 계시면 안 돼요."

어느새 들어와 있는 간호사가 사빈 어머니를 보며 말했다. 어머니는 간호사의 부축을 받아 중환자실을 나왔다. 중환자실의 문밖은, 그곳에서도 중환자실을 들여다볼 수 있도록 적당한 크기의 유리창이 설치된 대기실이었다. 그 대기실로 미교와 사빈이 들어왔다. 어머니가 중환자실을 나온 직후였다.

미교는 어머니에게 인사하자마자 유리창으로 다가가 그곳에 얼굴을 바짝 대고 사온을 바라봤다. 그런 미교에게 어머니는 '좀 있으면 깨어날 거야' 했다.

"어머님은 이제 들어가서 좀 쉬세요."

미교는 말했다.

"여긴 제가 있을게요."

"깨는 건 보고 가야지."

어머니는 깊은 한숨과 함께 대꾸했다.

"힘드실 텐데요……."

"아니야. 내가 뭘 한 게 있다고. 너야말로 좀 더 쉬다 오지 왜 벌써 와? 사빈인 어여 회사에 가보고. 그나저나 회사에는…… 어떻게……."

"그건 큰형이 와봐야……."

어머니와 마찬가지로 사빈 역시도 애매하니 말꼬리를 흐렸다. 회사에 알릴지 등의 후속 조치는 사혁이 도착한 후에 결정될 것이라고, 차 비서가 전했기 때문이었다. 그러니 현재로서는 아무것도 결정된 것이 없는 셈이었다.

"큰형은 5시에 공항에 도착한대요. 형수는 준환이 땜에 며칠 뒤에 온다 하구요."

사혁이 병원에 도착한 것은 7시 가까이 되어서였다. 어둡고 굳은 얼굴을 한 그가 대기실로 들어섰을 때, 중환자실 안에는 마침 의료진이 사온의 상태를 보는 중이었고 그 자리에는 미교도 함께였다.

"아직 안 깨어나고 있어."

홀로 대기실을 지키고 있던 어머니는 수심 가득한 얼굴로 딱히 사혁에게 하는 말이랄 것도 없이 중얼거렸다.

"결국……."

사혁은 저도 모르게 말을 뱉었다는 듯 불쑥 입을 열었다가 곧장 다물고는 뒤이어 '으음' 하는 곤혹스러운 신음으로 대신했다.

어머니는 눈을 감았다. 그렇잖아도 사온의 사고와 함께 '사온까지 죽어야 끝이 나냐'고 했던, 전에 사혁이 했던 말이 귓가에서 떨어지지 않고 있던 터였다. 사실 어머니는 사혁의 그 말을 터무니없다 여겼다. 하물며 미교도 있는 지금은 더욱 그랬다. 미교를 두고 사온이 왜 죽는가.

그 의문은 또 그대로 사혁의 것이었다. 그는 중환자실에 있는 미교를 보고 있었다. 그의 눈에는 더도, 덜할 것도 없이 사혜로 보이는 미교. 그녀를 두고 사온이 왜 죽음을 택했는지, 사혁은 이해가 되지 않았다. 미교가 사혜를 대신하는 줄 알았더니, 그래서 어머니는 건강을 되찾고, 사빈은 그 특유의 쾌활함을 되찾고, 집안은 다시 웃음꽃이 피기 시작했는데 어째서 사온만은 도리어 절망적인 선택을 한 것인가. 사온은 미교를 두고도 사혜를 잃은 상실감을 채울 수 없었다는 말인가.

의료진과 미교가 중환자실에서 나오자 사혁과 어머니는 급히 의사 앞으로 움직였다.

"일단 의식이 들기를 기다려 봐야지요."

50대의 의사는 말했다.

"3시 전에 수술이 끝났다고 들었는데 마취가 이렇게 오래 안 깨는 건 위험한 거 아닌가요?"

사혁이 의아한 얼굴로 물었다.

"딱히 이유를 알 수가 없습니다. 아직 자발 호흡은 안 되고 있지만 이상 징후도 없거든요."

의사도 당혹스러워하며 환자의 상태를 예의 주시할 테니 너무 걱정 말라고 했다.

의료진이 나가고 얼마 지나지 않아 차 비서와 사빈이 모습을 보였다. 사혁은 기다렸다는 듯 차 비서만 데리고 도로 대기실을 나갔다.

"형은…… 아직이에요?"

대기실에 그냥 남은 사빈은 미교를 보며 물었다. 미교는 고개만 끄덕여 보였다.

"깨어…… 나겠죠?"

"네. 나쁜 데 전혀 없으니까요, 곧 깨어날 거예요."

미교가 이번에는 입을 열어 애써 아무렇지 않게 대답했다. 그 곁에서 어머니는 고개를 끄덕여 동조를 하는 듯했지만 모두 불길한 예감에라도 휩싸인 듯 분위기는 무거웠다. 수술 후 세 시간이 넘도록 깨어나지 않는 것은 위험한 징후였다. 그런데 네 시간이 넘었다. 미교는 특히, 그것이 얼마나 좋지 않은 징후인지 너무도 잘 알고 있었다.

탄환이 심장을 피해갔다고 했을 때만 해도, 수술이 성공적이라는 말을 들었을 때만 해도 비록 마음을 완전히 놓지는 못했을망정 끔찍한 악몽에서 깨어나, 아, 꿈이구나 하는 것처럼 최소한의 안도감 정도는 가질 수 있었다. 그런데 그 안도감이 조금씩 흔들리고 있었다. 흔들릴 뿐만 아니라 수술 후 예측할 수 없는 징후 중에서도 의사조차 그 까닭을 찾을 수 없는, 그래서 기적이나 바라야 하는 최악의 불운으로 치닫고 있는 것은 아닌지 하는 불안마저 스멀스멀 피어오르려 했다.

어머니는 눈을 감았다. 정녕 이렇게 끝이 나는가.

대기실 밖에서는 사혁과 차 비서가 얘기 중이었다. 두 사람은 경찰 관련 문제와 회사에 대해 주로 이야기했다.

"회사에는 비서실장과 믿을 만한 측근 몇 명에게만 알릴 거고 언론에 총력을 기울이게 될 거야. 가능한 조용히 움직이게."

경찰과 법무에 관한 것은 차 비서와 사빈이 맡을 것이란 설명을 주고받은 후에 사혁은 말했다. 총기 사고라 경찰이 개입되지 않을 수 없는데다 언론으로 흘러들어 갈 경우에는 자칫 선정적으로 보도될 우려가 커, 무엇보다 그것을 막는 데에 최대의 힘을 기울여야 했다.

"회사에서 알게 되면 할아버지 귀에 들어가는 것도 금세라…… 참, 할아버지껜 안 알렸겠지?"

"네. 당연히."

"잘했어. 연세도 있으시니 알리더라도 사온이가 의식을 찾은 후에 별 탈이 없는 거 확인하고 알리는 게 좋아."

외조부가 충격을 받을까 봐 일본의 외가에는 아직 사온의 일을 알리지 않고 있었다. 그런데 하루가 지나고 또 하루가 지나도 사온은 깨어나지 않았다. 신체적으로 나쁜 징후가 전혀 없고 자발 호흡도 돌아와 원래대로라면 당연히 의식을 찾아야 하는데 도무지 이유를 알 수 없다고 의료진도 의아해했다. 사온은 마치 뇌사한 것처럼 어둠 속에 있었다.

"알고 있어요……."

미교는 독백처럼 중얼거렸다. 그녀는 중환자실의 사온 앞에, 그와 단둘이 있었다.

"깨고 싶지 않은 거죠……? 사혜가 없는 이 현실로 돌아오고 싶지 않은 거죠? 알아요. 이해할 수 있어요……."

미교는 사온 위로 고개를 기울여 주검과도 같은 얼굴을 손으로 쓸어내렸다. 그의 얼굴은 마치 잠든 사람 같았다. 미교가 그와 함께 잠들었다가 먼저 눈을 떴을 때 보았던 바로 그 얼굴이었다. 미교는 이 대학병원에서 간호사로 있을 때 뇌사와 식물인간 상태의 사람을 여러 차례 보았었기에 그들의 얼굴이 어떤지도 알아, 그것이 그저 잠든 사람의 그것과는 다르다는 것도 알았다. 지금 사온의 얼굴은 분명 그들과 달랐다. 그는 다만 평안해 보일 뿐이었으니까. 피를 흘리며 의식을 놓기 전의 바로 그 얼굴처럼.

"그런데……."

미교는 말을 이었다.

"와야 해요……. 서둘진 말고 천천히……. 난 기다릴 수 있으니까……. 사혜를, 아픔을 좀 잊을 수 있을 때까지 충분히 있다가…… 아주 충분히 있다가 견딜 만하면…… 이제 좀 견딜 만하다 싶으면…… 그때 돌아와요. 알았죠?"

미교는 다시 사온의 얼굴을 어루만졌다.

"기다릴 거예요. 아무리 오래 걸려도…… 난 기다릴 거예요……."

미교의 기다림은 길었다. 한 달이 가고, 두 달이 가고, 석 달이 갔다. 그사이 사온은 수술 후 30일이 지났을 쯤에 본관에서 별관으로 이관되었다. 그의 아버지인 제 회장이 오래 누워 있었던 바로 그 5층의 입원실로, 또 그 아비처럼 의식불명인 상태로 옮겨졌다.

미교는 또 오빠가 입원해 있는 정선의 외과병원에도 다녀왔다. 오빠 걱정도 걱정이지만 무엇보다 엄마를 위로해야 했는데 사온 곁을 떠나 있는 것이 마음 편치 않았던 그녀는 제대로 된 위로는커녕 하루 있다 가라는 엄마의 소박한 부탁조차 들어주지 못하고 허둥지둥 올라와 버렸다. 그 미안한 마음에 마침 계약이 만기된 자취집을 정리해 그 돈을 모두 엄마에게 부쳤다. 정교의 사고로 인해 병원비며 합의금, 벌금 등이 어느 정도일지는 불을 보듯 빤한 일이었기 때문이다. 자취집에 있던 짐은 가구는 다 버리고 그 나머지만을 정리해 사온의 본가에 보관해 두었다.

사혜의 세 번째 기일도 있었다. 미교는 사빈과 함께 사혜가 잠들어 있는 납골묘에 처음으로 가보았다. 그리고 그 자리에서 빌었다. '사온을 돌려보내라'고.

가장 최근에는 사온의 외조부 방문이 있었다. 미교는 초면이었다. 사혁과 차 비서의 수행을 받고 온 외조부는 '이놈 죽으면 나한테 알리지 마라'고 해서 모두를 당황시켰다. '딸자식 장사를 치른 내가 손자 놈의 그 꼴까지 봐야겠나' 하며 노인은 노여워했다.

사온의 사고는 언론에 나지 않았다. 회사에도 비밀에 부쳐 장기 휴가를 낸 상태고—그래도 임원급들 중에서는 겉으로야 쉬쉬 하고 있

지만 많이들 알고 있었다─사혁과 차 비서는 그것을 또 외조부에게
도 숨겨왔지만 들키는 것은 시간문제일 뿐이어서 결국 들통난 것
이 약 한 달 전이었다. 다만 외조부가 노환으로 병석에 있을 때,
자리를 털고 사온을 만나러 오기까지 약간의 시간이 걸린 것뿐이
었다. 외조부는 미교가 내온 차도 마시지 않고 가버렸다.

어느덧 계절은 완연한 여름이었다.

"미교야."

사온의 입원실 문가에 민서가 모습을 보였다. 간호사 유니폼이
아닌 일상복 차림이었다.

"혼자지? 퇴근하는 길에 들렀어."

민서는 안에 미교 혼자뿐인 것을 확인하고 안으로 들어왔다. 미
교는 사온의 침상 옆에 앉아 그의 팔을 주무르고 있던 중에 자리
에서 일어났다. 별관에서 일하는 미교의 친구 민서는 담당이 아니
었지만 미교에게 많은 도움을 주고 있었다. 물론 민서는 미교와
사온의 관계를 알지는 못했다. 그저 미교를 간병인으로 알고 있었
다.

"힘들지 않아? 교대 간병인 쓰자고 해봐."

"아니. 괜찮아. 대신 페이가 세잖아."

미교는 웃는 낯으로 친구의 말을 받았다. 그녀는 입원실을 제집
삼아, 사온의 곁에서 거의 떠나지 않고 그를 지키고 있었다.

"그래. 부자 돼라, 부자 돼."

민서는 어이없다는 듯 말하고는 사온에게 힐끔 눈을 주었다.

"사람 팔자 모른다더니, 뭐 하나 부족할 게 없는 분이 참……."

민서는 그렇잖아도 사온이 의식불명인 채로 별관으로 옮겨진 것은 여기 간호사들 사이에서 쇼킹한 화제였다며 이미 호들갑을 떨기도 했었다. 그러면서 '총기 사고라더라' 하는 소문도 물고 와 미교에게 은근히 확인을 해보기도 했으나 미교는 당연히 어떠한 언급도 하지 않았다.

"그래도 회복 상태는 나쁘지 않다며?"

"응. 좋아. 깨어나서 재활하면 금방일 거야."

사온은 주검처럼 누워 있으면서도 몸의 재생 능력만큼은 정상 치에 비해서도 크게 떨어지지 않아, 상처 부위만 놓고 보자면 거의 회복 단계라고 해도 과언이 아니었다.

"그러니까…… 다들 이상하다고 하더라. 안 깨어날 이유가 없는데……."

그때 문이 열리는 소리가 나 두 사람 다 그쪽으로 눈길을 모았다. 사빈과 그의 어머니였다. 민서는 서둘러 인사를 하고 물러갔다.

"자요."

사빈은 손에 든 쇼핑백부터 불쑥 내밀었다.

"책입니다. 목록에 있는 거 중에서 배송 온 거만 일단 갖고 왔어요."

"고마워요."

"책 진짜 빨리 읽네. 저번에 한 열 권 됐던 거 같은데 그걸 벌써……. 혹시 간병은 안 하고 순 독서만 하나?"

"들켰네."

사빈은 일주일에 두세 번 정도, 특히 주말에 형의 입원실에 들러 그때마다 지금처럼 미교가 주문한 책을 대신 구해오거나 혹은 맛있는 케이크를 사오기도 했다.

"앉으세요, 어머님. 시원한 차 드릴게요."

미교는 냉장고가 있는 곳으로 움직였다. 그사이 소파에 앉는 어머니는 미교에게서 눈을 떼지 않고 있었다. 어쩌면 저렇게 한결같을 수가 있을까, 요즘 미교를 보면서 드는 생각이었다. 사온을 홀로 간병한 지도 벌써 5개월째인데 처음이나 지금이나 미교에게서 피로의 기색을 발견하기는 쉽지 않았다.

물론 몸이 피곤해 안색이 나빠 보이는 경우는 간혹 있었지만 내면만은 한결같다는 것을 어렵지 않게 알 수 있었다. 미교는 간병을 위해 저 자신부터 건강해야 함을 아는지 밥도 잘 먹고 어머니가 가져다주는 보약도 열심히 먹었다. 저 작고 가녀린 체구로 그리 애쓰는 것을 보다 못한 어머니가 간병인 하나를 더 쓰려 했지만 미교는 단호히 반대했다. 기어코 혼자 하겠다는 것이다.

그런 그녀의 고집을, 어머니는 처음에는 죄책감 때문인가 보다 했다. 사온의 사고 현장에 함께 있으면서 그 사고를 막을 수 없었다는 죄책감. 설사 그것이 전부는 아닐지라도 어느 정도는 영향을 끼쳐 그리 애를 쓰나 했었는데 아마 한두 달 정도 그런 모습을 보이고 말았다면 그것이 맞았다 할 것이지만 이제는 죄책감만으로는 설명할 수 없었다. 그저 많은 시간이 지났다는, 시간의 문제만도 아닌, 사온을 향한 미교의 변함없는 헌신만 봐도 알 수 있었다. 그것은 한 인간에 대한 깊은 사랑 없이는 불가능했다.

미교는 아이스티 두 잔을 만들어 소파 앞 테이블 위에 올려만 놓고는 다시 사온 곁으로 가 앉았다. 그리고 그의 팔을 주무르는, 조금 전에 하던 일을 계속했다.

"도와줘요?"

차를 몇 모금 마시다 말고 사빈은 자리에서 일어났다.

"괜찮아요. 어려운 일도 아니라."

"힘쓸 일 같은 거 없어요? 형 뒤집는 거나, 뭐 그런 거……."

"지금은 없어요. 힘쓰는 일은 차 비서님이 자주 와서 도와주시니까."

"많이 말랐네……."

사빈은 중얼거렸다. 마침 미교가 사온의 팔을 세워 손을 주무르고 있을 때였다. 크고 길쭉해 원래도 살이 별로 붙어 있지 않은 사온의 손은 사빈의 말대로 야위어 뼈마디가 한층 두드러져 보였고 수액 바늘에 꽂혀 있는 손등에는 핏줄이 심히 불거져 있었다.

"움직이질 않으니 당연하죠. 근육이 할 일이 없잖아요."

"그럼 난 우리 형 다리나 주물러 드릴까……."

사빈은 의자를 끌어다 사온의 다리 쪽으로 놓았다.

"두 사람 그러지 말고……."

그때 어머니가 끼어들었다.

"저녁때 다 됐는데 같이 식사하고 와. 사빈아, 미교 맛있는 거 사줘라."

"전 괜찮아요."

"괜찮긴, 어서 말 들어. 그건 내가 할 테니까."

어머니도 일주일에 세 번 정도는 입원실에 들러 미교의 일을 돕고 있는데 입원실에서 살다시피 하는 미교를 위해서 기회만 되면 바깥바람을 쐬게 했다.

"어머님은요?"

"난 점심을 늦게 먹은 데다 소화가 잘 안 돼서 좀 이따 먹어도 돼."

"그래요, 미교 씨. 가요. 요 근처에 초밥 잘하는 데 있잖아요. 우리 그거 먹으러 가요."

사빈도 재촉해 미교는 마지못해 일어났다.

"힘들지 않아요?"

사빈은 너무 무겁지 않게 물었다. 미교와 나란히 별관을 빠져나오는 중이었다.

"좀 바보 같은 질문이지만."

"바보 같은 질문이라도 위로는 되네요. 이렇게 아름다운 토요일 저녁이잖아요."

미교는 눈길을 다소 멀리 던졌다. 7시가 넘은 시각이었지만 해가 길 때라, 병원 내 나무와 꽃들은 저물어가는 빛을 악착같이 품은 채 푸른 제 모습을 한껏 뽐내고 있었다.

"나야 그렇다 치더라도 이렇게 좋은 날에 데이트도 못하고 나 데리고 밥이나 먹으러 가는 사빈 씨도 위로받아야 할 사람인 것 같긴 하지만요."

"아닌데? 난 지금 하고 있는데. 데. 이. 트."

"가만 보면 순 허당이라니까."

미교는 픽, 웃었다.

"역시……."

사빈은 묘한 감탄의 표정을 지었다.

"누가 쌍둥이 아니랄까 봐……."

"네?"

"사혜도 그랬거든요. 나더러 허당이라고."

그러자 미교는 피식, 웃었다.

"어디선가 읽었는데, 쌍둥이는 서로 모른 채 떨어져 살아도 공유하고 있는 부분이 많다던데요."

"그러네요. 한 남자한테 엮인 거 보면."

미교는 짐짓 냉소적으로 받았다.

"그럼 사혜는 형을 사랑했을까요?"

사빈은 뜬금없이 물었다.

"왜 새삼? 절대 그럴 리 없다면서요?"

사빈은 대꾸를 못하고 눈을 하늘로 올렸다. 무엇을 말할까, 하다가 포기한 모습이었다. 그는 정말 그렇게 믿었다. 사온과 사혜의 관계는 사온의 일방통행이었을 뿐이라고 너무도 굳게 믿어 '만약 사혜가 사온을 사랑했다면' 이라는 가정조차 허락지 않았다.

그 '만약' 을 허락한 것은 최근으로, 사온 곁을 지키는 미교를 보면서였다. 그리고 '만약' 을 가정하니 그제야 비로소 사혜가 사빈에게 했던 마지막 말, '오빠도 똑같애' 가 이해되었다. 그 '만약' 외에 그 말을 이해할 다른 실마리는 없었다. 그날 사빈은 누이에게 '사온에게 가는 것을 싫다' 하라며 무작정 강요했었으니까.

"알 수 없는 일이에요. 그런 건 그냥 묻어두는 거죠."

미교는 대수롭지 않게 말을 이었다.

"그래요, 그냥……."

미교의 어조에 응하듯 사빈 역시 가볍게 입을 열었다.

"쌍둥이는 남자 취향도 닮지 않았을까 해서요. 미교 씨는 형을 사랑하니까."

"틀렸어요."

사빈은 멈칫, 약간 놀란 눈을 미교의 얼굴에 고정했다.

"나, 사온 씨 미워해요."

7. 망각의 강

"사온일 사랑하지?"

그렇게 묻는 목소리는 어둠 속에서 들려왔다. 어머니의 그것이었다. 사온의 입원실로, 어머니와 미교는 각각 보호자 침상과 소파에 누워 있었다. 어머니는 사빈과 함께 본가로 돌아가지 않고 남아 미교와 함께 입원실을 지키다 밤이 돼 잠자리에 누운 후였다. 미교의 대답은 들려오지 않았다.

"혹시……."

미교의 대답을 굳이 듣고자 한 것이 아닌 듯 어머니의 목소리는 금세 이어졌다.

"사혜도…… 그랬을까……?"

"모르죠……."

미교는 나직이 대답했다.

"생각하지 마세요."

"그런데 만약⋯⋯."

어머니가 '만약'이라고 하는 것을 들으며 미교는 몸을 일으켰다. 어머니의 음성이 몹시 불안하게 느껴졌기 때문이었다.

"만약 그랬다면⋯⋯."

미교는 일어나 빠른 걸음으로 어머니에게 다가가고 있었다.

"사혜는 엄말 원망했을까⋯⋯?"

미교는 어머니를 끌어안았다. 어머니는 소리 죽여 울었다. 잔인한 기억이다. 사랑으로, 오직 사랑만으로 도리어 사랑을 잃은 그것은. 그러니 떠오르지 못하게 영원히 어둠 속에서 나오지 못하게 해야 한다. 그래야 사람은 살 수 있다. 그런데 그렇게 하지 못한, 할 수 없었던 남자.

미교는 어둠 속에 누워 있는 사온을 바라봤다. 그 잔인한 기억으로 지금까지 깨어나기를 거부하는 남자를.

미교는 입원실의 창가에 서서 바깥 풍경에 눈을 두고 있었다. 구름 한 점 없이 맑고 푸른 하늘 아래 울긋불긋한 가을이 내려앉아 있었다. 추석도 지나 완전히 무르익은 계절이 제 가장 아름다운 모습을 뽐낼 때였다.

미교는 천천히 고개를 돌려 침대를 바라봤다. 시간이 흐르고,

계절이 바뀌고, 바깥 풍경이 변화하는 것과 전혀 무관한 채로 늘 그대로인 모습을 하고 있는 사온을 바라봤다. 어둠 속에 오래 있을수록 회생 가능성은 점점 희박해진다. 그는 사혜와 작별할 마음이 없는 것일까. 다시 창밖으로 눈길을 돌린 미교는 풍경이 아득히 멀어져 가는 느낌을 받았다.

"미교 씨……."

미교는 제 이름을 부르는 목소리에 눈을 떴다. 그 소리는 아스라이 먼 곳으로부터 들려와 차츰 또렷해져 눈을 뜨기 직전에는 그 목소리의 주인이 누군지도 알았다.

"괜찮아요?"

사혁은 걱정스러운 듯 물었다.

"네에……."

미교는 어설픈 미소를 지으며 몸을 추슬렀다. 그녀는 창가의 의자에 앉아 있었다. 사혁이 노크를 하고, 안에서 아무 반응이 없어 문을 열었을 때도 그녀는 그 의자에 앉아 있었다. 다만 고개를 등받이 옆으로 축 떨어뜨린 채여서 그 모습이 의아해 가까이 가서보니 그녀는 얼핏 잠들어 있는 것처럼도 보였다. 그러나 실은 기절한 것에 더 가깝다는 것을 알아채는 것도 결코 어려운 일은 아니었다.

"좀 피곤했었나 봐요……."

미교는 말을 하며 일어났다.

"나도 모르게 까무룩 잠든 걸 보면……."

"조심해요."

일어나서 걸음을 떼자마자 비틀하는 미교를 잡아주며 사혁은 말했다. 이어 편히 앉으라며 그녀를 소파로 인도해 먼저 앉히고 저는 맞은편에 앉아 오전 일찍 귀국해 서울 제양사에서 일을 보던 중에 들른 길이라고 설명했다.

"안색이 안 좋네요."

설명 끝에서 사혁은 걱정스럽게 말을 이었다.

"피곤할 때도 됐죠, 뭐. 단순 피로니 걱정 마세요."

미교는 대수롭지 않게 말했다.

"그러지 말고 간병인을 하나 더 쓰는 게 어때요? 어머니도 미교 씨 걱정뿐입니다. 추석 때도 집에 안 내려갔다면서요?"

미교는 딱히 대꾸할 말이 없다는 듯 어색한 미소로 답을 대신했다. 추석에 내려가지 않아 그렇잖아도 원망에 가까운 섭섭함을 내비쳤던 엄마에게 아직도 미안한 마음을 갖고 있기에 더욱 그러했다. 때문에 사온의 본가에도 가지 않는 것으로 그것을 상쇄했고, 퇴원 후 계속 고향 집에 머물고 있는 정교라도 엄마 곁에 있으니 그나마 다행이라며 스스로를 위안했었다. 그녀는 추석을 사온과 함께했다. 사빈이 가져다준 송편을 먹으며.

"나, 사실은 미교 씨한테 좀 놀라고 있어요."

잠시의 침묵 뒤로 사혁은 불쑥 말했다.

"보기보다 강해서요."

이어 그는 턱짓으로 사온을 가리켰다.

"저놈보다 백만 배는 더."

약간의 농담을 섞은 듯 사혁은 입가에 웃음을 띠었지만 반대로 전혀 웃지 않는, 웃지 않을 뿐만 아니라 어두워가는 안색을 보이는 미교를 의식하면서는 곧 정색했다.

"물론…… 힘들다는 거 알아요."

그러자 미교는 고개를 저었다.

"아뇨. 솔직히 말씀드리면 몸은 그렇게 피곤하지 않아요. 어젯밤에 잠을 잘 못 자 오늘 컨디션이 좀 나쁘긴 하지만……."

어젯밤에 너무 많은 생각을 했다. 지금껏은 부러 생각을 안 하며 지내온 나날들이었는데, 생각이 많아질수록 절망도 깊어질까 싶어 애써 상념의 문을 꼭꼭 잠가 걸었는데 그것도 한계에 이른 양 많은 생각과 감정들이 한꺼번에 우르르 쏟아져 나온 어젯밤이었다.

"힘든 건 싸움이에요."

"싸움?"

"네. 두려움과의 싸움……."

분명하게 정해진 10년의 싸움보다 기약 없는 일주일의 싸움이 더 힘든 법이다. 기약이라도 있었으면 그것이 5년이든 10년이든 할 만하다 할 텐데, 등대도 없는 칠흑 같은 밤바다를 헤매는 모양 지금의 그것은 시간의 흐름과 함께 불안과 절망을 마일리지 누적하듯 하고 있었다.

그날 밤, 미교는 사온을 간병한 이래 처음으로 그의 곁에서 엉엉 울었다. 두려움을 떨칠 수가 없었다. 절망을 이길 수가 없었다. 그렇게 울다 지쳐 정신마저 아득해질 즈음, 미교는 제 목덜미를 만지는 솜사탕처럼 부드러운 손길에 눈을 떴다. 눈을 떠보니 사방이 칠흑처럼 어두운 가운데 눈앞에 밝은 물체가 어른거렸다.

그것이 무엇인지 형체가 분명하지 않아 미교는 눈을 부릅뜨고 그것을 자세히 보려 했다. 그런데 아무리 봐도 형체가 없었다. 그것은 다만 빛의 덩어리였다. 그 빛의 덩어리를 가만 보고 있자니 긴장이 절로 풀렸다. 마음까지 포근해졌다. 어느 순간에는 저가 그 빛에 들어와 있는 것도 알았다. 이렇게 마음이 놓일 수가.

미교는 언제 그렇게 울었냐는 듯 행복한 기분에 젖어 깜박, 눈을 떴다. 그렇게 눈을 뜨고서야 사온의 머리맡에서 두 팔에 얼굴을 묻은 채 잠들었다가 깬 것도 알았다. 이른 아침이었다.

"으……."

불편하게 앉아서 잤다가 허리를 펴려니 미교의 입에서는 신음이 절로 나왔다. 그리고 바로 그때였다. 미교는 눈앞에서 뭔가 움직이는 것을 보았다. 꿈틀, 하고 움직인 그것, 사온의 손이었다. 자다 깬 정신에 미교는 잘못 본 줄 알았다. 그런데 그 손끝이 까닥하며 다시 움직였다. 이번에는 분명히 보았다. 미교는 대번에 사온의 얼굴로 눈을 옮겼다.

"사온 씨……."

그녀는 거의 부르짖었다. 그 부르짖음에 반응하듯 이번에는 사온의 눈꺼풀이 꿈틀했다. 미교의 가슴에서는 흡사 누군가 주먹으로 심장을 때리듯 격렬한 반응이 일었다.

"사, 사온 씨……. 내 말 들려요?"

사온의 눈꺼풀은 지루한 꿈틀거림 끝에 아주 천천히 위로 올랐다. 미교는 몸을 들어 그의 눈앞에 제 얼굴을 가져다 놓았다. 그가 눈을 뜨면 잘 보일 수 있도록.

"나…… 보여요?"

사막처럼 건조한 눈은 빛을 받아 도로 눈꺼풀에 갇히고 다시 나오고, 또다시 갇혔다 나오기를 반복하면서 아주 서서히 초점을 찾아갔다. 그 지루한 싸움을, 미교는 인내심을 갖고 지켜보았다. 아마도 사혜로 인식하리라 싶어 더는 입도 열지 않고 기다렸다. 커튼이 닫힌 창은 무르익은 가을의 이른 아침 햇살로 뿌옇게 빛났다.

사온의 눈빛은 어느덧 또렷하니 미교의 얼굴에 머물렀다. 그리고 그의 입은 천천히 벌어졌다. 입술 끝에 희미한 미소까지 단 채로.

"미교……."

긴 잠 끝에서 깨어난 사온의 첫마디였다.

미교는 눈을 둥그렇게 떴다. 잠깐은, 그가 깨어난다는 기쁨에 그녀의 입가에 걸려 있던 미소도 사라졌다. 그러나 얼마 걸리지 않았다. 다시 미소를 되찾기까지는.

아름다운 가을날, 미교가 첫 만남을 가졌던 정중한 남자는 다시 아름다운 가을날에 그렇게 그녀 곁으로 되돌아왔다.

사온의 침대 주변으로 의료진이 서 있었다. 침대는 상단부가 45도 올라온 상태로 그곳에 등을 기댄 사온이 의사와 대화 중이었다. 의사가 간단한 질문을 하면 사온이 대답하는 식의 대화였다. 미교는 침대 발치에 서 있었다. 사온의 눈길도 함께였다. 의사의 말에 귀를 기울이고 또 대답을 하면서도 그의 눈만은 침대 발치의 미교를 향해 있었다.

얼마 후 입원실을 나간 의료진을 배웅한 미교는 입원실 문밖에서 의사를 마주했다.

"곧 정밀진단을 하겠지만 지금 특별한 이상은 없어 보이고요……."

의사는 말했다.

"다만 기억에서 다소 장애를 보일 수 있으니 그 점 감안하세요. 기억이 부분적으로 없거나 순서를 역으로 알고 있을 수도 있거든요. 필요하다면 신경정신과 상담을 받도록 하겠지만, 보통은 시간이 지나면 저절로 해결이 됩니다."

의사는 이어 곧 정밀검진 스케줄을 잡자고 하고는 물러갔다.

미교가 입원실 안으로 다시 들어오니 사온은 여전한 모습으로 있었다. 세워져 있는 침대 상단부에 비스듬히 기대어 앉은 채 미교가 들어오자마자 그녀에게 눈을 고정하고는 그녀의 움직임만을 좇았다.

"어머님께 연락했으니 조금 있으면 오실 거예요."

미교는 그렇게 말하며 사온에게 곧장 온 것이 아닌 한쪽으로 가, 무균 렌지를 열고 안에 있는 흰색 타월을 두 장 꺼냈다. 적당한 크기로 잘 개킨 것이며 따뜻한 온도를 유지한 채 젖어 있는 것이었다. 그녀는 그것을 들고 사온 곁으로 가 의자가 아닌 침대 위로 그를 가까이 마주하고 앉았다.

미교는 먼저 사온의 병원용 가운 앞을 풀었다. 수술 흉터가 가장 먼저 보였다. 묘하게도 왼쪽 가슴 삼태성 아래에 자리했다. 보통은 심장이 가슴의 왼편에 있다고 생각하기 쉬운데 심장은 가슴의 중앙에 위치해 있다. 다만 왼편으로, 아주 조금 치우쳐 있을 뿐이다.

"많이 아물었네요……."

사온의 흉터를 손끝으로 쓸며 미교는 혼잣말처럼 중얼거렸다. 머리가 아닌, 심장에 총구를 겨눈 사온을 그녀는 이해할 수 있을 것 같았다. '멈추기'를 바랐으니, 아마도 고통이 멈추기를 바랐을 것이고, 때문에 가슴을 부수어 버리고 싶었을 것이라고. 다만 너무 왼쪽으로 가는 바람에 다행히 목숨을 건졌지만 더불어 고통도 살린 것은 아닐까, 이제 와 부질없는 걱정도 해본다. 상처가 아물 듯 기억도 아물면 얼마나 좋은가. 잊어야 할 것들을 잊지 못하는 우리의 서글픈 기억.

미교는 타월 하나를 집어 들었다. 그리고 그것을 펴서 먼저 사온의 뺨에 가져다댔다. 사온은 내내 말이 없었다. 그저 미교의 얼굴에 눈을 두고만 있었다. 긴 잠에서 눈을 떴을 때부터, '미교'라고 불렀을 때부터 그는 죽 그러했다. 입은 다물고 눈은 뜬 채로 조용히, 늘 미교만을 좇았다.

"늘 이렇게 닦아줬어요."

타월로 사온의 얼굴을 닦으며 미교는 말했다.

"지난 7개월 동안 하루도 빠짐없이."

미교는 그의 얼굴에서 목, 가슴으로 내려갔다. 그러다 문득 멈췄다. 사온이 그녀의 얼굴에 손을 댄 것과 동시였다. 그는 두 손으로 가만히 미교의 얼굴을 잡았다. 그렇게 그녀의 눈을 마주해 응시한 채로 또 한참을 있었다. 변함없이 마른 그의 눈빛이지만 미교는 처음으로 그 눈에서 물처럼 맑은 빛도 보았다.

사온은 이윽고 천천히, 미교의 얼굴을 제 앞으로 당겼다. 미교는 순순히 그의 이끌림에 따랐다. 이내 정수리가 뜨거워졌다. 그의 입술로부터 전달되는 그의 체온, 그것은 그녀의 눈시울을 뜨겁게 하고, 가슴을 설레게 했다. 또한 지난 7개월 동안의 고단함조차 녹였다. 그러니 그것으로 충분하다고 미교는 생각했다.

노크 소리도 없이 문이 벌컥 열렸다. 어머니였다. 어머니는 '살아 있는' 모습의 사온을 보고는 뭐라 말할 수 없는 감격에 눈물부터 왈칵 쏟아냈다. 그다음 방문객은 사빈과 차 비서였다. 이후 차례로 사혁과 그의 아내, 사온의 입원을 알고 있는 회사 관계자, 그리고 일본에서 날아온 외조부가 뒤를 이었다.

이튿날 사온의 몸 상태에 대한 정밀검진이 있었고, 그 며칠 뒤 결과가 나왔다. 체력 저하 외에 특별한 이상은 없었다. 또 그 체력도 식사를 시작하면서 빠른 속도로 회복돼 갔다. 사온은 금세 입원실 내를 걸어 다닐 수 있었으며 재활훈련이 병행되었다.

아무 문제가 없었다. 단 한 가지만 빼면. 그것은 그가 별로 말을 안 한다는 것이다. 특히 미교에게 그랬다. 그녀가 하는 말에 주의를 기울이고, 무엇보다 그녀에게서 절대 눈을 떼지 않으면서도 정작 그녀가 시키는 말에는 입을 다물었다. 그녀에게 말을 건네는

법도 없었다. 그러니 사온의 기억이 정확히 어떤 상태인지 알 수도 없었다. 그는 신경정신과의 상담도 거부했다.

미교는 그러나 걱정하지 않았다. 사온은 분명 가족을 다 알아보고 가족과 관계된 대부분의 것을 기억하고 있다는 것을 확인할 수 있었으니까. 설사 아직 온전치 않은 부분이 있다 해도 시간이 해결해 줄 것이다. 미교는 이제 저가 할 일이 없어졌음을 깨달았다. 그리고 그것에 안도했다. 그녀는 조용한 마무리를 준비했다.

하늘이 잿빛이었다. 눈이 시릴 정도의 푸른빛을 보여준 것이 바로 어제 같더니 계절은 벌써 겨울을 향해 길을 놓고 있었다.

계성종합병원의 근처에 있는 커피 전문점에는 미교와 사빈 어머니가 마주 앉아 있었다. 테이블 위에는 두 개의 찻잔이 놓여 있고, 외출복 차림의 미교 곁에는 은색 캐리어가 세워진 모습으로 있었다.

"온이가 묻진 않는데……."

어머니는 말했다.

"네가 떠났다고…… 눈치는 챈 것 같아."

미교는 이미 이틀 전에 사온의 입원실을 떠나 있었다. 사온이 재활훈련실에 있는 시간을 이용해 입원실에 있는 짐을 챙겨 인사도 없이 모습을 감췄다. 물론 어머니와는 이미 뜻을 맞춘 뒤였다. 미교가 이제 그만 떠나겠다고 했을 때 어머니는 물론 무척 놀라 만류도 하고 설득도 했지만 '지쳤다'는 미교의 말에는 더 어찌해 볼 수 없어 결국 받아들였다.

지쳤다는 말처럼 사람을 무력하게 만드는 것이 또 있을까. 그것은 또한 미교에게 전적인 진실도, 그 완전한 반대도 아니었다. 사온의 죽음과도 같은 깊은 잠에 절망을 했을지언정 그가 아직도 여전한 상태였다면 그녀는 중간에 포기하는 일 없이 그의 곁을 지켰을 테니까. 그러니 지쳤다는 고백은 그 피로만으로는 설명할 수 없는 보다 내밀한 것이리라.

"고향으로 갈 거야?"

"네. 일단은요."

사온의 본가에 보관해 두었던 짐은 어제 대부분 고향집으로 부쳤다. 책을 꾸린 박스는 무게가 나가 꼭 필요한 한 개만을 택해 옷과 소지품 등의 나머지를 포함 총 여섯 개의 박스였다. 본가에 남은 책 박스는 나중에 천천히 부쳐 달라 할 요량이었다. 안전가옥에는 부러 가지 않았다. 또 그곳에는 대부분 옷들뿐이니 굳이 필요도 없을 뿐더러 무엇보다 발길이 떨어지지 않았던 탓이다. 정말 '지친 것'이 맞나 보다.

"그래. 쉬어. 일단은 쉬어야지. 당분간은 아무 생각 말고 푹 쉬어……."

어머니는 미교를 보내는 것이 다만 쉬게 하려는 것뿐이라는 것을 은근히 강조했다. 그리고 말끝에 클러치 백을 집어, 안에서 편지 봉투보다 조금 더 큰 불투명 비닐 케이스를 꺼내 미교 앞으로 밀었다.

"통장이야. 내 껀데…… 필요할 때 찾아 써."

미교는 고개를 흔들었다.

"고집부리지 말고. 돈 들 일이 왜 없겠어?"

"돈 들 일 없어요. 필요하면 그때 말씀드릴게요. 어머님이야말로 혼자 힘들게 간병하지 마시고 간병인 꼭 쓰세요. 하긴 이제 뭐 사온 씨 거의 나았지만요."

이번에는 어머니가 고개를 흔들었다.

"내가 할 거야. 사실은 이제야 그 녀석에게 엄마 노릇 하는 것 같아."

어머니는 그렇잖아도 최근 사온의 간병에 꽤 정성을 쏟고 있었다.

"녀석이야 여전하지만……."

어머니는 피식, 웃었다. 삶과 죽음의 경계에서 극적으로 돌아왔어도 사온은 변한 게 없었다. 가족의 그간의 근심을 들으면서도, 또 가족의 기쁨을 눈으로 보면서도 그는 영 남의 사정 대하듯 시큰둥했다. 오랜 잠에서 깨었으니 사온의 기억이 온전치 않으리라, 처음에는 모두들 그렇게 이해를 했지만 시간이 제법 지나도 변치 않는 그의 모습에 비로소 다들 그가 원래 그런 성품이었다는 것을 환기했다.

그래선지 사빈은 벌써 사온에게 시비도 걸고 신경질도 부리기 시작했다. 형이 막 깨서 얼마 동안은 형을 볼 때마다 감격 어린 눈물을 글썽이던 그였다. 그러다가 '재수 없다'는 사온의 핀잔을 듣고서야 사빈은 보복이라도 하듯 원래의 제 말버릇을 되찾고 말았다.

"빈이가 알면 많이 섭섭해하겠다."

어머니는 테이블 위로 미교의 손을 잡고 말했다. 미교가 떠나는 것을 어머니 외에는 아직 아무도 모르고 있었다.

"쉴 만큼 푹 쉬면 꼭 돌아와야 해. 나, 너랑 인연 안 끝내. 나 죽을 때까지는 안 끝낼 거야. 알지?"

미교는 쓴웃음을 머금었다.

"저…… 사혜 아니에요, 어머님."

같은 시간, 사온은 환자용 가운을 입은 모습으로 입원실 창가에 서 있었다. 흐린 잿빛 하늘 끝을 향해 그는 미간을 좁히고 눈을 가늘게 떴다. 마치 무엇을 뚫어지게 보는 듯 아니면 깊은 생각에 잠긴 듯. 의식을 찾은 지 삼 주가 지난 때라, 그는 원래의 제 모습에는 미치지 못했으나 그래도 비교적 건강해 보였다. 달칵, 문이 열리는 소리에 그는 돌아다본다.

"혼자네?"

사혁은 들어와 안에 사온만 있는 것을 보며 말했다.

"어머니는? 미교 씬?"

"재활하고 돌아와 보니 아무도 없네요."

"볼 때마다 좋아 보인다."

사온 앞으로 가까이 온 사혁은 동생의 얼굴에 눈을 두었다.

"회복이 빨라 다행이야."

"네."

사온은 건성으로 대답하며 다시 창밖으로 눈을 옮겼다.

"왜 서 있어? 앉자."

사혁이 소파로 가려 하자 사온은 형을 불렀다. 할 말이 있다는 듯.

"묻고 싶은 게 있습니다. 가족한테 말하진 마세요."

"뭔데……?"

사혁은 얼굴에 다소 불안한 빛을 띠었다. 혹시 동생이 말 못할 장애를 느끼고 있나 하는 걱정이었다. 사온은 쉽게 입을 떼지 못했다. 사혁은 재촉하지 않고 기다렸다.

"사혜……."

이윽고 사온은 입을 열었다.

"어떻게 죽었습니까?"

"뭐……?"

사혁은 놀라고 황당한 표정을 숨기지 못했다. 동생은 사혜의 사고 현장을 목격한, 가족 내 유일의 목격자였다. 더구나 그는 그것을 아무에게도, 가족한테는커녕 경찰 조사에서조차 말하지 않았다. 그러니 사혁이 들은 것도 다른 목격자들의 진술에 의한 경찰 조서를 통해서였을 뿐이었다.

"기억…… 안 나?"

사온은 천천히 고개를 한 번 끄덕였다. 사혜와의 마지막, 즉 그 죽음의 현장을 그는 잃어버렸다. 그 기억을 잃은 것이다. 그 이외의 다른 모든 것을 기억하면서, 심지어 사혜의 장례식도 기억하면서 오직 그녀의 마지막만큼은 가위로 싹둑 오려진 것처럼 그의 기억 속에서 증발해 버렸다. 그것은 혼란이었다. 다만 기억의 혼란뿐 아니라, '살아 있는' 사혜에서 그녀를 잃은 상실감으로 이어지는 감정이 어긋나면서 겪게 되는 정서적 혼란이 더 컸다.

망각의 강을 건넜던 사온은 아마도, 사혜와의 작별의 찰나, 죽음의 찰나, 그러니 그를 가장 고통스럽게 했던 그 끔찍한 찰나를 강의 저편에 두고 돌아왔나 보다. 또 그것은 어쩌면, 그 기억을 안고 살아가기에는 너무나 고통스럽기에 만약 살고자 한다면 끊어내야만 했던, 사온 제 삶의 의지가 만들어낸 결과물일지도 몰랐다.

잿빛 하늘이 오전보다 더욱 낮게 내려와 멀리 산등성이는 그것과 하나 돼 있었다. 서울에서 보는 잿빛 하늘은 그저 우울하기만 하더니 산야가 펼쳐진 곳에 이르자 그것마저 그림 속 풍경처럼 아름다웠다. 비록 오래된 그림의 쓸쓸한 아름다움이라 할지라도.

미교는 버스 창밖으로 그 오래된 그림을 보며 고향을 향해 가고 있었다. 그러다 무심결에 제 머리를 한 번 손으로 쓸어보았다. 그녀의 머리는 사혜의 머리처럼 짧게 잘랐던 이래 이제는 많이 자라, 턱 아래에서 어깨를 스칠 정도가 되었다. 잠깐 동안 사혜로 살았던, 아니, 사혜도 미교도 아닌 어정쩡한 인격체로 살았던 지난 시간이 꿈처럼 여겨졌다. 어쩌면 사혜는 망각의 강을 건너고도 염원이 남아, 그것을 만난 적도 없는 그러나 살아 있는 다른 자매에게 투영해 보았던 모양이다, 하고 미교는 이제 와 생각해 본다.

"이제 끝난 거니?"

미교는 입술만 들썩여 강 너머의 자매에게 물었다.

"너의 노 젓기……."

강에 접한 숲으로의
귀향은 어렵지도 쉽지도 않은 뱃사공의 노 젓기.

나는 노를 젓는다.

"미교야……."

미교가 엄마의 추어탕 식당 안으로 들어서자 엄마는 몹시 반가워하며 딸의 이름을 불렀다. 미리 연락을 받았던 터라 그렇잖아도 기다리고 있던 엄마였다. 오후 4시경이어서 식당 안은 한가했다.

"오빠는……?"

"그 자식이 일 없으면 식당에 붙어 있나, 어디 피씨방에 있을 거다."

정교는 지금 엄마의 식당에서 일을 돕고 있었다.

"근데……."

엄마는 딸의 얼굴에 손을 가져다 댔다.

"얼굴이 왜 이래? 반쪽이네."

"일 많다고 했잖아. 오죽하면 추석에도 못 왔겠어?"

"아무리 그래도 그렇지……."

"계속 이렇게 세워둘 거야? 커피라도 주시죠."

"밥은? 안 먹었으면 얼른 한 그릇 데워주고."

"먹었어. 커피 한 잔 마시고 먼저 집으로 들어갈게."

엄마는 얼른 믹스 커피 한 잔을 만들어 딸 앞에 놔주었다.

"근데 뭔 가방이 이렇게 커?"

미교의 캐리어를 그제야 의식한 엄마는 물었다. 딸이 하루나 이틀, 쉬러 내려온 줄 알았던 것이 분명했다.

"엄마, 내일쯤 내 짐들 도착할 거야. 많진 않고 박스 몇 개 정도⋯⋯."

"뭐?"

엄마는 의아한 얼굴로 멈칫하더니 딸의 안색을 찬찬히 살폈다.

"일 그만뒀어. 한동안 엄마한테 신세 좀 질게⋯⋯."

미교는 대수롭지 않게 말하면서도 엄마의 눈을 제대로 보지 못했다.

"뭔 일이 있는 거야?"

엄마는 딸의 맞은편에 앉아 짐짓 지나가는 투로 물었다.

"그냥⋯⋯ 일이 너무 많아서 건강도 챙길 겸 쉬러⋯⋯."

"그거 말고."

"응⋯⋯?"

"다른 일이 뭐냐고?"

"그, 그게 무슨⋯⋯."

미교는 머뭇거리며 엄마의 눈치를 살폈다.

"얼굴이⋯⋯."

엄마는 속상한 듯 몸을 돌려 앉았다.

"왜 그렇게 슬퍼 보여?"

순간 미교는 내내 누르고 있던 무엇인가가 울컥 터져 나오듯 금세 눈시울을 붉혔다. 그러면서도 꾸역꾸역 참아내려 하지만 코끝까지 붉게 변하는 것을 막지는 못한다.

"말해."

엄마는 차분했다.

"헤어⋯⋯ 졌어⋯⋯."

미교는 눈물을 삼키며 말했다.

"남자?"

미교는 고개를 끄덕였다.

"어떤 놈인지 제 복 제 발로 찼구먼."

엄마는 퉁명스럽게 말하고 냅킨을 몇 장 뽑아 딸의 얼굴 아래로 내밀었다. 미교는 그것을 받아 눈가를 꾹꾹 눌렀다.

고향에 내려온 미교는 며칠 동안 몹시 앓았다. 열병과도 같이 고열이 오르고, 뼈마디가 녹아내리는 것 같은 전신 통증을 동반한 지독한 앓이였다. 상태로 봐서는 입원을 해야 했지만 미교는 싫다 하고 집에서 홀로 견디었다. 물론 엄마의 보살핌이 있었다. 한의 원에서 탕약을 지어오고, 식당이 비교적 한가한 시간에는 집에 들 러 영양가 높은 죽을 쑤어 딸에게 먹였다. 엄마는 묵묵히 딸의 건 강만을 돌보았다. 그런 딸의 모습이 속상하다고, 이러니저러니 잔 소리 한 번을 늘어놓지 않았다.

아픈 미교를 상대로 잔소리와 궁금증을 참지 못한 쪽은 정교였 다. 누이와 사온의 관계를 어렴풋이나마 알고 있는 그는 누이가 심하게 앓고 있는 까닭도 그것에서 찾아 '제사온에게 차였구나' 하고 제멋대로 단정하고는 '돈 많은 놈이랑 사귀었으면 실속이나 좀 챙기지' 등의 충고를 늘어놓아 미교를 어이없게 만들었다. 그 런데 그런 그도, 제 누이와 사온에 관한 얘기를 엄마에게 할 만큼 무신경하지는 않았다. '절대 엄마한테 말하지 말라'는 미교의 경 고가 진즉부터 있었기도 했지만 그보다는 사온의 집안이 미교의 쌍둥이와 관련이 있기 때문이었다.

미교는 5일을 앓고 난 후 서서히 체력을 회복했다. 계절은 겨울로 바뀌어가고 있었다. 그리고 완연한 겨울이 되었을 때, 미교는 다시 간호사로 돌아왔다. 집에서 버스를 타고 10분 정도의 거리에 있는 조그만 규모의 내과전문 개인병원에서 일하게 된 것이다. 평범한 일상이었다. 평화로운 나날이었다. 미교는 안정을 찾아갔다. 그러는 사이 봄도 오고 있었다.

미교는 수면 내시경을 할 환자에게 심전도 검사를 하고 있었다. 검사가 끝난 후 환자에게 약물을 마시게 하고, 수면 마취액과 연결된 바늘을 환자의 손등에 꽂았다.

"곧 잠드실 거예요."

미교는 말하며 환자 위에 덮여 있는 담요를 좀 더 위로 끌어주었다.

"근데 참…… 볼 때마다 신기하고 이쁘네요. 간호사님 머리요."

환자인 사십대 여인의 눈은 미교의 머리에 가 있었다. 미교는 머리를 짧게 자르기 이전처럼 땋은 머리 모양을 하고 있었는데 그때처럼 아주 긴 머리는 아니어도 땋아 모양을 내기에는 무리가 없어, 살짝 왼쪽으로 치우친 옆 가르마부터 양옆으로 두상을 따라 두 줄 땋아내려 뒤통수에서 커다란 보라색 리본 모양의 핀으로 마무리한 모양새는 누가 봐도 눈에 띄는 그것이었다. 사십대 여인은 첫 진료에 이어 위내시경 검사를 위해 두 번째로 와 미교를 보고는 한 말이었다.

"고맙습니다."

미교는 미소를 지으며 답례했다.

내과 병원에는 원장인 오십대의 의사와 미교를 포함한 세 명의 간호사가 일하고 있었다. 따로 입원실을 갖춘 병원이 아니라 비교적 제 시간에 출퇴근을 해, 비록 환자들이 많은 편이라 특히 주중에 무척 바쁘기는 했지만 한때 대학병원에서 죽음의 코스와도 같은 교대 시간도 견디어냈던 미교에게는 특별한 어려움이랄 것도 없었다.

점심시간에 미교는 가장 늦게 식사를 위해 밖으로 나왔다. 의사와 두 간호사가 먼저 식사한 후 그다음으로 혼자 나온 것이었다. 그녀는 병원이 있는 건물의 1층에 있는 한식당으로 들어가 김치찌개를 주문하고 나서 핸드폰을 꺼내놓았다. 오면서 보니 '점심이죠? 전화해도 돼요?' 하는 사빈의 문자가 와 있기에 '네' 하고 답문을 보낸 뒤였기 때문이다. 벨은 곧 울렸다.

[어떻게 지내요? 완연한 봄인데. 꽃샘추위도 다 간 것 같아요.]

사빈의 목소리는 언제나 그렇듯 쾌활했다.

"매일 똑같죠, 뭐. 얼마나 됐다고 물어?"

[얼마나라니? 디게 오랜만에 건 건데?]

"아, 네. 일주일이나 됐으니 그러네요."

[거봐. 오래된 줄 알았다니까. 하하. 주초라서 좀 한가하지 않아요?]

"마냥 한가한 건 아니고."

[세상에서 젤 바쁘다니까. 두 번째가 우리 작은형, 제사온.]

미교는 작년 12월 말경부터 사빈과 통화나 문자, 간단한 이메일을 교환하며 지내고 있었다. 사빈의 연락은 그전부터 아마도 어머니에게 '미교 떠났다'는 말을 들었을 뒤부터 왔었지만 미교가 피하다가 성탄절을 앞두고야 그와 연락을 주고받기 시작했다. 비로소 마음이 안정된 시기이기도 했지만 무엇보다 사온의 안부가 궁금했다.

사온은 건강을 완전히 되찾아 1월 시무식에 참가한 것을 시작으로 업무에 복귀했다. 그 후 지금까지 업무에 파묻혀 산다는 것이 사빈이 전한 형에 관한 모든 것이었다. 도대체 따로 특별히 전할 말이 없단다. 열 달 가까이 업무에 공백이 있어 그것을 메우느라 일을 열심히 하는 것은 이해가 가지만 죽었다가 살아나더니 일 못해 죽은 귀신에 빙의 돼 살아난 것 같다고 사빈은 흉을 봤다. 그러면서 그 와중에 슬쩍 형에게 미교에 대해 운을 떼보기도 했다고, 그러나 별다른 반응을 보이지 않았다고, 좀 미안한 듯 전하기도 했었다.

[근데 언제 만나줄 거예요? 나요, 나. 나랑은 만나도 되잖아요. 움직이기 어려우면 내가 거기로 간다니까. 왜 나까지 거부하는 거야? 내가 뭘 잘못했다고……? 잘못은 생명의 은인도 몰라보고 배은망덕한 그 인간이 했지…….]

사빈은 부러 볼멘소리를 냈다. 미교는 그사이 나온 김치찌개를 젓가락으로 휘휘 젓고 있었다.

[엄마가 미교 씨 보고 싶어 죽겠대요. 요즘 맨날 한숨이야. 저러

다 도로 병나는 거 아닌가 몰라…….]

　사빈의 목소리만으로도 그것이 결코 과장만은 아니라는 것을 미교는 알 수 있었다. 실은 그녀도 걱정하고 있는 점이었다. 사빈과의 통화 후 미교는 고민을 하다 식사를 끝내고 나서 편의점에 들러 사빈 어머니에게 전화를 걸었다. 편의점에서 산 커피를 앞에 두고서였다.

　[미교야…….]

　한숨처럼 부르는 어머니의 목소리는 젖어 있었다. 어머니는 계속 '미교야' 하고 부르기만 했다.

　어머니의 한숨처럼 제 회장의 자택은 화창한 봄 날씨에도 불구하고 생기를 잃고 무거운 분위기 속에 있었다. 늦은 점심식사 중에 미교의 전화를 받은 어머니는 더 이상 식사를 하지 못했다. 눈물이 나 자리를 뜬 후 되돌아가지 못했기 때문이다. 어머니는 리빙 룸의 창밖으로 정원을 내다보며 다시 한숨을 길게 쉬었다. 미교에게서 전화가 오고 저도 전화를 하고 있지만 그것만으로는 부족했다. 오히려 갈증을 더할 뿐이었다. 어머니는 미교가 보고 싶었다. 그 얼굴을 보고, 만지고 싶었다.

　"미교야……."

　어머니는 다시금 미교의 이름을 불러보았다. 그것은 어쩌면 '사혜야'의 대신일까. 평생을 '엄마'로 살아온 어머니는 단 하나의 자식도 잃기 싫은 모양이었다. 그래서 현재 사온의 '엄마 노릇'을 톡톡히 하고 있는 중이기는 했다.

　"오늘도 늦었네……?"

1층 홀에서 사온을 맞는 어머니의 얼굴은 시무룩한 그것이었다. 사온은 다시 업무를 시작한 이래 매일을 하루같이 늦어 어머니 역시 늦은 시간까지 기다렸다가 그를 맞아주고는 했다. 최근에는 부쩍 시무룩한 얼굴로 맞아주기 일쑤였지만. 그래서 더욱 사온은 '그냥 주무시라' 했지만 어머니는 여전했고 사온도 이제는 그러려니 하며 습관처럼 받아들이고 있었다.

　"출출해? 뭐 좀 간단히 차리라 그럴까?"

　"됐습니다. 쉬십시오."

　인사를 하고 계단으로 몸을 돌린 사온을 어머니는 무심코 뒤따랐다. 그러자 사온이 돌아보고는 무슨 할 말이 있느냐 눈짓으로 전하니 어머니는 그제야 하릴없이 몸을 돌렸다. 어머니는 주방으로 와 그때까지 있던 도우미 아줌마에게 시원한 물 한 잔 달라고 했다.

　"뭐 속 답답한 일 있으세요? 사모님."

　아줌마는 어머니의 안색을 살피며 물었지만 어머니는 그저 물 한 잔을 급히 마실 뿐이다. 생각 같아서는 사온을 붙잡고 '미교 좀 데려오라' 하고 싶은데 차마 입이 떨어지지 않아 그것을 참고 또 참자니 속에서 불이 나는 것 같았다.

　벌써 4월이었다. 어머니가 미교를 못 본 지도 반년이 다 돼가고 있었다. 그동안 미교는 사온 가족의 누구도 만나려 하지 않고 있어, 그런 그녀의 마음을 풀 수 있는 이는 사온뿐인데 그는 또 돌부처처럼 꿈쩍을 안 했다. 눈치를 보건대 사온은 미교를 다시 만나려는 그 어떤 노력도 기울이지 않고 그야말로 '세월아, 네월아' 하고 있는 것 같았다. 그렇다고 어른 체면에 떼를 쓸 수도 없어, 어머니는 속만 바짝바짝 태우고 있었다.

어머니는 '저, 사혜 아니에요' 했던 미교의 말을 가슴 아프게 기억하고 있었다. 미교 저는 어머니의 딸이 아니라는 의미였다. 딸이 아니니 사온을 매개로 하지 않는 어머니와의 관계는 의미가 없다는 뜻도 되었다. 사온의 가족 아무도 만나려 하지 않는 것도 그런 이유에서일 것이다. 그러나 어머니에게 미교는 의미가 있었다. 딸의 역할을 하지 않아도 좋으니 그저 미교가 필요했다.

상황은 묘하게도 사혜 때와는 반대가 되고 말았다. 그래서 어머니는 사온이 또 미웠다. 그리도 만나지 말라는 사혜를 죽어라 만나더니 이제는 미교를 며느리로 대환영해서 맞을 만반의 준비가 돼 있건만 사온은 또 왜 저러는지 무슨 저런 청개구리가 다 있는지 하고 말이다.

사온은 2층 제 방에 올라와 재킷을 벗어 아무 의자에 던져 두고는 넥타이를 당기고 커프스 버튼을 풀었다. 그렇게 셔츠를 벗나 했더니 목의 단추만을 풀며 걸음을 창가로 옮겼다. 그리고 창을 여니 실내온도에 비하면 약간 쌀쌀한 바람이 들어와 얼굴에 닿았다. 그는 셔츠 주머니에서 담배를 꺼내 불붙여 물고 손을 바지 주머니로 넣었다. 주머니에서 딸려 나온 것은 그의 핸드폰이다. 그는 미교의 번호를 열었다. 그러나 통화를 하지는 않고 그냥 그 번호에 눈을 두고만 있었다. 처음부터 번호만 보려 했을 뿐 통화할 생각은 없었다는 듯 그는 전화를 걸까 말까 망설이는 모습조차 보이지 않았다.

사온은 사혜에 관한 기억을 일부 잃은 것에 비해 미교에 관해서는 거의 온전한 기억을 갖고 있었다. 다만 기억의 장애로부터 느낀 정서적 혼란을 그대로 미교에게 투영해 그녀를 어떻게 대해야 할지 그것을 판단하지 못하고 있을 뿐이었다. 미교는 그의 기억 속에서 당연히 사혜와의 연장선에 있으니까. 정서적으로도 물론 한가지였다.

"미교……."

그는 나직이 그녀의 이름을 불러보았다. 눈앞에는 그녀의 얼굴이 선했다. 너무나 익숙한 얼굴, 그의, 이 세상 유일의 미혹.

그때 핸드폰이 진동을 하며 불을 환히 밝혔다. 화면에는 '차 비서'라 떠 있었다.

[아가씨는 잘 계십니다.]

차 비서의 목소리는 전했다.

[서정교는 이 주 전쯤에 집을 떠났구요. 그 외 특이사항은 없습니다.]

8. 처음 그날처럼

5월이 시작되자마자 미교는 사빈의 전화를 받았다. 봄비가 추적추적 내리는 출근길에서였다. 사빈은 사혜의 기일이 얼마 안 남았다며 당일인 13일 말고 그전 주말에 시간을 내 함께 사혜의 납골묘에 가자는 바람을 전했다. 13일은 수요일이었다.

"아뇨. 시간이 안 될 것 같아요."

미교는 완곡히 거절했다.

"주말에도 엄마 식당 일을 봐야 하거든요. 그동안 식당 일 돕던 오빠가 사라져서 아직 일손도 못 구한 상태예요."

정교는 말도 없이 사라졌다. 그 직전까지 종종 엄마로부터 '이번에 사라져 다시 나타날 때는 죽어서 와라' 하는 말까지 들었음에도 말이다. 하긴 그 위협이 먹혔을 것 같으면 진즉에 엄마가 '칼물고 죽는다' 했을 때 먹혔을 것이다. 사람은 쉽게 안 변한다더니 그 진리 아닌 진리를, 미교는 오빠를 통해 매번 확인 중이었다.

버스정류장에서 통화를 마친 미교는 곧 우산을 접고 버스에 올랐다. 그리고 창가의 자리에 앉아 비에 젖은 소도시의 한가로운 아침 풍경을 눈에 담았다. 벌써 5월이구나, 하고 미교는 마치 잊고 있던 사실처럼 바로 직전에 사빈과의 통화는 물론 어제 엄마로부터 '네 생일이 곧이구나' 하는 말까지 들었으면서도 새삼스레 의식을 일깨웠다. 작년 이맘때의 기억이 생생한 때문일까. 사혜의 유해를 안치한 납골묘에 처음 가보고 그때 느꼈던 감회까지 마치 어제의 기억처럼 선명했으니까.

그런데 벌써 일 년이 흘렀구나. 일 년 전 그때 사온은 죽음보다 깊은 잠에 빠져 있어 그런 그를 돌려보내라, 사혜에게 애원도 했었다. 사온은 이제 건강한 모습으로 그녀를 만나려나. 물론 미교도 갈 것이다. 다만 혼자 조용히 다녀올 계획이었다. 이번에는 사혜에게 무슨 말을 해볼까.

출근길에 내리던 봄비는 퇴근길에도 여전했다. 미교는 평소보다 늦은 8시 넘어 병원을 나왔다. 간호사들이 돌아가면서 한 명씩 업무 마무리를 맡아 처리하고 가장 늦게 퇴근하는데, 마침 미교 차례인 데다 일까지 좀 많았던 터라 더욱 늦은 퇴근이었다.

미교는 버스를 타고 늘 내리던 정류장에서 내렸다. 퇴근길에는 항상 식당에 들러 거기서 저녁을 해결한 후 혼자, 혹은 엄마를 기다렸다가 함께 귀가하거나 했다.

미교가 내린 정류장은 전에 '좋은 서점'이 있던 자리의 차도 맞은편 쪽이었다. 그 자리에 지금은 치킨 체인점이 들어서 정류장에 내린 미교가 횡단보도를 건너 그 앞을 지날 때면 늘 고소한 냄새를 맡고는 했다. 그런데 비가 내려선지 그 고소한 냄새가 평소보다 빨리 미교의 코를 건드렸다. 보통은 그 앞을 거의 지날 쯤에야 맡을 수 있는 냄새였는데, 배가 고파선지 오늘따라 그 익숙한 냄새가 더욱 정겨웠던 미교는 어림짐작으로 몇 발자국 안 남았을 치킨 체인점을 향해 눈길을 던지며 우산 끝을 살짝 들었다. 그리고 거의 동시에 그녀는 우뚝 멈춰 섰다.

치킨 체인점은, 그러니까 원래 '좋은 서점'의 자리는 허름한 상가 건물의 우측 끝에 있으며 그 모퉁이를 돌면 바로 이면도로였다. 사온은 바로 그 이면도로의 시작 지점에 서 있었다. 우산도 쓰지 않고, 지금으로부터 약 2년 전 그해 가을처럼 발을 반보 정도 벌린 채 두 손을 앞으로 가볍게 맞잡은 모습을 하고서였다.

옷차림까지 2년 전처럼 프레피룩 스타일에, 검은 뿔테안경까지 '장착'을 하고 있어―때문에 미교는 처음에는 몹시 놀랐다가 이내 웃을 뻔했다―그때와의 차이라면 서점 안이 아닌, 치킨 체인점 밖이라는 사실뿐이었다. 다만 미교가 그를 마지막으로 봤던 시점으로부터 달라진 점은 있었으니 그는 이제 아주 건강해 보인다는 것이다. 원래의 그의 모습이었다.

미교가 움직이지 않고 있자 사온이 느린 걸음을 옮겨 그녀 앞으로 다가왔다. 그가 가까이 오니 미교가 그의 얼굴을 보려면 우산을 뒤로 더 뉘어야 하는데 그녀는 도리어 앞으로 조금 더 내렸다. 사온은 별수 없이 엄지와 집게손가락으로 우산의 끝을 잡아 위로 살짝 추어올렸다. 미교의 눈과는 바로 만난다.

"오랜만입니다."

사온은 그렇게 무려 반년 만에 만난, 연인이라면 연인이고, 생명의 은인이라면 은인이고, 애매한 사이라면 또 그렇기도 한 그녀에게 인사를 했다.

"네에. 그러네요."

미교는 담담한 얼굴로 그의 인사를 받았다. 물론 속까지 담담한 것은 아니었다. 무엇보다 그가 이 시간에, 하필 그 지점에 서 있게 된 과정을 추론하느라 특히 머릿속이 시끌시끌했다. 미교가 이 시간에 퇴근해 이 코스로 지나가리라는 것을 그가 안다는 것 아닌가.

"갑시다."

사온은 미교의 손에서 슬며시 우산을 빼앗았다. 미교는 별다른 저항 없이 그가 이끄는 대로 움직였다. 사온은 미교의 등에 가볍게 손을 대고 걸어 이면도로 한쪽에 정차돼 있는 그의 차에 그녀를 태웠다. 그는 차를 바로 출발시켰다. 비가 와서 기온이 제법 쌀쌀해 그는 그녀를 위해 히터를 틀었다. 음악도 틀었다. 그것도 클래식으로.

"어디 가는 거예요?"

5분여가 지난 뒤 미교는 물었다. 사온이 아무 말 없이 계속 차만 달리고 있었기 때문이다.

"그냥……."

사온은 애매하게 말끝을 흐리더니 이내 한가한 갓길에 차를 세웠다.

"평택항에 일이 있어서 여기까지 오게 됐어요."

사온은 차를 세운 후 말했다.

"평택항에 일이 있어서 여기까지 길을 잘못 들었다는 건가요?"

"아닙니다."

사온은 사뭇 퉁명스럽게 대꾸하며 미교에게 슬쩍 눈길을 보냈다. 그녀의 얼굴에 특별한 감정이 드러나 있지는 않았다.

"미교 씨를 만나러 왔습니다."

사온은 말을 이었다.

"나를 기다리지 않았습니까?"

그는 묻고는 '아니, 잘못 물었군' 하며 곧장 혼잣말을 이었다.

"내가 올 줄 알고 있었죠?"

사온은 정정해 다시 물었다.

"네."

미교는 대답과 함께 고개도 끄덕여 보였다.

"그런 모습으로 올 줄은 몰랐지만요."

"그런 모습?"

"그…… 옷 말예요. 평택항에서 왔다면서요? 그 옷 입고 평택에서 일봤어요?"

슈트가 아닌, 캐주얼 차림의 사온을 말하는 것이었다. 그는 하늘빛 나는 셔츠 깃이 보이는 브이 목선의 짙은 감청색 니트를 입었는데 그 니트 아래로 하늘빛 셔츠의 아랫부분이 삐죽이 나와 있고 바지는 옅은 캐멀색이었다. 그 스타일은 검은색 뿔테안경과 더

없이 잘 어울리며 부드러운 지적 이미지를 담아내고 있어 미교가 무척이나 좋아하는 그것이었다. 슈트를 입고 있을 때의 빈틈없는 분위기에 비해 뭐랄까, 한결 마음이 놓인다고나 할까. 어찌 보면 매우 상반된 분위기인데 둘 다 사온에게 잘 어울리는 것이 미교는 참 신기했다.

"평택에서 갈아입었습니다."

"왜요?"

"미교 씨가 좋아할까 봐요."

"아……."

미교는 의식적으로 감탄하는 입 모양을 해 보였다. 그러다 웃음이 나오려는 것을, 벨 소리를 듣고 간신히 참아냈다. 그녀의 핸드폰이었다.

"엄마……. 누굴 좀 만나고 있어서. 먼저 들어가요. 난 곧장 집으로 갈 테니."

시간이 늦었는데도 미교가 식당에 오지 않아 엄마가 전화를 한 것이었다.

"가요. 나 데려다주고 사온 씨도 서울 가려면 늦었잖아요."

통화를 끝낸 미교가 말했다. 그러나 사온은 선뜻 액셀을 밟지 않았다. 미교는 왜 그러냐는 의미로 그를 빤히 바라봤다.

"아직 볼일 다 안 봤는데……."

사온은 말끝을 흐렸다.

"볼일이 뭔데요?"

"그냥……."

"그냥 뭐요?"

"그러니까 그냥……."

"배고프거든요."

미교는 처음으로 감정을 보였다. 정말 배가 고파 저도 모르게 신경질이 나간 것이다.

약 30분 후, 미교와 사온은 어느 음식점 안에 와 있었다. 규모가 작지 않은 식당이었는데 주류도 함께 팔고 있어 식사 때가 아닌데도 홀이 꽉 차 있었다.

미교와 사온이 함께한 자리는 작은 크기의 좌식 룸으로, 두 사람 앞에는 돌솥알밥과 동태탕이 각각 놓여 있었다. 사온은 젓가락을 들고 있기는 했으나 거의 먹지는 않고, 반대로 알밥을 열심히 먹고만 있는 미교를 바라보는 것에 시간을 주로 할애하다가 아주 가끔씩 빈 젓가락을 입에 물고는 했다. 그런 그를, 미교는 마침내 한 번 힐끔 쳐다봤다. 그녀의 그 눈빛이 사온이 보기에는 매우 의미심장했다. 그래서 그는 그녀의 눈길을 대번에 잡아챘지만 그녀의 그것은 이미 동태탕으로 움직이고 있었다.

"그거……."

미교는 사온의 동태탕을 눈짓으로 가리켰다.

"안 먹음 내가 먹어요?"

사온은 대답 대신 동태탕 그릇을 미교 앞으로 쭉 밀었다. 미교는 사온 앞에 있던 조그만 접시부터 제 앞에 척 가져다 놓더니 동태 한 조각을 건져내 그 위에 놓고는 살을 발라 먹었다. 두 사람은 반년 만에 만난 연인이 아니라 한 10년쯤 같이 산 부부 같았다.

"그동안 바빴습니다."

미교가 아직 숟가락을 채 놓기도 전에 사온은 불쑥 말했다. 그 말을 언제 하나 노렸던 사람처럼.

"이젠 안 바빠요?"

"바쁩니다."

"그럼 일어나죠."

그새 물도 마시고 냅킨으로 입도 닦은 미교는 핸드백을 들고 일어서려 했다.

"바빠도……."

사온은 서둘러 말했다. 그냥 앉아 있으라는 손짓도 함께였다.

"미교 씨를 봐야 하니까……."

"실컷 보세요."

미교는 시큰둥하니 대꾸했다.

"화났습니까?"

"네."

"왜……?"

"왜, 라고 물어서요."

사온은 미간을 좁히고 고개를 옆으로 기울었다. 왜 화났느냐 물었더니 '왜' 라고 물어서 화났다는 대답을, 그는 당연히 못 알아들었다. 그런데도 미교는 친절하게 가르쳐 줄 생각이 없는지 다시 '가자' 하며 일어섰다.

두 사람은 달리는 차 안에 있었다. 차 안은 조용했다. 누구도 먼저 입을 열지 않는 중에 사온은 갑자기 갓길에 차를 세웠다. 그것은 곧 말을, 그것도 중요한 말을 하기 위해서라는 것을 쉽게 알 수 있음에도 미교는 그에게 눈길을 주지 않았다.

"함께……."

사온은 저를 쳐다보지도 않는 미교의 얼굴을 보며 잠시의 머뭇거림 끝에 입을 열었다.

"가지 않겠어요? 서울."

미교는 대답 전에 고개부터 저었다.

"싫어요."

사온과 만난 지 며칠이 흘렀다. 미교에게 달라진 것은 없었다. 며칠 전 그날 사온은 미교를 그녀의 집 앞에 내려주고 떠났는데 둘 사이에 더 진전된 말이 오고 가지는 않았었다. 또 그 며칠이 흐르는 동안 그에게서 전화나 문자 연락이 온 것도 아니었다. 그것은 마치 꿈처럼 미교의 기억 속에만 남은 채 시간의 저편으로 물러가고 미교는 평상시와 같은 일상 속에 있었다. 병원에 출근해 원장의 내시경 진단을 돕고, 환자의 기록을 확인하고 주사를 놓는 등의 일이 그것이었다. 그 일상은 사온이 나타난 적도 없다는 듯 무심하고 또 평온했다.

미교는 '안정실'이라는 팻말이 붙은 방에서 환자의 손등에 수액 바늘을 꽂고 있었다. 4개의 작은 환자용 침상에 각 침상마다 커튼이 구비된 곳으로 보통 내시경을 받고 난 환자나 수액 주사가 필요한 환자들이 잠시 거치는 곳이었다. 미교는 환자에게 '40분 정도 있어야 한다' 말하고 그곳을 나왔다. 그리고 대기실을 지나는 중에 그녀는 저도 모르게 '어' 소리를 내며 발길을 멈췄다.

대기실은 진료 신청을 접수한 방문객들이 차례를 기다리는 곳이다. 때문에 늘 일정한 수의 진료 대기 손님들이 소파에 앉아 있는 익숙한 풍경을 담고 있어 미교를 비롯한 간호사들은 안정실과 내시경실 등을 오갈 때마다 수시로 그 앞을 지나치면서도 무심할 수밖에 없는 곳이기도 했다. 그런데 그곳에 있는 한 남자에게만은 무심할 수 없었다. 육십대 아저씨 두 명과 칠십대 할머니 한 명, 사십대의 아줌마와 어린 남자 아이, 그리고 젖먹이 아이를 업은 주부 틈에서, 일단 그 남자는 너무 튀었기 때문이다.

바로 사온이었다. 흰색 셔츠와 아가일 체크가 들어간 니트 코디네이션에 와인색이 혼합된 진한 갈색 바지 차림의 여전한 프레피 룩을 '선보인' 그는 패션 잡지를 오려내 엉뚱한 곳에 잘못 붙인 것 모양 참으로 어색하기 짝이 없는 부조화 속에 있었다. 그래선지 마침 접수창구에 있던 미교보다 연차가 낮아 보이는 젊은 간호사는 컴퓨터 모니터 옆으로 눈 하나만 슬쩍 내놓은 채 사온을 훔쳐보고 있었다.

미교는 사온을 못 본 척 접수창구로 들어왔다. 그때 안쪽으로부터 '여기 주사' 하는 다른 간호사의 목소리가 들려오고 나이 든 여자 환자가 진료실로부터 모습을 보였다. 진료실의 입구는 대기실에서 통하는 입구 외에 접수창구 뒤로부터 통하는 입구가 있어 그 입구는 또 주사실로도 통했다.

"수린 씨, 환자 기록."

미교가 접수창구에 앉아 있는 간호사에게 말하자 간호사는 재빨리 사온에게서 눈길을 거두어 모니터에서 출력한 종이 한 장을 미교에게 내밀었다. 미교는 종이를 받아 들고 주사실 쪽으로 모습을 감췄다.

"제사온 씨, 진료실로 들어오세요."

접수창구의 간호사가 그렇게 말했을 때는 사온 앞으로 세 명의 환자가 진료를 끝낸 후였다.

"어디가 불편해서 오셨습니까?"

진료실에서 의사는 사온을 보며 물었다.

"가슴이 좀 답답합니다."

사온의 대답에 의사는 옷을 위로 올리라 하고 청진기를 집어 들었다. 사온은 니트를 아예 벗고, 셔츠의 가슴께 단추를 풀었다. 그때 진료실의 다른 입구로부터 간호사 한 명이 고개를 내밀었다. 접수창구에 있던 간호사였다. 그녀는 사온의 가슴을 슬쩍 보더니 사라졌다.

"수술 자국 같은데 무슨 수술을 받으셨죠?"

청진기를 대기 전 의사는 사온의 가슴에 난 흉터를 보며 물었다.

"단순한 외과 수술입니다."

의사는 청진기 진료를 잠시 했다.

"별 이상은 없는데요."

이어 팁(ear tip)의 한쪽을 귀에서 뗀 의사가 말했다. 이어 감기

증상이 있느냐, 기침은 나오느냐를 물었지만 사온은 그 질문들에는 매우 애매하게 답하고 무작정 '가슴이 답답하다'고만 주장했다.

"심전도검사를 한번 해봅시다."

의사는 말했다.

"이쪽으로 오세요."

입구에 다시 모습을 보인, 아까 그 간호사가 말했다. 사온은 벗은 니트를 손에 들고 그 간호사의 뒤를 따라 내시경실로 들어갔다.

"여기 누우세요."

간호사는 침상을 가리켰다.

"서미교 간호사님을 좀 불러주시겠습니까?"

사온은 침상에 그냥 걸터앉아 주문했다.

"네……?"

간호사는 다소 황당하고 실망한 얼굴로 물러나고 잠시 후 미교가 들어왔다. 그녀를 보자 사온은 재빨리 침상에 누웠다.

"여긴 개인병원이에요."

미교는 약간 화난 얼굴로 말했다.

"그렇게 간호사를 지정할 수 없거든요."

"알았습니다."

그는 순순히 대답하고는 미교만 빤히 바라봤다. 어서 심전도검사를 하라, 재촉하듯.

"왜 여기 와서 그래요? 계성으로 가면 될 걸. 바쁘다면서요?"

미교가 따졌지만 사온의 얼굴은 '우이독경, 마이동풍'이었다. 대꾸도 물론 없었다.

"가슴이 어떻게 답답한데요……?"

미교는 하는 수 없이 침상 발치로 가 사온의 바지 끝을 맨살 발목이 드러날 만큼만 위로 조금 걷어 올렸다.

"그냥……."

사온은 또 애매한 소리를 냈다.

"갑자기 심장이 뛰거나 그래요?"

"네. 맞습니다."

사온이 맞장구치는 사이 심전도 검사 기구를 사온의 발목에 붙이고 있던 미교는 '셔츠를 풀어주세요' 했다. 진찰 시 풀었던 그의 셔츠 단추는 다시 잠긴 채였다. 그런데 사온은 손가락도 까딱하지 않았다.

"나는 환잡니다."

미교의 가늘어진 눈을 보며 사온은 저도 지지 않겠다는 듯 퉁명스럽게 툭, 뱉었다. 미교는 불필요한 시간 낭비를 하지 않으려 그냥 제 손으로 그의 셔츠 단추를 풀어 그 앞을 좌우로 헤쳤다. 그러면서 그의 가슴에 난 삼태성과 흉터를 부러 보지 않으려 했는데 그 대신 참으로 엉뚱한 것이 보였다. 보였다기보다 의식이 되었다고 하는 편이 맞을 것이다. 볼록하니 살아 올라오는 그것, 바로 사온의 허리 벨트 아래였다.

사온은 고개를 살짝 옆으로 돌린 채 모른 척하고 있었다. 사실은 그의 의지도 아니었다. 그는 그저 제 몸에 닿는 미교의 손길을 느끼고만 있었을 뿐이니까. 그런데 미교는 별 내색하지 않았다.

"차갑군요."

사온은 제 가슴에 닿은 심전도검사 기구를 의식하며 말했다. 보통은 '차갑다'고, 간호사가 미리 알려주는 것을, 미교가 그냥 생략해 버린 터였다. 그녀는 그저 '뭐가 예쁘다고 알려주겠는가' 라는 얼굴을 하고 있을 뿐이었다.

"누구처럼."

말끝에 그는 미교의 눈을 찾았다.

"내가 무얼 해야 합니까?"

사온은 이어 불쑥 물었다.

"가르쳐 줘요."

"사온 씨가 뭘 해야 하는지 그걸 왜 내가 가르쳐 줘야 해요?"

"미교 씨가 살려놨으니까."

사온은 바로 대답했다.

"날 살린 건 실수입니다."

미교는 할 말을 잃은 듯 두 입술을 꼭 붙이고 있었다.

"그러니 가르쳐 줘야 해요. 내가 어떻게 해야 하는지. 화만 내지 말고……."

"입 다물고 가만있어요. 검사를 할 수가 없잖아요."

미교는 사온의 손가락에 검사 기구를 끼우던 중에 그의 말을 잘랐다. 화내지 말라, 말하기 무섭게 화를 내면서였다. 그리고 잠시 후 '이상 없어요' 하고는 그곳을 나갔다. 사온은 그대로 있었다. '이걸 다 내 손으로 떼라고?' 하는 표정으로.

미교는 금세 다시, 다소 당황한 기색으로 돌아와 사온의 몸에 아직 붙어 있는 검사 기구를 부지런히 제거했다. 그사이 사온은 가볍게 상체를 일으켜 제 발목에 있는 기구를 미교가 떼어내는 중에 그녀의 손을 덥석 잡았다.

"안 가르쳐 줄 겁니까?"

미교는 그의 손을 대번에 뿌리쳤다.

"지금 잘하고 있거든요. 그러니 지금처럼 살면 돼요. 바쁘게 열일 하면서……."

미교는 쏘아붙였다.

"하던 대로 하라구요. 됐어요?"

"네. 알겠습니다."

사온은 붉게 상기된 미교의 얼굴을 보며 선뜻 대답했다. 사온은 곧 병원을 떠났다.

"아는 사람이에요?"

사온이 간 후, 접수창구에 있던 간호사가 호기심 어린 얼굴로 미교에게 물었다.

"그냥 좀……."

미교는 얼버무렸다.

퇴근할 시간이 되자 미교는 약간 긴장이 되었다. 퇴근길에 사온을 또 마주칠 것 같은 예감이 들어서였다. 때문에 병원 밖에서 눈치껏 주위를 살폈지만 버스정류장에 도착할 때까지 그는 보이지 않았다. 버스에서 내려서도 치킨 체인점 앞에도 마찬가지였다. 그는 전과 같이 바람처럼 나타났다가 바람처럼 사라졌다.

그 '바람'이 다시 나타나기까지 또 며칠이 걸렸다. 12시 30분까지만 진료하는 토요일이었다. 사온은 정확히 11시 32분에 병원 대기실로 들어섰다. 변함없는 프레피룩을, 이번에는 노칼라의 부드러운 마 소재 셔츠 위에 바다 빛 푸른 줄무늬 재킷으로 소화한 그는 비타민D 주사를 맞으러 왔다고 당당히 말했다.

"서미교 간호사님께 맞겠습니다."

주사실에서 사온은 주사를 들고 들어온 미교보다 연차가 높은 간호사를 보며 말했다. 간호사는 말없이 나가고 잠시 후 미교가 얼굴이 벌게서 들어왔다.

"대체 왜 이래요?"

미교는 나직이 으르렁댔다.

"장난해요?"

"하던 대로 하라면서요?"

사온은 되물었다.

"뭘 하려는 건데요?"

"그냥……."

"그냥?"

"그냥 미교 씨를 꼬시는 거."

미교는 허, 했다.

"회사 안 가요?"

"오늘 일정 없습니다."

"암튼 나 바빠요. 일단 얼른 맞고 가요."

사온은 침상에 뒤를 기대고 비스듬히 서 있다가 그 모습 그대로, 바지 벨트를 한 손만으로 슥 풀었다. 눈을 미교에게서 떼지 않은 채였다. 그런 그의 모습은 암만 봐도 주사를 맞기 위해 바지를 내리는 모습이라기보다는 업소 아가씨에게 펠라치오를 시키기 직전의 그것에 더 가까워 보였다.

"누, 누워야죠……."

미교는 그의 눈을 피해 이미 앰플 액이 주입돼 있는 주사기와 알코올 솜을 들었다 놨다 했다. 사온은 침상에 엎드렸다.

"바지…… 내려주세요."

사온은 제 뒤를 손으로 더듬어 바지의 허리선을 꼼지락대며 잡아 한 번에 쑥 내렸다. 미교는 화들짝 놀라 주사기를 떨어뜨릴 뻔했다. 사온이 바지와 팬티를 너무 많이 내린 것이다. 환히 드러난 그의 한쪽 엉덩이를 보며 미교는 재빨리 그의 바지를 도로 휙, 잡아 올렸다.

"그, 그렇게 많이 안 내려도 되거든요."

그녀는 아무도 없는 좁은 주사실 안을 두리번거렸다.

"그런가요? 엉덩이 주사를 맞은 지가 하도 오래돼서."

"그래요?"

미교는 눈을 가늘게 떴다. 그런 그녀의 눈빛이 살벌하다.

"그래서 비타민 주사를 맞겠다고 한 거구나……? 비타민 주사가 얼마나 아픈 줄도 모르고."

알코올 솜으로 사온의 엉덩이 윗부분을 문지르던 미교는 그의 허리가 움찔하는 것을 느끼고는 회심의 미소를 지었다.

"엉덩이에 힘 빼요, 힘. 바늘 부러지겠네. 자, 그럼……."

"잠깐, 지금 생각해 보니까……."

사온은 어깨를 세우며 일어나려 했다.

"가만있어요. 지금 주사 놓으려는데……."

미교는 팔꿈치로 그의 등을 콱, 눌렀다.

"미교 씨…… 잠깐……."

미교는 주사 맞을 부위를 손끝으로 탁탁, 때리는 것도 없이 '무식하게' 바늘을 푹, 찔러 넣었다. 거의 동시에 사온은 제 팔 위로 머리를 툭, 떨어뜨렸다.

"아프죠?"

주사기를 쭉 밀어 비타민 액을 주입 중에 미교는 상냥한 목소리로 물었다.

"막 조이듯 아플 거예요. 열심히 문질러 주세요."

미교는 다른 알코올 솜을, 주사 맞은 자리에 대고 한 번 문질러 주었다. 그리고 손을 떼려는 찰나 사온의 손에 잡혔다.

"간호사님이 문질러 주시죠."

그렇게 부탁한 사온은 '으음' 하는 신음까지 냈다.

"저 바쁘거든요."

미교는 정색한 어조로 말했다.

"다음부터는 병원에 오지 마세요. 다른 환자들에게 민폐예요. 알았죠?"

미교는 손을 탁, 빼고는 그대로 주사실을 나가 버렸다.

사온이 병원을 떠난 후 미교는 마음이 좋지 못했다. 접수창구를 거쳐 대기실을 지나 입구를 빠져나가는 그의 뒷모습이 묘하게 쓸

쓸해 보여 더욱 그러했는데 기분 탓일 거야, 했지만 이미 울적해져 버린 마음이 되돌려지지는 않았다. 그래서 퇴근길에는 어제보다 더 주위를 의식했다. 어제는 평일이라 그냥 서울로 갔다가 오늘 다시 왔다 치더라도, 오늘은 토요일이고 시간도 점심을 두어 시간 지난 정도니 그가 미교의 퇴근길을 노린다고 해도 자연스러운 일이었다.

그러나 어제처럼 사온은 미교가 치킨 체인점 앞을 지나는 동안에도 모습을 보이지 않았다. 그냥 서울로 갔나 보구나, 미교는 알 수 없는 실망감에 젖고 말았는데, 전혀 뜻밖의 장소에서 그를 발견할 줄이야.

"전에…… 그 총각, 너도 생각나지? 서점에 있던."

미교 엄마는 딸에게 확인하듯 물었다.

"내가 이렇게 오랜만에 어쩐 일이냐고 했더니 지나는 길에 일부러 들렀대. 추어탕 생각나서."

엄마의 나직한 말소리를 들으며 미교는 어처구니없는 눈빛을 사온에게 두고 있었다. 물론 엄마의 눈길 속에 그와 어색한 눈인사 정도는 나누고 난 후였다. 그녀가 사온을 발견한 곳은, 바로 엄마의 식당이었다. 실망감에 젖어 엄마의 식당에 들어서는 순간 눈앞에 사온이 보였을 때 얼마나 놀랐는지.

사온은 태연하게 식사를 하고 있었다. 식당은 사온의 테이블 외에 두 개만이 더 차 있어 비교적 한산했다.

"너도 밥 먹어야지?"

엄마는 주방으로 몸을 돌렸다. 미교는 집에 가서 먹는다며 그냥 나갈까, 말까 갈피를 못 잡다 그만 적당한 때도 놓쳐 주방에서 엄마가 내민 식사 쟁반을 그냥 받아 들었다.

"미교 씨."

미교가 쟁반을 들고 테이블 앞에 앉으려는 순간, 사온이 그녀의 이름을 불렀다.

"괜찮으시면 함께하죠."

사온은 제 맞은편 자리를 가리켰다. 미교는 당황해 엉덩이를 의자에 붙일 듯 말 듯 엉거주춤한 모습으로 바로 대답도 못했다. 엄마도 당연히 그 소리를 들어 제 딸과 사온을 번갈아 보고 있었다. 사온은 엄마 들으라는 듯 부러 그러한 것이 분명했다.

"그래……. 같이해, 같이."

엄마는 눈치도 없이 딸에게 손짓했다. 예전에 미교가 서빙을 할 때 어쩌다 짓궂은 손님이 있어 미교에게 얄궂은 농담만 던져도 득달같이 주방에서 나와 뭐라 하던 엄마가 합석을 하라니, 미교는 어이없었지만 별말 없이 사온 앞으로 가 앉았다.

"서울 안 가요?"

미교는 낮은 목소리로 으르렁댔다. 불과 몇 분 전만 해도 그가 서울로 갔나 보다 하고 실망감에 젖었던 것이 무색할 정도였다.

"밥 먹고 갈 겁니다."

사온은 점잖게 대답했다.

"이젠 전혀 안 바쁜가 봐요? 꼭 백수 같거든요."

"그러고 보니 미교 씨 처음 만났을 때 내가 백수였군요."

"가짜 백수였죠. 사온 씬 다 가짜였어요."

미교는 저도 모르게 비난의 뜻을 실었다.

"그래요. 나도 알아요. 그래서 시간이 걸렸어요. 시간이 걸린다는 것을 미교 씨도 알고 기다린 거 아닙니까?"

미교는 그러나 쌩하니 대꾸도 없이, 숟가락으로 밥을 푹 퍼서 추어탕 안에 퐁당 빠뜨렸다. 사온은 숟가락을 놓았는데 그녀는 그제야 식사를 시작하면서도 몇 숟가락 뜨지도 못했다. 그사이 주방 너머에서는 미교 엄마가 이따금씩 두 사람을 힐끔, 힐끔 쳐다보았다.

"그래서요?"

미교는 숟가락을 놓고, 물을 몇 모금 마신 후에 물었다.

"시간이 걸렸고, 그 시간을 내가 기다린 보람은 있는 건가요?"

사온은 대답을 내놓지 못했다.

"보람이······."

그의 대답이 없자 미교는 말을 이었다.

"없는 것 같군요."

"내가······."

이윽고 입을 연 사온의 목소리는 무거웠다.

"아는 건 한가지뿐입니다."

그것이 뭐냐, 재촉하듯 미교는 그를 노려보았다.

"미교 씨가 날 살렸으니, 책임도 져야 한다는 거."

"그게······."

미교는 인상을 구겼다.

"결론이에요?"

"네."

"가세요. 보기 싫어요."

사온은 바로 일어났다. 그리고 계산대로 오자 미교 엄마는 애매한 표정으로 주방에서 나왔다.

"잘 먹었습니다."

사온은 만 원을 내고 나갔다. 엄마는 '거스름 돈'이라고 말을 하다가 미교에게 고개를 돌렸다. 왠지 둘의 분위기가 심상치 않다 느끼는 얼굴이었다.

미교는 식사를 계속하는 것도 아니면서 그대로 앉아 있었다. 화가 난 얼굴로 말이다. 그것도 몹시 화가 나 있었다. 결국 벌떡 일어나 엄마에게 아무 말도 없이 핸드백만 집어 들고는 식당을 뛰쳐나갔다. 마침 손님 테이블에 후식인 식혜를 서빙하고 있던 엄마는 멍하니, 딸이 사라진 입구만 바라보았다.

밖으로 나온 미교는 옛 '좋은 서점'의 자리이자 치킨 체인점이 있는 방향으로 급히 걸으며 주위를 두리번거렸다. 그리고 그리 오래 방황하지 않아 빵, 하는 짧은 경적 소리를 따라 눈을 옮긴 끝에 사온을 발견했다. 그는 길 한편에 정차해 둔, 그의 차 운전석에서 막 내리고 있었다. 미교는 빠른 걸음으로 그를 향했다. 사온은 기다렸다가 조수석의 문을 열어주었다. 이어 조수석에 타는 미교와 그 자리를 떠나는 차의 모습까지, 그것은 마치 각본을 짜 그 동선대로 움직이는 것처럼 한 치의 오차도 없어 보였다.

"책임을 지라구요? 살려놓으니 보따리 내놓으란 격이네? 반년, 아니, 6개월…… 아니, 아니, 그러니까 암튼 그렇게 오래 있다가

와서는 그게 할 소리예요? 고맙단 말을 듣잔 것은 아니지만 그래도 최소한 보따리 내놓으란 말을 듣고 싶진 않거든요. 차라리 오지 말지 그랬어요? 영원히⋯⋯."

차 안은 앞서 보였던 모습과는 달리 어수선했다. 미교는 운전하고 있는 사온을 향해 거의 악을 쓰고 있었다. 그 바람에 목청이 갈라지고 발음까지 꼬이는 데도 그녀는 아랑곳하지 않았다.

"누가 그딴 말 듣고 싶대요? 살려놓지 말았어야 한다고? 살려놓은 건 내 실수라구요? 실수 아녜요. 누가 편히 죽게 내버려 둘까 봐? 살아서 더 당해봐요. 당해보라고 살려둔 거야. 이번엔 나한테 당해봐⋯⋯."

미교가 소리를 지르는 사이 사온은 차를 세웠다. 자전거 도로와 이어진 근린공원 한편의 사람의 발길이 드문 곳에서였다.

"미교 씨는 살릴 수만 있는 것이 아닙니다."

차를 세운 사온은 조용히 말했다.

"죽일 수도 있어요."

말과 함께 사온은 미교를 보았다.

"서미교는 제사온의 생사여탈권을 쥐었습니다."

미교는 먼저 허, 했다.

"미교 씨가 왜 떠났는지 알아요."

사온은 말을 이었다. 반년 전 미교가 왜 그의 곁을 떠났는지 안다는 의미였다. 미교는 정색했다.

"그러니 미교 씨를 다시 만나러 갈 때는 내 기억을 온전히 미교 씨만으로 채우고 가야 한다는 것도 압니다. 그런데⋯⋯."

그는 잠시 말을 멈추고, 짧고 깊게 숨을 들이켰다.

"사혜에게 약속했어요. 잊지 않겠다고."

미교는 앞 유리창에 눈을 두고 꼼짝도 않고 있었다. 금세 눈시울 위를 채운 눈물이 뺨을 타고 흘러내렸지만 그것을 닦으려는 어떤 움직임도 보이지 않은 채였다. 사온은 '잊지 않겠다'고 했지만 '잊을 수 없다'는 것의 완곡한 표현이라는 것을 그녀도 모르지 않았다.

사온은 재킷 주머니에서 손수건을 꺼내 미교 앞으로 내밀었다. 미교는 받아 그것에 얼굴을 묻고는 눈가를 꾹 눌렀다. 사온의 고백은 미교도 거의 그러리라 짐작을 했던 것에서 머지않아 그녀로서는 새삼스러울 것도 충격일 것도 사실 없었다. 그 짠하고도 질긴 사랑이라니!

"내가 싫다면요?"

미교는 툭, 뱉어놓고 고개를 돌려 빨갛게 변한 눈으로 사온을 바라봤다.

"다른 여자를 마음에 품은 남자를…… 어떻게 좋다, 받아들이겠어요?"

"그럼……."

사온은 천천히, 고개를 끄덕였다.

"난 또 죽어야겠지요."

"협박이에요?"

"네."

미교는 문을 박차고 나갔다. 사온도 따라나갔지만 그녀는 '따라오지 마세요'라고 소리쳤다. 뒤이어 '혼자 있고 싶어요'라고도 했다.

❖

「나 아직 살아 있습니다.」

사온에게서 온 문자를 본 미교는 고개를 절레절레 흔들었다. 근린공원에서 그와 헤어진 이튿날로 일요일이기도 해 엄마의 식당에서 일을 하다가 받은 문자이기도 했다. 그날 사온은 미교를 그냥 보냈다. 미교는 집으로 와서 그냥 드러누웠다가 밤이 돼 엄마가 들어와서야 부스스 일어났다. 엄마는 식당에서 미교와 사온의 사이가 심상치 않아 보였던 터라 묻고 싶은 마음 한가득이었지만 딸의 뿌루퉁한 얼굴을 보고는 말아버렸다.

"무슨 핸드폰을 그리 들여다봐?"

식당이 한가한 시간에 엄마는 테이블 앞에 앉아 있는 딸을 보며 지나가는 투로 물었다. 미교가 테이블 위에 놓인 제 핸드폰을 가만히 내려다보고 있었기 때문이다. 미교는 대꾸도 하지 않았다.

「죽을 것 같습니다.」

「보고 싶어서.」

연결된 두 문자는 한 시간 간격으로 도착해 있었다.

「날 도로 죽일 겁니까?」

밤에 엄마와 함께 집에 온 미교는 제 핸드폰에 사온의 새로운 문자가 와 있는 것을 확인했다.

「숨이 점점 막혀오는군요.」

씻고 나니 새 문자가 또 와 있었다.

「잘 자요. 내일 아침 난 죽어 있을지도 모릅니다.」

이어진 사온의 문자를 미교는 불 꺼진 방에 누워 확인했다. 전에도 그녀가 사용한 적이 있던 아주 작은방으로, 정교가 있을 때는 그가 사용하기도 했었다. 문자를 확인한 미교는 핸드폰을 내려놓고 눈을 감았다. 답을 주지 않는데도 그는 참 끈질기게 보내오고 있었다. 직접 오는 대신 문자 폭탄인가.

미교는 금세 다시 눈을 떴다. 그것도 반짝, 마치 뭔가 생각난 듯 눈을 뜨더니 바로 일어나 한쪽에 있는 4단 서랍장에서 제일 아래 서랍을 열었다. 그 안에서 그녀는 조그만 파우치를 꺼내 앉은뱅이 탁자 앞으로 가 스탠드의 불을 켰다. 파우치에는 크고 작은 핀이나 장식용 고무줄 등의 주로 머리 장식에 쓰이는 액세서리가 잔뜩 들어 있었는데 미교가 꺼낸 것은 약 봉지만 한 작은 크기의 투명 비닐 케이스였다. 때문에 그 안에 든 녹색의 보석을 바로 확인할 수 있었다.

5월의 탄생석 에메랄드, 바로 사혜의 목걸이였다. 그것을 미교는 손바닥 위에 올려놓았다. 작년에 사온의 본가에서 풀어 죽 보관만 해오던 것이었다. 목걸이를 언제 목에서 풀었지, 하고 기억을 더듬으니 바로 그날이었다. 긴 망설임 끝에 사온의 방에 올라가 마치 낙뢰에 맞듯 그를, 정확히는 '정중한 남자'를 사랑하고 있음을 깨달았던 날, 그래서 달아나려 했지만 도리어 잡혀 그의 사나운 격정에 지배되던 날. 그날 그는 말했다.

'달아나지 마.'

미교는 그럼에도 달아나려 목걸이를 풀고 그에게 '끝내자' 통고했었다. 그때는 두려웠다. 사혜의 남자를 사랑하는 것이 두려웠고, 그 사랑에서 헤어나지 못할까 봐 두려웠다.

그때 어떤 소리를 듣고 미교는 소스라쳤다. 핸드폰이 낸 소리였다. 그녀는 얼른 핸드폰을 들었다. 아까 보낸 문자가 오늘의 마지막일 줄 알았는데, 하면서.

「수요일이 미교 씨 생일이죠? 선물 준비로 바쁩니다.」

미교의 생일인 13일은 동시에 사혜의 기일이었다.

잘 조경된 나무와 숲에 둘러싸인 묘원은 평일이라선지 더욱 한가로우면서도 정갈한 풍경이었다. 미교는 오는 길에 준비한 꽃다발을 들고 추모관 안으로 들어섰다. 아직 오전으로 기일 당일에 오기 위해 미리부터 병원에 월차를 낸 그녀였다. 당일에 와야 사온이나 그의 가족을 만나는 일 없이 혼자 조용히 추모할 수 있다 생각했다. 엄마에게는 그냥 출근하는 것으로 하고 평소처럼 집을 나와 이곳으로 온 것이다.

사혜는 활짝 웃고 있었다. 비록 사진 속이지만 별처럼 반짝이는 눈빛으로, 입술 사이 살짝 드러나 하얀 치아로, 그녀는 제 쌍둥이 자매 미교를 기쁘게 맞는 듯했다. 미교는 사혜 옆으로 눈을 옮겼다. 사혜와 나란히 제 회장의 유해함(遺骸函)이 있었다.

미교는 품에 안은 두 개의 꽃다발 중 하나를 먼저 제 회장 앞에 놓고 이어 사혜의 앞에도 놓았다.

"잘 지내고 있니?"

사혜를 보며 미교는 미소를 지었다.

"난 아주 잘 지내고 있어. 어떤 남자의 스토킹을 받으면서."

문자 스토킹이었다. 사온은 더 이상 미교의 눈앞에 나타나지는 않으면서 문자만 죽어라 보내고 있었다. 매일 조금씩 죽어간다는 엄살과 함께.

"그 남자가 그러더라. 널 잊을 수는 없다고…… 알고 있지? 나도 알고 있었어. 진짜 한 대 때려주고 싶었어."

말끝에 미교는 풋 웃기도 했지만 이내 정색했다.

"근데 말이야…… 근데 만약 그 남자가 널 잊었다고…… 널 잊고 살 수 있다고 했다면……."

미교는 눈시울을 살짝 붉혔다.

"이상한 일이지만…… 나 아주 실망했을 것 같아……."

미교는 붉은 눈을 하고도 다시 픽, 웃었다.

"우리 아무래도……."

미교는 결심한 듯 숨을 들이켰다.

"함께 살아야겠다……. 너랑 나 말이야."

"나는요?"

그 목소리는 미교의 뒤에서 났다. 휙, 미교가 놀라 돌아보니 세 발자국 정도의 거리에 사온이 서 있었다. 가족납골묘의 입구를 등지고, 오늘만큼은 프레피룩이 아닌 짙은 빛깔의 슈트 차림인 그는, 또 두 손을 뒤로 감춘 모습이었다.

"나는 안 끼워줍니까?"

"어디서부터 듣고 있었던 거예요?"

미교는 대뜸 짜증부터 냈다. 사온은 천천히 다가왔다. 그렇게 다가온 그는 먼저 미교의 목에 걸린 에메랄드 목걸이를 눈으로 훑었다.

"함께 살아야겠다……."

미교 바로 앞에 서서 그는 말했다.

"부터 들었습니다."

이어 그는 뒤로 감춘 손에서 한 손을 앞으로 했다. 그 손에는 꽃다발이 들려 있었다. 작고 소박한 모양의 붉은 꽃송이가 한데 어울린 꽃다발이었다.

"생일 축하합니다."

그것을 받는 미교의 눈이 휘둥그레졌다. 놀란 얼굴이면서도 의아함도 함께였다. 그사이 사온은 아버지의 유해 앞에 먼저 인사를 한 다음, 뒤이어 사혜 앞에는 다른 손에 들었던 또 다른 꽃다발을 놓았다. 하얀 꽃이었다. 그런데 미교에게 준 것과 같은 꽃이었다.

"산사나무 꽃이네요……?"

바로 5월 13일의 탄생화였다. 꽃말은 유일한 사랑.

"알고…… 한 거예요?"

미교는 엄마에게 들어 알고 있었다. 어린 시절을 시골에서 보낸 엄마는 꽃이나 식물 종류를 많이 알아 미교가 초등학교에 다닐 무렵에는 특히 꽃에 관한 얘기를 많이 들려주었다. '산사나무 꽃이랑 너랑 생일이 같아' 하며 엄마는 딸의 생일이면 방에 그 꽃을 놓아두기도 했었다.

"몰랐습니다."

사온은 고개를 약간 옆으로 기울이며 대답했다. 아무리 봐도 시치미를 떼는 얼굴이었지만 미교는 별말 없이 다시 꽃으로 눈을 가져갔다. 생일 선물 준비로 바쁘다더니 얼마나 머리를 굴렸을까, 그녀는 그 생각을 했다.

"감동한 겁니까?"

"감동은 무슨……."

미교는 젖은 눈으로 새치름하니 눈을 흘겼다.

"그래요. 벌써 감동하면 안 됩니다. 진짜 선물은 따로……."

와락, 사온이 말을 채 끝맺기도 전에 미교는 두 팔로 그를 부둥켜안았다. 뒤이어 사온은 느릿하니 그녀의 가냘픈 몸을 포위하듯 팔로 휘감아 서서히 조였다. 그녀의 머리에 뺨을 대 비비고 입을 맞추었다.

사온의 품에 안긴 미교는 특별히 미소 짓고 있지 않는데도 환하고 편안한 얼굴이었다. 무거운 짐을 드디어 내려놓은 이의 그것과 같다고나 할까, 그것도 목적지까지 무사히 온 이의 얼굴에서나 볼 수 있는 깊은 안도감이 함께였다.

두 사람은 서로의 얼굴을 보면서 비로소 미소도 지어 본다. 그리고 누가 먼저랄 것도 없이 서로의 입술을 찾았다.

긴 입맞춤 끝에 입술을 뗀 두 사람은 서로의 얼굴을 잠시 보는가 싶더니 다시 입술을 맞췄다. 그렇게 얼마쯤 지나 떨어지는가 싶더니 또 붙고, 다시 떨어졌다가는 또 붙어, 오늘 안에 과연 끝날 수 있을까 싶었다.

9. 레테의 연인

"그게 말이 돼요?"

운전하고 있는 사온 옆에서 미교는 사뭇 어이없다는 얼굴을 하고 있었다.

"선물을 두고 왔다니, 그것도 서울에?"

사온의 차는 서울을 향하고 있었다.

"면목이 없습니다."

"다음에 줘도 되는데……. 겨우 생일 선물 가지러 세 시간씩이나 걸려서 가는 건 좀 그렇잖아요. 슬슬 배도 고프고……."

"먹고 가면 됩니다."

두 사람은 일단 서울로 들어와 점심식사를 하고 다시 차에 올라 사온이 선물을 두었다는 곳으로 곧장 향했다.

"어……."

차창 밖으로 눈에 익숙한 풍경을 의식한 미교는 사온에게 고개를 돌렸다.

"선물을 거기에 뒀어요?"

사온은 고개만 끄덕여 보였다. 사온의 차는 안전가옥을 향하고 있었다. 미교에게는 일 년 만이었다.

"아……."

안전가옥으로 들어선 미교는 말을 잃었다. 저도 모르는 짧은 감탄사만 한 번 흘렸을 뿐이었다. 그녀는 믿기지 않는 얼굴로 리빙룸의 중앙에 서서 천천히 몸을 한 바퀴 돌렸다.

안전가옥은 예전의 그 안전가옥이 아니었다. 모든 것이 달라져 있었다. 완전히 다른 분위기였다. 돔 천장을 한 오리엔탈 분위기는 물러가고 그 자리를 클래식한 유럽풍에 모던한 감수성을 혼합한, 우아하고 로맨틱한 그것이 대신하고 있었다. 무엇보다 전에 비해 밝고 화사해졌다.

"어, 언제……."

미교는 간신히 말문을 트며 사온을 바라봤다. 상기된 얼굴에 젖은 눈빛을 하고서였다.

"언제부터 이렇게……."

"2월 초부터."

"그럼……."

미교는 말을 잇지 못했지만 사온은 알아들었다는 듯 고개를 끄덕였다. 그는 그때부터 오늘을 준비해 온 것이다. 미교의 생일을,

그리고 그녀를 찾기로.

"대견합니까?"

사온은 물었다. 미교는 핏, 하는 입 모양만 보이고는 몸을 휙 돌려, 저가 가장 보고 싶은 곳을 향해 뛰어들었다. 가는 길에 주방 쪽으로는 힐끔 눈길만 주었을 뿐이다.

침실은 하얀 눈부심으로 여주인을 맞았다. 현란했던 모자이크 바닥 대신 베이지색의 내추럴 톤 원목 바닥에, 그 나머지를 화이트와 아주 연한 그레이로 장식을 한 침실은 사랑스러우면서도 고급스러운 무게를 잃지 않은 매우 세련된 감각을 뽐내고 있었다. 그리고 무엇보다 미교에게 잘 어울렸다.

미교는 그런데 빵 터지고 말았다. 흰색의 눈부신 레이스 커튼이 처진 창가에 흡사 뭉게구름과도 같은 침대를 보면서였다. 그곳에 사온의 얼굴을 담은 쿠션이 있는 게 아닌가. 미교는 그 쿠션을 집어 들었다.

"마음에 들어요?"

어느새 침실 안에 들어와 있는 사온이 물었다.

"그 쿠션 말입니다."

"네……."

미교는 슬쩍 제 눈가에 맺힌 눈물을 훔쳐 냈다. 입가에는 웃음의 흔적이, 그것도 세상에서 제일 행복한 여자만이 지을 수 있는 웃음이 아직 사라지지 않은 채였다.

"당신보다 더."

미교는 보란 듯 쿠션의 사온 얼굴에 입을 맞추고 또 꼭 품에 안았다. 몹시 사랑스럽다는 듯. 그러자 인간 사온의 얼굴에서는 관자놀이 근처의 핏줄이 툭 불거졌다. 그는 재킷을 벗어 아무 데다 던져 놓고 성큼 미교 앞으로 움직였다.

"왜, 왜 그래요?"

미교는 짐짓 움찔한 몸짓으로 쿠션을 더욱 바짝 끌어안았다. 그리고 앉은 채로 슬금슬금 물러나니 사온은 금세 코앞으로 와 먼저 쿠션을 손에 잡았다. 그는 손에 힘을 줘 그것을 빼앗으려 했다. 미교는 놓지 않았다. 서로 눈싸움을 하며 두 사람은 빼앗으려 또 빼앗기지 않으려 소리 없는 실랑이를 벌였다.

"지배해도 됩니까?"

그때 사온이 물었다. 너무나 뜬금없는데다 그의 얼굴이 너무 진진해 미교는 하마터면 웃을 뻔했다.

"지배 좀 합시다."

사온은 사정했다.

"네."

미교는 웃음을 참으며 부러 수줍은 얼굴을 해 보였다.

"나를 지배하지 못하는 남자는 내 남자가 아니에요."

"그럼 순종하는 겁니까?"

"네에."

사온은 다시 쿠션을 잡은 손에 힘을 주었다. 미교는 순순히 그것을 내놓았다. 그는 쿠션을 뒤로 휙, 던져 버리고는 곧장 그녀를 덮쳤다.

"아이 참, 옷 구겨지는데……."

미교는 저를 안고 입맞춤을 퍼붓고 애무하는 사온 아래에서 애매한 얼굴로 중얼거렸다. 그래서 옷이 구겨질까 봐 그녀의 그것은 하나, 둘, 침대 밖으로 떨어졌다.

"좀 천천히……. 씻기도 해야 하고……."

미교가 또 칭얼거리는 새에 사온은 그녀의 팬티스타킹을 사뭇 '터프하게' 벗기고 있었다.

"씻어야 한다니까……."

사온은 그녀의 브래지어를 풀었다. 미교는 냉큼 손으로 제 가슴을 가렸다.

"손 치워요."

사온은 정색하며 이어 '순종' 했다. 미교는 씩, 웃으며 젖가슴을 가린 손을 천천히, 쓰다듬듯 옆으로 움직여 젖무덤의 가장 끝 부분에서 손에 힘을 줘 밀어 올렸다. 그러자 두 개의 젖가슴은 중앙으로 모이며 제 크기보다 훨씬 부풀어 올랐다. 즉 손으로 가슴을 모은 것이다. 사온의 눈빛은 황홀해졌다.

"어때요?"

미교는 짐짓 '섹시한' 얼굴로 물었다. 눈꺼풀도 여러 번 깜박거렸다.

"바람직합니다."

사온은 미교가 모아준 젖가슴에 얼굴을 깊이 묻고는 머리를 좌우로 슬며시 흔들었다. 그것이 간지러운 미교는 가슴 전체를 들썩이며 소리 없이 웃었다. 그러나 잠시뿐으로, 그녀는 곧 촉촉하고 부드러운 감촉과 자극에 취하며 눈을 지그시 감았다. 사온은 미교의 젖무덤을 아이스크림처럼 핥아 그 마지막에 체리 같은 젖꼭지를 입술로 가볍게 물었다. 이어 치아로도 살짝 깨문다. 거기서 오는 짜릿한 전율은 미교의 몫이었다.

"으음……."

미교의 고개가 한쪽으로 기울어졌다. 그사이 사온은 미교의 허리 뒤로 손을 돌려 팬티를 잡아 내렸다. 팬티를 엉덩이 아래에 두고 손만 다시 천천히, 엉덩이의 곡선을 따라 위로 올리더니 다시금 같은 속도로 내리며 가운데 손가락을 엉덩이의 중앙 골 안으로 깊숙이 밀어 넣었다.

미교의 허리 아래는 수줍게 비틀렸다. 또 그럴수록 그 깊은 곳을 더듬는 사온의 손은 활기를 띠었다. 마치 탐험하듯 숲을 헤치고 들어가 강줄기를 따라 올랐다. 내밀한 숲은 생기에 넘쳐 있었다. 그 생기로, 오직 그 생기만으로 숲은, 아직 그 겉만을 훑고 있는 사온의 손끝을 적셔놓았다. 그것도 흠뻑 적셔놓았다.

사온은 심호흡을 한 번 크게 했다. 제 아래가 너무 뻐근해, 솟구치는 욕정대로라면 지금 당장 미교를 정복해야 맞지만 또 그렇게 쉽게 불살라 버리기는 싫었다. 미교의 머리끝부터 발끝까지 모두 정복하고 지배하려면 시간을 두고 인내할 줄도 알아야 했다. 그의 단 하나의 욕망이니까. 단 하나의 사랑이니까.

침실의 창을 가린 커튼은 시나브로 어두워갔다.

미교와 사온의 정사는 조용하면서도 격렬했다. 그리고 아주 오래 이어졌다. 어쩐 일인지 미교는 신음을 거의 내지 않으면서 온몸으로 그것을 표현했다. 사온은 그녀의 머리끝에서부터 발끝까지 하나도 남김없이 먹어치울 기세면서도 제 나직한 목소리처럼 은근하고 교묘했다. 그것은 격랑이면서 동시에 소리도 없는 나락이고, 폭주 기관차처럼 난폭한가 하면 뱀처럼 집요했다. 그리고 끝났는가 하면 다시 시작이었다.

미교에게 그것은 도취였다. 하나가 된 도취.

❖

저녁시간, 제 회장의 자택 리빙 룸에는 사온을 뺀 나머지 가족이 모두 모여 있었다. 사혁 내외와 두 사람의 아들도 포함해서다. 사혜의 기일이라 저녁식사를 함께하기 위해 모인 자리였다.

"온이가 올 때가 됐는데⋯⋯."

손자를 안은 어머니는 벽시계로 잠깐 눈길을 던졌다.

"다들 기다리는 줄 알면서 좀 빨리 오지. 자기가 바쁘면 얼마나 바쁘다고 말이야. 일본에서 온 사람도 있는데."

사빈은 불만 어린 목소리로 말하며 눈을 사혁에게 주었다.

"미교 씨도 있으면 좋을걸⋯⋯."

사혜를 떠올리면 미교도 함께 떠오를 수밖에 없다는 듯 사혁은 불쑥 말했다.

"온이 간병하느라 그렇게 고생을 해놓고 홀연히 떠나 버려 마음이 안 좋아."

"전화 연락은 종종해요. 근데 오늘 같은 날 오고 싶어도, 거기서도 간호사로 일하니까 퇴근하고 여기까지 오기엔 무리죠. 휴일도 아니고."

사빈이 형의 말을 받아 마치 미교를 변호하듯 했다.

"안 만나려고 한다며?"

"그거야 뭐……."

사빈은 말끝을 흐리는 듯하다가 '다 온이 형 때문이야'라고 투덜거렸다. 어머니의 안색도 어두웠다. 그때 리빙 룸의 문이 열리고 아줌마가 '부대표님 차 들어왔어요' 하고 알렸다.

"제가 나가볼게요."

사혁의 아내가 가장 먼저 일어나 문으로 걸음을 옮겼다.

"온이 왔으니 식사해야 하니까 우리도 천천히 일어나자."

어머니가 준환을 안은 채 몸을 일으키자 사빈은 '준환이 달라'며 조카를 건네받아 대신 안았다. 그렇게 어머니와 사빈, 사혁이 천천히 리빙 룸을 나와 홀에 이르렀을 때, 모두는 그만 깜짝 놀라고 말았다.

"미교 씨……."

사빈이 가장 먼저 소리쳤다. 미교는 사온과 함께 차고에서 통하는 입구로부터 홀에 막 들어선 모습이었다.

미교는 얼른 다가와 먼저 어머니에게 인사했다. 어머니는 그런 미교의 손을 덥석 잡고 눈물부터 보였다. 사혁과 사빈 역시 몹시 반가운 얼굴로 '잘 왔다'며 한마디씩 하는 가운데 사온은 누구의 관심도 받지 못했다.

"이제…… 온 거지?"

어머니는 물었다.

"우리 곁으로 돌아온 거지?"

"네. 어머님."

미교는 미소를 지었다.

저녁식사 자리는 화기애애했다. 사혜의 기일이 아닌 미교의 생일 파티 분위기였다. 물론 그녀의 생일이기는 했지만.

"이럴 줄 알았으면 선물 준비하는 건데."

미교의 생일인지 전혀 몰랐던 사혁은 아쉽다는 듯했다.

"이게 다 온이 형 때문이라니까."

사빈은 또 사온의 잘못으로 몰았다.

"오늘 미교 씨 온다고 귀띔이라도 좀 해줬으면 좋았잖아. 케이크라도 준비하게."

"갑자기 결정한 일이에요, 여기 온 거. 밥만 먹고 얼른 다시 내려가야 해요. 내일 출근하려면."

"저런, 피곤하겠네. 일만 아니면 자고 가면 좋을 텐데."

그렇게 말하는 어머니는 걱정보다는 미교를 금세 보내야 한다는 아쉬움의 얼굴을 했다.

"내일 병원 출근하면 사직서 낼 거예요."

미교는 다소 쑥스러운 얼굴로 말했다.

"어머님, 둘째 아들 장가보낼 준비하셔야겠어요?"

사혁은 먼저 어머니를 보며 말하고는 이어 싱글싱글 웃는 제 낯을 사온에게 돌렸다.

"그전에 보약도 좀 챙겨주시고요. 어째 둘째 아들 얼굴이 많이 피곤해 보이네."

마침 고개를 숙이고 입을 가린 채 하품을 하고 있던 사온은 멈칫했다.

"어, 나도 그 생각했는데."

사빈이 큰형의 말을 얼른 받았다.

"운전을 오래 해서⋯⋯."

미교는 얼른 사온을 변호했다.

"운전이요? 우리 작은형이 어떤 형인데 운전 좀 했다고 데친 시금치 모양 저리 흐물흐물해요? 운전보다 훨~ 빡센 걸 했을 거야. 분명해."

"나도 그렇게 생각한다."

사혁은 계속 싱글싱글한 얼굴로 깔끔하게 동의했다. 어머니는 그만하라며 손짓으로만 나무랐다. 사혁의 아내가 킥킥 소리를 내는 사이로 미교의 얼굴이 벌게져 있었던 것이다.

"그렇게 다 티를 내면 어떡해요?"

미교는 사온을 향해 도끼눈을 떴다. 그가 운전하는 차를 타고 본가를 막 출발하면서였다. 다시 그녀의 고향으로 가는 것이다.

"업무 때문에 피곤하다고 변명이라도 좀 하든가, 꺼벙하니 눈만 껌벅껌벅. 나 정말 너무 창피해서 눈물 나려고 그랬어⋯⋯."

미교는 양손의 검지를 눈 밑에 대고 그 아래로 콕, 콕, 콕, 찍으며 우는 시늉을 해 보였다.

"지구를 한 바퀴 반이나 돈 후에는 어쩔 수가 없습니다."

"그러게 반 바퀴만 돌지 그랬어요?"

그러자 사온은 정색한 얼굴로 미교를 슬쩍 돌아봤다. 미교는

'내가 뭘?' 하는 표정이다.

"재미는 누가 봤는데 그런 소릴 합니까?"

사온의 반문에 미교는 붉어진 제 얼굴을 양손으로 감쌌다.

"암튼……."

미교는 '흠, 흠' 헛기침도 했다.

"당신, 우리 엄마 보는 건 일요일로 잡을까요? 나 내일 사직서 내면 늦어도 토요일 전에 인수인계 끝날 거고, 마침 이번 일요일에는 식당도 휴무거든요."

그런데 일요일까지 기다릴 필요가 없었다.

미교 엄마는 손에 검은 봉지 하나를 들고, 집인 5층짜리 연립주택을 향하던 중 발길을 멈췄다. 연립주택에 채 이르기도 전, 눈앞에 주택과 함께 고급스러운 검은 승용차가 서 있는 것을 보고 나서였다. 그 승용차에서는 미교가 사온의 시중을 받으며 내리고 있었다.

"엄마……."

미교는 엄마를 발견하고 화들짝 놀라 소리쳤다. 서울에서 8시 반에 출발해 집에 도착하니 거의 12시가 다 돼, 설마 집밖에서 엄마를 만나리라고는 생각 못해 당황하기까지 했다.

"넌……."

사온의 묵례를 받는 둥 마는 둥 엄마는 딸을 보며 입을 열었다.

"생일이라 서울 친구들이 찾아와 논다더니……."

"아, 그, 그게……. 근데 엄만 왜 이 시간에 잠도 안 자고……. 뭐 사러 나온 거야?"

미교는 엄마의 손에 들린 검은 봉지를 잠깐 쳐다봤다.

"콩나물. 너 친구들 만나 술 먹을 거 같아 내일 아침 해장국 끓일라 했지."

"별 걱정을……."

"일단 들어와."

엄마는 먼저 연립주택 입구로 움직이며 손짓했다. 이어 '들어와요'라고도 했다. 사온에게 하는 소리였다. 늦은 시간인데다 사온은 다시 서울로 올라가야 해 둘은 '어쩌지?' 하는 얼굴로 서로 눈치만 보고 있는데 엄마는 금세 '드루와, 드루와' 재촉했다.

예정에도 없이 미교의 집을 처음 방문한 사온은 미교 엄마와 함께 좌식 테이블에 마주 앉아 있었다. 따로 거실이랄 것도 없이 싱크대와 식탁이 바로 코앞에 보이는 공간에서 창가 쪽에 위치한 테이블이었다.

"언제냐, 며칠 전 식당에 왔을 때요……."

엄마는 말했다.

"그때 눈치가 좀 이상하다 싶긴 했지……."

말끝에 엄마는 제 옆을 힐끔 쳐다봤다. 마침 미교가 머그잔 세 개가 놓인 쟁반을 들고 막 엄마 옆에 앉던 참이었다. 이미 미교와 사온이 사귀는 사이다, 하는 정도의 말은 오간 후였다.

"일단 들어요. 유자찹니다."

미교가 사온 앞에 머그잔을 놓는 것을 보며 엄마는 권했다. 사온은 '네' 한다.

"결혼을 전제로 사귀는 거겠죠?"

엄마는 사온이 미처 유자차를 한 모금 삼킬 새도 없이 물었다.

"네……."

사온은 먼저 머그잔을 내려놓았다.

"그렇잖아도 일요일쯤에 미교 씨와의 결혼을 허락받기 위해 찾아뵐 계획이었습니다."

"흠……."

엄마는 애매한 감탄사로 '역시나 그거였어' 하는 제 속내를 감추었다.

"너 혹시……."

엄마는 딸에게 눈을 옮겼다.

"지난 초겨울에 짐 싸 들고 여기 왔을 때……."

"응……?"

미교는 당황했다. 지난 초겨울 당시, 계성병원 별관에 있던 사온을 떠나 엄마에게 와 펑펑 울었으니 엄마가 어떤 상상을 하고 있을지 빤해서였다. 엄마는 별말 없이 눈을 다시 사온에게 옮겼는데 그는 뭣도 모르면서 괜히 고개를 끄덕였다.

"그때 우리 딸이 얼마나 아팠는지 알아요?"

"네? 아, 죄송합니다. 피치 못할 사정과 오해도 좀 있었습니다."

"우, 우리끼린 얘기 다 끝났어, 엄마……."

미교가 끼어들어 그것에 관해서는 더 이상 언급하지 말라는 의미의 눈짓도 엄마에게 해 보였다. 엄마는 의미심장한 얼굴로 고개를 주억거렸다. '미교와 사온이 여기서 우연히 알게 돼, 서울에서도 다시 만나 사랑이 싹텄는데 어찌저찌 산 넘고 물 건너는 시련

끝에 드디어 결혼을 약속하게 됐다'는 그럴싸한 순애보로 이해한 것이 틀림없는 표정이었다. 그렇게 이해한 엄마는 본격적으로 사온을 향해 나이가 몇이냐, 양친은 다 계시냐, 형제는 어떻게 되느냐, 직업은 뭐냐 하는 대개의 딸을 가진 부모라면 자타 공히 궁금해하는 내실 있는 질문을 쏟아부었다.

사온은 별달리 불편해하는 기색도 없이 미교 엄마가 하는 질문에 모두 대답했다. 불편해한 쪽은 미교였다. 때문에 시간이 늦었다, 면접 보느냐며 만류도 해보았지만 엄마는 들은 척도 안 했다.

"우리 미교가 집안만 좀 볼 거 없지, 그거 빼고 애 하나만 보면 어디 빠지는 데가 없어요."

사온에 관한 '기본조사'를 일단 끝낸 엄마는 이제 딸의 자랑이랄까, 홍보를 시작했다.

"초등학교 때부터 죽 공부도 잘했지, 대학도 4년제예요. 간호학과가 2년제도 있고, 3년제도 있는데 4년제는 연봉도 달라요. 얘가 여자치고는 잘 벌어요. 원래 간호학과는 취직 걱정을 안 한대요. 요즘 같은 때에 그게 어디예요? 안 그래요? 그래서 얘 이모를 통해서도 맞선 같은 것도 많이 들어왔는데 얘가 바빠서…… 뭐 보진 못했지만……."

"엄마……."

미교는 엄마의 옆구리를 쿡, 찔렀다.

"응……? 아, 내 정신 좀 봐. 참, 회사원이라고 했죠? 회사가 어디예요? 대기업인가?"

"제양사라고 합니다."

"제양사?"

엄마는 멈칫했다. 미교는 그런 엄마의 눈치를 살폈다. 미교 아버지가 한때 제양사에 다녔으니 엄마가 모를 리 없었다. 미교는 물론 모른 척했다. 미교 아버지가 제양사를 나와 개인 사업을 시작했을 때가 미교 겨우 백일 전후였으니 당연히 몰라야 하는 일이었기 때문이다. 실제로도 사혜에 관해 알기 전까지는 아버지가 제양사에 다녔던 것을 전혀 몰랐었으니까.

"좋은 회사 다니네."

엄마는 얼른 웃음 지었다.

"에…… 그럼 집은 있어요? 조그만 아파트라도……."

"엄마……."

미교는 다시 엄마를 찔렀지만 엄마는 그런 딸의 손을 뿌리쳤다.

"없습니다."

사온은 애매한 표정으로 대답했다. 그의 말은 틀리지 않았다. 그의 앞으로 된 주택은 없었다. 전에 월세로 있던 오피스텔은 이미 정리했고, 안전가옥도 미교 앞으로 돼 있으니까.

"나이가 서른넷이라면서……."

엄마의 얼굴에는 실망의 빛이 역력했다.

"저금해 놓은 건 좀 있겠죠? 월급은 어느 정도 돼요?"

미교는 두 손으로 제 머리를 감쌌다. '오 마이 갓' 하는 양.

"7천이 조금 못 됩니다."

"7천? 아, 연봉 말고 월급 물은 건데……. 연봉이 7천이면…… 흠, 괜찮네."

"월급이⋯⋯."

"오늘 너무 늦었으니 자고 가요."

엄마는 화사한 얼굴로 말했다.

잠시 후, 미교는 제 작은방에 이부자리를 깔고 있었다.

"내일쯤에 내가 엄마한테 사온 씨에 대해 말할게요."

곁에서 사온은 셔츠를 벗고 있다가 고개만 끄덕여 보였다.

"이거 입고 자요."

미교는 서랍장에서 남자 것으로 보이는 추리닝과 면 티를 꺼내 이불 위에 놓았다.

"오빠가 입던 건데 깨끗하게 빨아놓은 거니까 괜찮죠?"

"우리, 같이 자는 겁니까?"

"뭐라구요?"

그때 똑똑, 노크 소리가 나 두 사람 모두 문으로 눈길을 모았다. 엄마는 문을 열고 얼굴만 내밀었다.

"그냥⋯⋯ 자."

문은 바로 탁, 닫혔다. 참으로 다사다난한 하루였다.

이튿날 아침, 미교의 집에서 하룻밤을 보낸 사온은 제 차에 미교를 싣고 그곳을 나와 그녀를 먼저 병원에 내려준 후 서울로 돌아갔다. 미교는 사직서를 내고 이틀 후인 토요일까지 업무를 본 후 일요일에는 엄마와 함께 서울, 사온의 본가를 방문했다. 사온 어머니가 '정식 상견례 전에 한 번 뵙자'며 초대한 형식이었다.

"여기까지 오시게 해 정말 송구합니다."

사온 어머니는 미교 엄마를 맞아 허리를 깊이 숙여 인사했다.

"벼, 별말씀을요……. 차, 차도 보내주셔서 아주 편히 왔는걸 요."

미교 엄마 역시 마찬가지로 인사했다. 엄마는 사뭇 긴장해 있었다. 사온이 제양사의 오너 가족이라는 사실을 딸에게 처음 들었을 때의 놀라움이 이제는 피부로 느껴지는 데서 오는 긴장감이었다.

두 어머니가 만나는 것은, 사전에 사온 어머니와 미교 사이에 어떤 이야기가 오고 간 후였다. 바로 사혜에 관한 것이었다. 사온과 미교의 결혼을 앞둔 상황에서 사혜에 대해 그 생모에게 끝까지 비밀로 할 수는 없었기 때문이다. 사혜가 제 회장가의 여식으로 자라, 불행한 사고로 몇 년 전 세상을 떴다는 사실 정도는 적어도 알려야 했다. 망설인 쪽은 미교였다. 사온과의 결혼만 아니었다면 끝까지 엄마에게 비밀로 했을 것이다. 그런 그녀를, '자식의 생사를 모르고 사는 것이 도리어 더 아픈 기억'이라며 사온 어머니가 설득했다. 미교는 받아들였다.

두 어머니는 리빙 룸으로 자리를 옮겨 처음에는 의례적인 말들을 주고받았다. 사혜에 관한 얘기는 미교가 자리를 뜬 후에 시작되었다.

미교는 정원에 나와 있었다. 기분이 묘했다. 엄마는 더하리라. 사라진 딸의 행방을 알게 된 놀라움도 그렇거니와 그 사라진 딸이 장차 사위가 될 사온의 누이였다는 사실이 얼마나 기가 막힐까. 더구나 제 누이와 똑같이 생긴 미교와 결혼하려는 사온이 엄마 생각에는 이상하게도 여겨질 것이다. 미교는 발끝으로 잔디를 톡톡

건드렸다.

두 어머니의 대화는 의외로 긴 시간을 소요했다. 대화보다는 감정을 추스르는 데에 시간이 걸리는 것이리라, 미교는 짐작했는데 그 짐작대로 마침내 리빙 룸이 열리고 엄마가 모습을 보였을 때는 예비 사돈 만나러 간다고 곱게 단장했던 흔적은 온데간데없이 매우 초췌한 안색이었다. 그럼에도 미교가 걱정했던 것보다는 평온해 보였다.

"엄마……."

미교는 손을 내밀었다. 엄마는 그 손을 잡았지만 아무 말도 하지 않았다. 그 뒤쪽에서 사온 어머니 역시 눈 주변이 빨갛게 물든 얼굴로 말없이 지켜보고 있었다.

며칠 뒤, 미교는 엄마를 모시고 사혜의 납골묘에 들렀다. 엄마가 단둘이 가자 해 둘만 와서 사혜를 만났다. 그렇게 사혜를 만나고 묘를 나설 때까지 엄마는 별말이 없었다.

"왜 암말도 안 해?"

묘원을 거닐며 미교는 조심히 물었다. 고향 집에 내려와서도 엄마가 종종 눈물지었다는 것을 아는 그녀는, 정작 묘에 와서는 울지 않는 엄마를 걱정스러운 눈으로 바라봤다.

"됐다……."

엄마는 묘원의 푸른 나무들을 보며 말했다.

"응? 됐다니…… 뭐가?"

"이제 됐다고."

"뭐가 됐냐니까?"

"이제 알았으니 됐다고……."

엄마는 미교를 보며 퉁명스럽게 말했다.

"너도 나중에 자식 낳으면 알게 돼. 자식 사고당한 사람들이 왜 시체만이라도 애타게 찾는 줄 알어? 세상 제일로 한이 되는 일이 자식의 생사를 모르는 거야. 그렇게 가슴에 가시가 걸리고 돌멩이가 얹힌 것처럼 평생 한이 될 뻔했는데 이제라도 알았으니 얼마나 다행이야. 보고 싶으면 찾아올 수도 있고."

미교는 그제야 '모르고 사는 것이 도리어 더 아픈 기억'이라 했던 사온 어머니의 말을 이해할 수 있었다.

"사랑받은 것 같아. 그 녀석……."

엄마는 또 그렇게 말을 이었다.

"응……."

미교는 대답했다.

"아주, 아주 많이."

한여름의 해 질 녘, 오사카 항만은 적지 않은 사람들로 북적였다. 가족이거나 연인, 혹은 친구들과 함께하는 모습의 사람들은 푸른 바다와 갈매기가 가져다준 시원한 정경을 저마다의 방법으로 만끽하고 있었다. 그래선지 그리 한가롭지만은 않은 항만은 동시에 여유롭고 또 평화로웠다.

사온과 미교도 항만의 사람들 틈에 있었다. 두 사람은 결혼식을 앞두고 사온의 여름휴가를 이용해 오사카 외조부 댁을 방문 중에 있었는데 미교를 마음에 들어 한 외조부가 며칠 묵고 가라 해 그 사흘째였다. 미교와 사온의 결혼식은 10월로 정해졌다. 아름다운 가을날, 사온과 처음 만난 미교는 또 다른 가을에 깊은 잠에서 깨어난 그와 재회를 하고, 다시 이어진 가을에 그의 신부가 될 준비를 하고 있었다.

"시…… 완성 안 합니까?"

사온은 뜬금없이 물었다. 그러자 미교 역시 뜬금없이 눈을 부라렸다. 두 사람은 걷는 중이었지만 사온의 손에는 자전거가 있었다.

"무섭습니다."

사온은 짐짓 경계의 눈빛을 보였다.

"그게 뭐 그리 쉬운 건 줄 알아요?"

미교는 볼멘소리를 냈다.

"그런데 목소리가 왜……? 삐짐입니까?"

"네에. 미워."

"응……?"

"진짜 미워."

미교는 말과 함께 주먹으로 사온의 팔을 팡, 쳤다. '아이, 미워' 하며 또 쳤다.

"이유나 알고 맞읍시다."

"그냥 맞으세요."

미교는 또 때렸다. 사온은 그런 그녀를 빤히 쳐다보다가 손끝으로 그녀의 코를 꾹 눌렀다. 팡팡팡, 소리가 무섭게 이어졌다.

두 사람은 낙조의 바다를 따라 자전거를 달렸다. 사온이 미교를 뒤에 태우고. 그날따라 석양은 유난히 붉은빛을 띠었다.

일본에서 돌아온 미교는 먼저 사온의 뜻에 따라 엄마를 서울로 이주하게 하려 했으나 엄마의 정중한 거절로 뜻을 이루지 못했다. 엄마는 고향이 편하다 했다. 미교 이모도 가까이 살고, 아는 이웃도 많고, 무엇보다 집을 떠나 있는 정교가 엄마 보고 싶어 불쑥 돌아오고 싶을 때 찾기 쉽도록 같은 장소에 있는 것이 좋다고 했다. 그래서 식당은 그대로 두고 집이라도 보다 좋은 데를 알아보는 것으로 대신했다. 정교는 여전히 소식불통이었다. 먼저 연락을 해오기 전에는 미교의 결혼식을 알릴 방법도 없었다. 사온은 '한국에만 있으면 찾을 수 있으니 언제든 말하라' 했지만 미교는 일단 기다려 보기로 했다.

미교는 사온의 본가로 일단 거처를 옮겼다. 전에 사용했던 사혜의 방이 미교의 것이었다. 원래는 안전가옥으로 가려 했으나 결혼 전까지만이라도 함께 살자 하는 사빈 어머니의 뜻에 따라 그리된 것이었다. 어머니는 또, 결혼 준비를 하려면 곁에 가까이 있는 것이 좋다는 이유도 댔지만 실상 두 예비 고부는 결혼 준비보다는 손 붙잡고 놀러 다니기 더 바빴다. 두 사람은 누가 봐도 모녀였다. 특히 어머니의 눈에 미교는 딸이지 며느리가 아니었다. 미교와 사빈의 관계도 마찬가지였다. 형수와 시동생의 관계라기보다는 남매에 더 가까웠다.

"왜 그렇게 놀래요?"

사빈은 제 방에서 나오다 마주친 미교를 의아한 눈으로 쳐다봤다. 미교는 막 사온의 방에서 나오던 중으로 사빈을 보고 흠칫하기는 했다.

"네? 내, 내가 뭘……."

"안에서 야한 짓 했구나?"

"그게 무슨……."

미교는 펄쩍 뛰었다.

"사온 씨 퇴근해 왔잖아요. 그래서……."

"근데 왜 얼굴이 빨개져요? 괜히 질투 나네? 흥!"

사빈은 먼저 쌩하니 계단으로 몸을 돌렸다.

"그런 거 아니구요……."

미교는 쪼르르 뒤를 따랐다. 계단을 먼저 내려가던 사빈은 갑자기 한 손으로 입을 가리고 '우욱' 했다. 그 모습을 보고 놀란 미교가 그의 뒤에서 우뚝 서버렸다. 사빈은 천천히 돌아보았다.

"미교 씨 곧 이러는 거 아니죠?"

사빈은 놀리듯 씨익 웃었다.

"요즘엔 이것도 혼수라는데?"

"어휴, 정말……."

미교가 주먹을 날리자 사빈은 재빨리 피해 계단을 날아서 내려가고 미교는 잡히면 가만 안 둔다며 뒤를 쫓았다. 두 사람은 정원으로까지 나가 쫓고 쫓겼다. 그 모습을 주방 입구에서부터 보고 있던 어머니는 행복한 웃음을 지었다. '꼭 옛날로 돌아온 것 같네'

하면서.

시간이 흐른 뒤, 2층에서 내려온 사온은 주방을 한 번 힐끔, 들여다봤다. 그리고 안에 가사 도우미 아줌마 혼자 있는 것을 확인하고는 미교의 방으로 걸음을 옮겼다. 뒤도 한 번 슬쩍 돌아보고, 뒤통수도 괜히 긁적였다. 그는 미교의 방 문고리를 잡기 전에도 다시 주위를 살피고 나서 재빨리 안으로 들어갔다.

본가에서 사온과 미교는 전처럼 각자의 방을 사용하고 있었다. 그런데 서로의 방으로 갈 때는 둘 다 똑같이 주위의 눈치를 살폈다. 눈치를 주는 사람은 정작 아무도 없는데 그러했다. 결혼식 전이기는 해도 둘은 이미 부부나 다름없어 둘 중 누가 상대의 방으로 들어간다고 해도 이상하게 생각할 사람은 아무도 없건만 오직 둘만이 '뻘쭘해' 했다. 특히 사온은 예전에 금기에 가까운 사혜를 상대로는 그리 뻔뻔할 정도더니 이제 와 뭐가 찔리는지 눈치를 보고 있었다.

사온이 안에 들어와 보니 미교의 모습은 보이지 않았다. 그는 잠시 둘러보다가 곧 욕실의 문을 열었다.

"꺅……."

문을 열자마자 미교의 짤막한 비명부터 들려왔다. 발가벗은 채인 그녀는 손에 브러시를 들고 거울 앞에 서 있었다. 샤워 후 땋은 머리를 풀어 빗고 있던 중이었다.

"놀랬잖아요……."

사온은 냉큼 들어와 그녀를 안고 엉덩이를 움켜잡았다.

"아, 안 돼……. 어머님 아직 주무실 시간도 아닌데……."

미교는 그의 가슴을 떠다밀었지만 그는 떨어져 나가기는커녕 그녀의 엉덩이로부터 손을 깊이 넣어 방금 샤워해 풋풋하기 짝이 없을 은밀한 숲을 진하게 애무했다. 미교의 얼굴과 목덜미에 입맞춤을 퍼부은 것과 동시였다. 미교는 '아이 참' 하면서도 사온의 애무가 진해지니 엉덩이로 묘한 율동을 그리며 시키지 않아도 허벅지를 벌렸다.

"흡……."

벌어진 허벅지를 가운데로 다시 모으며 미교는 숨을 들이켜는 것 같은 소리를 냈다. 사온의 손가락이 깊이 들어온 것이다. 더구나 그는 그 손을 살살 돌리기까지 했다. 미교의 허벅지 사이는 도로 벌어졌다.

"아아……."

그때였다.

"미교야, 안에 있니?"

욕실 밖에서 들리는 어머니 소리와 거의 동시에 미교는 사온에게서 떨어져 눈 깜짝할 새에 가운을 주워 입더니 '여기 꼼짝 말고 있어요' 하고는 튀어나갔다. 얼마나 빠른지 사온은 반응도 못했다. 그는 축축이 젖은 제 손을 내려다보고는 그냥 털썩, 거울 앞 스툴에 주저앉았다.

"샤워했구나."

욕실에서 나온 미교를 보며 어머니는 말했다.

"머리 많이 자랐네."

미교의 길게 푼 머리를 보며 어머니는 바로 말을 이었다. 땋은

머리를 풀어 구불구불한 그녀의 머리는 이제 등의 중간까지 내려
올 만큼의 길이가 되었다.

"도로 자를까요?"

"아니. 그대로 좋아. 땋은 머리 너무 이쁘거든. 솜씨가 얼마나
좋은지 말이야."

어머니는 이어 '앉자' 했다. 할 얘기가 있어서 왔다는 의미였
다. 또 그 할 얘기가 무엇인지 미교도 모르지 않는 눈치였다.

"온이한테 얘기해 봤어?"

미교와 사온이 결혼해서 신혼을 어디에서 시작하느냐, 하는 것
이 요즘 이 집안의 최대 관심사였다. 어머니와 사빈은 당연히 본
가에서 함께 살기를 바랐다. 사혁 부부도 일본에서 살고 있어 본
가가 너무 적적하다는 것이 이유였지만 본심은, 특히 어머니는 미
교와 함께 살고 싶은 것이었다. 미교도 싫지 않았다. 다만 안전가
옥을 어쩌지, 하는 마음에 더해 사온이 애매한 반응을 보이고 있
어 아직 확실한 답을 못하고 있을 뿐이었다.

"혹시 여기서 사는 건 싫대?"

"아뇨. 그런 건 아니고…… 아직 생각 중인가 봐요. 다시 사온
씨랑 의논해 볼게요."

"의논만 할 게 아니라 네가 설득을……."

어머니는 좀 더 재촉할 요량이었던 바로 그때, 어디선가 챙, 하
는 소리가 들려왔다. 너무 크지도 작지도 않은 그 소리가 욕실 쪽
에서 났다는 것을 미교나 어머니나 금세 알아차렸다. 뿐만 아니라
얼굴이 벌게져 당황하는 미교의 모습에서는 그 소리의 정체가 무

엇인지도 드러났다.

"아, 드라마 할 시간이다."

어머니는 생각난 듯 일어나 서둘러 방을 나갔다. 대부분의 드라마가 끝날 시간이었다.

"가만히 있는 것도 못해요?"

욕실 문을 열고 선 미교가 사온을 보며 나무랐다. 사온은 떨떠름한 얼굴로 바닥에 떨어진 라이터를 주웠다. 아마도 담배를 피우려, 앉은 채로 호주머니에서 라이터를 꺼내다 떨어뜨린 모양이었다. 미교는 욕실을 나오는 사온에게 그 안에서 무슨 담배를 피우려 했냐며 잔소리를 늘어놓았다. 사온은 듣는 둥 마는 둥 방문을 잠그고 와서 다짜고짜 그녀의 가운을 풀었다.

"잠깐만요……."

"순종."

몸을 뒤로 빼는 미교를 잡고 사온은 눈을 부라렸다.

"순종은 순종이고……."

결국 도로 발가벗겨져 사온의 두 팔에 번쩍 들리면서도 미교는 '100분 토론' 하는 사람의 표정을 지었다.

"우리 결혼하고 나서 어디에서 살지, 어머님이 몹시 궁금해하시거든요……."

미교를 침대에 눕힌 사온은 그녀의 젖꼭지를 더 궁금해하는 양, 그것부터 덥석 물었다.

"어머님은 일 년 만이라도 함께 살자 그러시는데……."

미교는 그런 사온의 머리칼을 부드럽게 쓸어 올렸지만 곧장 눈살을 살짝 찌푸리며 그의 머리를 탁, 때렸다. '아파' 하면서.

"난 싫지 않구요……."

말을 잇던 미교가 이번에는 까르르, 웃음을 터뜨렸다. 사온이 그녀의 젖꼭지를 혀로 간질인 것과 동시였다.

"사온 씨 생각은 어떤지…… 으음……."

미교는 말끝에 신음을 흘렸다. 사온이 특별히 무엇을 해서는 아니었다. 그는 그저 그녀의 무릎을 활짝 벌렸을 뿐인데 그녀의 입도 함께 벌어져 옅은 신음이 흘러나온 것이다. 사온은 그녀의 가랑이 사이, 어두운 숲 한가운데로 손을 가져갔다. 까슬한 숲 안의 축축한 꽃잎도 벌써 벌어져 있었다. 그 안으로 더 깊숙이 비집으니 흥건한 이슬이 사온의 손끝을 뜨겁게 맞았다. 사온은 그 이슬을 끌어 올려 꽃잎 전체에 나눠 주었다. 부드럽게 원을 그리듯.

미교의 입에서는 더욱 달뜬 신음이 흘러나왔다. 은밀한 숲에서의 애무는 부드럽게 시작해 차츰 격렬해졌다. 특히 숲의 보석에게는 인정사정없었다.

"으흡……."

미교는 괴로운 사람 모양 허리를 있는 대로 틀었다. 거의 동시에 사온이 그녀의 깊은 동굴 속으로 가운뎃손가락을 밀어 넣었다. 그는 손가락으로 피스톤 움직임을 해 보였다. 미교는 더욱 괴로웠다. 도저히 참을 수 없는 전율이 아래로부터 꿈틀댔다.

"으흑……."

미교는 거의 우는 소리를 내며 그 끝에서 몸부림을 쳤다. 마음껏 소리를 지를 수 없어 대신 표현한 것으로 그녀의 은밀한 동굴은 많은 양의 이슬을 일시에 쏟아냈다. 그것은 사온의 손을 타고 흘러 시트를 적셨다. 사온은 손가락을 빼고 그 자리에 자신을 넣었다. 미교는 제 아래가 더욱 묵직한 것으로 꽉 차는 것을 느끼며 짐짓 눈을 부릅떴다.

"사온 씨 생각은 어떠냐구요?"

미교는 다시 '100분 토론'의 자세로 돌아왔다.

"난 미교 씨와 단둘이 살고 싶습니다."

미교와 하나 된 후에야 사온은 대답했다.

"하지만 어머니에게서 미교 씨를 빼앗을 수도 없으니 여기서도 살고, 저기서도 살면 되지 않겠어요?"

"응……? 그럼 한 달은 여기서 살고, 한 달은 안전가옥에서 살고, 이렇게?"

"그래요. 바로 그겁니다."

"아이, 착해. 우리 남편."

미교는 착한 남편의 얼굴을 두 손에 쥐었다. 미교를 딸처럼 보는 어머니의 기쁨을 이제 와 빼앗을 이유는 없을 것이다. 또 그것은 미교가 사혜 앞에서 한 말처럼 '사혜와 함께 사는' 방식이기도 할 것이다. 미교는 딸이자 며느리며, 누이이자 형수, 제수고, 또 누이이자 연인이며 아내였다.

"으음……. 아…… 더!"

사온이 그녀의 동굴 입구만 건드리는 장난스러운 행위만을 이어가자 '100분 토론'을 무사히 끝낸 미교는 비로소 애달아했다.

"더요……."

미교는 사온의 머리칼을 움켜잡았다. 그런 그녀를 내려다보는 그의 얼굴에서 입꼬리가 보기 좋게 위로 솟았다. 또 그것을 의식한 미교는 광대뼈 부분을 발그레하니 붉혔다.

"미교 씨를 지배한 거 맞습니까?"

사온은 나직이 물었다.

"네에. 맞아요. 지배자님. 오직 나만 지배해 주세요."

"당신밖에는 없습니다."

사온은 미교의 입술을 감미롭게 덮쳤다. 동시에 '장난'을 그만두고 그녀의 안으로 깊숙이 들어왔다. 그렇게 들어와서는 사뭇 난폭히 굴어 미교는 난파선 위에서 그와 솜사탕 같은 입맞춤을 하는 것 같은 상상에 사로잡혔다.

사온은 다시 제 방으로 올라가지 못했다. 미교의 방에서 그녀와 함께 잠이 들었다. 격정의 끝에서 둘 다 까무러치듯 잠들어 버렸기 때문이다. 그 꿈 같은 잠은, 그러나 그리 완전무결하지는 못했다. 둘 다에게 그러했다.

미교는 깊은 어둠 속에서 제 의식을 깨웠다. 그것도 갑자기 정신이 든 것처럼 그녀는 눈을 떴다. 사방은 어둡고 고요했다. 사온의 체온과 숨결은 바로 곁에 있었다. 그녀를 깨운 것은 다름 아닌 바로 그였다. 그녀는 귀를 기울였다. 오래지 않아 그녀를 깨운 그 소리는 다시 들려왔다. 무거운 적요를 뚫고 서글픈 탄식처럼, 공허한 독백처럼 낮고 희미하게 깔리는 그 소리, '사혜'라고 말하는 소리. 그것은 또한 뜨겁고 무거운 숨결로 미교의 얼굴을 감쌌다. 그것 역시도 그녀가 '사혜와 함께 사는', 함께 살기로 결심한 순간에 받아들일 수밖에 없는 운명 같은 것이리라.

"사혜……."

탄식 같고 독백 같은 그 소리가 이번에는 시처럼 들렸다.

"강에 접한 숲으로의……."

미교는 눈을 감았다.

"귀향은 어렵지도 쉽지도 않은 뱃사공의 노 젓기."

그녀의 입술이 경련처럼 들썩였다.

"나는 노를 젓는다……."

미교는 사온의 가슴에 얼굴을 대고 천천히, 그리고 깊이 묻었다. 그녀의 얼굴은 금세 젖어들어 그의 가슴을 적셨다.

"미워……."

미교는 나직이 속삭였다.

"당신 미워서 언젠가는 완성할 거예요……. 그런 날이 꼭 오리라 믿어요."

미교는 어느새 미소 짓고 있었다.

"사온 씨가 내 이름을 불러주는 날……."

THE END